JN195486

21世紀のスペイン演劇　1

ファン・カルロス・ルビオ 他

21世紀のスペイン演劇 1

田尻陽一 編

田尻陽一・岡本淳子・矢野明紘 訳

水声社

目次

風に傷つけられて

フアン・カルロス・ルビオ

田尻陽一訳

Juan Carlos Rubio　一九六七年、モンティーリャ（コルドバ）生まれ。最初は俳優として活躍を始めたが、一九九二年からテレビのドラマや映画の脚本を書き始めた。『風に傷つけられて』は一九九九年にマイアミ（アメリカ合衆国）で初演され、二〇〇五年に再演された。スペインでは二〇一二年に彼自身の演出により、女優のキティー・マンベルが主人公のファン役をやることで、二〇一五年までロングランを続けた。

【主な作品】『風に傷つけられて』一九九九年。二〇〇〇年、マイアミで初演。二〇〇一年、第一版出版。二〇〇五年、第二版出版、スペインでの初演。二〇一二年、フアン・カルロスの演出により再演。二〇一四年、第三版出版。『三人』一九九九年。チリのサンティアゴで初演。二年間、中南米を巡演。二〇〇九年、コルドバ（スペイン）でファン・カルロスの演出により上演。その後スペインを巡演。『アリゾナ』二〇〇六年。ラウル・モレノ―ファテックス賞受賞。『シェイクスピアはここにはいなかった』二〇一三年。『マキャベリの君主論』二〇一五年。ミュージカル『本気だった』二〇一五年。『ガルシア・ロルカの私信』二〇一七年。ミュージカル『あれは愛だったのか』二〇一七年。ミュージカル『大ヒット』二〇一八年。『人生の孤島』二〇一九年。

登場人物

ダビッ　三十一歳
フアン　六十歳ぐらい

第一場　ダビッの家

ダビッ　親父が亡くなった日に親父のことが分かり始めました。ちょっと遅いですよね。でも、もしかしたら、それがいちばん適切なときだったかもしれません。親父はことわざが好きでした。特に「喜ばしいことに遅すぎることはない」というのが好きでした。そう、一度だけ、そのとおりだと思いました。パパ、待ってた甲斐があったね？　……親父はことわざが好きだっただけではなく、片づけ魔みたいなところがあって、ここにはこれ、あれはあそこ、ときちんきちんと整理し、家族ですら、もちろん、整理整頓から免れることはありませんでした。ボクは一番下で、二番目が一番目のあとをついて行くように、ボクは二番目のあとをついて行くような子供でした。ぴちっと完璧な序列。ボクにとって、お袋の立ち位置はいつもぼんやりしてました。お袋自身、そう思ってたんじゃないですか……、丁度いま親父が傍に行ったのですから、二人して何か話しあってるかもしれません……。家ではあまり会話はなかったですから。一般的な家庭とは違ってましたから。あれはああのこうの、これはどうのこうの、取るに足らないことやどうでもいいようなことは何も話しませんでした。完璧な教養ある家庭、ですね……。ですから、兄二人から親父の遺品の整理を任すと言われたとき、イヤというより何かしら秘密めいた期待を抱きました。もしかしたら親父の思い出の品のなかに何か見つかるかもしれない。紛失した書類とか、忘れてしまったメモとか、まだ整理されていないスクラップとか、冷静沈着な親父の性格の下に隠れていた人間性を窺わせてくれるかもしれない何か。迷ったとか、妄想したとか、心配したとか、……、そうですね、誰かを愛したとか。

（ダビッは携帯を取る）

ダビッ　（誰かと電話で話す）うん、大丈夫だよ……、ここにいるよ。パパのものをきちんと整理してると言いたいんだけどね、それが無理なんだ。逆にボクが整理されているみたい。こんなにきちんと片づけられているなんて、きっちりしすぎて退屈だよ。ねえ、パパが一九六七年から九八年までのギニアの切手、全部持ってただなんて知ってた？（……）知らないよ、どうしてギニアの切手かなんて。スペインの植民地だったし、それにパパはなんか帝国主義的な雰囲気、持ってたじゃない？（……）うん、写真はいっぱいある。一つずつ、手書きでさ、どこで撮影したのか、ちゃんと書いてある。日付、時間、湿度までね。（……）違うよ、マヌエル、湿度なんて書いてないよ。（観客に）言うの、忘れてました。マヌエルってボクの兄貴です。親父から最初に生まれた、つまり長男です。（再び電話に）うん、これから手紙に取り掛かる。また、電話するよ。

（ダビッは電話を切る）

ダビッ　親父の手紙は手を付ける必要もないほど、寸分たがわず整理されていて、まるで倉庫の在庫管理のように見事でした。上の段はクリスマスカードや挨拶文、下の段は事務的な手紙。取り立てて言うようなものはなかったのです。で、もう一度見直そうかな、と思ったとき……、いや、そうじゃない。どうしてだか分かりませんが、どうして先ほど、その箱に気づかなかったのでしょう……、縦三十センチぐらい、横二十センチ、高さ四十センチほど。金属製で、黒。南京錠がかかっているのです。鍵がかかっていると、どうして気になるんでしょうか。よく覚えているのですが、ボクが六歳か七歳ぐらいのときです。親父が何かしまうのを見たんです。その時は金属製の箱ではなく、ビャクダンの立派な事務机だったんですが、大事そうにキャンディーをしまったのです。親戚の誰かが、いまどこの誰だったか覚えていませんが、我が家に送ってきたキャンディーです。子供の好奇心と食べたい一心から、ビャクダンとか鍵とか誰からの贈り物かなんて気にも留めず、必死でした。でも、やっと手に入れたキャンディーは石みたいにカチンカチンに固くなってましたが。親父は盗みに気付くと、家宅捜索を始めました。どんなアフリカ探検隊でも色を失うほどの捜査でした。で、見つかったのです。いや、本当、よく見つけたもんです……。キャンディーをじゃないですよ。キャンディーは、見つかったら怖いので必死に食べました。次から次へ。あとで胃がおかしくなるほどでした。密告者はキャンディーの包み紙です。ボクのベッドの下に散らばっていたのです。見つけた親父は厳しかったですね。書斎に連れていかれ、もちろん、例の立派な事務机の前で尻をぶたれたのです。キャンディー一つに鞭一発。おまけにもう一発……。何のせいでもう一発ぶたれたのか分かりません。そうしたかったから、ぶったんです。だってそうでしょう？　人を殴るのに、いちいち理由は要りませんから。で、いま、ボクの目の前にチャンスがあるのです。親父に挑戦する、親父の秘密に入り込む絶好の機会です。しかも、今回はお尻をぶたれることはないのですから……。

(ダビッは時の経過で黄ばんだ手紙を数通掴む)

ダビッ 箱の中には乱雑に雑然と手紙の束が入っていました。少なくとも三十通から四十通はあったでしょうか。そのうちの何通かはびりっと破られてましたが、また丁寧にセロテープで留めてありました。それはまるで手紙を読んだあとの心の揺れを表しているようでした……。でも、どうしてこの手紙はほかの手紙と一緒に整理しなかったのでしょう？　どうして親父は親戚から送られてきたキャンディーと同じように、《特別》に分けて、鍵をかけて保管したのでしょう？　差出人の名前はありませんでした。でも、宛名はどれも同じ字体でした。きちんとはっきりとした字体で、二人が知り合いであることに満足し、手紙が呼び起こす効果を十分に確信した字体でした。日常生活とは違った感情の起伏を親父に呼び起こした差出人はいったい誰なんだろう？　みなさんにはっきり言っておきますが、親父の性格は、破り捨てるのはなぜなら破り捨てなければいけないものだからだという信念を持った人でした。絶対に、一度も、いいですか、信念に背いたことはありませんでした、(破られたあと再びセロテープで留められた封筒を見る) そうボクは思っていました……。

(ダビッは手紙を取り出し、大きな声で読みだす)

ダビッ 「親愛なるラファエル……、あなたともう三週間も会っていない。はっきり言えることは、何も誰もわたしの記憶からあなたを消し去ることはできないということ。わたしの気持ちはあなたの頑なな不在とあなたの面影を慕う心に打ち震えています……。」(読むのをやめる) このとき、一瞬、遺産相続を間違ったのではないかと思いました。いや、でも……「頑なな不在」って、何？　「面影を慕う」って、どういうこと？　この手紙はボクの知っているビャクダンの事務机の持ち主に宛てた手紙であるはずがない。(続きを読む)「日々は延々と果てしなく不毛の大地のようにどこまでも過ぎていく。そこはあなたが通らない限り花が咲くことはない。一週間のうちに、あなたを抱きしめている夢を見るでしょう。そこは何もない世界。ただ、あなたとわたしだけ、そしてわたしを縛るこの愛だけ。どうあっても、いまのような世界ではなく、そうあるべき世界を心に描いています。この手紙をしたためていても、心が疼くほど、あなたを愛しています……。」(観客に) 心が疼くほど人を愛することって、ありえます？ (続きを読む)「毎晩、あなたの夢のなかで眠ります。毎日、目を開けていても閉じていても、あなたがいないなら、わたしの魂は身寄りもなく腑抜けになるばかり……。さようなら、愛しい人……、ファンより。」

（ダビッは読むのをやめる）

ダビッ　ファン……、ファン？　何だ、これ？（観客に）たらたらと安っぽい詩、くだくだと押しつけがましい追従……。そして最後に、署名が男？　ファン！　でも、ボクの親父って、いったい、何者だったんだ？　誰？　パパ、あんたって誰？　言ってくれよ！　知っておかないと！　いったいどんな人だったんだ？

暗転。

第二場　ファンの家

ファン　ダメだ、何て子だ。ダメだよ……。また、やらかしたね、今回はダメ……。赦さないから……。わたしのこと、なんだと思ってるんだ？　えっ？　うるさい奴かい？　やかましいおいぼれかい、年寄りかい？　口には出さなくても、心のなかでそう思ってる。じっとわたしを青い目で見つめ、ニタニタ笑ってる。内心、笑ってる。お前は何のことだかはっきり分かってなくても、勘を働かせ、匂いを嗅ぎ分け、わたしの生活のペースを乱す……。でも、今回はダメ、今回はわたしのいつもの我慢の限界を超えた……。お前なんか愛してやらないから……。猫なで声で寄ってきても、そっと身を寄せてきても……。もう、愛してやるもんか……。これからも絶対愛さない、って言いたいけど、そんなことは無理だってお前には分かってる。わたしの永遠の怒りは頭痛ほど長続きしないんだから。ここ最近頭に来たことでもね……。（観客に）世間ではわたしが甘やかしてるって言ってます。分かってますけど、でも……。いちばんいいことはすぐに赦してやること、そうしたら、トラウマにならなくて済みますから。いずれにしたってネコのカウンセラーがいるのかどうか、よく知りません。それに、ネコのしつこさからいって、診察代が嵩(かさ)んで賄いきれなくなるかもしれませんからね。ホセ・アントニオ、こっちにおいで！　ホセ・アントニオ！　わたしのことなんか、聞きやしない……。名前が嫌なのかもしれない[1]。わたしだって、自分の名前は好きじゃないですよ。でも、少なくとも「おい、ファン」って呼ばれたら、傍に行って言いますよ、「はい、何？」おまけに、にっこり笑ってね……。でも、誰に呼ばれたかによりますね……。女より男、年寄りより若いの、金髪よりブルネット、ブ男よりいい男……。まあまあ、わたしの好みで外見をみるのは軽薄だってことは分かってます、でも……、人生は公平であるって、いったいどこのどなたがお決めになったんでしょうね？　その細い髭、見せなさい！　でも、あいつは見せない……。あいつはいつだって自分の心内を大切にしてきた。独自のスタイルを持ってきた。そう、自立してきたんです。もちろん、缶詰を開けてやるまでのこと。開けた瞬間やってきて、欲情むき出しにわたしの左足のふくらはぎに体をこすりつけてくる……。どうして左がいいのか分かりません。じゃあ、お前の心内ってやつ、お前の独自のライフスタイルっていうやつ、おまけにお前の自立っていうやつ、どこにあるんだ！　ちょっとばかしの肉で自分を売るんじゃないか。まるで、人間みたいに……。ホセ・アントニオ！　わたしはネコにホセ・アントニオという名前を付けました。ネコが恋人のホセ・アントニオのような顔をしていたからではありません。ネコがホセ・アントニオ同様、わたしの言うことに耳を貸さなかったからです。だからネコにホセ・アントニオという名前を付けたのです。

(電話が鳴る)

ファン　ホセ・アントニオからの電話じゃないことは確かです。あの人でもあいつからでもない。もちろん、いいように考えて、家のネコが電話をかけてくるとしたら、カウンセラーのところに連れていくより、サーカスに連れていったほうがいいかもしれません……。分かってますよ、みなさん、思ってらっしゃるのでしょう？　ここにいるのが手紙を送った奴だ、時の経過で黄ばんでしまった手紙を。ええ、そうです。わたしです。もっと背が低くって、醜くって、歳をとってると思ったかもしれませんね。でも、違います。わたしです。このとおりです……。そう、それにみなさん、誰からの電話か、分かってますよね……。そう、ダビッ、ラファエルの息子ダビッからだって、違います？　みなさんの頭がいいからじゃなくって、ものごと、簡単にしましょう。そう思ってください。そう思ってくだされば、ごちゃごちゃした前置きを飛ばして、本題に入ることができます。いつだってわたしは先が見えるのは好きじゃありません……。だから、生きるということはいやなんです。どんな終わり方をするか、分かってますから……。そうです、ダビッです。どういうふうにダビッがわたしの電話番号を知ったのか、尋ねないでください。見つけ出したのですから。で、わたしに会いたいと思った。わたしに会って、お父さんの残したものに関する何かについて話をしたいと思った……。

(ダビッが入ってくる)

ファン　ラファエルが亡くなったことは知ってました。でも、亡くなったことを知っても泣きませんでした……。笑いも……。公園のベンチに座り、ただ、空を見てました……。空を見て、何か感じるのをじっと待ってました……。でも、何も……。わたしが思っていることは、人が人生において号泣するとき、所属できるのは二つのグループのどちらかだっていうこと。一つは何に対しても泣ける人、もう一つは何に対しても泣けない人……。わたしはあとのほうでした。そう気づきました……。で、空を見て、大きく息を吸い込みました……。で、わたしの肺に入り込んだ空気は、わたしの人生におけるあのときの正真正銘の空気だと分かったのです。

(ファンはダビッの傍に寄る)

ファン　彼の声は父親の声とは全然違っていました。ラファエルの声はドライでさらっとしてどっしりしてました。息子のほうは、甘ったるく、心もとなく、ふわふわしていました……。わたしは心もとない人が好きです。心もとない人はいつでも考えを変えることができるからです。そういう人は生きている瞬間々々、モノの見方や主義主張を修正することができるのですから。確固たる不変の信条を持っている人より、死の間近にいるのです。どんなタイプの人であれ……。(再びダビッを見る)我が家に来るように言いました。会ってみたいと好奇心が湧いたからです。二人が会っているのをラファエルが見たら、きっとやきもきしたでしょうね。

(ファンは体が触れ合うほどさらにダビッの傍により、彼の匂いを嗅ぐ。ようやく二人は話しはじめる)

ファン　どうやって、わたしが分かったんだね？

ダビッ　よろしければ、言いたくありません。

ファン　恥ずかしいことをしたら、人は黙るもんだ。まあいいか、何か飲まないか？

ダビッ　飲みません。

ファン　勤務時間中は飲まないのかい？

ダビッ　会社勤め、してません。

ファン　なるほど。形見分けはパーティーでするような話じゃないからね……。

ダビッ　親父が残したものです。ボクがすべて整理しなければいけません。

ファン　妹が亡くなった時も、整理が大変だった。書類の山、いいかい？　わたしの知らなかった銀行口座、株券、不動産……。五十年、わたしは億万長者の傍で生活していたんだ。全然、気がつかないまま。バカみたいな話だ。億万長者なのにそう見えないのは、そうなりたいなんて毛頭考えてもみなかったからだ。そうじゃないか？妹のアスンもそう思わなかった。まったく考えなかった。妹は賢明なアリ、わたしは猥褻なセミ。「将来のために備えておかなくっちゃ」、妹はそう考えた。その《将来》の前にわたしの名前を書いて、「ファンの将来のために」なんて書く気は更々なかっただろうね。わたしより、若かったが、資産作りに励んでいた。でも、どうなったか、勤勉なアリは心筋梗塞であっけなく亡くなり、セミはボヘミアンのカットグラスでフランスのコニャックを飲んでいる……。本当に何も飲まないのかい？

ダビッ　結構です……。（咳払いをする）

ファン　ああ、そうだ、何をしに来たのか、言うところだったね。しかし、いましばらくとりとめのない話をしないか？　神様や人間のことから離れて、ましてや、興味津々の蟻地獄に落ち込む前に。

ダビッ　ボクは興味津々で来たんじゃありません。

ファン　まさか、違うだろ……。嘘だ。わたしたちがやることって、興味があるからやる。働くにしても、話すにしても、聞くにしても。そう、愛するにしても。そう、特に愛するにしてもだよ。愛よりエゴイスティックなものはない。

ダビッ　あなたは人生に対してペシミスティックに考えるのですね。

ファン　どうしろとでも？　君がわたしぐらいの歳になったら、人生ってキツイ冗談にしかすぎないって、気づくだろう。

ダビッ　すみませんが、ボクがあなたの歳ぐらいになったとき、ボクがどんな人間になっているか、あなたは思いつかないでしょう？

ファン　想像するぐらいはできるよ。おまけに、ありがたいことに、そのとき、わたしはその場にいないだろうからね、わたしの想像を確かめる術がない。しかし、少なくとも、この件に関してわたしは全体を見ることはできる、そう知っておくべきだ。わたしには青春時代があった。それに反して、君には歳を取った経験がない。わたしに信任の一票を投じて欲しいな。いやいや、申し訳ない。どうも不躾なたちで。何か言うところだったね。君がもう一度咳払いしたら、話が途中で切れてしまったところまで戻ろうじゃないか、坊や……。

ダビッ　親父のことを話しに来ました。

ファン　何だって？　しかし、しかし、しかし、君が分からない。

ダビッ　すみません、ボクが入って来たときから、ボクの印象ですが、ボクのこと、あなたは笑っていらした。

ファン　いや、違う、君の印象どころじゃない。実際、わたしは君を笑っていた。それに、わたし自身に対しても笑っていた。世間に対してもね。ホセ・アントニオに対しても笑っていた。

（ファンはダビッに背を向け、探す）

ファン　ホセ・アントニオ！（ダビッに向かって）わたしのネコだ。行儀の悪い子でね。ホセ・アントニオ！　しっぽを見せなさい！　でなきゃ、戻ってくるんじゃない！

（ダビッに）はい、続けて、聞いているから。

ダビッ　また別の機会にお伺いするほうが。もっとあなたが落ち着いていらっしゃるときに。少なくとも、あなたのペットが現れたときにでも。

ファン　いや、いや、聞いてるから。申し訳ないね。君の話を三回も中断させてしまった。あとニワトリが鳴くだけだね。[2]ペトロだって、もちろん、言い訳はあったろうさ。だって頭を逆さまに磔にされかねなかったからね。しかし、この話、面白くもなんともないよね。わたしは、ただ、気まぐれネコを探しているだけなんだ……。はい、ちゃんと聞くから。

（ファンはダビッの正面に座り、耳を傾ける態勢を取る）

ダビッ　親父の手紙を見つけました。

（ダビッはファンを見つめる。反応を待つ。しかし、ファンは何の反応もしない）

ダビッ　あなたが書かれた手紙です。

（二人は沈黙）

ダビッ　何も……おっしゃることはありませんか？

ファン　何も。何か質問でも？

ダビッ　手紙は……、ラブレターでした。

ファン　ラブレター？　いや、違う、ラブレターというもんじゃない。愛と情熱の手紙、それに燃える思いと果てしない欲望の手紙。

ダビッ　それは、言い方の、形式上の問題です。

ファン　でも、坊や、形式がすべてだよ。いいかい。人生というものは心地よい形式でできている。中身は退屈なんだ。中身は純粋で明確で単純。しかし形式はいろいろなニュアンスと駆け引きに満ちている。

ダビッ　お好きなように呼んでください。しかし、この手紙は二人の男同士の手紙です。あなたと親父との間で取り交わされた。

ファン　そう思うのかい？

ダビッ　そう思いたくありません、でも、そうなんです。読みましたから。

ファン　読んだもの、すべて信じちゃいけない。見たものもそうだ。それにあるときは君が生きているということも信じちゃいけない。

（ダビッはポケットから手紙を取り出す）

ダビッ　時には、信じないということは難しいものです。

（ダビッは手紙を差し出す。ファンは受け取る。手紙を見て、匂いを嗅ぐ。じっくりと匂いを嗅ぐ）

ファン　破り捨てたもんだとばかり思っていた。

ダビッ　死ぬと分かっていたら、きっとそうしたでしょう。

ファン　みんな死ぬ。死なないって考えるなんて、バカげてる。最後の瞬間まで残さないほうがいいものもある。（再び手紙を見る）ずっと昔……。

ダビッ　ボクが読んで、気分を害されたんですか？

ファン　いいや。最後に誰にも読まれないというのも、いい気はしない。しかし、いま……。いや、君の手に渡ってよかったと思う。お母さんの手にでも渡っていたら、大変だったろうね。苦しむ妻、何て恥ずかしいことなんだ。

ダビッ　お袋のこと、知ってましたか？

ファン　ああ、二・三回、目にしたことがある。いい人だったが、個性のない人だった。そう、そうだった。いや、ごめん、君のお母さんのこと、そういうふうに言って。君が尋ねるもんだから。

ダビッ　知ってましたかと聞いただけで、どんな人だったかまで聞いてません。

ファン　もしかしたら、君を茶化しているのかもしれない。でも、君はちょっと……身構えてる？

ダビッ　もしボクがあなたのお母さんを誹(そし)ったら、どうですか？

ファン　わたしが？　喜んで。正直言って、母親には耐えられなかった。わたしの世代の典型的なゲイたちは、騒ぎたてるだろうね。だってわたしは、古い流行歌は歌わない、首にネッカチーフを巻かない、おかあちゃまがいちばん、だとも思わなかったんだから……。でも、はっきりさせてもらってもいいかな。わたしは君のお母さんを非難したわけじゃない。ただ、こう言いたかっただけだ。いい人だった、しかし個性がなかった。だいたいこの二つは対句じゃないか。いい人だが個性がない。いい人で個性があるっていう人、君は何人、知ってる？

ダビッ　分かりません。でも、あなたは個性のある人と風変りな人とを同一視しているみたいです。

ファン　いいねえ、それは議論するのに面白いテーマだ。「二十一世紀を前にして個性と風変りについて……」一杯、何も欲しくないのかい？　アスンの奢りだよ。妹はいつもお客さんのおもてなしがうまかった。

ダビッ　いいえ、結構です。親父の話をしてください。

ファン　おやおや、わたしも君に同じことを頼むところだった。少しはお父さんのこと、知ってると思ったのだが。誰かの傍に二十数年間いて、あっという間だったというわけじゃないだろう？

ダビッ　親父とはそうだったんですか？

ファン　そんなあっけない話じゃないよ。

ダビッ　ボクは三十一です。

ファン　そう見えないね。若い子というのは幸運だね。それに引き換え、わたしときたら、歳相応の老け方をしてる。不幸なことはまだほかにもいろいろあるにはあるが。

ダビッ　それに、子どもとしてしか親父をみてませんでした。

ファン　それで十分だろう？

ダビッ　いいえ、十分じゃありません。

ファン　それじゃあ、あの人のこと、何も分からなかったとでも言うのかい？　どうして人は自分の知らない他人の一面を知りたがるのだろう。いやはや、人の関心の強さには驚かされる。人は謎を持っていてもいいもんだ。

ダビッ　謎と嘘偽りとは違います。

ファン　なるほど……、その違い、教えてくれるかい？

ダビッ　嘘偽りは隠蔽です。謎は消えたあとにマジックのようにパッと後光が射しています……。

（ファンは観客のほうを向く）

ファン　なかなか頭の切れる子でした。お父さんより、そうだと思います。意識的なのかそうでないのか分かりませんが、次に何が出るのか勝負してやろうと思い、カードをめくることにしました……。

（ファンは再びダビッのほうを向く）

ファン　いいだろう、君のお父さんのことについて話をしよう。しかし、今日はダメだ。疲れた、頭がズキズキする。おまけにネコがどこかに行ってしまった。明日、また、来てくれないか。手紙は全部、持ってきて欲しい。読み返してみたいから。

（ファンはダビッが持ってきた手紙を取り上げる）

ダビッ　（観客に）ボクを弄んでいるのです。でも、そうさせておきました。まったく、奇妙なタイプの人です。親父とは十万キロも離れている人でした。でも、好奇心のほうが強かったので、からかいの通行料を払おうという気になりました。二人の共通点って、何でしょう？　何が二人を結びつけたのでしょう？　なぜ、その愛なのでしょう？

（ダビッ、退場。ファンはダビッが持ってきた手紙のいくつかを再び読む）

ファン　「おはよう、ラファエル。絶望のままにこの手紙を書いています。あなたと係るときに取らねばならない全てのわたしの行動と同じように、あなたを知ってから過ぎ去った全ての日々と同じように、絶望しかないのです。このように愛を想像することはできませんでした……。」（手紙を読むのをやめる。観客に）心の問題として愛を取り扱うのに、愛とは計算づくではなく、宝くじのようなものだと考えるのは、まずいことです。愛というところにたぶん皆さん誰もが一度は訪れたことがあると思います。ともかく、人生において一度は頭から毛布をかぶり、深い奈落の底に飛び込まなければならないときがあるものです。その衝撃は耐えがたく、しかも、その落下する経験は二度と忘れられないものです。（再び手紙を読む）「このような甘い胆汁、このように心地よい苦痛を夢見たことはなかったでしょう……。」（読むのをやめる）ラファエル、やっとあなたに言える。あなたはわたしの人生をめちゃくちゃにした。そして今度はあなたの息子があなたを知りたいという。何と人をかどわかす人なのでしょう。愛しいあなた、あなたは人をかどわかす……。

第三場　**ファンの家**

ダビッ　で、どうです？　あなたのネコは見つかりましたか？

ファン　あなたのネコは見つかりましたか？　他人行儀はやめてくれ、ネコ、見つかった？　でいいから。わたしは時代から取り残された人間だっていうことは分かってる。しかし、君にだって誰にだって、無視されないぐらいの残り香は、まだ、持ってるつもりだよ。

ダビッ　分かりました……、で、ネコ、見つかりました？

ファン　いいや。

ダビッ　心配じゃないですか？

ファン　いや。人生には見つけることができなかったものがたくさんある。一つ増えたからって、死にはしない。しかし、君の気持ちを落ち着かせるために言っておくと、ネコはいない……。

ダビッ　えっ？

ファン　ネコはいない。ホセ・アントニオは五年以上も前に亡くなった。おかげで家じゅう毛だらけにならずにすんでる。でも、ずっとあいつと話をしてるんだ。気分がほぐれるからね。そんな、頭がおかしい老人を見るような目で見ないで欲しい。少なくとも、そんな目で見ない節度ぐらい弁えて欲しい。で、この話、これでお仕舞だ。

ダビッ　なんだか寂しいですね。

ファン　何が寂しいの？

ダビッ　この世にいないものに話しかけるのは。

ファン　申し訳ないが、君だって似たり寄ったりなこと、やってるよ。この世にいない人に話しかけている。

ダビッ　しかしボクはこの世にいる人に話しかけています。あなたに話しかけています。

ファン　誤解しちゃいけない。わたしはいないよ。わたしは影法師、君が突き進もうとしている砂漠に浮かび上がった蜃気楼だ。君のことを話してくれ。

ダビッ　自分のことは話したくありません。

ファン　でも、わたしは知りたい。君って、どんな人間だ？

ダビッ　分かりません。少なくともノーマルな人間です。

ファン　じゃあ、出ていきなさい。ノーマルな人間なんて知りたくもない。わたしはスペシャルな人間が好きなんだ。出ていきなさい。

ダビッ　ボクの親父もノーマルな人間でした。で、あなたはずっと親父を愛してきました。

ファン　そのとおり。しかし、わたしが選んだのじゃない。人は愛を選べない。人は仕事、住むところ、友達を選ぶ。しかし、愛は突然、襲いかかってくる。分け隔てなく、質問もしなければ働きかけもしない。君のお父さんはノーマルだった。しかし愛はあの人をわたしにとって特別な人に変えた。現実にはそうはならなかったが。ところで、恋人は？

ダビッ　いいえ……。でも、ボクはゲイじゃありません。

ファン　そんなこと、尋ねていないよ。

ダビッ　でも、そう考えたでしょう？

ファン　好きなように考えてはいけないのかね？

ダビッ　ボクについて、そうじゃないことをあれこれ詮索されるのは好きじゃありません。

ファン　じゃあ、坊や、ピストル自殺するんだね。世の中は誤解に満ちている。君だって、自分で分かっていないことが一つや二つあると思うよ。

ダビッ　そうは思いません。

ファン　確信が持てないのに、そう思いこんじゃいけない。

ダビッ　ボクはホモじゃない。いいですか？

ファン　そんなことを言ったんじゃない。で、つまるところ。

（ダビッの匂いを嗅ぐ）

ダビッ　何してんですか？

ファン　匂いを嗅いでいる。いやかい？

ダビッ　ええ。どうして何でもかんでも嗅ぐんですか？

ファン　感覚のなかで一番確実だからさ。一番直接的な感覚だ。匂いって、絶対間違わない。絶対嘘をつかない。視覚というのは見てくれで騙される。聴覚は心地の良い音で、触角はずっと触られていると、必ずそうなる。味覚は人様々だ。しかし、嗅覚は騙さない。嗅覚は疑問を許さない。よく言うじゃないか、「商売の匂いがする」とか「その話、ちょっと臭いな」とか。「何かデンマークの腐った匂いがする」[3]なんて、古典のセリフをわざわざ取り上げるまでもないだろう……。嗅覚は真実、確実、直感と係ってきた。五感の王様……。仕事は何をしてる？

ダビッ　建築です。

ファン　おやまた、芸術的な仕事だ。

ダビッ　公共建築を建てるような仕事じゃありません。あなたは？

ファン　いまは何も。前にも言っただろう。妹は金を貯えることにかけてはエースだった。

ダビッ　その前は？

ファン　小学校の先生。男子校の小学校。しかし、男の子のズボンを下ろしたから辞めさせられたんじゃない。自分から辞めたんだ。ある晴れた日、ベッドから起きるのが嫌になった。家にずっといた。学校に戻らなかった。きっと誰にも何も教えることに関心がなくなったんだ。学校の先生って、難しい仕事だよ。人は知りたいときに学ぶ、頭に詰め込めと言われると覚えない。あの年頃は遊びたいだけなんだ。笑い転げたいだけ。一生子供でいられないって、残念なことだ。

ダビッ　どういうふうに親父と知り合ったんですか？

ファン　さて、演説でもブチますか。その前に立ち上がってもいいかな。真面目な話をするときには、お腹を引っ込め、胸を張り、声が通るようにしたいから。

（ファンは立ち上がる）

ファン　君のお父さんの事務所に行ったんだ。差し迫った抵当権を解除するのに、縺れに縺れた事案だったので、有能な弁護士が必要だった。常にそういった問題に付きまとわれていた。当時、まだ、妹のアスンとは一緒に住んでいなかった。そこで君のお父さんに出会った。背が高くってハンサムで、誠実な人。もちろんヘテロの人……。でも、ひと目惚れじゃなかった。そうじゃない。あの人にハートをぎゅっと鷲掴みされるのに何日かはかかった。つまりは、ヘテロの人に、だよ。キューピッドのおかげだと思う。抵当権を外すのに三週間かかった。弁護費用の請求書を渡されたときは、完全に恋をしてしまっていた。身も心も。もう一度、別の事案を作りだそうかと思ったぐらいだ。でも、君のお父さんの弁護費用は法外に高かった。できなかった。

ダビッ　そこで……？

ファン　勇気を奮って夕食に招待した。わたしの問題を見事に解決してくれた好意に対して、という口実はパーフェクトだった。

ダビッ　で、夕食を共にした。

ファン　いや、しなかった。そう、急くもんじゃない……。自分の人生ぐらい、わたしのペースでしゃべらせてくれないかね？

ダビッ　ええ、失礼しました。

ファン　どういたしまして……。ラファエルは、思っていたとおり、わたしの申し出を断った。「お気持ちはありがたいのですが、わたしはあなたに対して好意でやったのではありません。わたしは仕事としてやったまでで、そのために報酬もいただきました。」

ダビッ　親父は仕事一筋の人でした。でも、あなたは執拗に迫った。

ファン　いいや、違う。迫らなかった。わたしは高飛車な人間のように見えるかもしれないが、人は恋をすると、すっかり人間が変わる。別の人間、いままで気づかなかった人間。ソワソワ、ドキドキ。気になるのは青い目の王子様の視線だけ。でも、どうして青い目の王子様というのだろう？　そんな目をした王子様、見たことはないが……。
（ダビッ、時計を見る）
ダビッ　二度目はいつですか？
ファン　偶然、カフェテリアで。しかし、偶然を作り出すのにほとんど一カ月かかった、のではないかな……。あれほどコーヒーを飲まない人に会ったことはなかった。わたしは、絶対専制君主、「甘い生活」の王様、頑固一徹帝国の皇帝なのに、まったくお手上げ状態だった。
ダビッ　一カ月間、ずっと見張ってたんですね？
ファン　そう、で、ついに、バイオリズムが最低の状態に陥ったとき、たぶん、そうだったと思う、あの人がカフェテリアに入ってきた。セラノ通りとエルモシーリャ通りの角。いまはもうない、ハンバーガー屋になっている。わたしの記憶はすべて、ほら、飲み物とか食べ物に繋がる。
（ダビッは再び時計を見る）
ファン　何か用事でも。
ダビッ　いいえ。
ファン　じゃあ、どうして何度も時計を見るんだ？
ダビッ　癖です。
ファン　まったく悪い癖だ。記憶をほじくりだし、わたしが仕舞い込んでおきたかったものを掻き回しながら、時計を気にしている。そんな君を目にするのは、実に気分がいいものじゃない。
ダビッ　すみません。分かりました。実はデートがあります。
ファン　じゃあ、どうして嘘をついたんだ。
ダビッ　行儀が悪いと思われたくなかったので。
ファン　全く礼節を欠いてるよ！　嘘をついて、人が真剣になって話しているのをストップさせるなんて、恥知らずだ。
ダビッ　ボクって、恥知らずだと思われますか？
ファン　そう。まったくそのとおり。恥知らずで間抜けだ。どうして何でも知りたがるんだ？　今ごろ君のお父さんのことを知って、何になるんだ？　今までそんなこと、どうでもよかったんじゃないか。今頃になってお父さんを祭壇に祭りあげ、そこから地面に投げ捨てるのはよしなさい。残念だ。デートに行くなら行ったらいい！　約束したバカな金髪娘に手を突っ込んだらいい。幸せになるんだね！　自分の人生を生きるんだ。でなければ、少なくともそう心がけなさい。
ダビッ　すみませんって謝ったじゃないですか！　ごめんなさいといっても、ダメなんですか？
ファン　ダメだ。言い訳もお詫びも無駄だ。重要なことは本当のこと……。どこまで知りたいんだね？
ダビッ　最後まで。
ファン　ほろりとさせるね。しかし、その最後というのがなかったら？　人生とは、ほら、マジョルカ島名物の大きな渦巻パンだ。いいかい、渦巻パンを食べてもいい。しかし、そのどでかい渦の円周を切り取り、人生ってこれかな、なんて思うもんじゃない。

ダビッ　あなたは親父と知り合いになった。そして何らかの方法で、誰も知らなかった親父を知った。お袋さえ知らない親父を。この手紙には募る思いが詰まってます。ボクが親父に感じたこともない、親父にふさわしくない、悲哀の言葉が溢れています。

ファン　そんな言葉、君のお父さんに向けたもんじゃない。

ダビッ　でも、ここに書かれています！

ファン　書かれた言葉、書かれた言葉！　書かれた言葉にそんな力があるのかね。物事に関してこれほど頭の固い人は初めてだ。もっとも固いものといえば、モーゼが十戒を刻んだ石盤はそのとおりだとしておこう。

ダビッ　ボクをからかうのは止してください！　笑われるのはうんざりです！

ファン　はっきり言って、君は君のお父さんより頭がいいかと思っていた。しかし、間違っていた。わたしは嗅覚に騙されたようだ。滅多にないことだがね。君は君のお父さんと同じところに頭脳を持っている。ここに……(頭を指す)

ダビッ　あなたの考えでは、どこにあるべきなんですか？

ファン　(心臓を示しながら)ここ。その違いは人生の勝利者と敗北者だ。成功を収めた者と失敗を犯した者とのあいだには深い溝がある。君の頭脳を頭に仕舞っておけばよい。ものごとをややこしく考えなくてもいい。デートに行ったらいい、人生の勝者になったらいい……。そしてわたしのことは忘れるんだ。

ダビッ　だんだん、あなたと親父がなぜ一緒になれたのか、分かってきました。二人とも人の扱い方が同じだ。人を見下している。その蔑視が自分のことをインテリだと思いこませる。人とは違うのだと確信する。でも、一つ言わせてもらいます。ボクの親父とあなたは、それ以外に共通点があります。孤独。そう、孤独です。もしかしたらあなたの人生で一人っきりということはなかったかもしれない。しかし、あなたはいま、惨めな孤独な老人だ。つまり、一人っきりだ。

ファン　この惨めな老人が望むことは、君が出ていくことだ。そうしたら、文字どおり一人っきりになれる……。出ていく前に、そう、これ以上、君が発する一言も耳にしたくない。黙って出ていきなさい。少しは紳士的になったらどうだね。お父さんは君にそう望んでいただろうに。

(ダビッ、退場)

ファン　こうして出ていきました……。怒って、しかもカンカンに怒って。そしてわたしを傷つけたことを確信して。

その点ではダビッを褒めてやってもいいかもしれません。何しろわたしを傷つける人は世間には滅多にいないのですから。現実を見る目は実に部分的なものです。沈んでいく太陽を感傷的に見ている人がいます。しかし、別のところでは登って来る太陽をうっとりと眺めている人がいます。同じ太陽なのに別々の目が見ている。そして別々のことを考えている。別々のことを感じている……。そう、ここにわたしはいます。一人で。自分の人生を何と無駄に過ごしてきたのか、思い出すとぞっとします。わたしの妹もラファエルも、ネコさえも、もういません。わたしは一人っきり。わたしが間違っていたのは、なんだか基本的なことに気づかなかったこと。そうです、愛するのに二人は要らないのです。一人が愛すればいいのです。愛はいつも対話ではありません。長い、孤独な、恐ろしい独り言かもしれません……。（間）ダビッは答えを求めてここにやって来ました。それはわたしが長いあいだ虚しく探し求めていた答えです。ダビッは自分の父親がどんな人だったのか、何も分からなかったのです。わたしもラファエルが分かりませんでした。ダビッは疑問に心が蝕まれ、わたしは確信がぐらつきました。もしかしたら、もう少し心の内を語り合えばよかったのかもしれません。次はそうします。でも、どうなるか……。どうなるか……。

フアンはゆっくり息を吸い込む。時間と空間の空気を吸い込む。自分の孤独の匂いを嗅ぐ。

第四場　ダビッの家

ダビッが古いレコードプレイヤーで音楽を聞いている。ラフなスタイル。

ダビッ　親父は古いレコードをたくさん持っていました。そしてこの古いプレイヤーで聞いていました。大学生のときに買ったやつです。お気に入りはボレロでした。「もう誰もこうは歌わないだろう……」と言いながら、何回も何回もかけていました。特に晩年、病気になってからは。細心の注意を払って扱っていました。何回も何回も拭いていました。ちょっとした埃や傷がレコードの溝を傷つけ、甘い歌声が損なわれるのを恐れていました……。親父にやさしくあやされたことはありませんでした……。いや、そうだったというわけではありません。あるとき、映画に連れていってもらいました。世界で一番残酷な物語、『バンビ』です。お母さん鹿が殺されるところで、あれほど涙があふれたことはありませんでした。大粒の涙が頬を伝いました。自分の母親が亡くなるのを見ている思いでした。親父はボクが悲しみに打ちひしがれているのを見て、膝に載せ、優しく髪を撫でてくれました。耳元で低く囁いてくれました。何度も何度も、泣くんじゃないよ、お母さんは行ってしまわないといけなかったんだよ、これでいいんだよ……。いや、何もよくないですよ。親父が何としてもやりたかったことは、ボクが泣き叫ぶのをやめさせようとしたこと。そうだったと思います。実際、それがボクを映画に連れていってくれた最初で最後でした。一度だけボクをあやしてくれました。どうして、そうしてくれたのか、分かりません。これからも分からないでしょう……。

(電話が鳴る)

ダビッ　ファンです。何度も電話が掛かってきます。また会おうと言ってきました。でも、いい考えだとは思えなかったので、イヤだと断りました。

(再び電話が鳴る)

ダビッ　でもみなさんお分かりですよね。こうだと決めると、あの種の人たちは意固地になって……。

(ファンが入ってくる。スーツを着てネクタイを締めている)

ファン　いいかい？

ダビッ　何してんですか？

ファン　押してもダメなら引いてみなって……、だから来たんだ。

ダビッ　会いたくありません。

ファン　もう遅いよ。君にできることはわたしの話に耳を塞ぐことだ。

ダビッ　か、ボクの家から出ていってくださいと頼むか。

ファン　そうするかい？　やる気もないのに脅しちゃいけない。スマートじゃない。

ダビッ　誰が開けたんですか？

ファン　君のお父さんだ。それとも、わたしの怒りがそうさせたのかな。

ダビッ　ホルヘだ。二番目の兄の。

ファン　長男はお母さんの愛情を一人占めにした。次男はお父さんの……。

ダビッ　ええ。

ファン　で、君は？

ダビッ　分かりません。ボクはどちらにも似ていませんから。

ファン　ああ、でも、誰も君は貰い子だとは言わなかっただろう？

ダビッ　どういうことですか？

ファン　何か飲み物でもいかがですか、とも言ってくれないのかな？　妹のアスンは今ごろ墓のなかで息巻いているだろうね。もてなす心がないって。

ダビッ　ちょうど出かけるところでした。

ファン　おや……、また金髪と？

ダビッ　いえ、今回はブルネットです。

ファン　普通だ。金髪の下はほとんどがブルネットだからね。もうまともな金髪は残ってないな……。でも、君はそのほうがハンサムだ。似合ってる。ラフなスタイルのほうが。

ダビッ　それに対して、あなたはフォーマルだ。

ファン　クラシックだろう？　正直言って、最後の最後まで迷ってた。靴とバッグとお揃いの真っ赤な帽子にしようか、会社員のようなこの地味な服にしようか。で、見てのとおりスーツに決めた。言っておくけど、君のためにこれにしたんだ。

ダビッ　わざわざそんなこと、しなくっても。でも、派手な色は隣近所の噂になるかもしれません。

（ファンは赤いハンカチを取り出し、胸ポケットに差す）

ファン　ありがとう。

ダビッ　何しに来たんですか？

ファン　最後に会ったとき、とても……洗練されたさよならではなかったと思ったので。

ダビッ　ボクがそうしたんです。

ファン　でも、わたしは違う。だから来たんだよ。

ダビッ　どうしてあなたはいつも物事をひっくり返すのですか？　ボクはイライラします。

ファン　わたしは中を見るのが好きだ。もちろん、裏返すとまた中身が見えなくなるけどね。わたしは好奇心の鎖に繋がれたプロメテウス[4]……。構わないかい？

（ファンは椅子を指し、返事を待たないで座る）

ダビッ　どうぞ……。

ファン　この家に住んで、何をしているんだい？

ダビッ　この家にいて、何が悪いのですか？

ファン　別に。ただ、君の家ではないだろう？　ご両親の家だ。君はもう三十一歳、そうは見えないけどね。でも、三十一は越した。仕事をし、自分の人生を歩んでいる。どうしてずっと前に出ていかなかったのだね？

ダビッ　居心地がいい、そういうことかな。

ファン　いやいや、違う、嘘だ……。怖いから出ていかないのだ。大人になるのが怖い。

ダビッ　兄のホルヘも一緒に住んでます。

ファン　なるほど。でも、彼は違う。お父さん似だからね。しかし、あの顔をみると何も怖いものがないと分かる。君のその目では……。

ダビッ　何が映ってるのですか？

ファン　愛情と認知、つまりは自分は大切な人と思われたいという気持ち。

ダビッ　あなたが思い描いているほど、ボクは柔（やわ）い男じゃありません。

ファン　人に思い描かれるままの人って、まずいない。だから描かれる絵は芸術で、証明写真はそうじゃない。

ダビッ　どこまで話がいくのですか？　言ってください。あっちこっちいじくりまわされ、いつのまにかあなたが望んだところに引きずりこまれるのはいやです。

ファン　わたしのことを知って欲しい……。どこに連れて行こうとしていると思うのだね？

ダビッ　もしかしてボクがホモだと思うのだったら、無駄です。ボクはゲイじゃない。いいですか、世間がすべてゲイじゃない。あなた方が認めなければいけないことです。

ファン　落ち着いて。君がゲイじゃないことは分かってる。世間が思ってるように、ゲイになることは簡単なことじゃない。そう、そうなんだ……。何年も勉強し、準備し、専念しなければいけない。多くの場合、苦痛が伴う。君はそういった必須条件が備わっていない。君にとって、人生とは心地よいものだった。お父さんの愛情がもうちょっと欲しかった、分かってるよ。もしかしたら、お母さんのもね。しかし君は何不自由しなかった。

ダビッ　すべて金で買えるわけじゃありません。

ファン　その言葉、何でも持っている人の口からしか聞いたことがない。

ダビッ　そういう点では、ボクは恵まれていたかもしれません。

ファン　すべての人が恵まれていたわけじゃない。

ダビッ　そうですね。あなたが飢えで苦しんだということは考えてもみませんでした。

ファン　想像力を働かせるまでもない。歴史の書物を紐解いたら分かることだ。内戦が終わったとき、この国には何もなかった。あったのは粉々に破壊された家庭、憎しみ、そして困窮だった。もちろん、いつものことだが、わが世の春を謳歌した者は少しはいたよ。それもたっぷりとね。もちろん、わたしの家はそんな栄華を誇ることも、すし詰めのノアの方舟に乗り込めたわけでもない……。そう、飢えで苦しんだ。でも、極貧じゃなかった。極貧と言われるほどじゃなかった。しかし、一度や二度、夕食がなかったことも確かにあった。それでも、両親は家族が生き延びるよう、心を砕いてくれた。子どもの面倒を見ることにエネルギーを費やすことなど、別に厭わなかった。

ダビッ　あなたも親の愛情に飢えていたから、ボクの気持ちが分かってもらえるのですね？

ファン　全く違う。君のご両親の場合と同じように、うちの両親もできるだけのことはしてくれた。二人は世界の果てまで出かけ、手に入れることができるものはすべて手に入れてくれた。評価は満点。これで終わり。これ以上は尋ねるんじゃない。

ダビッ　ボクの親父を愛したから、親父をかばうのですね？

ファン　そう、愛した。妄想にかられ、強迫観念にかられるまで愛した。しかし、愛し方としては最悪だった。君が想像できないほどラファエルを愛した。でも、ダビッ、君のお父さんをかばってるのじゃない。信じて欲しい。かばってなんかいない。わたしが思い切ってここまでやって来た理由を知りたくないかい？　君のお父さんはどういう人だったのか、言うために来たんだ。わたしの恋人はどういう人だったのか。というのも、君のこだわり方はその無邪気さと同様、度を越しているからね。

（ファンは持ってきた手紙を取り出す。ダビッのほうに差し出す）

ファン　これがわたしがラファエルに出した手紙だ。君に返しておこう。君のものだ。仕舞っておいてもいい。もしくは破り捨ててもいい。くそいまいましいと思ってね。いずれにしたって、わたしはもう要らない。

（ファンはもう一束の手紙を出す）

ファン　で、これが君のお父さんがわたしにくれた手紙だ……。（新しい手紙を指し）これは、（前の手紙を指し）これとは違って、君にとっては重要な意味を持つ。ラファエルがどう感じていたのか、どう愛していたのか、君に教えてくれる手紙だ。カップルというのは二人のこと。評決を下す前に、はっきりさせておいたほうがよい。そうであっても、沈黙が最上。お互い愛し合った二人に何があったのか、他の人には絶対分からない。二人以外にはね。それが愛というもの。

ダビッ　（手紙を取ろうとして）親父が書いた手紙……。

ファン　そう急くもんじゃない。

（ファンは封筒を手元に取り戻す）

ファン　君が欲しがっている情報をあげるが、その前にどうしても君に言って欲しいことがある……。落ち着いて、裸になれなんて言わないから。もっともそのジーパン、尻がくっきり出てて ぐっとくるけどもね。でも、もうずっと前からわたしはすっかり天使になってるよ。セックスはなし、と言ってもコケティッシュに羽は生えてるがね。分かるかい。

ダビッ　どうして欲しいのですか？

ファン　本当のことを言って欲しい。

ダビッ　本当のこと？　何に関して？

ファン　君のお父さんのこと……。お父さんのこと、どう思ってるのだ？

ダビッ　ボクが親父のこと、どう思っていたのかっていうことですか。

ファン　いや、違う。知りたいのは、いま、どう思っているのかということ。親に対する恨み辛みや依存心は一緒に棺に納めることはできない。いつまでも、亡くなったあとでも、心のなかにずっと残る。一生ついてくる。いま、君はお父さんのこと、どう思っているのだ？

ダビッ　知りませんよ！

ファン　君のお父さんのこと、どう思っているのだ？

ダビッ　知りませんよ！

ファン　まず知っているということが出発点だ！　この手紙をまだ読んでいないから知らないなんて、言うもんじゃない。それはダメだ。問題は君自身だ。君が君のお父さんのこと、どう思っているかだ。

ダビッ　知りませんよ。

ファン　臆病だね！　どうやら帰ったほうがよさそうだ。

ダビッ　ボクにしてくれたことに対して心から愛してます！

ファン　それから？

ダビッ　ボクを否定したことに対して心から憎んでいます！

ファン　君は愛したかったんだ、ダビッ。

ダビッ　そう、もっと愛したかった。その権利はあったはずです。この世に生まれるのをボクが選んだわけじゃない！　自分のことしか考えないなら、はじめから子供など作らなきゃいいんだ。

ファン　人は持っていないものを人に上げることはできない。君のお父さんは誰も愛したことはない……。どうしてだか、分かるかい？　自分自身を愛していなかったからだ。

ダビッ　あなたが愛の配分で一番小さい一切れをもらった、だなんて、ボクには思えない。

ファン　何も分かっちゃいないんだね？　何を考えているのだい？　わたしを抹殺していたら、この家はキスの山が積もったのに、とでも思っているのかい？

ダビッ　ええ。

ファン　また間違ってしまったね。キスというものは数えられるものじゃない。手紙やレコードやウイスキーの瓶と違ってね。人にキスと愛を与える人は出し惜しみなどしない。値段の張る商品で大儲けしようと企む業突く張りのように、ケチなことは一切しない。いくらでも与えるものだ。

ダビッ　親父は業突く張りだったんですね。だから、あなたにも心を動かさなかったんですね。

ファン　どうやら、この手紙を渡す時が来たみたいだ……。しかし、その前にもう一つ言って欲しいことがある。君は恋をしているかい？

ダビッ　恋？　どんな関係があるのですか……？

ファン　そうだよ、恋！　金髪でも、ブルネットでもいい、誰でもいい。恋をしているかい？　恋をしたことはあるかい？

（ダビッは答えない）

ファン　どうやら、なさそうだね。答えに窮したのは、そうしたことがないからだ。
ダビッ　パートナーというのが信じられないから。
ファン　どうして?
ダビッ　ボクはあなたのようじゃないからです。うちの両親に愛を見たことはありませんでした。もうその話は繰り返したくありません。この目で見たことを信じます。
ファン　君にこういうことを言うのは残念なことだ。君の人生に愛がないということは、ラファエルの勝ちだね。君に教訓を残したんだ。
(ファンは手紙を差し出す)
ファン　読みなさい……。さっさと読んだらいい!
(ダビッは封筒を一通取り、手紙を取り出す)
ダビッ　白紙だ!
ファン　じゃあ、別の。
(ダビッはもう一通、手紙を取り出す。白紙。さらに一通)
ダビッ　みんな真っ白だ。
ファン　それが君のお父さんがわたしに書いてくれたラブレターだ。わたしの名前と住所が書かれた封筒に入れられた真っ白な便箋。自筆で書かれた手紙は、最初の一通だけ。
(ファンはポケットから一通の封筒を取り出す。ダビッに差し出す。ダビッは受け取り、読みだす)
ダビッ　「拝啓、マルティン殿、先週、あのカフェテリアで偶然お会いしてから、あなたの言われたことをずっと考えていましたが、どうか今後わたしの事務所にお越しにならないようお願い申しあげます。誰かわたしの同僚があなたの法律的な仕事を引き受けてくれると思います。敬具、ラファエル・ドゥケ……。」
ファン　「マドリード、一九六七年七月二十一日……」これがラファエルから貰った唯一の手紙だ。もうわたしのこと、少しは分かってくれたと思うのだが、残り火になった焚火をさっさと消してしまうような人間じゃない。自尊心をぐっと飲み込み、また様子を窺うことにした。こっそりとね。誰かに強く揺さぶられると粉々に砕け散る何か繊細で華奢なものに追いすがる人のようにね……。二度目に会ったのは公園だった。短く素っ気ない再会だった。彼はもう《そのこと》をこれ以上話したくないと言った。わたしは《そのこと》で身も心も焼き尽くされ、辺りは虚しい廃墟になったと言った……。彼はきっぱりと言った。「こんな会話はなかったことにしたい。」そう、こうも言った。自分の口からあなたの《常軌を逸した行動》を誰かに言うことはないって……。彼の配慮に感謝するしかなかった。でも、欲望に突き動かされ、さらに一歩、高みへと駆けのぼった。そしてこうお願いした……。「手紙をください。」彼の口からまた否定的な答えが出る前に、こういった。「違う、ラファエル。あなたは何も書かなくていい。真っ白な手紙でいい。わたしがあなたの手で書かれたことがない愛を手紙に書くから。わたしが、あなたの口から洩れることもない愛の言葉を、二人が一緒に感じることもない愛の表現を書くから。」……少し心が動いたみたいだった。そうわたしが推測しただけだったかもしれない。でも……。そうするとは言ってくれなかった。それもまたふしだらだと思ったのかもしれない。で、立ち去っていった……。わたしはじっとベンチに腰かけていた。そこは、ラファエルが亡くなったのを知って腰かけたベンチだった。ずっと立ちあがれなかった。何時間も何時間も。わたしは君のお父さんに今まで感じたことも、抱いたこともない愛を感じた。彼が同意してくれなかった事実、彼がわたしを愛することではなく、わたしが彼を愛していることに同意してくれなかった事実。その事実は、わたしを不幸に感じさせるどころか、黄金に輝く希望のなかを揺れ動く感覚を与えてくれた。「本当に、そうする気はないのだろうか？拒否する理由は感情の欠如ではなく、何か怖れているからだろうか？」三十年前、ゲイでいることはいまのようにはいかなかった。三十年前は毎日感謝しなければいけなかった。だって、今日は息をさせてもらえるのだから……。そう、わたしは心のなかで固く信じることにした。

君のお父さんはわたしに対して何か感じてくれたんだと。受け入れてくれなくても何か、そう、何かを。空想に翼をつけることは実に簡単なこと……。この妄想は再び手紙を書く気力を与えてくれた。何日も何日も返事を待った。毎朝毎朝、何の慰みも与えてくれない空の郵便受けを見ては、悲嘆にくれるだけだった……。でも、とうとうその日が来た。煌々と輝く満月。ラファエルはわたしの望みを叶えてくれた。頼んだように真っ白な満月が届いた。わたしの思いが通じた……。本当なんだろうか？　そう、そうなんだ。わたしは真っ白な紙を受け取って幸福に酔いしれた。また、希望に満ちた返事を書いた。二人の幸運を祝福し、狂気のどん底に身を躍らせた。また返事がもらえた。三十年間、君のお父さんは白紙の手紙を送ってきてくれた。だんだん返事が来る間隔は長くなっていったが、この交流はお父さんが亡くなる少し前まで続いた……。これがわたしたち二人の《素晴らしき》愛の物語だ。わたしが発明した沈黙のカード。ラファエルはカードの相手をしてくれた。ただ、それだけ。で、勝ったのはわたし……。しかし、手に入れたものは何？　そう、君の言うとおり。寂寞たる孤独だ。そのあいだ、何かしらのアバンチュールがなかったわけじゃない。絶望にかられ、自分を認めてもらいたいと、誰かの肉体にしがみつかなかったわけじゃない。もちろん、そうしたさ。しかし、誰もラファエルの替わりになる人はいなかった……。なぜだか分かるかい？　あの人の愛はわたしの愛。わたしが作り上げた愛。この世に存在しない、虚構に存在するあの人より勝る人は誰もいなかった。現実に生きる恐怖、わたしのなかで作り上げた人ではなく、現実に生きている人に愛される恐怖にかられ、わたしは夢と嘘の監獄にしっかりと繋がれるほうを選んだ……。わたしはいつも風の音を聞くのが好きだ。風の道を吹き抜ける風。風は人を傷つけない。そう思っていた。風は君を傷つけないものだ……。確かに風は君の髪の毛や君の服を巻きあげ、君をよろめかせるかもしれないが、君の心をふらつかせることはしない。しかし、風はわたしを安心させる心地よい風ばかりじゃなかった。うまく避難することができなければ、君の人生と感覚とを粉々に引きちぎり吹き飛ばす暴風になることだってある……。罪のない白紙の手紙を送って欲しいというわたしの申し出をラファエルが受け入れたとき、同時に長い縄も投げてよこした。その縄は三十年間、わたしの首に巻き付いたままだった。そして風に傷つけられた……。君のお父さんがわたしに手紙を寄越した理由は、もしかしたら単純なことだったのかもしれない、でも、わたしにはなぜだか分からなかった。あの人の心の奥底には、見た目よりずっと深い奥底には、もしかしたら、わたしの顔、わたしの名前、わたしの声、わたしの視線を仕舞っておくスペースがあったのかもしれない……。わたしに対して愛のかけらがあったのかもしれない……。もしかしたら、そうでなかったのかもしれない……。たぶん、そうじゃなかった……。君がわたしに確認したかったことが、君のお父さんは人間的であった、疑ったり喜んだり、ときには激情に駆られる人間であったかどうかということだったら、申し訳ない、お役には立てない。ちらっとでも、人間的だったと考えることはできない。失望させて悪い。でも、できない。君もそう考えないことだ。人のせいにすることは簡単だ。おまけにそれは臆病だ……。一度、君はお父さんに映画に連れていってもらった。アニメーションの映画『バンビ』だった、と思う。こちら側の世界から、当然だろう、わたしの世界から、二人を盗み見していた……。あの恐ろしい孤独と死の場面を前にして、君の真っ黒い小さな瞳に涙があふれるのを見た。聡明でいなさい。これから先の人生でどの映画を見るか、うまく選びなさい。まだ十分、時間は残っている……。さて、そろそろお暇したほうがよさそうだ。君はいろいろ考えを変える必要がある。わたしも考えを変えることにする。二人が友達になれなかったことは残念だった。でも、わたしは再び苦しむのはごめんだ……。ラファエル・ドゥケ氏とで十分だった。あの人の息子に恋をするなど到底無理な話。というもの、君に恋をすることは大いにありうるからね。そのことははっきり覚えておいて欲しい。愛するとは愛したいという気持ちに他ならない。わたしは愛したい、そう思いつめてきた。残念なことにわたしは適切な宛先を選べなかった。手紙の宛先を間違ってしまった、人生の宛先もね……。気をつけるんだよ、ダビッ。死んで埋葬されてしまったゴリアテ[5]に対峙する必要はない。君のお父さんを許すこと。それが結局は君自身を許すことになる。

(もう二度とこの家に足を踏み入れることはないと確信して、フアンは退場。ダビッはフアンが残していった手紙のほうに行く)

ダビッ　親父が亡くなった日に親父のことが分かり始めました。ちょっと遅いですよね。でも、もしかしたら、それがいちばん適切なときだったかもしれません。そうです。いちばん適切なときでした。パパ、あなたがどんな人だったのか分からない。きっといつまでも分からないでしょう。でも、あなたがボクの親父だったということは分かりました……。これで十分です。これで十分でいいはずです。

暗転。

さすらう人々

ブランカ・ドメネク

岡本淳子訳

Blanca Doménech　一九七六年、マドリード生まれ。マドリード高等演劇専門学校（RESAD）のドラマツルギー・演劇学科を卒業。テレビの人気シリーズ『めがねっこマノリート』、『天才たち』、『灰色の豹』の脚本を担当する。最初の演劇作品『エコー』は二〇〇一年にフンダメントス社から出版された。二〇〇五年から二〇〇九年までメノルカ島に住み、メノルカ芸術サークルと活発に活動する。初期作品はシュールレアリズムの影響を受けているが、二〇一一年にイギリスに拠点を置くシアター・アンカットと活動し始めると、作風ががらりと変わり、政治性の強い作品を創作するようになる。ニューヨーク、コロンビア大学のニューロ・テクノロジー・ラボで神経科学を研究後、『ヒュドラ』を発表。現在もニューヨーク在住。

【主な作品】『エコー』二〇〇一年。『しわくちゃの詩』二〇〇七年。『さすらう人々』二〇〇九年。カルデロン・デ・ラ・バルカ賞受賞。二〇一七年、ブエノスアイレス（アルゼンチン）で上演。『石の病』二〇一二年。ロンドン、ニューヨーク、マドリードで上演。『ミューズ』二〇一三年。スペイン劇作家協会賞受賞。『ブーメラン』二〇一四年。スペイン国立ドラマセンター（CDN）、モスクワの芸術劇場で上演。『ヒュドラ』二〇一六年。マドリードのマリア・ゲレロ劇場で上演。

登場人物

オリベル　島の避難所で働く若い男性
ディアナ　避難所の女主人のような女性
マックス　弟を探して島にたどり着いた中年男性
ヒメーナ　島の洞穴に住む若い女性
サムエル　島で肉屋を営む男性

第一幕　捜索

退廃的な雰囲気の避難所内のガラス張りのポーチ。数卓のテーブルと数脚の椅子。その椅子のいくつかは折りたたまれ、壁際に積んである。ロッキングチェアとハンモックが一つずつ。鏡の付いた洗面台、その上には洗面用具。

ポーチは丸いリビングに続いており、リビングの壁には切抜き（写真、雑誌、イラスト、新聞記事など）が貼ってある。螺旋階段と折りたたみ式の鏡張りの衝立。

暗がりのなか、ポーチに人が二人いるのがわかる。一人はオリベルで、ロッキングチェアに座り、ゆっくりと機械的に椅子を揺らしている。ロッキングチェアは錆びついた音をたてている。もう一人のディアナは薄暗い隅にいるため、その姿はほとんど見えない。洗面台の正面に座り、鏡をじっと見ている。

ある冬の夜。

オリベル　あの音、聞こえた？

（沈黙）

オリベル　聞こえなかった？　ひゅーって音。遠くで鳴っているひゅーって音。（間）まただ。またあのひゅーって音が響いている。聞こえる？

ディアナ　いいえ。

（沈黙）

オリベル　あの音、何度も鳴っている……。何度も。きしむ音。岩と岩がぎしぎしと……。岩と岩がぶつかる音。岩と岩とがひしめき合って。（間）遠くに聞こえるひゅーって音。風が突然止んだ。重い空気を含んだ大きなつむじ風が吹いて、その直後、完全にすべてが止まった。ちょっとだけ外に出てみた。今夜の空気の密度を分析したくて。肉屋の日よけ……。動いていなかった……。わかる？　まったく動いていなかった。完全な静止。そして、今……。（間）聞こえた？

ディアナ　何が……？
オリベル　音。
ディアナ　いいえ。（沈黙）聞こえない。
（オリベルはディアナに近づく。一本のろうそくに火をつける。すると、洗面台の鏡に明かりが反射する。反射光はポーチのほうまで届き、あらゆる方角に伸びているように見える。鏡に映るディアナの姿と、彼女の右目の義眼が放つ究極のきらめきが際立つ。舞台が弱い光を取り戻す。オリベルは彼女の後ろに行き、彼女の肩に両手を乗せる。二人は鏡越しに見つめ合う）
オリベル　ちゃんと聞こえた……？
ディアナ　ちゃんと聞こえたって……今？
オリベル　音がするって話したろう。何かがいつもとは違うって言っているんだ。聞きなれない音なんだよ。聞きなれない音。岩と岩とがそんなふうにきしむのを聞いたことがない。岩と岩とがぶつかり合って、風はまったく吹いていない。いつもと何かが違う。
ディアナ　肩を抑えないで。
オリベル　何か奇妙なことが起きるって言っているんだ。
ディアナ　抑えつけないで。
オリベル　空気が濃くなっている。肉屋の日よけが動いていない。
ディアナ　放して。
オリベル　何か奇妙なことが明らかになりつつある。胸騒ぎがする。胸が締め付けられる。肉屋の日よけが……。
（沈黙。二人の視線が鏡越しに交差する。オリベルは後ずさりして、再びロッキングチェアに座る。目を閉じる。同時に、ディアナが立ち上がる。沈黙）
ディアナ　あなたが行ってしまった時。（間）あの時。何年も前。十年か九年前。十年前。あなたは冬の間ずっといなかった。あなたが戻ってくるのか、あなたにもう一度会えるのか、誰にもわからなかった。あなたはいわば、まだ子供だった……。でも、その後……。曇り空のあの日。空は暗くて、黒光りしていて、信じられないくらい黒かった。あなたの顔は汗でびっしょりだった。汗が首に流れ落ちていた。あの冬……。誰もあなたが戻ってくるとは思っていなかった。あなたは永久に消えてしまう子供たちの一人だった。時間の経過とともにぼやけていく顔。二度と会うことのない人たちのことを、私たちはもっともタイミングの悪いときに思い出す。稲光のようにその人のイメージが現れて、一瞬にして消える。あなたが戻ってくるなんて誰も思わなかった。
オリベル　僕は戻ってきた。でも、あいつらは……。
（沈黙。ディアナは洗面台に戻る。腰を下ろす。鏡をじっと見つめる。自分の顔を観察する。オリベルは不安げなリズムでロッキングチェアを揺らし始める）

オリベル　あの冬、何があった？

ディアナ　何もなかったわ。

オリベル　つまり、どうして……？

ディアナ　何もなかったわ。

オリベル　何度も。あの冬の話になるたびに。時々……。つまり……こんな感じがするんだ……。あの冬、あたかも何かが完全に壊れたような感じ。重要な何かが死んだのに、埋葬さえされなかった。大きなクエスチョンマークのようにそれは宙ぶらりんになった。

ディアナ　何もなかったわ。

オリベル　それじゃ……。何だったんだ……？　何が起きたんだ……？

ディアナ　何もなかったの！

（沈黙）

オリベル　どうしてその話を持ち出した？

ディアナ　どうして……？

オリベル　何のために。

ディアナ　そんな話し方、やめて。

（間）

オリベル　いつもと同じ冬。まためぐって来た冬。時間が止まったような空虚な数カ月。海に囲まれたこのちっぽけな土地の真ん中で時間が止まった冬。先のとがった岩、襲い掛かるような風、窓の向こうのひゅーという音、真夜中のうめき声。僕が不在の冬、悪かったはずはない。

ディアナ　悪くなかったわ。

（間）

オリベル　僕にとっても悪くなかった。なんとか再確認できた……。結論に達したんだ……。ここに残るべきだったって。海の真ん中のこのちっぽけな島に閉じ込められたままでいるべきだった。海の真ん中のこの石の欠片だけを頼りに、成り行き任せに。

（ディアナはガラスの向こうを見る。冷淡な表情で、しばらく背中をピンと伸ばす。すぐに床につっぷし、突然、大声で笑い出す）

ディアナ　あなたは出て行かなかった。この島のどこか隅っこに隠れていたんだわ。何カ月間か、どこかに隠れていたの。

オリベル　どうしてそんなことを言うんだ？

ディアナ　あなたを見たもの……。ある晩、あなたが小道を歩いているのを見たもの。途方にくれていたわ。おそろしいほど放心状態だった。

オリベル　それは僕じゃない。おそらくそれは……あいつだ……。あいつだったんだ。

ディアナ　あいつ？

オリベル　あいつだ。賭けてもいい。

ディアナ　あなたが言っているのは……あの人たちのこと？

（ディアナはなおも床に寝そべっているが、奇妙なポーズを取っている。オリベルはひょいと立ち上がる。彼は窓ガラスに近づく。不気味な視線で外を観察する）

オリベル　シィィィィィィ……。

ディアナ　あの人たちのことを言っているの？

オリベル　ほら。聞こえた？

ディアナ　何が？

オリベル　誰か来る。

ディアナ　え？

オリベル　来るよ、誰かが。雑草を踏みつける音が聞こえる。ほら。耳を澄ませて……。あれだ。大またで地面を踏んでいる。ものすごく大またで歩いている。地面を踏みつける音。

ディアナ　何も聞こえない。

オリベル　角の向こうにいる。

ディアナ　何も聞こえない。

オリベル　シィィィィィィ……。

（ガラス張りのポーチの向こうに、人の姿が見える。社会的に身分の高い人のようなシルエット。数分間、ポーチの前でじっとして、中の様子を伺おうとしている）

オリベル　そこにいる。

（オリベルは玄関に向かう。と同時に、その人物は動揺し始め、うろうろする。ディアナはさっと起き上がり、再び洗面台の正面に座り、鏡をじっと見つめる。オリベルは扉を開ける。彼はマックスと目を合わせる。二人は数分間黙ってじっと見つめ合い、相手が自分にとって脅威となる人物かどうかを詮索しあう）

マックス　（帽子を取りながら）こんばんは……。すみません……。スーツケースを、ここに置いてもよろしいですか……？

オリベル　高級なスーツケースだ。こんなスーツケースを見るのは、ずいぶん久しぶりです。いや……。こういうタイプのスーツケースを見るのは、初めてですね……。（スーツケースを観察し始める）素材は何ですか？　こんなの、見たことありません……。う～ん……すばらしい。

（間）

マックス　私のスーツケースは……もちろん……最高級品です。ここに置いてもよろしいですか……？

オリベル　もちろんです。お好きな所に置いてください。当然です。

（間）

マックス　ありがとうございます。

（間）

オリベル　それで？

マックス　泊まる所を探しています……。結局……。ここでしょうか……？　漁師たちが教えてくれました……この時期に開いている民宿は一軒だけだと……。ペンションだか民宿だか……。

オリベル　僕たちは避難所と呼んでいます。

マックス　避難所？

オリベル　避難所です。

マックス　ここが唯一の……。

オリベル　ここだけです。

（間）

マックス　想像を絶する小道を何時間も歩きました。どこにも街灯がないのですね。今夜の湿気で骨の髄までくたくたです。食事がしたいのですが。

オリベル　それでは……。泊まるのですか？

マックス　はい、もちろんです……。他にどうしろと？

（間）

オリベル　見たところ、お偉いさんのようですね。だって、あなたのスーツケースを見ればわかりますよ……。それに、そのスーツ。はい、はい、はい……。高級品です……。

マックス　私のスーツが、どうかしましたか？

オリベル　いやいや……まったく……。気にしないでくださ い……。ネクタイを締めた遭難者を見るのは初めてです。

マックス　遭難者？

オリベル　ネクタイを締めた遭難者。

マックス　どういうことですか？

オリベル　スーツにネクタイの遭難者。ネクタイによく合う靴下……。すごいな……。上等な靴。信じられない……。すごく上等な靴。

マックス　私をからかっているのですか？

オリベル　それに、その帽子？　すごい帽子じゃありませんか。信じられない。信じられません。正真正銘、本物の帽子だ。

マックス　この島にたどり着くのにどれほど苦労したか、おわかりにならないでしょう。今までに経験したことのないような災難の連続でした。国の半分を車で、大陸の半分を船で横断したのです。

オリベル　大陸の半分を船で？

マックス　そうです。一度、港に着きました……。この近くの島のとても小さな港に……。名前は思い出せませんが……。漁師たち……。その港の漁師たちがここへの道を教えてくれて……。

オリベル　その漁師たちにここまで連れてきてもらったのですか？

マックス　あの忌々しい漁師たちにそんな親切心はありませんよ。

オリベル　当然です。

マックス　あの愚かな漁師たちは私から金を受け取りませんでした。
オリベル　当然です。
マックス　私が金を渡したら、狂ったように笑い出しました。
オリベル　当然です。
（間）
マックス　この紙に三つほど殴り書きをしました。この島まで、それから民宿までの道を書いてくれただけです。
オリベル　避難所です。
マックス　避難所ですか。避難所……。どうしてこだわるのですか？
（沈黙）
オリベル　さて……。それでは……。泊まるのですね？
マックス　はい、もちろんです……。私が今どんな状態なのか、おわかりになりませんか？　くたくたですよ。
オリベル　スーツはどうやって洗うつもりですか？　ランドリーサービスはありませんよ。
マックス　別の服も持ってきています……。そんなこともわかっていないとお考えで？
オリベル　リゾート着を持ってきているのですね。
マックス　もちろんです。
オリベル　短パンは持ってきていますか？
マックス　ニッカーズ。Tシャツ。そういった服を。
オリベル　そのニッカーズ、見てみたいですね。
マックス　まだ私をからかっているのですか？
オリベル　いいえ。真面目に言っています。あなたのスーツケースの中身を見てみたいものです。もう長いこと、紳士服の流行には疎くて。
マックス　もちろんいいですよ……。中に入ってもよろしいですか？
オリベル　もちろんです。泊まるとおっしゃいましたね？
マックス　泊まるつもりです……。何か食べることはできますか？
オリベル　食べる？
（ディアナが立ち上がる。マックスのほうに近づく。彼のことをじっと観察する）
ディアナ　（オリベルに）食料庫にある作り置きをひとつ温めてあげればいいわ……。一番美味しいやつを……。訪問客にそれくらいしてあげてもいいと思う。
（沈黙。オリベルが出て行く。ディアナがマックスの上着と帽子を脱がす。マックスは控えめに彼女を観察する）
ディアナ　そうです。
マックス　はい？
ディアナ　私の目。
マックス　……？

ディアナ　私の目……。そうですよ。

マックス　すみません……。

ディアナ　いいんですよ。気に入りました？

マックス　目が、ですか？

ディアナ　目です。

マックス　つまり……。はい。日中、明るい所で見せていただけるといいのですが。

ディアナ　日中、明るい所で見るほうがいいですって？　あなたは、日が落ちた後の女性は信用ならないと思っている男性なのですね……。

マックス　すみません……。

（間）

ディアナ　私、そういうタイプの男性は好きではありません。私は夜型です。本来、夜の女なのです。日中、明るい所で私の目を見ることは、おそらくできないと思います。がっかりさせてごめんなさい。私は、愛の歌を口ずさみながら洗濯をする化粧気のない女とは違います。私は、そういう女が大嫌いです。おそらくあなたは、髪をきれいにまとめた、えくぼの可愛い若い娘、薄い絹の服を着て、便秘でもしているみたいに歩く若い娘、すぐに落ち込む神経質な娘、そういうのを求めるタイプの男性なのですね……。虫が死んだくらいで泣くような娘がお好みなのですね。その虫のためにお通夜までして、礼儀を尽くして埋葬するような娘が。（間）私は夜の女です。夜型です。太陽の光のもとで私の目を見ることはできません。（間）そして、もちろん私は、死んだ虫に敬意を表したことなんか一度だってありません。（間）ここまでどうやって来られました？

マックス　くたくたですよ……。わかりませんか？　数日間ずっと……。

ディアナ　どうやって、あなた独りで、この島まで来ることができたのです？　漁師たちに連れてきてもらったわけではないって、おっしゃいましたね……。どうやってたどり着いたのですか？

マックス　さっき私が言ったこと、聞いていましたか……？

ディアナ　それで？

マックス　信じていただけないでしょう。

ディアナ　信じますよ。

マックス　漁師たちが私を暗闇に残して行ってしまった時……。真っ暗でした。真っ暗闇でした。私は係船場を何時間も歩き回って、なんとかして……。船が来るのに何日もかかると言われました……。ですから、勇気を振り絞って……。ボートを盗みました。ボートを盗んだのです。必死にボートをこぎました。電池の切れた懐中電灯と使い物にならない磁石を持って。電池の切れた懐中電灯と使い物にならない磁石を持ってです。

ディアナ　まあまあ……。思い出すのが大変そうですね……。懐中電灯と磁石はどこから持ってきたのです？

マックス　漁師たちです。

ディアナ　漁師たち？

マックス　聞いていなかったのですか？（間）すみません……。座ってもいいでしょうか？

ディアナ　もちろんですよ、お客様。あなたはもう宿泊客です。そうでしょう？　あなたがお客でないのなら、座る許可は出しません。お客様のご要望にはお応えする義務があると思っています。仕方のないことです。ある時期私は……実は……今までに何度も失礼な態度をとったことがあるので、一応お伝えしておきます。

（マックスは一脚の椅子の位置を変える。座るときに膝が激しく痙攣する。前かがみになる。ディアナは彼をじっと観察する。そして、少しずつ彼に近づいていき、最後には彼の隣に行く。彼女は床に座る）

ディアナ　大丈夫ですか？　よろしければ、骨に効く軟膏をご用意しますよ。この島の湿気。この島の湿気に慣れるのは大変です。

マックス　骨に効く軟膏？

ディアナ　錠剤のほうがよろしいですか？　ここには錠剤はありません。錠剤はないのです。

マックス　からかわないでください。

ディアナ　錠剤はありません。さきほどお伝えしました。どうして何度も繰り返し言わなければならないのでしょう。すべてを繰り返し何度も言うのは、もう、うんざりです。

（沈黙。マックスは椅子の上に倒れこむ。ディアナはじっと彼を観察する）

ディアナ　それでは……。お泊まりになるのですね？

マックス　もちろんです……。聞いていなかったのですか？　泊まります。

ディアナ　どれくらいお泊まりになりますか？

マックス　数日……。ほんの数日間。

（間）

ディアナ　あなたがおっしゃりたいのはこういうことですね……。ええと。私はとても単刀直入です。単純なことを遠回しに言うのには耐えられません。あなたが言いたいのは、あなたのような男性が……。かなり年配の方……。高級な帽子を被って、権力を持っていることが外見に滲み出ている、品位のあるそういう男性……。権限のある人。そうです。地位の高い人。そういうタイプの人が……結果的にここにいるのは……数日間ここで過ごしたいから。海の真ん中の隔離されたこのちっぽけな島で数日間過ごしたいから。ここでは、夏になると、あなたのような人たちが自分のヨットを係留して、プラスチック製の滑り台で遊んだり、せいぜい小道を散歩したり、無我夢中でアイスクリームをなめたりします。でも、絶対に……絶対に……決して……決して……真冬に……真夜中に現れて……数日間過ごす予定です、などとは言いません。直径十キロにも満たない島で数日間過ごそうと、立派な殿方が気まぐれに思いついたということでしょうか……。人の住めない島、実際問題、あなたのような人たちの住める場所ではない島で……。どうしてこんなところに……。これから行こうとしている島について、調べなかったのですか？

マックス　ちょっと待ってください。不安な気持ちにさせないでください。

ディアナ　もうお伝えしました。私は単刀直入です。合理的です。遠まわしな言い方は嫌いです。あなたは泊まるとおっしゃいました。そうですね？

マックス　お聞きになったでしょう？　泊まります。

ディアナ　お泊まりになる。いいでしょう。規則を決めます。よろしいですね。規則を決めます。ですから、何泊するのか、教えてください。

マックス　もうお伝えしました。ほんの数日間です。

（間。ディアナは仰向けに寝そべる。伸びをする）

マックス　ですから……。

ディアナ　本当に、不愉快なほど、退屈してきました。

マックス　あなたに言っておくべきことがあります。もう少し後にしようと思っていました。明日まで待とうと……。私が今どんな状態か、わかりませんか？　あなたは……あなたは……私がどんな状態なのか、わかっていない……。

ディアナ　退屈です。退屈ですよ。あなたの話し方……。わかります？　あなたがものを言う時のイントネーションやリズム。ものすごく退屈です。音楽を聴いたことはありますか？　つまり……すべての感覚を使って……空気の動きや力の変化を深く追求しながら、音楽を聴いたことがあるのか、ってことです……。ないでしょうね。数日間泊まる予定ですか？

マックス　……?!

ディアナ　私がイントネーションをつけてお教えします。間とか句読点とか……ちゃんと使えるようになるのは、とても大事なことです。それができれば、すべてが驚くほどうまくいきますよ。実際のところ、あなたは心の底では孤独で、人から軽蔑されていると感じている、そういうタイプの上流階級の人なのかもしれません……。話にはよく聞きますが、実際にいるのですね……。当然いるのです。絶頂期に自分の孤独に気づく権力者。自分自身の孤独に。あなたはそういう人です。目を見ればわかります。その暗い目。驚くほどうまくいくはずですよ。明らかに問題はあなたが話すときのイントネーションにあります。

マックス　（立ち上がりながら、激怒して）もう十分だ。金は払うんだよ……。わかったか？　（落ち着きを取り戻して）わかりましたか？

ディアナ　どういう意味ですか？

マックス　お願いします……。もう少し丁重に扱っていただけませんか。私の今の状態を気遣っていただきたい。この状態を気の毒に思っていただきたい。

ディアナ　人の同情を引くことにあまり慣れていないようですね。むしろ、長い年月をかけて、あなたは……他の人に同情する側に……感動の達人になったのです。何日間泊まる予定です？　知っておく必要がありますから。あなたは私のお客様ですから。ここには毎日船がくるわけではありません。冬には、週に一度の運行も休みになることが多いのです。おそろしい嵐も来ます。木が真っ二つに割れます。それも大きな根を張った木が。世界の創造よりもずっと古い木がですよ。畏怖を与えるような木々が、真っ二つに割れるのです。何週間も船が出ないこともあります。もしかしたらあなたは、自分の好きなときに、盗んだボートで帰ればいいと思っているのかもしれません。あなたの休暇はとても奇妙です。金持ちは気まぐれだとはよく言ったものです。おそらくあなたは日ごろの競争や諍いで疲れた頭をリフレッシュさせるためにここに来たのでしょう。精神を穏やかにするためにここに来たのですね。今後の戦略を立てるつもりなのでしょう。そうではありませんか？

（マックスは一度乱れた心の平静を取り戻そうとする。勢いよくスーツケースに向かう。スーツケースを開ける。中身をあさる。ようやく写真を一枚取りだす。ディアナに近づき、しっかりと写真を見せる）

マックス　あなたは単刀直入がお好き。いいでしょう。これです。この男を探しに来ました。

（ディアナが離れる）

マックス　（落ち着いてはいるが熱を込めて）まったくあなたの言うとおりです。まったくそのとおり。私は権力を握っている人間です。会社を経営しています……。そして、そのことにプライドを持っています……。大きな保険会社を経営しています。世界中で展開している会社の代表取締役です。わかりますね？　支社がいくつもあります。わかりますね？　偉そうな態度は控えていただきたい。もしかしたらあなたは、私のような人間と出会うことに慣れていないのかもしれません。しつけのなっていない娘のような横柄な態度を取らないようにしてください。私は、今のこの状況よりももっと厄介な事態に対処できるプロです。私のような人間にどんなことができるのか、あなたには想像もつかない。想像すらできないのです。わかりますね？（間）何様のつもりですか？私はこの島に来ました。このどうでもいい島に来たのは、ある目的のためです。たった一つの目的のためです。言っておきますが、私はほしい物はすべて、間違いなくすべて、手に入れます。すべてです。わかりますね？　十分に注意してください、いいですね？　くれぐれも、くれぐれも注意してくださいよ。（間）この男を探しにこの島に来ました。見てください。この男を探しています。

ディアナ　お名前は？

マックス　はい？

ディアナ　お名前は何とおっしゃるの？

マックス　私の？

ディアナ　お名前。

マックス　（困惑して）マキシモ……。マックス……。マックスと呼んでください。

ディアナ　はじめまして、マックス。私はディアナです。（間）では、ここに来たのは、ある男性を探すためということですね。見たところ、その人、かなり前にいなくなったようですね。写真がしわくちゃ。もうちょっと写りのいい写真はなかったのかしら？

マックス　いったい……何がおっしゃりたい？

ディアナ　ようやく役立つものを見せてくれました……。写真を……。しわくちゃの……。昔の……少なくとも……少なくとも十年前の写真。そう、十年あるいは十五年前の。唯一役立つもの……あなたに関係する唯一の情報。（間）それでは、あなたはこの若者を追って……。

マックス　探しています。

ディアナ　出て行ったのですか？

マックス　姿を消しました……。完全に姿を消しました。（ディアナは写真をじっと見つめる。その表情がかすかにゆがむ。間）

ディアナ　あなたのような人が……権力を握っている人が……。保険会社の代表取締役……。世界中に支社がある。正真正銘のビジネスマン……。どうしてそういう人がこんな方法で人を探そうだなんて思いついたのでしょうか？　あなた、どんなところにやって来たのか、本当にわかっていらっしゃいます？　探偵を雇うことはできなかったのでしょうか……？　あるいは……マフィアとのコネを使えたでしょうに……。マフィアとコネがないだなんて言わないでくださいよ。そういう帽子をかぶっている人は絶対にマフィアと強いコネがあるのですから。（オリベルがお盆を持って、円形の小さなリビングを横切り、ポーチに行く。テーブルの上に皿一枚、フォークとナイフ、数脚のグラスとボトルを一本置く）

オリベル　どうぞ。ミートボールとパン、それとジンです。

ディアナ　ミートボール。すばらしい選択だわ。私の得意料理です。ミートボールをたくさん作って、その後、こういう広口瓶に分けて貯蔵しておきます。食糧庫には、ものすごくたくさんのミートボールの瓶があるんですよ。これと同じトマト味のもの……それに、にんにくのスペシャルソースを使ったものや……香りのよいスパイスを使ったもの……じゃがいもと茹で卵入りとか……。ここに泊まるのですよね、マックス？　全種類、召し上がってみてください。

オリベル　二人とも、随分親しくなったんだ。マックス……。この人、マックスっていうんだね？　よろしく、マックス。僕はオリベルです。どうぞよろしく。この島の冬はものすごく退屈ですよ。僕たちが楽しみ方を知らないというわけではありません。僕たちは楽しむことにかけてはエキスパートです。そういうことじゃなくて……。当然、こういった訪問には慣れていません……。当然のことながら慣れていません……。マックス、どうかお座りください……。

(マックスが座ると、直後にディアナとオリベルも座る。二人は視線を交わす。マックスはがつがつと食べ始める)

ディアナ　あなたが食事の準備をしている間、マックスが私に何を話してくれたのか、わかる？

オリベル　二人で話をしていたんだね。そりゃそうだ。二人がお互いを見る目でわかるよ。おそらく、何かばかげたことを話していたんだろう。ばかげたこと、でも二人にとっては重要なこと。こんな湿気の多い夜中に、見知らぬ者同士二人が顔をつきあわせて、しばらくは落ち着かなかっただろうね。知らない者同士二人。知り合うなんて絶対に思わなかった二人が突然、避難所のポーチで深刻で悲痛な話をしている。

ディアナ　マックスはある男性を探してこの島に来たの。わかるわね。ここまで来たの。こんなに地位の高い人が。保険会社の代表取締役よ。世界各地を思いのままに動かしているすごく偉い代表取締役。そういう人が独りきりで、ある男性を探しに来たの。

オリベル　保険会社の代表取締役？

ディアナ　すごく偉い代表取締役。

オリベル　安全保障の専門家。安全保障の専門家が……。矛盾している……。(間)ある男性を？　ここに？

ディアナ　そのとおり。

オリベル　(マックスに)男性を探しにここに来たのですか？　どういう男性ですか？

マックス　弟です。

ディアナ　弟さん？

マックス　そうです。弟です。もう十年以上会っていません。弟に関する最後のニュースは、ここに来たというものでした。この島にしばらく滞在するというものでした。商売を始めようとしていたのでしょう。いろいろ考えていた商売の一つだと思います。笑顔が素敵な若者でした。到底実現できないアイデアばかり思いついて、頭の中は迷走していました。それはもう、人を惹きつける力はすごかった。でも、有能ではありませんでした。あの子は最後にはいつもすべてを台無しにしてしまいました。

ディアナ　そういう人が、あなたの弟さんという訳ね。

オリベル　僕たちの所に泊まるおつもりですね？

マックス　もちろん。当然です。もうこれ以上同じことを尋ねないでいただけますか？

オリベル　何日間ですか？

マックス　数日間です。それがルーカスに関する手がかりをつかむのに必要な時間です。あいつを見つけないといけません。できるだけ早く調査をしなければ……。あいつを見つけないといけません。緊急なのです。もう質問はしないでください。お支払いはします、いいですね？　あなた方が想像もできないほどの金額をお支払いします。宿泊代、食事代、その他もろもろ、お支払いします。

ディアナ　その他もろもろ……。

マックス　もちろん、私の捜索に協力してくださる方には、それなりの御礼をします。

（オリベルが笑い始める）

オリベル　その写真、見せていただけます？

（マックスはワイシャツのポケットから写真を取りだす。ディアナがみんなのグラスにジンを注ぐ。彼女は不安げな視線をオリベルに向ける。しばらくの沈黙。その後、より深い視線が交差する。ディアナとオリベルは向い合ってお互いをじっと見る。テーブルの中央に写真）

ディアナ　乾杯しましょう。

マックス　乾杯？

ディアナ　乾杯しましょう。

（ディアナはグラスを持ち上げる。緊張をほぐそうとしている。オリベルは突然固まってしまう。目を大きく見開き、焦点が合っていない）

ディアナ　マックスのために乾杯。マックスだけのために乾杯。

マックス　ありがとう。

（三つのグラスが宙でぶつかる。オリベルはゆっくりとロッキングチェアに向かい、腰を下ろし、焦点の合わない目をしたまま、ゆっくりとぎこちないリズムでチェアを揺らす。ディアナは横目でオリベルを見る）

マックス　その人、どうしましたか？

ディアナ　誰のことです？

マックス　あなたの弟さんですよ。

ディアナ　私の弟？　私の弟ではありませんよ。どこから私の弟だなんてことになったのですか？

マックス　そうですね……。私の勘違いです……。ぼうっとしているもので……。おわかりになりませんか？　もうくたくたです。

ディアナ　私の弟ではありません。

マックス　どうしたのです？

ディアナ　どうもしていません。でも、どうして、どうかしなければならないのです？　どうもしていません。彼はこういう人間です。座りたくなったら、座る。話したくなければ、話さない。自分のしたいようにしているだけです。したいことはなんでもしますけれど、自分の行動を説明したりはしません。なぜこっちに来るのか、なぜあっちに行くのか、理由なんか言いません。ここではそういうふうに物事が進みます。まったくどうでもいいことに、ばかげた説明を求めないでください。あなたのような人はみんな……。その手の人はみんな……。説明のつかないことに対して、とんでもない結論を導きだそうと躍起になります。信じられないような理論をでっちあげます。複雑な考えを巡らせます。そして後になって言うのです……すべてアンダーコントロールだって。すべてコントロールできているって。保険会社の社長さんなら、そんなことは完璧におわかりのはず。

マックス　あなたは弟を知らないということですか？　あなた方お二人は弟を知らないということですか？

ディアナ　ルーカスを？

マックス　どうして名前をご存知なのです？

ディアナ　さっきあなたがおっしゃいました。

（間）

マックス　私は、あいつがどこにいるのか、知りたいだけです。

ディアナ　それで？

マックス　ここにいるのか、もういないのかを。

ディアナ　それで？

マックス　もういないのなら、どこに行ってしまったのかを知りたいのです。

ディアナ　すてきなことだと思うわ。したいことをするのは自由です。あなたはルーカスを探したい。どうぞルーカスを探してください。誰も邪魔はしませんよ。

マックス　情報を集めるのは、それほど骨の折れることではないでしょう。ちっぽけな島です。民宿は一軒だけ。誰も泊まっていない、そうですね？

ディアナ　そのとおり。誰も泊まっていません。

マックス　ちっぽけな島。こんな所で、いったい何人と出会えるでしょうか？　どれだけの住民と……？

（間）

ディアナ　あなた、何様のつもりですか？　え？　私が探偵として働くとでも思っていらっしゃる？

マックス　お金の話をしていたのです。

ディアナ　お金の？

マックス　大金ですよ。ものすごい額のお金です。

（間）

ディアナ　ここでは……ここではお金なんて、どうでもいいのです。私たち、お金はお尻を拭くのに使います。（間）本当ですよ。あなたはご自分がどこにいるのか、まったくわかっていらっしゃらない。まったく。残念なことです。この場にまったくそぐわない人がいるなんて、驚きです。場違いな人。ここでは、私たち、その忌々しいお金は、お尻を拭くのに使っています。どうしてだか、おわかりになりますか？　知りたいでしょう。知りたいですよね。ここでは毎日、お金でお尻を拭いています。毎日です。私はあなたのような人を何百人と見てきました。妬みでいっぱいの偽りの言葉、途切れ途切れの嘆きごと、車を駐車する時、あるいは家政婦を雇う時に運が悪かったとか、胃が痛いとか、飛行機が怖いとか……。そういったことをたくさん聞いてきたのです。みんな、すごくちゃんとしている……。みんな素晴らしい人たちです。みんなで連れ立って行動します。連れ立って。いつでも他人の目をとおして自分を見ます……。みんな同じ目的を持って。鏡のようなもの。みんながそれぞれに歪んだ鏡になる。人間鏡の背後にある大きな期待。（間）待って……。ちょっと待って……。私が今やっているこれは、いったいどんなメロドラマなの？　何の役を演じているの……？　まあ、なんてこと……。私、本当に感情的になっていました。本当に感情的になってしまって。（大きな声でちょっと笑い、ポケットから鏡を取りだす。鏡をマックスの顔の正面に向ける）ご自分の顔、ご覧になったことあります？　つまり、鏡で自分自身を見たことがあるのか……自分を見て、それが何なのか、誰なのかを考えたことがあるのか……ってことです。他人が自分をどう見ているかではありません……。自分はいったい誰なのか。自分は正確には誰なのか。目の色ではありません。顔の表情ではありません。眉間の皺ではありません。身体的な特徴などではありません。つまり、鏡で自分自身を見て、自分の姿の背後にあるものを理解しようとしたことがあるのか……ってことです。他の人がどう見るかではありません……。他人に映る自分の姿ではありません。

マックス　あなたのせいで、いらいらしてきました。

ディアナ　考えたこと、ありますよね……。あなたは考えたことがある……。あなたは鏡に映った自分の姿をほんの二秒見ることさえ耐えられないのに、世界をすべて知っていると思いこんでいる。ここではあなたのお金なんて、どうでもいいのです。

マックス 私の鼻先から、その鏡をどけてください。またそうやって偉そうに。時折あなたの口に絆創膏を貼る必要があるようです。私のお金がどうでもいいかは、じきにわかるでしょう。じきにわかります。いいですか？ 数日したら、私のお金が大事なのか大事でないのか、わかります。（間）でも今は……。すみません……。疲れています。部屋に連れて行っていただけませんか？

（ディアナは立ち上がる。マックスの目をまっすぐにじっと見る）

ディアナ 申し訳ありません。もしかしたら明日なら、あなたにお部屋を用意する時間があるかもしれません。ここにあるどの椅子で寝ていただいても結構です。ハンモックをお勧めします。それが一番いいでしょう。お手伝いできずに申し訳ありません。おやすみなさい。

ディアナはしっかりした足取りでリビングに行き、階段を上る。マックスは完全に取り乱し、いらだちと闘いながら誰もいない空間を見つめる。マックスがオリベルに近づく。マックスはオリベルを揺すろうとするが、いまだ硬直した状態のオリベルにじっと見られたので、怖くなる。マックスは途方にくれて歩く。リビングに入る。明かりをつける。数秒間、壁に貼ってある切抜きを観察し、それから……衝立のほうに向かう……。衝立と向き合い、鏡に映る自分の全身を見る。

照明が消え、静寂。

数時間後。

誰もいない物音一つしないポーチ。マックスはハンモックで横になっている。彼の持ち物はすべて部屋の隅に置いてある。時折、悪い夢を見ているかのように不安げな動きをするため、観客は彼の存在を確認する。

短い数分の静寂。

ポーチの扉が開き、ヒメーナが入ってくる。ぎこちない動き、無邪気な表情、うつむき加減。小さなバッグを持っている。ゆっくり、そしてしっかりした足取りで洗面台のシンクへと向かう。鏡の前に座る。あごの下で手を組む。数秒間、まったく動かない。組んだ手の指は唇に触れそうである。視線はまだ落としたまま。バッグから少しずつ持ち物を取りだしていく。歯ブラシ、櫛、クリームの瓶……。やがて、ゆっくりと優しく髪をとかし始める。横目で鏡のほうをちらちら見るが、じっと見ることはない。数秒後、彼女は立ち上がる。シンクに向かう。蛇口を開き、ワンピースをたくし上げる。ゆっくりと足を洗い始める。

短い数分の沈黙。

マックスは目を覚ます。ハンモックごしにのぞく。ヒメーナを認める。彼女をじっと見る。しかし、マックスの表情が突然和らぐ。彼は少し顔を崩して笑う。黙って立ち上がる。ヒメーナのほうに行く。立ち止まる。数秒間じっとして動かない。引き返し、再びハンモックの横に行く。すぐにヒメーナがゆっくりと足を拭き始める。マックスは自分のスーツケースのほうに向かう。ボタンを押すと、片側が開く。赤色の小さな機器、数本のケーブル、小さな装置を取りだす。ヒメーナは石鹸で首、肩、わきの下を洗う。マックスはいくつかの数字を打ち込み、その機器を耳に当てる。何度か同じ動作を繰り返す。再びヒメーナの所に向かう。彼女から数歩離れた所で立ち止まる。

マックス　すみません……。ごめんなさい……。聞こえていますか？

（ゆっくりとヒメーナはワンピースを下ろし、ぎこちない動きで振り向く。マックスは数歩後ずさりする）

マックス　すみません……邪魔をするつもりはなかったのです……そんなつもりはなかったのですが……。その……昨晩到着して、電話を一本かけようと……電話を一本……そうです……でもダメで……接続できなくて……そうなのです。できないのです……。一日中試しています……。何度も……。接続できません……。（間）教えていただきたいのです……。ご存知でしょうか……どこに行ったら電話を使えるか。

ヒメーナ　（声を詰まらせて）電話は、ありません。

マックス　ない……？

ヒメーナ　ありません。

マックス　島のどこにも？

（ヒメーナは彼をじっと見る。組んだ手をあごの下に持っていく）

ヒメーナ　新しい人ですか？

マックス　はい？　新しい人って、どういうことでしょうか。

ヒメーナ　ここに新しく来た人ですか？

マックス　昨日の夜、着きました。

ヒメーナ　昨日の夜、着いたんですか？
マックス　そのとおりです……。連絡する方法を探していま
す。
ヒメーナ　連絡？
マックス　はい……おわかりでしょう……連絡ですよ……。
いろいろな人と話をしなければなりません。みんな、私
からの電話を待っているのです。何時間も電話を待って
いるはずです。私が今どこにいるのか、誰も知りません
……。誰にも私の行く先を言ってきませんでした……。
ヒメーナ　あなたの行く先は……ここ……ここです……。あ
なたの行く先……。ここです。（間）電話はありません。
（ヒメーナは振り向き、洗面台の正面に座る。落ち着い
た様子で顔にクリームを塗り始める。マックスは彼女の
方に数歩進む）
マックス　島のどこにも電話がないのですか？
（ヒメーナは後ずさりする。視線を床に向ける）
ヒメーナ　どこにも。
マックス　すみません……。あなたを怖がらせるつもりは
……ありませんでした……。本当です……。そんなつも
りはありませんでした……。（間）では、教えていただ
けますか……。電波は来ていますか？
ヒメーナ　電波？
マックス　電波です。この電話を使えるようにしなければな
りません。（赤い機器を見せる）これは単なる電話では
ありません……。ほらね？　これで色々な接続ができま
す。これを使ってものすごく重要な手続きだってできま
す。取引が全部登録されています。どうしても……緊急
に……これを使わなければなりません。
ヒメーナ　使えませんよ。
マックス　え……？
ヒメーナ　そういう器械は使えません。
マックス　どういう器械のことをおっしゃっているのですか
……？
ヒメーナ　ここでは使えません。
マックス　それでは、どうやって……一体全体どうやって、
すべてのことを……やっているのですか？
ヒメーナ　すべてのこと？
マックス　誰とも連絡を取らないのですか？　ですから……。
あなたには家族がいないのですか？　友達は？　なんと
いう生活でしょう……。いったいどんな人間がここで生
きていけると言うのでしょう……。
（ヒメーナは洗面台の横まで後ずさりする。自分の持ち
物をバッグに入れ始める。扉に向かう。マックスが彼女
を追う）
マックス　すみません……。お願いです……。行かないでく
ださい……。お願いします……。（間）聞いてください

……。ただ……。私は着いたばかりなのです……。大変な状況に置かれています……。少しの間、座ってくれませんか……？　少しの間でいいのです……。少しの間、私の話を聞いてくれませんか。お願いします。

ヒメーナ　（マックスに背を向けて）私に質問するつもりですか？

マックス　聞いてください……。お願いします……。私は……混乱しています……。ついさっき着いたところなのです……。とにかく必要なのは……。

ヒメーナ　私に質問するつもりですか？

マックス　わかりました……。質問をしてほしくないのですね……。質問は一切嫌だと……。約束します……。ほんの数分間ですから。

（ヒメーナは振り向く。数秒間、彼女の視線はマックスに釘付けになる。すぐに再び視線を落とす）

マックス　……感謝します……。ありがとうございます……。思いやりのある……良い人……のようですね……。座りましょうか？

（ヒメーナはぎこちない動きで椅子の方へと向かう。腰を下ろす。手をあごの下にやる）

マックス　あのですね……わかってほしいのですが……。説明するのはとても難しい……。質問をせずにあなたとお話するのはとても難しい。質問はしませんよ。約束は守ります。絶対に守ります。質問は一切しません……。

（沈黙）

マックス　なぜ……？　すみません……。（間）あのですね……。一晩中一睡もできませんでした。生肉のような嫌な臭いがしていました。生肉の強烈な臭い。部屋中に血の臭いが立ち込めていました。音も聞こえました……。聞こえました……殴るような大きな音と、骨と骨がこすれるような音……。ひどい臭いが部屋中に漂っていました。今も臭います……。

ヒメーナ　ごめんなさい。

マックス　正直なところ、ここのすべてが実に不快です。こんなに不快な場所は初めてです。

ヒメーナ　ごめんなさい。

（沈黙）

マックス　私に必要なのは……。

ヒメーナ　ごめんなさい……。私は何もできません。

マックス　でも……島をよくご存知なのでしょう？　ここの方ですか？

ヒメーナ　私は何もできません……。ごめんなさい。

マックス　何も？

ヒメーナ　ただできるとしたら……。

マックス　何でしょう？　おっしゃってください……。どんなことにもお支払いはします。

ヒメーナ　物語を話すことならできます。
マックス　物語？
ヒメーナ　物語。
マックス　どんな……物語ですか？
ヒメーナ　たくさんの物語が話せます。
（間）
マックス　できれば……できれば島についての物語を話して下さい。
ヒメーナ　島についての……。
マックス　島についての。
（ヒメーナは考え込む）
ヒメーナ　わかりました……でも……物語を理解するには、私がこれから口にする言葉の中に……真実は……この物語の真実はないということを……頭に入れておいてください……真実……もしあなたが真実に興味を持っているのだとしたら……それは沈黙と間の中にあります……。それ以外は全部……。
マックス　おっしゃっていることがさっぱりわかりません。
ヒメーナ　わからない？
マックス　実のところ……。まったく。
ヒメーナ　言葉と言葉の間にある沈黙、そして言葉の奥に潜む沈黙を意識しなければなりません……。切れ目や隙間に注意を払わなければなりません……。音と音の間にある沈黙です。
マックス　どういうことですか？
ヒメーナ　言葉にしがみついてはだめです……。言葉を信じようとしてはだめです……。言葉は単なる記号です。言葉にひっかかって動けなくなってはだめです。言葉を信じようとしてはだめです……。
マックス　さっぱりわかりません。
ヒメーナ　聞きたくないと……？
（間）
マックス　わかりました……。いいでしょう……。言葉を気にしないようにします……。それがどういう意味なのか、あとで教えてくれるのでしょうが。何も意味しない、ってことですね。
ヒメーナ　（立ち上がって出て行こうとする）聞きたくないのですね。
マックス　違います……。お願いです……。独りにしないでください……。つまり、真実が……言葉の中にはないというその物語が聴きたくてたまりません。
ヒメーナ　聞きたくないのですね。
マックス　お願いです……。どうかお願いします……。座ってください……。
（ヒメーナは再び腰を下ろし、うつむき、あごの下で両手を組む。沈黙。突然、ある物語を語り始める。のどを

詰まらせたように語る彼女の声は、物語が進むにつれて途切れ途切れになっていく）

ヒメーナ　あるとき……。十年……前……のこと。十年前の冬のこと……。さすらう人々のいくつかのグループが島にやってきました……。社会から逃げて……。人間関係から逃げて……。彼らが思っていたのは……彼らが考えていたのは……他人に……吸い取られているということ……。他人が彼らの中に侵入してきて、すべての神経を支配するまでになったと言っていました。非人間的コントロール。お互いに交差しあうアイデンティティ。それから……。彼らは島に着くと、すべてのコントロールシステムを解除しました。（間）そのさすらう人々の中に……他の人たちの上に立つ男がいました……。というのも、結局のところ、他の人たちはみんな島のいたる所で裸になって一日を過ごしたいだけ……単なる怠け者……ものすごい怠け者にすぎなかったのです。その怠け者たちは自分たちの逃避を……関係を断ち切れば責任から逃れられる、そのように考えていたのです。ところが、この男は……このちょっと変わった男は……もっと先を見ようとしていました。その探求に終わりはありませんでした……。輪郭のない探求……。なので、その男は衝立を作りました。鏡張りの巨大な衝立……。二十枚の鏡……。とてつもない変革、つまり時間の終焉です。（間）興味深いことです。なぜなら、その男はある日突然、思いがけず、人間は人間ではなく影響である……とわかったのです……。互いにみんな同じなのだと。その男がどうやってそのことに気づいたのかはわかりません……。でも、ある日ベッドから起きた時に、そのことを知ったのです。（沈黙）日が沈みますね。

（彼女は自分のバッグの所に行き、何本かのろうそくを取りだす。ろうそくに火をつけ、部屋中に置いていく）

ヒメーナ　日が沈みますね。

（ポーチのガラス戸にもたれかかる。頭をガラスにぴったりとくっつけている。遠くをぼんやりと見ている。マックスは、人を陶酔させるようなヒメーナの雰囲気と極めて抑圧的な緊張の間で、もがいているような表情をしている。何か言おうとするが言わない。数分の沈黙。マックスは立ち上がる。再び小さな赤い機器を起動させようとする。何度も試みる。何度も何度も。ポーチの扉が開く。サムエルが入ってくる。血で汚れたエプロンをつけ、右手には小さな麻袋を持っている。まっすぐにリビングに向かう。歩きづらそうだ。というのも、右足が義足だからである。ジンをグラスに注ぎ、一気に飲み干し、壁に貼られた切抜きを点検し始める。麻袋を開け、新しい切抜きを取りだす。その切抜きを一枚ずつ眺め、その中の何枚かをすでに貼ってあるものの上に貼り始める。

彼は学術的な興味を持っているかのように作業を進める。マックスは彼を観察する。マックスはしばらく迷ってから……近づく）

サムエル　あなた、どこから出て来られたのですか……？　お会いしたことは一度もないですよね……。私の勘違いでしょうか？

マックス　つい最近ここに来ました。

サムエル　幽霊みたいですね。何もない所から突然現れて。でも、その、あなた、ちょっと混乱されていますね。神経がぴりぴりしていらっしゃるようだ。落ち着いてください。結局あなたは助かったのですから……。つまり、島に到着できたのですから。（二つのグラスにジンを注ぎ、ひとつをマックスに差し出す）島に到着できて、今、その手にジンのグラスをお持ちなのですから……。ジンはお好きですか？

マックス　ありがとうございます。

サムエル　お好きですね……。これで私たち、仲良くなれますね……。さあ、抱擁してください。

マックス　……？

サムエル　さあ、よそよそしくしないで。しっかりと抱擁してください。気分が良くなるはずです。あなたの体のすぐそばに別の体を感じるのです。（マックスを抱擁する）そんなによそよそしくしないで……。（間）すみません……。もっともだ……。エプロンをしたままでした……。あなたの服を汚してしまってすみません。

マックス　それは……血ですか？

サムエル　血です。

マックス　血？

サムエル　怖がることはありません。落ち着いてください。

（サムエルはエプロンを外す。腰を下ろす）

マックス　私が怖がっている？　そんなことはありません……。

サムエル　では、飲みましょう。飲みましょうよ。一緒に飲める人がいるのは嬉しいことです。

（間）

マックス　あなたとは話ができそうだ……。つまり、あなたときちんと話がしたいのです。

サムエル　もちろんです……。聞くまでもありません……。お話し下さい。どうぞお話し下さい。

マックス　本題に入ります。昨晩、この島に着いてから……昨晩着いてから……三人の人に会いました。不愛想な三人です。優しさなんてまったくない……。わかります？（間）こんなひどい状況下で、私がどんな気持ちでいると思いますか？　ここでは、人をもてなすということをどう考えているのでしょうか？　まったくわかっていません。わかっていませんよ。こんな狭苦しい薄暗い場所で、世界を支配していると思っている。針の穴ほどの空間なのに。（間）実に腹立たしい……。すみません……。あなたはその人たちとは違うようです……。あなたといると、とても落ち着きます。心から落ち着くことが私には必要です。あなたはとても感じが良い。そうですよ。感じの良い人がこんな所に……。すみません……。また怒りが込み上げて来てしまって……。というのも……。ご存じないでしょうが……。私の電話が使い物にならないのです……。これは普通の電話ではありません……。いますぐに使えないと大変なことになります……。大至急使う必要があります。

サムエル　ヒメーナはあなたに対して無愛想でしたか？

マックス　彼女は……。いいえ……。実のところ彼女は……。

サムエル　ヒメーナは無能力者です。

マックス　無能力者？

サムエル　無能力者……私の言っていることがちゃんとわかりますか？

マックス　確かに……。彼女はただ……。彼女は特別な娘さんですね。

サムエル　特別、と思われましたか？

マックス　もちろんです……。普通と違います……。独特のふるまい……。ある種の気品……。貴族階級の人だと言ってもいいくらいです……。王族の一員だと言ってもいい。

サムエル　正にそのとおりなのかもしれません。

（二人は数秒間ヒメーナを見たままでいる。彼女はガラス戸に頭をもたせかけたまま、ぼんやりと遠くを見つめている）

マックス　ここにいるのだから……。

サムエル　そんなわけはないと思っているのですね？（間）ひとつ気づきました。あなたとは馬が合うと言わせていただきます。つまり、あなたは興味深いお方だということです。ひとつ気づきました。あなたは早急に判断を下すことを習慣としているお方だ。おおよそ数秒ですべてがわかると考えていらっしゃる。そうでしょう？

マックス　もしかして、あなたもそうなのではありませんか？　我々みんな、そうなのではありませんか？

（沈黙）

マックス　ここに住んでいるのですか？

サムエル　彼女ですか？

マックス　彼女は……避難所に住んでいるのですか？

サムエル　いいえ。

マックス　ここに住んではいないのですか？

サムエル　住んでいません。彼女は独り暮らしです。

マックス　独り暮らし？　体を洗う場所がないのですか？

サムエル　ここで体を洗います。

マックス　体を洗う家はないのですか？　あれは見るに堪えない。
サムエル　体を洗うのを見たのですか？
マックス　はい……。
サムエル　それで、見るに堪えないと思ったのですか？
マックス　厳密にはそういうわけではありません……。でも……。ああいった娘さんが、ですよ。あのような娘さんが……。体を洗う家がないのですか？
サムエル　さきほど言いました。ここで体を洗います。（間）洞穴に住んでいるのです。
マックス　洞穴に？
サムエル　そうです。
マックス　まさか？
サムエル　心配しないでください。すばらしい洞穴ですから。あなたもご覧になったらどうでしょう。ものすごく高い絶壁の上にあります。（間）心配しないでください。飲みましょう。
マックス　ありがとうございます。お願いがあります……。この電話が繋がってくれないと困るのです。接続できないと困るのです。
サムエル　あのですね……。見たところ……。私が見る限り……。あなたは多少、偶然に支配されてここにやって来た。つまり、あなたがたどり着くべき所は別の場所だったのかもしれない。
マックス　そんなことはありません。
サムエル　わかりました。あなたが違うと言うのですから……。それなら……知らされていないのでしょうか……？
マックス　電話がないことですか？
サムエル　そのとおりです。電話はありません。電子系の接続は一切できません。あなたが思っていらっしゃるような電気は存在しません。
マックス　電気がない？
サムエル　まあ、心配しないでください……。心配しないで。ガス灯があります……。かまどを使っています……。それ以上、何を望みます？　そんなに動揺しないで下さい。結局、あなたは無事に着いたのです。手にはジンのグラスをお持ちなのです。二人してあれこれ落ち着いて話をしているのです。大げさな方だ。芝居がかっている。あなた、短気ですよね？
マックス　それでは……。それでは……。どう説明がつくのです……？
サムエル　説明することは何もありません。
マックス　でも……。夏にはここに観光客がやって来ますね。数日間の休暇を楽しむためにやって来ますね。
サムエル　そういったよそ者は大概、大型ヨットでやって来ます。そして、ヨットを持っていない人は、野原にテントを張ります。しばらくの間、避難所で過ごす人もいます……。

マックス　避難所の宿泊客は、電気を必要としないのですか？

サムエル　電気は人間の体で作り出すことができます。人間の体には電気を発する鉄のかけらがたくさんあるのですから。みんな気づいていません。でも、確かにそうなのです。人の体には鉄のかけらがいっぱい詰まっています。

（沈黙）

マックス　そうですか、わかりました。あなたにお伝えすべきことがあるので、よく聞いてください。耳の穴をかっぽじって聞いてください。緊急を要することがあって、あなたの協力が必要です。簡単なことです。ただ協力してくだされぱよいのです。二、三日のことです。二、三日以上ここに滞在することはありませんから。了承していただけますか？　ほんの二、三日です……。よく聞いてください。もし手伝ってくださったら……。ほんの二、三日だけ、私に協力してくださったら……かなりの報酬をお渡しします。

サムエル　まあ、落ち着いてください。必要とあれば、どんなことにでも協力します。たった二日しか滞在しないおつもりですか？　いろいろなものをお見せできるのに。森の中に自然のままの抜け道があるのですよ。灌木の枝の間に抜け道があるのです。噴気孔もお見せしたいのに。昔からある地面の穴で、空気が詰まっています。

マックス　協力していただけますか？

サムエル　もちろんです……。先ほどお伝えしましたね？

マックス　わかりました……。それでは……。お話しします。この男を見つけなければなりません。

（写真を取りだして、テーブルの上に置く。サムエルが写真を見る。ジンを注ぐ）

サムエル　男性ですか、それとも女性ですか？

マックス　女性？

サムエル　わかりませんか？　そこですよ……。隅っこにいる。

マックス　男性のほうです。

サムエル　では、その女性は？

マックス　皆目見当もつきません。

（沈黙）

サムエル　よく見てください……。レンズのほうを見ています。さあ、女性の表情をよく観察してください。不安。そうです。不安げにレンズのほうを見ています。どこで撮った写真でしょうか？　リビングのようですね……。奇妙な場所です……。

マックス　どこで撮られた写真なのかはわかりません。何年も前の写真です。

サムエル　どうやって手に入れたのですか？

マックス　ちょっといいですか……。あなたは協力してくださる、そうですね？　あなたは協力してくださる。私はあなたにかなりの報酬を差し上げることができる。

サムエル　そのとおり。協力します。今まさに協力しているところです。だからこそ、目をよく開けて写真を見てくださいと言っているのです。この写真の主人公は男性ではなくて女性のほうですよ。

（間）

マックス　もしかして、この女性を見たことがあるのですか？

サムエル　女性を見たかって？

マックス　男性と一緒にいるその女性を、この島で見たことがあるのですか？

サムエル　その女性を？

マックス　ええ、その女性を。あるいは、男性を……。その二人を見たことがあるのですか？

（沈黙）

サムエル　ないと思います。

マックス　思います？

サムエル　ないと思います。その女性……。ないと思います。髪の色は……。灰色……。灰色の髪……。ヒメーナと同じです。

マックス　ヒメーナ？

サムエル　よく見てください……。どこか似ている……。よくわかりませんが……。ちょっとヒメーナに似ていますよ。ウェーブのかかった髪。灰色の髪。目のところまで伸びた前髪……。

マックス　目？

サムエル　灰色のまん丸の大きな目……。ヒメーナと同じだ。

（沈黙）

マックス　何がおっしゃりたいのですか？

サムエル　何も。

マックス　その娘がヒメーナに似ているだなんて、なぜ私に言うのです？

サムエル　似ています。

マックス　ということは……あなたは……まさかあなたの考えでは、その娘とヒメーナが……。

サムエル　あなたが私に聞いたのですよ。私はあなたに協力してほしいと頼まれた。だからこうして協力しています。その娘を知っているかと聞くので……その娘はヒメーナに似ていると答えたまでです。

（自分のグラスにジンを注ぎ、一口で飲む。立ち上がる。壁を点検し始める。新聞の切抜きを一枚はがし、別のものを貼る。数分の沈黙）

サムエル　汚してしまってすみません。その汚らしいエプロンを洗わないといけませんね。ひどく汚れています。

マックス　では、その男は？　その男は誰に似ていますか？

サムエル　怖かったでしょう。エプロンの血を見た時、あなた、足が震えていました。膝が痙攣していましたね。

マックス　その男について尋ねているのです。

（間）

サムエル　そんなに怖がらないでくださいね。豚の血だったのですから。

マックス　……？

サムエル　今朝、豚を一頭殺したのです。このすぐ前で小さな肉屋をやっています。一週間に一頭しか殺しません。それをみんなで食べるのです。二、三頭殺すこともありますけれど。鶏は五羽ずつ絞めます。新鮮な肉が余れば、それを冷凍しておくか、加工しておきます。ご存知のように、ソーセージとか、ハンバーグ、チョリソ……。そういったものを作ります。（間）落ち着いてください。豚だったのですから。豚の血だったのですから。

マックス　わかりました……。あなたはおっしゃいました……。協力してくださる。

サムエル　ええ、もちろん。協力しますよ。もう協力しているではないですか。

（マックスはサムエルの方に行く。彼の前に写真を置く）

マックス　見たこと、ありますか？

（サムエルは写真を一瞥してから、壁に切抜きを貼る作業を続ける）

マックス　見たことがあるかとお尋ねしたのです。協力してくださる、そうではありませんか？

サムエル　協力していますよ。

（マックスはじっと壁を見たままである。写真、新聞の切抜き、あらゆる種類のイラストなどから成る巨大なコラージュ）

サムエル　今まで気づきませんでしたか？

マックス　これは、いったい何ですか？

サムエル　私の芸術作品です。偉大な生きた芸術作品です。毎日更新します。毎日切抜きが場所を変えます。ある切抜きが別の切抜きの場所を占有します。そこにあったものが今日はここにあります。上にあったものが今度は下に隠れます。代わる代わる。毎日新しい芸術作品になります。毎日新しい壁画になります。生きている切抜きの巨大な壁画。わかります？　ここ……。あそこ……。どこでも好きな所に……どうぞ、一枚置いてみてください。一番好きな所に。考えずに。あれこれ考えずに。手の赴くままに。ご自分をコントロールすることをやめてみてください。

（マックスは当惑して壁を見る。数分の沈黙）

マックス　切抜きはどこから持ってくるのですか？

サムエル　どこから持ってくるかって？　そこら中からですよ。あのですね……。私には自発性がないとでも思っていますか？　そこら中から持ってきます。

マックス　そこら中から……とは、どういう意味でしょうか？

サムエル　よろしいですか……。どうもあなたはおわかりになっていないようだ。明らかに……間違いなく……あなたは理解されていない。注意してよく聞いてください。この壁画にはですね……。わかりますか？　この壁画にはすべてが、ここに到着するべくやってきたありとあらゆるすべての紙があります。雑誌、乗船券、写真……広告、包装紙、新聞紙……すべてです……。わかりますか？　すべてです。（間）何年もかけて……。ええと……。最初からお話ししなければならないでしょうね。そうですね、最初から始めましょう。（間）よそ者が初めてここにやって来た時……あいつらが初めてやって来た時からお話しします……。最初は迷惑だと思いました……。砂浜に残す足跡や、子供の金切り声、年寄りの甲高い声にいらいらしました。我慢できませんでした。ある夏、私は耳を塞いで身を隠しました……。本当に、夏の間中、耳を塞いでいたのです。地下室に隠れていました。つまり、よそ者に耐えられなかったのです。（間）耳を塞いで過ごしたその夏、いろいろと考える時間がありました。そして自分の負けに気づきました。負けを知るのは重要なことです。負けを知ったのです。そして、それから、自分自身の負けを克服して打ち勝つための方法を考え始めました。利用する方法を見つけなければなりませんでした。そうです。そいつらの金切り声や砂浜の足跡を利用するということです。利用するということ。小さい時から教えられていたことでしたが、完全にないがしろにしていました。まったくそうなのです。その教えをないがしろにしてきたのです。突如として、自分の負けを利用することが私のモットーになりました。（間）そして、考え……考え続けました……。よそ者はみんな、私の役に立つもの、私が利用できるものを持っているに違いないと考えました。そいつらを観察し始めました。何時間も隠れて、そいつらが島のあちらこちらを動きまわるのを監視しました。やつらは私に偵察されていることを知りませんでした。そのスパイ行為は奇妙なゲームになりました。やつらを見るのが楽しくなりました。こちらは見られていないというのは楽しいことでした。（間）やつらが自分の中で嫌だと思っている部分を盗みました……。わずかな動き、誰にも見られていない時に見せるあらゆる身振り。行動の残りかす。やつらの残りかす。よそ者が歩きながら落としていった存在の欠片を、目を皿のようにして観察しました。やつらが痕跡を残すと、まるで残響が聞こえるようでした。やつらは奇妙なやり方で自分自身を隠しました。(飲む) 私は利用する方法を見つけたのです。それがこれです。人間の残したものでできた偉大な壁画。生きている残りかす。誰がこんなこと、思いついたでしょうか? 何年も前からです……。やつらの紙を拾っています。それがこれです。捨てられた切抜き……。捨てられた包装紙……。それぞれの痕跡。やつらの名残。

(サムエルが語っている間、マックスはリビングをぐるぐると回っていた。切抜きの壁をじっと見たまま。そして今、一枚の切抜きの前で立ち止まっている)

マックス 信じられない。

サムエル とても奇妙ですか?

マックス 信じられない……。すみません……。お願いします……。ちょっと来てください。

サムエル 新聞の切抜きですね。

マックス ここに書いてあることを読まないと。その小さな文字を理解しないといけません。信じられない。

(サムエルはポケットからルーペを取りだす)

サムエル どうぞ。落ち着いてくださいよ。さあ、落ち着いて。どうしました?

(マックスはルーペを手に取り、その切抜きをよく見る)

マックス あいつです!

サムエル あいつ?

マックス あいつです。弟です。ルーカスです。あいつです。

サムエル あなたの弟さん?

マックス 写真の若者。わかりませんか? 写真の若者ですよ。あいつです。ちきしょう。なんて書いてあるのか読めない。上になにか重なっている。ニュースの一部が読めません。見ましたか? 信じられますか? あいつです。あいつがいる……。何をしているんだ? スーパーマーケットの開店。ちきしょう。スーパーマーケットを開店して、何をしているんだ?

サムエル 貸してください……お手伝いできるかもしれません。協力。それですよ。あなたに協力します。

(サムエルは再びルーペを手にする。じっと見る)

サムエル どれどれ。本当だ。紙が破れていますね。完全に破れています。どういうことか、わかりますね? 何も重なっていません。わかります? そもそもその新聞記事は破れていたということです。

マックス なんて役立たずなんだ。スーパーマーケットを開店して、あいつは何をしているんだ? (間) 日付、わかりますか?

サムエル 日付?

マックス 発行年。月、日にち……。新聞には……。新聞の上のところには発行の年月日が書いてある。

サムエル　ほら、わかりませんか？　破れています。新聞紙の上の部分が完全に破れています。

マックス　スーパーマーケットを開店して、あいつ、いったい何をしているんだ？

サムエル　確かに弟さんですか？

マックス　ほら、わかりませんか？　間違いありません。額にあるシミ、見ました？　あざですよ……。生まれた時からのあざです……。間違いようがない。

サムエル　見出しはこうです……。新しいスーパーマーケットの紹介……。ところが、いいですか……。開店したスーパーの場所も書いてない……。他の情報はありません。どこだかわからないスーパーマーケットの開店、それだけです……。考えてみてくださいよ。ここには世界のあらゆる所から人がやって来るのです。世界のあらゆる所からですよ。家から逃げてくる。仕事から逃げてくる。妻や子供から逃げてくる。逃げてくるのです。世界のあらゆる所からです。あらゆる種類の人々が毎年夏を過ごしに、ここにやって来るのです。わかります？

マックス　ちきしょう。このバカはスーパーマーケットを開店して、いったい何をしているんだ？

（間）

サムエル　それで、女性は？

マックス　女性？

サムエル　女性がいません。

マックス　誰のことです……？　どうしてそんなふうに私を見るのですか？

サムエル　女性ですよ。

マックス　どうしてそんなふうに私を見るのですか？

サムエル　女性がいません……。あなたにはどうでもいいことですか？

マックス　そんなふうに私を見るのはやめてください。

サムエル　女性……灰色の髪の若い女性。写真の若い女性。不安そうにレンズを見ている女性。

（沈黙）

マックス　さっき言いました……。知らない人です……。それが誰なのか見当もつきません

サムエル　スーパーマーケットの開店にその女性がいないと言っただけです。あなた、推し量るということを学ぶべきですね。私が言いたいのは……。あらゆることの本当の重要性を察知することを学ぶべきだということです。どうしてそんなに……怒りっぽいのですか？

（間。サムエルは二人のグラスにジンを注ぐ）

サムエル　飲みましょう。

マックス　ありがとうございます……。でも……。いいですか……。あなたは協力してくださる……。そうですよ

ね？

サムエル　まあ、落ち着いてください。協力します。もう協力しているではないですか。落ち着いて。飲んでください。なんにでも腹を立てないでください。いずれにしても、あなたはとてもリラックスしているのですから。ジンのグラスを手に持っているのですから。私たち、いろいろなことについて話をしているではありませんか。あれやこれや、分かち合っています。

（ヒメーナはガラス戸から離れる。ゆっくりとリビングに近づく。彼らの前で立ち止まる。顔を崩して微笑む。マックスとサムエルは彼女を見る。彼女はうつむき、扉まで進む。退場。数分間の沈黙）

マックス　あの娘さん、洞穴に行くのですか？

サムエル　そんなこと、知りませんよ。

マックス　裸足で暗闇を歩くのですか？

サムエル　岩山を裸足で歩きます。あの子の足の裏は、岩もイラクサもサボテンも平気です……。石ころの上だって裸足で歩きます。

マックス　あの娘さんは、どこから来たのですか？

サムエル　あの子が到着した時の様子ったらなかったですよ……。目が涙で光っていました。随分と泣いたんですね。何度もため息をついていた。ずっとため息をついていました。今ではもう、ため息なんかつきません。

マックス　あの娘さん独りで？

サムエル　あの子独りで。独りで来ました。（間）他に何ができたでしょうか？

マックス　何かあったからに違いありません。何か重大なことが。

サムエル　で、あなたは？

マックス　私？

サムエル　あなた、独りで来ましたよね。今も独りです。

マックス　一緒にしないでください。

サムエル　一緒にしていませんよ。

マックス　あの娘さんは若い……。裸足で歩くには若すぎる。ぼろぼろの服を着るにも。こんな所で体を洗うにも。洞穴に住むにも、若すぎます。

サムエル　で、あなたは？

マックス　一緒にしないでください。先ほど言いましたよね。あの娘さんは若い……。あの娘さんは……。（間）変わっています……。優雅に目を動かして、その両手は……。その両手は上流階級のお嬢さんがいたずらをする時のような手つきです……。そう、そうですよ……。上流階級のお嬢さんが貧乏人の惨めな生活に首をつっこみ、台所の汚れたガラス越しに控えめに顔をのぞかせているといった感じです。

サムエル　あなた、どうしました？

マックス　私？

サムエル　気を付けてください、とはどういうことですか？

マックス　お伝えしておきます。ヒメーナには能力がありません……。私の言ってること、おわかりになります？

サムエル　何の能力がないのですか……？

マックス　無能力者です。私の言っていることをちゃんと理解してください。

（数分の沈黙。目には見えない緊張感が漂う。上の階から足音が聞こえる。足音、その後、殴るような音）

サムエル　今のは何ですか……？

マックス　あの人たちです。

サムエル　あの人たち？

マックス　あの人たちです。

サムエル　ディアナとオリベルですか？

マックス　あの人たちです。

サムエル　誰なのです？

マックス　あの人たちは……あの人たちです。

サムエル　それは誰かって聞いているのですよ。

（再び上の階で足音。とても近くに感じられる）

マックス　もう行かないと。

サムエル　もう行くのですか？（沈黙）あのですね……。協力してくださるのですね？　私の言っていることが聞こえませんか？　明日また来てくださいますか？　明日の朝、戻って来てくださいますか？

サムエルは扉の方に行き、退場。切抜きの入った麻袋、ルーペ、エプロンは置いたままである。マックスは自分の赤い機器を手に取る。それを見る。何歩か歩く。後ずさりをする。エプロンを持ち上げる。匂いを嗅ぐ。エプロンを床に落とす。その後、ルーペを取り上げる。リビングを歩き回る。壁に近づく。新聞の切抜きをじっと見る。ルーペを近づける。

照明が消え、静寂。

照明が戻る。夜である。マックスは椅子に座っている。ディアナが薄いマットレスを担いで、らせん階段を下りてくる。突然マックスの前で立ち止まる。氷のように冷たい視線。

ディアナ　これ、どこに置いてほしいですか？

マックス　どこに置いてほしいって、どういうことですか？

ディアナ　どこに寝床を作ってほしいかってことです。

マックス　寝床って……いったい何の話をしているのです？

ディアナ　約束しましたから。昨晩、約束しましたから。私、約束するのは好きではありません。絶対に約束はしないのです……。けれど、そうです、結局は一部屋ご用意すると約束しました。ずっと考えていました。何時間も、あなたのことを考えて過ごしました。そうです……お聞きのとおりです……。私の頭の中に何時間もあなたの姿がありました。あなたの言葉も、あなたの表情も……。あなたのすべてが私の頭の中にありました。今お伝えしていることを想像してみてください。（間）わかりました。あなたはここにお泊まりになる。ここに残ると決心された。ここに残ることをあなたご自身で決心された。すばらしいことです。承知しました。（間）あなたの決心を私が阻むことはありません。あなたの考えを変えさせるなどということもいたしません。（間）そうは言っても……。寝床は私がお作りします。それでいいですね？　ポーチに寝床をお作りします。一番好きな場所をお選びください。右側の奥がお勧めです。お伝えしておきますが、風が吹くとガラスがきしみます。ガラス全体がきしみます。反対側に寝ると、風の音がかなりうるさいでしょう。きしむ音がずっと大きく聞こえると思います。

マックス　ポーチがどうのこうのって、いったい何のことですか？　部屋を用意していただけないということですか？

ディアナ　上の階は使えません。このことについては、かなりじっくり考えました。

マックス　使えない？　部屋を用意していただけないのですか？

ディアナ　客室部分は使えないのです。

マックス　そんなばかな。金は払うとお伝えしましたよね？　そうですよね？　すべて話はついていたと思います……。後になって、偉そうな態度が取りたくなって……私をここにほったらかしにしておいたのですね。ずっと考えていたですって？　お願いですから部屋を用意してください……。一日中くたくたの状態でここにいるのです。用を足すのに、野原に出て行かなければならなかった。それって、おかしくないですか？

ディアナ　野原に出ていかなければなりませんよ……もしここに残るなら。

マックス　野原に出ていかなければならないって、どういうことですか……？　トイレもないということですか？

ディアナ　トイレ部分は使えません。

マックス　金は払いますよ！

（間）

ディアナ　あなたのお金は受け取りません。

マックス　受け取らないって、いったいどういう……？

ディアナ　あなたはお金を払わない……払わなくていいので

す。ここにいたいのですよね？　寝床をご用意します。お好きな場所を選んでください。客室部分は使えません。トイレは使えません。寝床をご用意します。ここにマットレスがあります。毛布とろうそく、トイレットペーパーは、あとで持ってきます。それと、よろしければオリベルが夕飯を作ります。あなたに提供できるのはそれがすべてです。お支払いは結構です。

マックス　あなたは……あなたは私のお金を受け取らないつもりですか？　私を買収しているのですね……。私から何を手に入れようとしているのか、はっきり言ってください。何を企んでいるのですか？

ディアナ　あなたのお金は受け取りません。なぜなら、理由などなくても物事は行われるということを、あなたが理解していないからです。とても基本的なことを理解できない人に対して、私は頑固です。頑固者です。あなたのお金を受け取らないのは、よこしまな方法で何かを手に入れようとしているから。そう考えるのですね？（間）私の言っていることを信じてはいただけないでしょうから、うまく説明しようだなんて、これっぽっちも思っていません。本当に私はじっくり考えたのです。あなたはここに残る。あなたに寝床を提供し、あなたのためにマットレスを敷き、毛布、トイレットペーパー、ろうそくを用意する。オリベルがあなたに夕食を作る。あなたは用を足しに野原に出る。あなたは好きなだけいればいい。私は邪魔をしない。あなたのお金は受け取らない。あなたからは何も受け取らない。私、じっくり考えました。譲歩はできません。（間）譲歩はできませんよ。

マックス　いいですか……。私はだんだん……。私をからっているのですか？　煩わしい悪い冗談でも企んでいるのですか？　あなた方はこのつまらない島で退屈しているんだ。退屈しているんだ。あまりに退屈なものだから……。

ディアナ　あなたに理解してもらおうなんて、これっぽっちも思っていません。マットレス、要りますか？　要りますね？

マックス　私を脅しているのですか？

ディアナ　質問をしただけです……。単なる質問です。

マックス　それで、要らないと言ったら？

ディアナ　マットレス、要りますか？

マックス　もし要らないと言ったら……。

ディアナ　マットレス、要りますか？

マックス　使い古しのマットレスごときで、私を支配できるとでも思っているのですか？

（間）

ディアナ　わかりました。要らないのですね。

（しっかりした足取りで階段を昇り始める）

マックス　待ってください……。

（ディアナはマックスを見ずに、突如立ち止まる）

マックス　他の選択肢はありませんんか？

ディアナ　他の選択肢はありません。

マックス　私のお金を受け取らないのですね？

ディアナ　あなたのお金は受け取りません。

（間。ディアナは一段昇る）

マックス　待ってください。

ディアナ　マットレス、要りますか、要りませんか？

（間。ディアナは二段昇る）

マックス　待ってください！　わかりました。マットレス、要ります。

（ディアナは階段を下りる。マックスの前で立ち止まる。まっすぐに彼を見る）

ディアナ　咎を強要されましたね……でも、あなたは謙虚でした。これからは私たち、相手を思いやる関係にはなれます。私たち、友達にはなりません。（間）友達にはなりません。相手を思いやる関係にはなれます。それでいいですか？

マックス　私に思いやりを持てということですか？

（間）

ディアナ　それでいいですか？

（間）

マックス　はい。

（間）

ディアナ　これ、どこに置きましょうか？

（間）

マックス　できれば……。できればここにお願いします。ここに。

ディアナ　リビングに？

マックス　リビングに。

（間）

ディアナ　私、ポーチで、と言いましたよね。

マックス　リビングでもよろしいですか？

（間）

ディアナ　私、ポーチで、と言いましたよね。

マックス　リビングでは……だめでしょうか？

（間）

ディアナ　わかりました。リビングで。

（ディアナはリビングの隅にマットレスを置く。階段を昇る。退場。数分の沈黙。マックスは凍りついたような表情。うなだれる。両目をこする。すぐにディアナがろうそく、トイレットペーパー、毛布を持って再び階段に現れる。それらをマットレスの横に置く。テーブルまで行く。皿を三枚置く。フォーク三本。ジンのボトル一本）

ディアナ　ゆっくりなさって。数分後に夕飯を食べましょう。

（マックスは彼女を見る。どうしようかと悩む。スーツケースを持ち上げる。それをマットレスの横に置く。毛布を広げる。ディアナは洗面台に向かう。鏡の前に座る。映った自分の姿をじっと見つめたままである。沈黙。マックスがスーツケースのボタンを押すと、何箇所かが開く。衣類を取りだし始める。沈黙。オリベルが大皿料理を持って階段を下りてくる。料理をテーブルに置く）

オリベル　夕飯ができました。（マックスに）結局お泊まりになる……。そうですね、マックス？　泊まることにしたのですね。

マックス　二、三日のことです……。こんな状況下でここに長く滞在すると思いますか？　これまで私が泊まってきたホテルを、ご覧いただいていたら良かったのですが。これまで私が眠ってきたベッドもです。もしご覧いただいていたら、きっとあなたはさっさと考えを変えるでしょうに。さっさと。別の視点から状況を理解できるでしょうに。

オリベル　状況は完璧に理解しています。（間）あなたは弟さんを探している。弟さん、まあ誰でもいいのですが。あなたが厳密に誰を、あるいは何を探しているのか、踏み込んで調べるつもりはありません。要はあなたが何かを必死に探しているということです。誰か、あるいは何かを。見つかるまでは休みなく探す。それがあなたの習慣……。それを見つける必要があるのですね。（間）状況は完璧に理解しています。あなたは切羽詰まっている。切羽詰まっているとあなたは思っている。お手伝いしますよ。あの、僕、あなたの服、好きですよ。さっきも言いましたけれど。その服が醸し出す高級感が好きです。あなたの服には……なんと言ったらいいか……美的センスがある。それって大事なことですよね。（間）僕たちは自分が探していると思っているものを、いつも探しているわけではありません。

（ディアナはテーブルに向かう。皿を並べる。オリベルは彼女の横に座る）

ディアナ　（マックスに）夕飯ができていますよ。

（マックスは彼らと一緒に座る。みんなで食べる）

マックス　住民は何人いるのですか……？（間）明日……。明日の朝、この島のすべての人と話をするつもりです。この島のすべての人と話をしなければなりません。できるだけ早くここを出ます。

オリベル　この島のすべての人と話がしたい？

マックス　そうです……。船は何曜日に来ますか？

オリベル　あなたはもう、この島のすべての人と話をしていますよ。

マックス　はい？

オリベル　この島の人間は僕たちだけです。

マックス　つまり……。あなた方二人だけ？

オリベル　そうです。ディアナと僕です。この島の人間は僕たちだけです。

マックス　私をからかっているのでしょう？

オリベル　この島の人間は僕たちだけです。

マックス　いったい何を言っているのですか？　ほんの数分前に会いましたよ……名前は何だったかな？　ヒメーナだ……。ヒメーナともう一人、男の人……。名前はわかりませんが……。壁に切抜きを貼っている男の人ですよ。人間の残した物で創る壁画のクリエーター。ほんの数分前ですよ……。

オリベル　この島の人間は僕たちだけです。

マックス　私の言うことを聞いていないのですか？　まったく、もう。だんだん疲れてきました。ひどい冗談です。あなた方は完全に頭がいかれている。そんなばかげたこと、いったい誰が思いつきますか？　私の言うことを聞いていないのですか？　数分前に私はヒメーナと一緒でした。ヒメーナと、動物を殺す男と。

オリベル　ヒメーナ？

マックス　ヒメーナと男の人です……。

オリベル　ヒメーナ……。

（オリベルは数分間動かなくなり、焦点の合わない視線が虚空を見つめる）

マックス　どうしました？　まったく、もう……。一体全体どうしたのですか？

ディアナ　別にどうもしていません……。あなたこそ、どうされました？（間）泊まっていただいて結構ですよ。寝床を作って差し上げます。できることはなんでもいたします……。あなた、どうされました？

マックス　私はルーカスを探しているのです。私がルーカスを探していることは、お二人とも十分わかっているはずです。

ディアナ　ご自由にルーカスをお探しください、そうお伝えしました。ご自由にどうぞ。よろしいですね？

マックス　ですから……その人、どうしたのです？

ディアナ　どうもしていませんよ……。あなたこそ、どうされました？

（間。マックスは写真を取りだす）

マックス　いいでしょうか……私はただ……一つだけ言わせてください……ルーカスを見つけられさえすればいいのです。できるだけ早く情報を手に入れて……できるだけ早くここから出て行きます。それ以上、あなた方にご迷惑は掛けません。二日間だけです。そしたら私はここから出て行きます……。さっさと出て行きます……。お邪魔はいたしません。あなた方のような人たちを今までにも見てきました。はみ出し者。そうです。あなた方ははみ出し者だ。そうでしょう？　あなた方は社会と縁を切り、自分の隠れ家に閉じこもっている。私は出て行きます。私は縁を切ったりしません。今までずっと……。これまでの人生、どんな日も、私は困難に立ち向かってきました。私は負けを選んだりしません。私は負けを許しません。ずっと困難に立ち向かってきました。

ディアナ　私たちは互いを思いやる関係にあるのですね、覚えていますか？　互いを思いやる関係。一つ言わせてください。あなたはこの島で誰も見つけられないでしょう。誰も見つけられません。

マックス　まったく理解できません。もういい……。わかりました……。わかりましたよ……。一つだけ知りたいことがあります……。一つだけ……。見たことはありますか？

ディアナ　誰を、です？

マックス　あいつを、です。

ディアナ　あいつって、ルーカスですか？

マックス　もちろんです……。ルーカスのことです。何が可笑しいのですか？

ディアナ　なんだか突然……。なんていうか……。見てください……。この人、オリベルと雰囲気が似ています……。この写真の若者はオリベルと雰囲気が似ています。

マックス　雰囲気って、どういうことですか？

ディアナ　似ています……。オリベルに似ています……。その若者……。オリベルに似ています。

(間。マックスは立ち上がる)

マックス　もういい……。十分だ……。あなたたち、何様のつもりですか？　日がな一日、私をからかって。自分たちのすることに注意してくださいよ。今はこういった不当な扱いに甘んじていますが、言っておきますけれど、物事にはすべて裏がありますからね。

ディアナ　裏……。

マックス　行いの結果です。

オリベル　(まだ麻痺したままで、視点が定まっていない)僕たちは探す……何度も探す。何度も何度も。それが何なのか、わからずに探す……。なぜ探しているのかもわからずに。僕たちは探す。痕跡を……。でも自分が探しているると思っているものをいつも探しているとは限らない。

(間。ディアナは立ち上がり、鏡の前に座る。鏡をじっと見つめる。オリベルの硬直していた体がほぐれて、彼はグラスにジンを注ぐ。マックスはじっとディアナを観察する。その後、写真を見る。沈黙)

マックス　どうしてその人は、しつこいほど鏡に映った自分の姿を見るのですか？

オリベル　自分の姿を見る？

マックス　そこで、まったく動かずにいます……。鏡に映った姿を見ています……。
オリベル　自分が誰なのか、知ろうとしています。
マックス　自分が誰なのか、わからないのですか。
オリベル　あなたは自分が誰なのか、わかっているのですか？
マックス　もちろんです。
オリベル　あの人はわかっていません。自分が誰なのか、わかっていないのです。
マックス　わかっていない？
オリベル　あなたは自分が誰なのか、わかっているのですか？
マックス　もちろんです！
（上の階から足音が聞こえる）
マックス　今のは何ですか？　足音……。足音を聞きました。頭上で。上の階に誰かいるのですか？
オリベル　誰か？
マックス　聞こえなかったのですか？
オリベル　誰か……。
マックス　上の階に誰か人がいると言っているのです。頭上で足音がするのを聞きました。はっきりとした足音、確かに足音が聞こえました。
（マックスは階段の方に行く。オリベルが彼の歩みを阻む）
オリベル　上の階は立ち入り禁止です。
マックス　お願いですから通してください。
オリベル　上の階は立ち入り禁止です。
マックス　先ほど……。先ほどあなたは、はっきりと言いました……あなたたちだけが……この島の住民だと……。上の階から足音が聞こえます。足音が聞こえます……。確かに聞こえました……。通してください……。なんてことだ……。
オリベル　上の階は立ち入り禁止です。
（間。物音が止む。マックスはリビングの中央に行く。あらゆる方向を見回す。数分の沈黙）
マックス　これは、どういうことですか？
オリベル　これ？
マックス　これは、どういうことなのですか？　いったいこれは、どんな悪質な冗談なのです？　背後に誰がいるのですか……？　誰が仕組んだのですか？
オリベル　誰が仕組んだのか……。仕組んだって何をです？何が仕組まれたのです？
マックス　まだ続けますか……。あなたは限度を知らない……。あなたって人は……。みんなだ……みんなだよ……。おまえたちは限度ってものを知らない。このまま続けて、何があっても止めない気だな。何が起きようとやめない気だな……。おまえたちはこそこそと……こそこそ動いて……。私の頭をおかしくしようとしている……。誰がおまえたちを雇ったんだ？　誰の発案でおまえたちは動いているんだ？　ちきしょうめ。

オリベル　くだけた話し方にするのですか？

マックス　くだけた話し方にするのですかって？　くだけた話し方にするのですかって？　あなたは私たちがくだけた話し方をするのかどうかと聞いているのですか？　どうしてこんな時に……そんなことが……頭に浮かぶのでしょうかね。面と向かってはっきりさせたままでだ。おまえの正体を暴いたままでだ。

オリベル　わかった。こっちも、あんたと呼ばせてもらう。そっちが言葉遣いを変えたようだからね。

（マックスはリビングの真ん中で立ち止まったままである。彼の態度は百八十度変化している。数分の沈黙）

マックス　戻ってくるからな……。いいか？　戻ってくるからな。私には、すごいコネがあるんだ。私にどれほどの能力があるのか、私にどれほどの権限が許されているのか、おまえには想像もつかないだろう。いったい今どんな人物を相手にしているのか、おまえには絶対に想像すらできないだろう。絶対。絶対にだ。（間）これ全部……。私に仕組んだこと全部に対して……代償を払ってもらうからな。聞いているのか？　こんなこと、断じて許さない。こういった態度が存在することを、私は許さない。聞いているのか？　おまえたちはろくでなしの集団だ。欠陥だらけ、恨みでいっぱい、フラストレーションのかたまり。おまえたちを見ているだけで……。身体に障害を持つおまえたちを見ているだけで……。（間）みんな不具者だ。不具者なんだ。

（間）

オリベル　あんたが言っていること……あんたが僕たちの中に見ているものすべて……あんたが言っていることすべて……それはあんた自身が焦点を当てているものに他ならない。あんたはそこに焦点を当てている。あんたが僕たちの中に見ているものは、あんたが自分の中に見ているものと同じ。あんたの頭の中で聞こえているものと同じ。なぜなら、ここ……ここには何もないから。何もない。あるのはあんたの混乱した頭だけ。僕たちに転写されたあんたの姿。あんたの姿とあんたの言葉、あんたの細胞、あんたの筋肉……すべて僕たちに投影されている。

（間。マックスはスーツケースに向かい、自分の持ち物すべてをしまい始める。衝立にぶつかると、板がもう一枚開く……。マックスの姿が二重になる。奇妙な数分間が生まれ、その間マックスは衝立を凝視する）

マックス　この衝立には何の意味がある？　なぜここにある……？

オリベル　衝立に触ってはいけない。
マックス　どうして触ってはいけないんだ？
オリベル　衝立に近づいてはいけない。
マックス　でも、もし衝立を開いたら……？
（緊張が高まる。オリベルは衝立の前に行く。マックスともみ合いになる）
オリベル　衝立に近づいたらだめだ。
マックス　でも、おまえの言うことを無視したら？
オリベル　触るな。
（二人は激しくもみ合い、最後にはオリベルが力いっぱいマックスを押し、マックスが床に倒れる。間）
マックス　なんでもかんでも禁止か……。おまえたちは完全に苦しめられて生きている。制限と禁止に苦しめられている。触るな……開けるな……昇るな……。だめ。だめ。だめ。何のために？　ああ！　これほどの集団的フラストレーションは随分長いことお目にかかっていない……。（間。スーツケースをばたんと閉める）私は問題を真正面から見据える。問題に立ち向かう。状況を分析して攻める。対峙しているのが誰なのか、しっかり把握したうえで攻める……。戻ってきますよ……。覚えておいてください……。私が戻ってくることを決して忘れないように……。
オリベル　それなら、もう行くんだね？　残らないんだね？
（マックスは急いで扉に向かう）
マックス　決して忘れないように。私の姿があなた方を苦しめるはずです。私が戻ってきたら、あなた方はこの冗談に対して高い代償を払うことになりますよ……。戻ってきますから。

マックス退場。数分の沈黙と静止の後、オリベルがディアナの所に行く。彼は彼女の肩に手を置く。彼らの視線が鏡の中で交差する。突然舞台が明るくなり、激しい雷の音が聞こえる。

照明が消え、静寂。

第二幕　鏡の裏で

雨が激しく降り、風がガラス戸を叩きつけるように吹いている。風が隙間から入り込むときのひゅーひゅーという音が執拗に聞こえる。リビングでマックスは椅子に座っており、ディアナが彼の正面にいて、彼の顔に包帯を巻いている。

ディアナ　ねえ、マックス……。あなた、五日間も麻痺状態だったのよ。五日間、体がまったく動かなかったわ。傷口がくっついてきたわね……。マックス、聞いてる？　縫い目がふさがってきたから……あとちょっとで治って傷痕が残る。傷がひりひり痛まなくなるわ。変化に気づくはず。変化に気づいて、生まれ変わったように感じるわ。少しずつ、その過程を観察していくの。傷が閉じる。傷痕が残る。その過程は美しいものよ、わかる？　素晴らしく美しいの。自分の体に、問題を解決する力があることを理解するわ。それを自分自身の目で見るの。日を追って……あなたの体がどうやって問題を解決するのかを見る。そして、それは……奇跡的なこと。あなたは生まれ変わる。他の何よりも自分の体を信じるようになる。マックス、聞いてる？

マックス　見てみたい。

ディアナ　傷を？

マックス　傷を見てみたい……。鏡をくれ。

ディアナ　鏡を……近づけてほしいわけ？　包帯を巻き終わったところなのに。

マックス　鏡をくれ。

(ディアナはポケットから鏡を取りだす。マックスの正面に鏡をかざす)

マックス　包帯なしで……。包帯を取ってくれ。

ディアナ　縫い目が……まだ……。

マックス　包帯なしで。包帯を取って傷が見たい。

(ディアナは少しずつ包帯を取る。鏡をとおしてマックスの傷が見える。右の頬がぱっくり二つに割れている。マックスはじっと鏡を見つめる。数秒後、鏡を離す。椅子に倒れ込むように座る。再び鏡を持ち上げる。自分の顔を観察する。突然立ち上がって、鏡を床に投げつける。

けたたましい音がする）

マックス　ここから出してくれ！　ここから出してくれ！　ちきしょう！　私の声が聞こえないとでも言うのか？　私の声！　私の声！　私の声は聞こえているか？　もう無理だ……もう無理……一秒たりとも……頭が爆発する……頭が痙攣してずきずきする……。きりで穴を開けられたみたいだ。ここから出してくれ！　ちきしょう！　誰にもこの叫び声が聞こえないのか？　ちきしょう！　誰か、助けてくれ！　助けて！　助けて！

（ディアナは離れて、壁に寄りかかり、遠目に彼を観察する）

マックス　頭が……。頭が爆発する……。私の声……。自分の声が聞こえない……。私の声は聞こえているのか？

（やっとのことでディアナの所に行く。動くのに大変な努力を要する。ディアナの首を掴む）

マックス　私の言ったことが聞こえたのか？

ディアナ　あなたの言ったことが聞こえたかって、どういうこと？

マックス　とても真剣に話をしているんだ。真剣そのものだ……わかるか？　真剣そのもので話をしているんだ。動くな！

ディアナ　動いてないわ。

マックス　いいだろう……。そうだ……。そう……。動くんじゃない。

ディアナ　動いてないわ。

マックス　それなら、今から……。今から……。腹を割って話をしようじゃないか。わかったか？

ディアナ　腹を割って。

マックス　動くな！

ディアナ　動いてないわ。

（マックスはディアナの首をさらに強く掴む）

マックス　そうだ……。いいか？　落ち着け。

ディアナ　落ち着いているわ。

マックス　黙れ！

（沈黙。二人はじっと見合う）

マックス　これはいったい何なんだ？

ディアナ　何が？

マックス　動くんじゃない！（間）腹を割って話をしよう。すべて包み隠さず。腹を割って話をしよう……いいな？

ディアナ　腹を割って。

マックス　これはいったいどういうことなんだ？

ディアナ　何が？

マックス　この島……。このとんでもない島……。

ディアナ　この島？

マックス　このとんでもない島のことだ。このとんでもない島は……いったい何なんだ？　おまえたちがここでやっていることは、いったい何なんだ？

ディアナ　私たち、何もしてないわ……。

マックス　動くんじゃない！

（マックスは力いっぱい壁のほうにディアナを押す。彼女はじっと彼を見る。しばらくの沈黙の後、ディアナがさりげなく俊敏な動きを見せ、マックスを一回転させて床に倒す。ディアナはマックスの上に馬乗りになる）

ディアナ　もういいでしょう。この辺で止めてもらいましょう。あなた、間違っているわ。（間）私はあなたの世話をした……。私たち、元に戻る必要はないわ。必要ない。まるまる五日間……まるまる五日間も献身的にあなたの傷の世話をしてきた。今からは穏やかにしていればいいだけ。少し穏やかに。穏やかに。そういうパニックは本当に不愉快。誰にとっても耐えがたい。あなたが放っているその恐怖すべて。あなたが発しているものすごい恐怖。私にはひどくばかばかしいものに思えてきた。こういうことされると、すべてが馬鹿げたことになってしまう。この雨の中、どこに行こうと思ったの？　海……。勝てると思っていたのね、海に、風に、雨に……。自分の力がそんなにすごいと考えていたのね……。ああ！　なんて愚かなの、マックス……。なんて愚か……。この辺り一面、あなたの愚かさに汚染されている。盗んだボートでどこまで行けると思っていたの？　あなたは助かった。五日間私が世話をしたの。まるまる五日間ずっと、私があなたの世話をしたの。（間。立ち上がる。彼の正面に立つ）さあ……立って……そんな怯えた顔はやめて。恐怖があなたを動けなくするのよ。あなたは金持ちだって豪語しているけれど、役立たずなの。恐怖にとらわれた役立たずな男。正真正銘の恐怖……あなたが感じている恐怖……あなたの目が語っている恐怖……その不可解なパニック。それがいったい何なのか、あなたはわかっていない……。あなたは得体のしれないものと隣り合わせ。正真正銘の恐怖。正真正銘の。なぜなら、その恐怖に意味を見いだせないから……恐怖がなんの根拠もなくそこに存在しているから……。だから震え上がるほど怖い……。なにか原因を見つけられさえすれば……一つでいいから見つけられれば……あなたの頭に筋道ができ、それにしがみつくことができるのに……。たとえそれが馬鹿げた説明だとしても……。あなたみたいな人間には、馬鹿みたいな説明でもないよりはまし……。その説明にしがみつくことができるから。あなたは怖がっている……なぜなのかは考えない方がいい……。（間）あなたは何でもない存在になることに恐怖を抱いている……。だから、むやみやたらに権力を振りかざす……一貫性や筋道を振りかざす……。そして、必死になればなるほど何でもない存在になることに気づいていない。あなたは何でもない存在。ある意味……。誰もが……みんな……何者かになろうとして常に闘っている……。でも、私たちは何でもない存在。無の存在。（間）あなたは怖がっている……。なぜなのかは考えない方がいい。

（マックスは起き上がろうとするが脚で体を支えることができず、再び床に倒れる。とても静かに泣き始める）

ディアナ　今日からは……一番いいのは自分で傷を治すことだと思う。私の洗面台に座っていいから。好きなだけ時間をかけて治療に専念するの。どう思う？　治っていく過程を観察するの。どう思う？　やってみる？

（数分の沈黙。ディアナはマックスに近づき、彼が立ちあがるのを手伝う）

マックス　君には私の弱さが必要なんだ……私を受け入れるには、私の弱みを握らないとだめなんだろう。

ディアナ　マックス、あなたの弱さを必要としているのは、あなた自身よ。

マックス　私は自分の弱さなど、全く必要としていない。

（ディアナはマックスを洗面台まで連れて行く。彼が座るのを手伝う）

ディアナ　お水を一杯持ってきてあげる。

マックス　私は弱さなんか、全く必要としていない。

ディアナ　飲んで。

マックス　弱さなんか必要としていない。

ディアナ　もちろん必要だわ……。もちろんそうよ……。

（間）今度は何？　何が問題？　私たち、取決めをしたはずよ。

マックス　さっぱりわからない……ここのすべての……意味がわからないままだ……。鏡に対するこの馬鹿みたいな執着も理解できない。

ディアナ　理解することなんか何もないわ。

マックス　それじゃ……。

ディアナ　洗面台の前に座っていいからね。自分で傷を治すのよ。腐ったボートで荒れた海に飛び出したのは、私じゃないんだから。

マックス　この傷を治すなんて……そんなことをするつもりはない……そんなことをするつもりはまったくない……。

ディアナ　それなら、何を探しているの？

マックス　何を探しているかって？

ディアナ　あなたは自分の存在を引っかいているだけ。何を探しているのかもわかっていない。人探しに似たこと……。人探しに似ているってことは、言ってみれば、それは人探しではない。それは別のものになっている。

（間）

マックス　別のものって、何のことだ？

ディアナ　あなたはその人を失ったの。もう終わったの。いなくなっちゃったの。終わったのよ。その姿は二度と戻ってはこない。その人の姿……。その人の姿、覚えている？　その人の動き……匂い……肌触りを覚えているわよね……。表情は覚えている？　その人の姿……。その人の姿、覚えている？　その人の何を覚えている？　香り、寝起きのぼんやりした眼差し……。二人で過ごした最高の瞬間。二度と戻らない最高の瞬間。過ぎ去ってしまった……あまりに短い……たわいもないたくさんの最高の瞬間、そして……今……今……終わったということを……受け入れないように……もがいている。もう終わってしまったこと。もう決して戻らない。繰り返し現れる二度と戻らない姿。繰り返し現れるその姿。それでも……あなたは執着する……繰り返し現れるひとりの人物の無数の姿を……捕まえようと必死になる……。その人物の姿があなたを取り巻くすべてに投影される……あなたを取り巻くすべてを窒息させる。（間）自分を見て……。わかる？　その人の投影……。あなたの顔……。自分の顔が見える？　そこにその人がいる……。そこにいる……。その人に出て来てもらえばいいだけ……出て来てもらえば。

（間）

マックス　ルーカスは……。あいつは子供だった……。理解するには若すぎた……。受け入れて理解するには若すぎた……。いつも言っていた、いつの日か……いつの日か仕事を辞めて島に移り住むんだと。あいつは耐えられなかった……ハラスメントに……。耐えられなかったんだ……プレッシャーとハラスメントに。こんなふうに言っていた……「いつかみんなに言ってやる。おまえら、みんな、そこにいろ！　役立たずの集団め！　恥知らずども、おまえらはそこにいろ！　そこにいればいいんだ！　あばよ。永遠におさらばだ」。（間）世間から離れ、椅子に座って海を見ながら暮らすと言っていた。よくこう言っていた……。「そこで……椅子に座って、海を見ながら暮らすんだ。海だけを見つめて。」

（間）

ディアナ　何のために……何のためにその人を探しているの？

マックス　何のため？　何のためって、どういうことだ。

ディアナ　なぜ今なの……あの時……じゃなくて？

（間）

マックス　ずっとあいつが戻ってくると思っていた……。何年も待っていた……あいつの帰りを。何年もずっと、弟たちの帰りを待っていた。

ディアナ　弟たち？　ルーカスだけじゃなかったの？

（間）

マックス　ルーカスだけだ。

ディアナ　でも……あなた今、「弟たち」って言ったわ……。

「弟」じゃなくて。

マックス　ルーカスだけだ……。ルーカス……。（間）あいつはいなくなった……十年前に。きっかり十年前の冬に……。書き置きさえもなく……。何も言わずに。最後に弟に会った時、こう言っていた……。「もう我慢できない」、そう私に言った。正確にはこう言ったんだ……。「あいつら、僕の中身を空っぽにしていく。少しずつ空っぽにしていく」って……。静かに、何の形跡もなく、弟は少しずつ空っぽにされていった。自分のアイデンティティをなくしていった。アイデンティティを食い尽くされていった。貪り食われていった……。そして……あいつはそれを食い止めることを選んだ……食い止めなければならなかった。食い止められないことをどうやって食い止めるのかと弟に聞いてみた……。「諦めるべきだ」、そう私は言った。そして弟を怒鳴りつけた。そしたら、私のことを睨みつけて、出て行ってしまった。

ディアナ　あなた、言ったわね……十年前に……消えたって？　十年前の冬？

マックス　十年前の冬だ……。なぜ聞くんだ……？　何があったんだ？

ディアナ　十年前の冬なのね……。

マックス　何があったんだ？　どうしたんだ？

（間）

ディアナ　つまりこういうことね……弟さんは十年前の冬に……この島に来た……。

マックス　ここに到着したかどうかはわからない……。

ディアナ　それなら……。どこから……どこから弟さんがここに来ただなんていう考えが浮かんだの？

マックス　弟の机の中に……。線を引いた経路を見つけた……。メモ書き……文章……地図……イラスト……そういうものでいっぱいのノートを見つけた。線を引いた経路。その終着点が……この島だった。

ディアナ　終着点がこの島だったの？　経路が書いてあって、その終着点が……。その経路をあなたは全部たどってきたのね？

マックス　そうだ。経路をずっと。線をたどって……すべての地を訪れた。

ディアナ　それで？

マックス　成果はなし。

ディアナ　でもどうして……。どうして弟さんを探すの？　自分でもわかっていないんでしょう……。なぜ弟さんを探すの？

マックス　弟だから。

ディアナ　だから何？

マックス　だから何、とはなんだ……。弟たちがいなくなる。私を置き去りにする。何も残さずに……。何も手がかりを残さずに。弟たちが私から逃げるんだ……。追い詰められたと思って。プレッシャーを感じて。

ディアナ　また「弟たち」？

マックス　「弟たち」と私が言ったのか？

（間）

ディアナ　説明する必要はないわ……。本当に……。どうでもいいことだもの。興味ない。でもね……。私、この五日間ずっとあなたを観察してきたでしょ？　あなたが実に大きな苦悩を抱えているのがわかったの……。悪魔に取りつかれたようなその目には実に大きな苦しみが表れている。その傷全部に……その執着心にも……苦しみが。説明する必要なんかないわ。（間）二人だったんでしょ？　あなたの弟さんと妹さん。弟妹二人。常に二人目がいる。それは必然。二元性。他の可能性はない。時々……その二人目に言及するだけで……その人の名前を言うだけで……ただそれだけで……構造が壊れる……バランスが崩れる。

（間。オリベルが大急ぎで階段を下りていく。マックスを見ると突然立ち止まる）

オリベル　歩いているんだね？　言わば、生還したってわけだ。やっと歩けるようになったんだ……。マックス……。ここ数日間ずっと、あんたを赤ん坊のように……こっち向きにしたり、あっち向きにしたりしてあげていたんだよ。あんたは、僕の両腕に抱かれる大きな赤ん坊だったんだよ、マックス。（間。マックスはオリベルを上から下まで見る）それはそうと……似合うかい？　このニッカーズ貸してくれって、二日連続であんたにお願いしたんだけれど、答えてくれなかったから……似合う？　どう？

（オリベルは腰に両手を当てて舞台上を歩く。彼は立ち止まり風変わりなポーズで壁に寄り掛かる。ディアナが近づく。オリベルの正面に立つ。彼をじっと見つめる）

ディアナ　マックスと私、話をしていたの。かなり長いこと話をしていたのよ。二人で。この人、私になんて言ったと思う？　わかる？

オリベル　なんて言ったの？

ディアナ　弟さんたち……きっかり十年前にいなくなったんですって。十年前の冬に……。私が言ってること、ちゃんとわかる？

マックス　弟たち？

ディアナ　あなたの弟さんたち。

マックス　私の弟たちって、どういうことだ？

オリベル　二人いたの？

ディアナ　二人。

マックス　二人じゃない。

ディアナ　二人よ……弟さん一人と……妹さん一人。

オリベル　妹さん一人……。
マックス　妹一人？
オリベル　妹さん一人……。
ディアナ　線で繋がれた計画。線で繋がれた計画の終着点はこの島だった。この人の二人の弟妹。十年前の冬。

数分の沈黙。オリベルとディアナがお互いをじっと見たまま動きを止める。マックスは気分が悪そうである。彼は自分の姿を鏡で見る。自分の傷を調べ始める。両手で顔を覆う。

照明が消え、静寂。

完全にずぶ濡れのヒメーナがろうそくに火をつけていくにつれ、舞台の照明が明るくなる。マックスはリビングにいて、切抜きの壁画の一方から他方へと矢印を書いている。彼はかなり集中している。ヒメーナはじっと立ったまま。激しい雨音が聞こえる。

ヒメーナ　傷は良くなった？
マックス　見てわからないか？　包帯をしたままだ。
ヒメーナ　どうして包帯を取らないの？
マックス　まだ包帯を取る時期ではない。まだかさぶたになっていない。膿が出ている……。今でも膿が出るんだ。
ヒメーナ　包帯を取るべきだわ。
マックス　君、ずぶ濡れじゃないか……。滴がしたたり落ちている。
ヒメーナ　雨だもの。
マックス　止むまで待てなかったのか？
ヒメーナ　止まないわ。
（マックスはやっとのことで彼女に近づく。彼女をじっと見た後、表情が変わる）
マックス　いったい……どうしたんだ……その目？
ヒメーナ　自分で殴ったの。
マックス　自分の目を殴ったのか……。真っ赤になっている……。
ヒメーナ　自分で殴ったの……。何か目に入ったの。
マックス　何だって？
ヒメーナ　何かが入ったの……。仕方なかった。
マックス　とても奇妙だ。
ヒメーナ　仕方なかったの。
マックス　とても奇妙だ……。目のこと……。なぜだろう……？　君の表情……。君の顔の印象……。誰かを思い出す……。思い出す……。
（ヒメーナはマックスに近づき、彼の包帯を外し始める）
マックス　そんなこと、しないでくれ。まだ膿が出ているんだ。

ヒメーナ 一緒に傷を洗いに行くのよ。

マックス 傷を洗いに？

ヒメーナ どこで傷を洗えばいいか、私、知ってる。

マックス 君の目、どうしちゃったんだ？

ヒメーナ 目も洗うわ。

マックス 外は大雨だよ。

ヒメーナ 雨の下に立つの。二人とも雨の下に立って、空に傷を洗ってもらうの。あなたの顔から出ている膿が止まる。私の目から流れている血も止まる。

マックス 私は忙しいんだ。

ヒメーナ 必要なことよ。

マックス 何が必要だって言うんだ？

ヒメーナ 傷を洗うこと。

マックス 私にはそうは思えない。（間）君たちの言うことには耳を貸さないってこと、学んだからね。君たちをやりすごすことを少しずつ学んでいるんだ。君たちはここにやって来る。一人ずつ……。どこから来たのかは、もうどうでもいい。君たちのおかしな行動も気にしない。そっとしておいてやる。だから君たちも私のことは放っておいてくれ。この期に及んでこれくらいは過ぎた頼みじゃないはずだ。しばらくここで我慢する。じきに嵐が過ぎるだろう。私はここから出て行く。人探しを再開する。我慢すること。人探しをするの？　それが唯一私に残されたことだ。

ヒメーナ また人探しをするの？

マックス 耳で聞く言葉はどうでもいい。言葉は空気中で聞こえなくなると、消えていく。別の新しい言葉が消えた言葉に取って代わる……。来ては去る。君たちも来ては去っていく。私には君たちが誰なのか、わからない……。君たちが何を企んでいるのか、わからない……。

ヒメーナ また人探しを始めるには傷を洗わないと。

（マックスはヒメーナに近づき、両手で彼女の顔を包む）

マックス 聞いてくれ……。君なら……君なら……私のことを理解してくれる……わかるんだ、君なら理解してくれる……そうでないとしても……。聞いてくれ……頭が……爆発しそうなんだ……。今にも爆発しそうなんだ……。わかるかい？　それに、わからないんだ……どれくらいの時間この島に閉じこめられているのかさえ、わからない……時間がわからないんだ……。

ヒメーナ 頭が爆発しそうなの？

マックス 今にも……。爆発しそうだ……。そして、時間すらわからない……。

ヒメーナ 時間と頭は……同じもの。おじさん、傷を洗わないと。

マックス 同じもの？

ヒメーナ 雨の下に行きましょう。雨に時間を聞いてみましょう……。日にちを聞いてみましょう……。岩に時間を……日にちを聞いてみましょう……。風に……水に……虫たちに……聞いてみましょう……虫たちに時間を聞いてみましょうよ。

マックス　虫たち？

ヒメーナ　虫は……虫は時間がわからない……何時なのか、わからない。何日なのか、わからない……何年なのか、わからない……虫にはわからない……。

マックス　知ってるわけないだろう？

（間。ヒメーナが振り向く）

ヒメーナ　おじさんの傷がきれいになったら……別のことがわかるわ。ものすごく大きな重荷が地面に滑り落ちる。

マックス　私の重荷が……地面に滑り落ちる……。

ヒメーナ　地面に滑り落ちて……重荷から解放される……他のものから解放されるように。

マックス　傷がきれいになっても、傷跡は残るだろう。

ヒメーナ　傷跡はどうでもいいの……他のものと同じように。

（間。マックスは切抜きの壁画の正面に戻る）

マックス　私は忙しいんだ。

ヒメーナ　傷がきれいにならないと、何も見つからない。

マックス　それで、私に何をさせるつもりだ……。

ヒメーナ　外に出なきゃだめ。雨が体中に落ちるのを感じないと。地面に足を踏ん張って……強く足を踏ん張って……雨と風の中、体を支えないとだめ。地面にしっかり足を踏ん張って、風に体を持っていかれないようにするの。顔を上げるの。顔を上げて、天の怒りを感じるの。雨と風の怒りを。傷がきれいになるまで、そのままでいるの。

マックス　私は忙しいんだ。

（サムエルがびっしょり濡れた大きなビニールで体を覆って登場。ビニールを取る。まっすぐに壁画に向かう。毅然とした態度で壁画を点検する）

サムエル　これはいったい何だ？

マックス　手がかりを見つけたんだ。新しい手がかりをつかんだ……この紙クズにはすべて奇妙な関係性がある……。これ全部が微妙に関係している……。おそらく……おそらくぱっと見ただけではわからない……。でもそこには関係性がある……。互いに関係している……。互いに……。

サムエル　だから落書きしたのか。

マックス　そうだ。

サムエル　それが何かの役に立つとでも思っているのか？

マックス　その関係性を記録するためには仕方がなかった……。私の頭が……そういった繋がりを書き留めておかないと、頭が爆発しそうなんだ。

（サムエルは乾いた声で大笑いし、切抜きをはがし始め

る）

マックス　一晩中寝なかったんだぞ！　一晩中起きていて……。ようやく経路が……完成しそうだった……。ようやく意味が、論理が、かすかに見え始めていた……。理論が形になり始めていた……。

（サムエルはそっけなくマックスの前を通り過ぎる。突然マックスに目隠しする）

サムエル　ポーチに椅子がいくつある？

マックス　なんだって？

サムエル　ポーチに椅子がいくつある？

（マックスはサムエルの手を目からどけようとして、激しくもがく）

サムエル　ちゃんと見ていたのか？　わかった……。わかったよ……。椅子の数が言えないなら、少なくとも椅子について何か言ってもらおう……。なんでもいい……。第一印象……感じたこと……ポーチの椅子について何か言ってみろよ。

マックス　言えって……。どういうことだ？　何を言ってほしいんだ？

サムエル　ポーチの椅子について何も言えないのか？

マックス　放せ。

サムエル　言えないのか……本当に椅子について何も言えないんだな？

マックス　何を言ってほしいんだ……？

サムエル　印象とか……思ったこととか……。少なくとも……直感したこと……だめか？

マックス　放せ。

サムエル　椅子について何か言ったら放してやる。

（再びもがく）

マックス　わかった……。何が望みだ……？

サムエル　あんたが望んでいること……。あんたが一番言いたいこと。

（間）

マックス　椅子は……ポーチの椅子……それは……黒だと思う。そう、黒だ。

サムエル　黒？

マックス　そうだ。黒だ。

サムエル　で、他には？

マックス　他には？

サムエル　黒っていうだけかい？　単に黒い椅子ってことかい？

マックス　ああ。

サムエル　椅子について他に何も言えないのか？

マックス　他には別に。どうでもいい黒いシンプルな椅子だ。

サムエル　本当に？

マックス　取るに足りない黒い椅子。

サムエル　ああ……。取るに足りない椅子でもあるんだな……。
マックス　放せ。
サムエル　それじゃ、取るに足りない椅子なんだな？
マックス　そうだ。放せ！
サムエル　単なる取るに足りない椅子……。取るに足りない黒い椅子。
マックス　放せ！
（間。サムエルはマックスの目から手を離す。マックスは横目でポーチの椅子を見る）
サムエル　それで、椅子は黒か？
マックス　何色だって関係ない、ちきしょうめ！
（サムエルはジンをグラスに注ぎ、一口で飲む。その後、ごく自然に切抜きをはがし続ける）
サムエル　まあ、落ち着けよ。落ち着くんだ……。そんなに怒るなって……。でも、椅子は緑だって認めるんだな。緑の椅子……。おそらく、そう、多少取るに足りない椅子……でも緑だ。
マックス　緑……黒……そんなこと、誰が気にするって言うんだ？
サムエル　一晩中、理論を思いめぐらし……論理を練り上げて……目と鼻の先にあるものには注意一つ向けやしない……。椅子の色に目を留めもしない……その隠れた価値を見出すこともない……その椅子に座って偉大な物語を思い描くことも、椅子を宙に持ち上げて新しい遊びを創り出すこともない……。こういったことのほうが、切抜きの関係性よりもずっと筋が通っているんじゃないか……？
（間。ヒメーナは洗面台に向う。鏡の前に座る。自分の目の具合を調べる）
マックス　壁画には……そこには、島にたどり着いたすべての紙がある……。島に散らばっていたすべての紙が……。弟はこの島にいたんだ。
サムエル　この壁画は毎日変わる……。ひっきりなしに……。二度と同じものにはならない……。何度も説明したはずだ。不確実性を理解するのは、そんなに難しいかい？　根本的なことだ、わかるか？　根本的なこと……。そして必要なこと。まったくもって必要なこと。もし本当に人探しを始めたなら……もしその人探しがあんたにとって大事なことなら、この壁画に矢印を書くなんてことは忘れるんだね。あるいは、この壁画の意味をよく理解するんだ。二つに一つだ。すべては変わる……一分一分……一秒一秒……。言葉も……沈黙も……すべては同じで、同時に……変わる……そう……変わる。人探しをする人間は……本当の人探しをする人間は……理解するべきなんだ……。明らかにされることを望んでいないものを見つけるのは不可能である……そういった基本的なことを理解すべきだ……。

（マックスは緊張した面持ちで振り向く。ヒメーナの方に行く。彼女の後ろで止まる。彼らの視線が鏡の中で交差する。ヒメーナの目から一筋の血が流れている）

マックス　どうした……それは何だ？　血か？　血だ！

ヒメーナ　何か目に入ったの……。仕方なかった。

マックス　君の目……。こっちを見てごらん……。目から出血している。

（サムエルがヒメーナに近づく。彼女をじっと見る。突然彼女を椅子から立ち上がらせる）

サムエル　何をしていたんだ？

ヒメーナ　痛い。

サムエル　何をしていたんだ？

ヒメーナ　痛い。

サムエル　どうしてそんなことを……どうしてそんな？

マックス　痛がっているじゃないか。

サムエル　何をしたんだ？　え？　何をした？

ヒメーナ　仕方なかった。

マックス　聞こえなかったのか？　仕方なかったって言ってるじゃないか。

サムエル　僕が何のことを言ってるのか、彼女はわかってい

る……そうだろ？

ヒメーナ　わかってる。

サムエル　わかってるのか？

ヒメーナ　わかってる。

（マックスはヒメーナの腕をつかむ。なんとかして彼女をサムエルから離そうとする）

マックス　二人で傷を洗いに行く。雨で傷を洗うんだ。今から洗いに行く。

（ヒメーナがサムエルをじっと見ると、サムエルがゆっくりと彼女を離す）

ヒメーナ　そうよ……洗いに行くの。

ヒメーナは落ち着いてマックスの腕を取る。二人で扉までゆっくりと歩く。退場。

照明が消え、静寂。

ロッキングチェアのきしむ音が聞こえる。照明が強くなる。ロッキングチェアに座ったオリベルはゆっくりと機械的なリズムで揺れる。ディアナは洗面台の前に座り、その目は鏡に釘付けである。

オリベル　他に方法はないのかな？

ディアナ　爆発するわ……。

オリベル　あ～あ。
ディアナ　どうしたの？
オリベル　あれをぜんぶ……。繰り返したくないな。
ディアナ　爆発するわ……。さっき言ったでしょう。
（間）
オリベル　十年経った。
ディアナ　だから？
オリベル　もう僕たち、忘れていたじゃないか。
ディアナ　私たち、忘れていなかったわ。
オリベル　ずっと……葬り去られていた。
ディアナ　空気中に漂ってはいたわ。吸い込むことができたもの。
オリベル　もう忘れよう。
ディアナ　あの人、爆発するわ……。さっき言ったけど。
オリベル　他に方法はないのかな？
ディアナ　なるがままにしておきましょう。
オリベル　すべてがあまりにも奇妙だ……。
ディアナ　わかってる。
（間）
オリベル　それじゃ……。僕が衝立を開けようか？
ディアナ　まだだめ……。
オリベル　まだ開けないの？　いつ開けたらいいんだ？
ディアナ　まだその時じゃないわ。
オリベル　いつ開けたらいいんだ？
ディアナ　まだだめ。
（間）
オリベル　たぶん……。
ディアナ　なに？
オリベル　なんでもない。
ディアナ　そのほうがいいのよ……。
オリベル　時間の終焉……。
ディアナ　何も言わないで。
オリベル　どうして？
ディアナ　意味がないからよ……。そのための言葉は存在しないってわかってるでしょう……このことを説明するのにぴったりの言葉を遣うなんて、私たちにはできないんだから。
オリベル　すべてがあまりにも奇妙だ。
ディアナ　わかってる。
（沈黙）
オリベル　終わり……時間の終焉。
ディアナ　言えないこと……考えられないこと……想像できないことは……言葉にしないで。言葉……。あまりに多くの秘密を隠す。隠された秘密がいっぱい詰まっている。そういうことについて、これ以上話して何になるの？　あの人は爆発する。それだけ言えば充分。（間）どうしたの？

オリベル　音が聞こえる……。またあのひゅーひゅーっていう音。

ディアナ　何の音？

オリベル　聞こえないのか？

ディアナ　聞こえない。

オリベル　何度も繰り返し鳴っている……。何度も何度も。息苦しい……。岩と岩がぎしぎし言っている……。岩と岩がぶつかり合っている。岩と岩がぴったりひっついている。遠くでひゅーひゅー音がする。

ディアナ　何も言わないで……。

オリベル　耳ががんがんする……。鼓膜が破けそうだ。

ディアナ　忘れて……。言葉を忘れるのよ……。

オリベル　鼓膜が破けそうだ……。破裂する。

（オリベルは両手で耳を塞ぐ）

ディアナ　何も言わないで。

オリベル　破裂する！

ディアナ　何も言わないで。

オリベル　あああああああ！

（オリベルは床にぐったり倒れる。耳を塞いだままである。ディアナは彼に近づき、再び彼をロッキングチェアに座らせる。オリベルは麻痺状態になり、両目は見開き、不安げなリズムで揺れている。数分の沈黙。マックスがずぶ濡れになって登場。やっとのことで歩いているが、その動きで彼が興奮しているのがわかる。その目はぎらぎらと輝いている）

ディアナ　包帯を取っちゃったのね。ずぶ濡れじゃないの……。

マックス　ああ……ずぶ濡れだ……。水浸しだよ。スーツはびっしょり濡れて泥だらけ。ところが、体の内側は……。体の内側では火を感じる。そう……火だ。体の内側は燃えている。

ディアナ　あなたのスーツ、泥だらけ……。

マックス　そして、私の電話……。私の電話、見たことあるだろう？　ばらばらになってしまったよ……。斜面をまっさかさまに落ちていった……。なんとか止めようとしたんだが……。岩にぶつかった……。必死に電話の後を追いかけた……。脚が動かなかった……膝が激しく痙攣した……。ちょっとの間、私は子供のように泣いた。大粒の涙が頬をつたった……。その時だ……。その時……怒りが……激しい怒りが内側から私を襲った。私が何をしたか、わかるか？　忌々しい電話を手に取って、地面に叩きつけた。地面に向かって電話を叩きつけた……何度も何度も……何度も……。「この腹立たしい電話め」と言いながら……。ぬかるみに飛び込んで、電話を思いっきり岩に叩きつけた……。雨が激しく打ちつけていた、風も……。風はあらゆる方向に私を揺さぶった……。そしたら……電話はばらばらになった……。涙が雨と混じりあい……そして私は叫び始めた……。雨が口の中に入ってきた……。雨が入ってきて息が詰まったような叫び声になった、でも叫んだ……。ああああああああああああああ！　私は泥まみれになった……。顔を上げた……顔を上げて空を見た。雨が力いっぱい顔を叩きつけた……。そして、それから……。そうなんだ……。突然……意味もなく……私は大笑いし始めた……驚くほどの勢いで笑った……。私の笑いが……辺り一面に広がった。ぬかるみの真ん中で、自分自身を観察した。いくつもの岩にぶつかって、顔面に雨が降り注ぎ、体は海の真ん中で漂流しているみたいだった。体は完全に制御不能……。私のすべてが制御不能……。常に恐れていたことだった……。完全にコントロール不能になること……。私のすべてがコントロール不能……。あんなにも恐れ、あんなにも避けていたこと……。そして私は大笑いし始めた。笑い……。今まで一度だって経験したことのない笑い。見知らぬ所から出てくる笑い。頭ではまったく理解できない笑い。世界の真ん中で迷子になった笑い。

(ディアナは彼に近づく。彼の傷をなでる)

ディアナ　あの赤い電話、壊したのね……。

マックス　それだけじゃない……。それだけじゃないんだ……。大笑いしている最中……。どうしてそうなったのか……説明できない……何が起きたのか覚えていない……でも、写真を破ってしまった……。ルーカスの写真を破ってしまった……。びりびりに……。粉々になった写真は雨や風に持っていかれて、飛んで行ってしまった……。ルーカスと……あの女性の写真……粉々になって……飛んで行ってしまった。

ディアナ　ルーカスの写真を破いたの？

マックス　どうしてそうなったのかはわからない……そうせずにはいられなかった……。奇妙な衝動にかられて、破ってしまった……どうやって破ったのか……その時の様子もはっきりと思いだせない……。ただ、写真を粉々になるまで破って、空に向かって投げ捨てている自分自身は見える……。宙に舞う粉々の写真を見て笑っている自分……。ぬかるみに散らばった粉々の写真……。風に舞う粉々の写真。笑い声はだんだん大きくなって……。とてつもなく大きな笑いが……暗い……知らない所から出てきた……。その姿は……狂気。

(間)

ディアナ　どうして狂気なの？

マックス　ぬかるみの真ん中に飛び込んで、雨に打ちつけられて、風にあっちこっちに揺さぶられて……。そして笑い出す……。大笑いする……。それって狂気じゃないのか？

ディアナ　いいえ。

マックス　狂気じゃない？

ディアナ　そんなこと、どうでもいいわ、マックス……。あなたは大笑いした……。それが唯一大事なこと。

マックス　もしかしたら……今なら狂ったことが山ほどできるかもしれない。

ディアナ　やりなさい……。誰も止めないわ。

（マックスとディアナは数秒間お互いをじっと見つめる。マックスはディアナの髪、肩、顔を撫で始める）

マックス　写真は……びりびりだ……。弟探しにどれくらいの時間を費やしたか、わかるか？　赤い電話もばらばらだ……。その電話がいくらしたか、わかるか？　君にとって金はどうでもいい……。それはわかっている……。でも、ものすごい大金を費やしたんだよ。私は全人生を、金儲けに捧げてきた……。昼も夜もずっと金勘定をしてきた。収入と支出をうまく合わせてきた。私はね、これまでの人生ずっと、対立し得るものの帳尻を合わせようとしてきたんだ。そういう事においてのプロ。それが私だ。正真正銘のプロなんだ……。

（マックスはディアナを愛撫し続ける。今では胸や腹部を触っている）

マックス　私の事務所は……電子機器でいっぱいだ。何をするにしても、仕事を楽にしてくれる機器が手元にある。ボタンを押すだけで、あらゆる種類の道具、食料品、飲み物……ありとあらゆるものが自由になる。思いのままだ。大きなコネも、交渉も、往復の航空券、高級ホテル……。ホテルの部屋にプールが付いていたこともあった。小さなドアを開けるだけで屋外プールに入ることができる。プールを独り占めだよ。それからまた小さなドアに頭をくぐらせて、映画スクリーンのある馬鹿でかい部屋に入る……。

（マックスの手はディアナの背中、そして臀部へと向かっている）

マックス　でも操っているのは電子機器だけじゃない……。それだけじゃない……。何百万人という人間も自由に使っている……。大勢の社員が私の思うがままだ……。私が廊下を歩くと……。社員でいっぱいの長い廊下を通ると……。みんな……みんなが……頭を下げる。頭を低くして口をつぐむ。私が社員に話しかけると……話しかけようものなら……私が言った言葉をそのまま繰り返す……。あるいは適切だと思う別の言葉を作り上げる……私にへいこらする……へいこらするんだ。

ディアナ　それで、マックス、あなたはそれが好きなの？

マックス　それが好きかって……君はどう思う？

ディアナ　好きじゃないと思うわ、マックス……。嫌悪していると思う。
マックス　そう思うのか？
ディアナ　自信あるわ。
マックス　でも、なぜそんなに自信があるんだ？
ディアナ　なぜって……今までの人生であなたが腹の底から一番大笑いをしたのは、ぬかるみの真ん中で、顔を雨に打たれて、ぼろ布みたいに風に揺さぶられている時だったんだもの……。あなたはその時、笑えたんだもの。
（マックスはディアナの臀部を執拗に撫でまわす）
マックス　私には……女もいる……。肌を露出した美しい女たち……そういう女たちもみんな、私の思うがままだ……。夢いっぱいの若い娘たち……。私はそういう娘たちの夢を丸呑みする……。その夢を粉々にして食べてしまう。娘たちが連れ立って事務所に入ってくると……。私は一度に何人も呼ぶからなんだが……お互いに競うように身体にぴったりしたスカートをはいて……胸元を広げて……わざとらしい笑顔を作る……。みんな自分には高い資質があるとアピールするが……最後にはプール付の高級ホテルについてくる。
ディアナ　それで、それ……あなたは好きなの、マックス？
マックス　胸元か？
ディアナ　その若い娘さんたちが……好きなの？
マックス　でも……好きじゃいけないかい？
ディアナ　だって……あなたはぬかるみに飛び込んで……そして、かけがえのない赤い電話を岩に投げつけた……。だってあなたは、すべてを置いてきた……行方不明の弟さんたちを探すためにすべてを置いてきた……そして、人探しのためにプライベートプール付のホテルには行かずに……そうじゃなくて……ぬかるみで楽しんだんだもの。
（ディアナとマックスは数分間お互いをじっと見つめたままである）
マックス　ルーカスは……そういう女たちをひどく嫌っていた……。憎んでいたよ。
ディアナ　で、あなたは？
マックス　私は、そういう女を完全に憎んでいたというわけではない。
ディアナ　なぜ？
マックス　憎んではいなかった。
ディアナ　あなたは憎んでいた。心から軽蔑していた。そういう女たちを嫌悪していた……。すぐそばで女たちの頭が低くなるのを見るや否や、あなたは吐き気がしていた……。女たちの胸元……。身体にぴったりしたスカート……。あまりにも見かけ倒し。あなたは独りで……ベッドに入るや否や……独りになると……その女たちを憎んでいた。なぜなら、女たちはあなたが聞きたい言葉を言っていたから……いつでもあなたが正しいと言っていたから……。あなたが聞きたいと思うことしか言わなかったから……。でもあなたはそんなことは聞きたくなかった……。あなたが聞きたかったのは、そんなことじゃなかった。

マックス　でも、私が聞きたかったことを、なぜ君が知っていると言うんだ？

ディアナ　あなたはここにいる……そうでしょう？

（マックスは自分の体をディアナの体にぴたりと寄せる。彼は彼女の首筋に口づけをし始める）

マックス　こんなふうに首筋に咬みつかせてくれる女はほとんどいなかった。こうやって咬むと怖がった。必要なのは……節度を守ることだった……。あらゆる状況で節度を守ることが必要だった……。咬みついたら節度を守っていることにはならない。若い娘たちの一人が……。その中の一人が……私を警察に訴えた……。私が咬みついたのは明らかにサディズムだと判断したんだ。その娘は咬みつくことを理解してくれなかった。

ディアナ　こうやって咬むのが悪いなんて、全然思わないわ。

マックス　痛いかい？

ディアナ　こうやって咬むのが悪いなんて、全然思わない……。

マックス　私は……吸血鬼かもしれないぞ。君の血を吸うかもしれない。

ディアナ　さあ、どうかしら。

マックス　で、君はかまわないのか？

ディアナ　さあ、どうかしら。

マックス　そう……かまわないんだね。

ディアナ　こっちはあなたの脚を切り落とすかもしれないわよ。

マックス　真面目に？

ディアナ　真面目よ。

（強烈な視線。マックスはディアナのワンピースの上半身のボタンをはずし始める）

マックス　で、これは？

ディアナ　何のこと？

マックス　これは、君、かまわないのか？

ディアナ　もちろんかまわないわ……。

さらにもっと強烈な視線。しばらくして二人は薄いマットレスに向かい、寝転ぶ。お互いの服を脱がせる。

オリベルは不安げに、早いリズムで揺れ始める。

照明が消え、静寂。

マックスは洗面台に座って鏡を見つめている。顔にはもう生々しい傷はなく、右の頬を二分する傷跡がはっきりと見える。彼の両目は大きく見開き、鏡に映っている目に釘付けである。数分の沈黙。彼の表情がゆっくりと動揺し始める。すぐにディアナが彼の背後から現れて、彼の肩を掴む。マックスは視線を上げる。二人の視線が鏡越しに交差する。

ディアナ　震えているわね……。体中が……震えている。

マックス　自分を見ていた……。

ディアナ　自分を見ていた？

マックス　自分をじっくり見ていた……じっくりと。最初は……数秒間……数分間だったかも……。長い時間……。自分の顔を見てみた……。自分自身を見ていた……あまりに……疲れている……あまりに疲れていて……あまりに老けていて……あまりに空っぽな自分……。突然……自分の目……自分の目に気づいた……。両目が、鏡に映る目に釘付けになった……。その時……自分の目に釘付けになっている二つの目、別人の……奇妙な視線を……見て……打ちのめされた……認められないことに対する恐怖を浮かべた目だった。

ディアナ　一度も……一度だってあなたは自分を見るために時間を止めたことがなかった。あっちへ行ったりこっちへ行ったり、どれだけたくさんの時間を費やしたか……どれだけたくさんのホテルの客室に泊まってきたか……どれだけたくさんの贅沢をしてきたか……でも腰を下ろして自分自身に向き合うために時計を止めたことはなかった。自分の目を見て、その目があなたを知らないということ……そして、あなたもその目を知らないということに気づきもしなかった……。二人のよそ者が向き合うとても……基本的なこと……こんな基本的なこともあなたは知らなかった。

マックス　黙れ。

(ディアナはマックスの顔を上げ、無理やり彼の視線を鏡に向ける)

ディアナ　お願いだから顔を上げて、鏡を見て。そこにあなたがいる……。それはあなた……。この奇妙なことを受け入れられないとしたら……この不能であることを理解できないとしたら……あなたが見つけたいものはいったい何なの？　何も見つけられないわよ。

マックス　放してくれ……。頼む……。放してくれ。

ディアナ　それはあなた……。そのこと以外は知らなくていい。この奇妙なことを受け入れなさい。無能であることを受け入れて。

(マックスはあきらめて視線をそのままにする。彼の目

が自分自身の目、そしてディアナの目と合う。数分の沈黙）

ディアナ　気づいた？　たくさんの視点……。お互いに否定し合う多くの視点……。惹きつけ合ってはねつけ合う……求め合って……拒絶し合って……出会って……離れる……。

マックス　そいつは誰だ？

ディアナ　そいつって？

マックス　私を見ているそいつ。

ディアナ　あなたの姿のこと？

マックス　そうだ……。私の姿……。私の投影……。私はそいつを知らない！

ディアナ　それを理解しようとしちゃだめ……。理解はできないの……。支配はできない……自分の手でその姿を掴むことはできないの……。

マックス　どうしてそいつを理解しないでいられるって言うんだ？　自分自身の姿が認識できないって言っているんだ。

ディアナ　その姿を何かに変えた瞬間に、もうあなたはそれを失っている。

（間）

マックス　そいつらは……そいつらは誰なんだ？

ディアナ　そいつら？

マックス　そうだ……そいつらだ……私の投影と君の投影……互いを見ている……私はそいつらが誰だかわからない。

ディアナ　その人たちはたいしたものではないわ、マックス……たいしたものではないの。

（マックスは動揺して立ち上がる。厳しい目でディアナを見つめる）

マックス　本当に必要だったのか？

ディアナ　必要じゃなかったわ。

マックス　それじゃ、どうして……何のために私にこんなことをしたんだ？

ディアナ　私が何をしたの？

（オリベルが階段を下りてくる）

オリベル　準備できた。

ディアナ　そう。

オリベル　あとは何かな？　まだいくつかまとめておく物があるけど……全部積み上げておいた……鞄をなくしちゃってね。

ディアナ　たぶんマックスがスーツケースを貸してくれるわ。

マックス　スーツケース？

ディアナ　いいでしょう？

マックス　スーツケース……何のためにスーツケースが必要なんだ？

オリベル まだ……見積ってないんだ……どれだけのものを持っていくのか……持っていくのはあきらめようかと思ったり。
マックス 持っていく？
オリベル (沈黙)
オリベル あんたに一部屋用意しておいたよ……マックス。もう部屋は準備してある。
マックス 部屋？
オリベル あんたのために準備した部屋だよ。広いベッド……ランプ付の机……洋服ダンスには、あんたの……素晴らしいスーツを入れられる……。
マックス 私のための部屋？ いったいどういうことだ？
ディアナ 部屋が欲しかったんじゃないの？
マックス 部屋は……使用禁止だって。
ディアナ あなたに一部屋用意したの……。オリベルが一晩中かかって、あなたに一部屋用意したの。
オリベル 部屋は広いよ……。海が見渡せる大きな窓……無限の海を見渡せる巨大な窓。
マックス 使用禁止だったろう……違うのか？
オリベル 一部屋用意してあげたよ。
(沈黙)
ディアナ 夕食は？
オリベル 支度はもうできてる。
ディアナ 同じものを準備したの？
オリベル 同じものを……。
マックス ちょっと待ってくれ……。いったいどういうことなんだ？
ディアナ オリベルが特別な夕食を用意してくれたわ。
マックス 特別な夕食……。どうして？
オリベル マックス、きっと気に入るよ。
マックス いったいどういうことなんだ？
(沈黙)
ディアナ スーツケースをオリベルに貸してくれない？
マックス スーツケース……何のために？
オリベル 必要ないよ……。
マックス スーツケースがほしいのか？
ディアナ スーツケースを貸してほしいって。
マックス 何のために？
(沈黙)
ディアナ オリベルはもう行ってしまうの。
マックス 行ってしまう？
ディアナ 行ってしまうの。
マックス どこに？
ディアナ 行かなければならないの……。
マックス どこに？
オリベル わからない。

マックス　わからない？
オリベル　ああ。
（沈黙）
マックス　わからないってどういうことだ？
ディアナ　聞こえたでしょ……。わからないのよ。
マックス　この島から出て行くのか？
オリベル　わからない。
マックス　わからない……？
オリベル　わからない。
マックス　わからないってどういうことだ？
オリベル　わからない。
（間）
マックス　君がこの島から出て行くのかどうか、知っておく必要があるんだ。
ディアナ　どうして？　何のために？
マックス　何の……ために？
ディアナ　あなた、出て行きたいの？
マックス　傷はもう治った。
（間）
ディアナ　それなら……出て行くのね。
マックス　傷はもう……治った。
（マックスとディアナはお互いをじっと見る）
ディアナ　もう行くの？
マックス　はっきりわからない……が……嵐はまだ静まっていない。
ディアナ　でも……行くの？
マックス　嵐はまだ静まっていない。
（間）
オリベル　マックス、あんたは僕と一緒に来ることはできないんだ……。
マックス　私は……君と一緒に……行けない……。
オリベル　だめなんだ。
（間）
オリベル　一部屋用意したからね……。広々とした部屋……。日当たりもいい……。洋服ダンスもついていて、素晴らしいスーツも……ニッカーズも入れられる……。嬉しくないのか？　もうその不潔なマットレスで寝なくていいんだ……。
（間）
マックス　その部屋には……ベッドがあるのか？
オリベル　どでかいマットレスがある……。正真正銘のマットレス……。すごくでかい。思いっきりはしゃぐことができる。
マックス　マットレスはどこに置くんだ、床の上か、マットレス台の上か？
オリベル　マットレス台の上……。もちろんだ……。マットレス台のある、どでかいベッドだよ。

(間)

マックス ありがとう……オリベル。

(間。オリベルは階段を昇り始める)

マックス スーツケースは君にやる。

オリベル そんな……いいのに。

ディアナ ありがとう、マックス。オリベル、聞いた? スーツケースをくれるって。

オリベル ありがとう、マックス。

(オリベルは階段を昇り続ける)

マックス ニッカーズもやるよ……それと、スーツ……帽子もやる……スーツ、ニッカーズ、そして帽子。

オリベル ニッカーズ?

マックス ニッカーズ。

(オリベルは振り向き、階段の高い所でじっと止まる。マックスはゆっくりと近づいていき、最後は同じように立ち止まる。二人の視線は認識という奇妙で微妙な感覚を前にして融合する。照明がしばらく強くなる)

オリベル ありがとう、マックス。

(沈黙)

マックス 君なのか……?

オリベル 僕……?

マックス 信じられない……。

(間)

オリベル 行かないと。

(間)

マックス 待って……待ってくれ……。

オリベル 行かないと。(沈黙) ありがとう、マックス。

(オリベル退場。マックスは視点の定まらない目を大きく見開き、動かない。ディアナは優しく彼の腰に手を回す。間。強い照明が徐々に弱くなる)

ディアナ 準備はできてる?

マックス 準備……?

ディアナ あなたの人探し……準備はできてるの?

マックス あいつだった……。

ディアナ あなたの人探し。

マックス 私の人探し……。

(間)

ディアナ 来て……こっちに来て。

マックスはいまだ麻痺した状態で視点の定まらない目を大きく見開いてロッキングチェアに座る。ディアナは衝立を開き始める。二十枚の鏡。

照明が消え、静寂。

再び照明が戻る。ロッキングチェアにいるマックスは衝立と向き合い、観客に背を向けている。鏡に映るたくさんの彼の姿。数秒間照明が強くなる。

数秒間の沈黙。

徐々に舞台が暗くなっていく。ロッキングチェアの錆びついた音が聞こえる。

わが心、ここにあらず

ホセ・マヌエル・モラ　田尻陽一訳

José Manuel Mora　一九七八年、セビーリャ生まれ。二〇〇一年、アンダルシア舞台芸術センター入学。二〇〇六年、マドリード舞台芸術大学劇作家演出家コース卒業。二〇〇八年、アムステルダム大学パフォーミングアーツ修士卒業。ロンドン、メキシコ、ベルギー、ドイツ、ノルウェーなどで演劇学の研究を続ける。彼の作品は英語、フランス語、イタリア語、ドイツ語、ポーランド語、セルビア語に翻訳され、上演されている。

【主な作品】『わが心、ここにあらず』二〇〇九年、ドイツ語で初演。二〇一一年、マドリードのバリェ・インクラン劇場で初演。二〇一五年、セルビア語で上演。『夜に泳ぐ人たち』二〇一四年。スペイン著作権協会財団マックス舞台成果賞受賞。『失われた肉体』二〇一八年、マドリードのエスパニョール劇場で初演。

登場人物

年輩の男　六十歳代
年輩の女　五十歳代、年輩の男の妻
若い男　三十歳代、年輩の男と年輩の女の息子
若い女　三十歳代、若い男の妻
女の子　十歳ぐらい、若い男と若い女の娘
病気の犬　十頭から百頭ぐらいがよい。劇場スタッフが上演中面倒をみるように

＊　セリフの後に／の印があれば、次のセリフを前のセリフとかぶさるように言う。

いまも戦い続けている父に

いいもんだ、一人きりで暮れてゆく
光を見ているのは。
私の犬たちはおとなしくしている。
私の心臓は決して激しく打つことはない。
日暮れに本を読む。
誰もいない、私に向かって
これをしろ、あれをしてはいけない、
などと言う奴は。
私は誰の命令も受けない。

問題は眠れないことだ。
少し眠らないと持たない。
だってそうだろう、俺には
本当の休みなどない。
日ごと日ごとの慰めなどない。
それどころか、たまの
慰めだってない(1)。

第一場

南の村の古い家。夫婦の寝室。

年輩の男と年輩の女

――寝ないのか？
――眠たくない。
――どうする？　一晩中そこにいるつもりか？
――そのうち眠たくなる。
――傍に来い。そのほうが楽だ。
――ここでいいの。
――こっちに来るんだ。
――ほっといて。
――分かった。
――どうしてわたしと一緒になったの？
――分からない。
――分からない？

――分からない。

――あたしのこと好きだった？

――だと思う。

――だと？

――ああ、好きだった。

――今日も会いに行くつもり？

――誰に？

――あたし眠らない。

――ベッドの足元に腰かけてじっと見られてたら、わしは眠れない。

――あんたを待ってるの？

――誰が？

――誰が？

（間）

――ああ、待ってる。

――会いに行くつもり？

――抱かせてくれ。

――でも、あんたを待ってるんでしょう？

――ああ。

――あたしが眠りこんだら行くつもりね。いつもそうでしょう？

――ああ。

――じゃあ、あたしを抱かないで、その人のところに行ったら。待たせるのはよくない。まだ子供／

――わしはお前と一発やりたい／

――ダメ、あたしとやりたいんじゃない、あたしもやりたくない。さっさと行ったら。もう遅い。夜道は暗い。街灯もない。獣（けもの）がうろついてる。怪我しない方が不思議。

――いままでわしはお前をうまくいかせたことがなかったのか？

（年配の女は年輩の男のうなじを撫でる。着古したネグリジェのボタンを外し、胸元を開け、胸に抱いてあやす）

――ない。

（年配の女は胸から男の顔を離し、二人は見つめ合う。女は再びボタンをはめ、ベッドの端に座る）

――寝ないのか？

――まだ眠たくない。

――畑をみてくる。

――気をつけて。


暗転。

第二場

南の村の古い家。夫婦の寝室。

若い男と若い女

——よく眠れたか？

——一晩中うなされてた。（間）あの子は？

——寝かせるのにてこずった。知ってる昔話、全部話した。

——もう起きてるの？

——いや、まだ寝てる。（沈黙）気になるな。

——何が？

——気になる。

——気になるって、何が？

——親父さ。出ていって、あそこで一人きりだ、畑で。お前だって、気になってるだろ？（間）夜中じゅうお前を見てた。

——見てた？

——ああ、寝顔じっと見てた。

——どうして起こしてくれなかったの？

——わざわざそこまで。

——ちょっと揺すればよかったのに。

——無理だ／

——あたしを起こすの？／

——ああ／

——それって何？／

——お前が寝てるの見てた。親父のこと思った。親父のこと思って、お前に起こったはずの最悪のこと／

——起こったはずの最悪のこと？　わたしに？／

——寝てるときに／

——寝てるとき。（間）あなた、歳とったわね。

——そのほうが好きだろう？

——好きでも何でもない。あんたも歳とったのよ。

——お前もだ。

——こっちに来て。傍に座って。あたしだって、あんな畑の片隅で一人きりでいるのは気になる／

——説得できれば／

——説得？／

——畑の一部でも売れば。

（間）

——いつからやってないかしら？

——何を？

——セックス。

——やりたいのか？

——できるかどうか分からないけど。

——やって欲しいのか？

——話をしてくれない？　娘にした話の一つ。わたしがうとうとしたとき、目を閉じようとしたとき、さっと入れてくれない？　お願い。

——気になる。

——何が？

——こんなこと。


沈黙。

第三場

1

南のオリーブ畑のなか。荒れ果てた小屋。入り口に小さな肘掛椅子。オリーブ畑の素晴らしい景色。小屋の下手は庇のついたテラスになっており、檻が置いてある。檻のなかは空っぽ。テラスの中央には丸テーブル。百匹ぐらいの病気の犬。ぶらつくことも歩くこともできない。木々のあいだにうずくまっている。オリーブ畑の夜が明ける。小屋のなか。

若い男と年輩の男

——どう？

——見てのとおりだ。

——元気？

——見てのとおりだ。

——何か必要なものは？

——ここにあるもので何とかやってる。随分来なかったじゃないか。どうしたんだ、嫁か？　こう言ったんだろう？　すぐそこなんだから、行ったら？

——話があるので来たんだ。

——嫁はどうなんだ？

——元気だよ。子供が一人できた。

——名前は？

——マヌエラ。母さんと同じ。

——いい名前だ。

（間）

——母さんのこと、好きだった？

——そばにいたら慣れるもんさ。

——で、母さんは？

——お前の母さんがどうしたかったのか、わしには分からなかった。

——母さんのこと知らないんだ。

——あいつだってわしのこと知らない。

――母さんの扱い方、知らなかったんだ。
――お前、女の扱い方知ってるつもりか？
（間）
――どうして、この土地、売ろうとしなかったの？　もう少し楽な暮らしができたのに／
――ちゃんと生活してきた。この家で不自由するものは何もない。土地があったから、生きてる気がした／
――土地があったから？
――明日も何かあると分かると落ち着くもんだ／
――明日？
――お前の母さんもわしも、この土地があるだけで十分だった／
――母さんはこの畑に足を踏み入れたことなんかない／
――日曜日にはここに来たさ／
――母さんはこの土地、気に入らなかった／
――日曜日には昼間、お前をここに連れてきて遊ばせていた／
――どうして母さんはここに来たくなかったんだろ？
――知るか。
――母さんは家にいて、父さんが帰ってくると、ズボンのすその泥をきれいにしたがったんだ。
――堆肥だ。オリーブに撒く堆肥でズボンは汚れた。
（間）
――母さんは父さんのこと好きじゃなかったんだよ、パパ。父さんをパパって呼ぶの、何か変な感じだ。
――そう言うの、恥ずかしいのか？
――母さんが結婚したのは、もしかして／
――わしと同じ理由だ。お前、やることにいちいち理由を四六時中考えるのか？　本当の理由は何か？　わしは寝る前にいまお前に言った疑問を自分に尋ねてみる。で、答えを見つける前に寝てしまう。朝起きて、鏡の前で剃刀を手に同じ質問をする。本当の理由は何かって。で、毎朝、母さんが入れてくれるコーヒーを飲み、焼いてくれるパンを食べた。わしが答えを見つけた日は母さんが重い病気で寝ていたときだ。いままでそんなこと考えたことあるかって、初めて話しかけてみた。そしたら、理由はお前だって。それに、生まれて初めていちばん酷い答えを聞いた。
――何て言ったの？
――実に酷い答えだった。
――何？
――お前には言わない、血糖値があがるから。
――パパ。
――お前がその言葉口にするのは気持ちが悪い。パパだと。二度と言うな。
――言ってくれよ。

――わしには名前がある。名前で呼べ。

――何て言ったか、言ってくれよ。

――時々わしの名前、忘れるんだな。

――アントニオ。

――そう、アントニオだ。このごろだんだんモタモタしだした。血糖値のせいだ。もしかしたら前立腺かもしれない。だいたい前立腺って何の役に立ってきたんだ。これがいまわしにとって最大の問題だ。分かったら手術する。誰から知恵を授かったのか知らないが、前立腺は何かの役に立ってた／

――何って言ったの？

（間）

――「あんたのしたかったことって、あたしみたいに病気になって、あたしにしてくれたみたいにみんなから看病してもらうこと」。わしがお前の母さんにしてしまったいちばん酷いことは、癌で死なせたことじゃない。いちばん酷かったことは、あいつがあのときわしがここ数年ずっと探し求めていた理由を見つけていたことだ。そのとおりだ。あいつは癌で死んだが、わしは嫉妬に狂って死ぬんだ。

（間）

――娘に会って欲しいんだけど。

――マヌエラ。いい名前だ。会いたいといえばそうだが、ここから動くわけにはいかない。動物に餌をやらないといけない。それに前立腺も／

――娘は畑で遊びたがってる。

――このあたり違和感が／

――顔を泥だらけにする。

――腎臓と胃とのあいだ／

――泥が乾いて、手で顔をひっかく、ちっちゃな可愛い手、しばらくすると顔中がひび割れ、泥が割れ、泥の下からあの子の顔が現れる。それから、自分のしたことを嬉しそうに微笑む。

――ここから俺を連れ出す奴は誰もいない／

――いつかみんな一緒に過ごせるかもしれない。

――マヌエラ、わしの親父はマヌエル、孫娘はマヌエラか。

――母さんと同じだよ。

――いい名前だ。

――ちっちゃな可愛い手……

――マヌエラ。


暗転。

2

オリーブ畑の夜が明ける。丸テーブルの周りに犬の檻。ここは、いままでオリーブ畑を走りまわっていた捨て犬たちが死ぬ場所だ。よぼよぼで目が見えず、体がマヒして足がもつれる犬を、一匹一匹、年輩の男は檻から丸テーブルのところに連れてくる。年輩の男の傍にマヌエラ。十歳ぐらいの女の子。一匹ずつ年輩の男は犬に触り、話しかけ、撫でてやり、落ち着かせる。と同時に、犬の首筋に注射を打ち、少し離れたところから、最後の息を引き取るまで、犬の目から視線を外さない。死体をビニール袋に入れ、黒い粘着テープで括り、カートに放りこんでいく。一匹だけ残る。若い犬でモーツァルトの『レクイエム』が好きな犬。この犬に、人生における女の話を語りかける。ひざまずき、両手を広げる。

年輩の男

——さあ、おいで。

（モーツァルトは不自由な臀部を動かす。女の子は犬の傍に行く。犬は女の子の顔をクンクン嗅いで頬、唇、耳をなめる）

女の子

——さあ、いらっしゃい。

（女の子は両腕で抱きかかえ、丸テーブルまで運ぶ）

女の子と年輩の男

——どうしてそんなことするの？

——休ませてやらないと。

——疲れてるの？

——ああ。

——どうして分かるの？

——ほとんど動けない。

——モタモタした犬はサッサとした犬より疲れてるの？

——ああ。

——で、寝ないといけないの？

——ああ。

——それで助けてあげてるんだ。

——ああ。

——疲れた犬ってどのくらい寝るの？

——そいつは誰も分からない。

——で、お爺ちゃんも疲れてるの？

——どうして？

——モタモタしてるもの。

——こっちに来なさい。

——何か手伝おうか？

年輩の男は座る。女の子は犬の毛を毛並とは逆に撫でていき、針が血管に刺さっているのに気づく。モーツァルトは嫌がる。年輩の男は後悔し、犬の血管から針を抜いてやり、そばにいる。女の子は犬を慰めてやり、耳元で何か囁く。犬は女の子とじゃれ始める。年輩の男はじっと見ている。

3

オリーブ畑の夜が明ける。小屋のなか。

年輩の男と若い女

――コーヒーは?

――ブラック、苦いのを頼む。

――いつもの?

――いつもの。

(間)

――おまえに似ているな。

――どこにいるの?

――テラスで犬と遊んでる。

――行ってきます。

――ちょっと待て。

――何か?

――話がある。

――もう話したじゃないですか。

――お前はいつも訳知りに話す。

――探してきます。

――テラスにはいない。

――どこ?

――寝てる、疲れて。いろいろ仕事をしたから。

――どんな仕事?

――病気の犬が多すぎる。

――ここにあたし、長居できない。

――少し休ませてやれ。犬と遊んでくたびれたんだ。ここにいろ。コーヒーを飲んでいるあいだぐらい。

――何の用なの?

――お前を見ていたい。

――そんなに見ないで。

――何だって?

――そんな目で見ないで。

――生憎この目しかない。

――もう、わたしたち、いい歳よ。

(間)

――どうして来たんだ?

――娘を迎えに。

——父親だって来られただろうに？
——そうね。あなたが元気かどうか知りたくて。
——どうして以前は来なかったんだ？
——何しに？
——わしに会いに。
——難しいわ、その気になっても。
——いまはその気か？
——ずっとここにいるわけにもいかないでしょう？
——どうして？
——もう歳ですもの。
——確かに歳だ。
——しかも一人。
——犬がいる。
——誰か手助けが必要だわ。
——確かに手助けが必要だ。
——だから来たの。
——手助けが必要だから来たのか？
——それだけでもないけど。
——ここにいるつもりか？
——あなたがここにいると思うとあたし辛い。ただ／
——ここに住むつもりか？
——ここ？
——ここ以外にどこがある？

——それはいまから／
——二十年前だ。
——十八年前よ。
——で？
——こんなふうなあなたを見るとあたし辛い／
——何だって？

（間）

——娘を迎えに／
——起こすことはない／
——息子さんのところに来て住んでもいいのよ。あたしもいるわ。村だし。ここの土地を売って。空いてる部屋もある。そうしたら一人きりじゃない。孫娘もいるのよ。話し相手になるわ。あたし、あなたのこと、いろいろ話してやってるの。
——どんな話だ？
——田舎にお爺ちゃんが住んでいる。畑を耕してる。畑には木が生えてる。木は実をつける。畑の夜明けは美しい。モタモタした犬に取り囲まれて畑を歩く。病気の犬の世話をしている。この世でこんなことができる人は／
——何をだ？
——コーヒーが冷めるわ。

（間）

——恥ずかしくってこんなこと、わしに言えないのだな。土地を売って欲しい。お前と息子と三人一緒に暮らしたい。娘を学校に連れていって欲しい。毎朝、村の年寄りたちと散歩し、それから魚屋に行って新鮮な魚を買い、お前が夕食に出かけるときは孫の面倒を見て欲しい。で、いつかある晩、それから何度か／

——娘を連れていきます／

——あの子は畑で遊ぶのが好きだ／

——どこにいます？／

——それに、顔を泥だらけにし、それから泥が乾いて、手で顔をひっかく、ちっちゃな可愛い手、しばらくすると顔中がひび割れ、泥が割れ、泥の下からあの子の顔が現れる。それから、自分のしたことを嬉しそうに微笑む。

——娘を連れていきます。

暗転。

第四場

1

南の村の同じ古ぼけた家。夫婦の寝室。起きたばかりの女の子がコットンの白いネグリジェを着て登場。泥がついている。

若い女と女の子

——こんな時間に起きてどうしたの？

——眠れないの、うなされて。

——震えてるじゃない。

——寒い。

——さあ、このオーバーを着なさい。

——お爺ちゃん、暗い夜道運転してるの、ママが横に座って。一匹の獣（けもの）が道を横切って／

——どんな動物？

——覚えてない。奇妙なの。犬とオオヤマネコが混じってるの。お爺ちゃん、思わず轢（ひ）いちゃった。思わずだったかどうか分からないけど、ブレーキ踏めなかったの。ママは道の真ん中で、その動物の傍にひざまずいてるの。お爺ちゃんはママに聞くの。この動物苦しませないで殺せるかって。

——夢ではお前、どこにいたの？

——あたし？　動物のなか。

——動物のなか？

——そう、あたし動物のなかで生きてるの。その動物の目でなんでも見てるの。

——そんな、どうしてオオヤマネコ犬のなかで生きられるの？

——あったかいお湯の浴槽のなかにいるみたい。

——で、それからどうしたの？

——お爺ちゃん、こん棒でその動物の頭を叩き割って殺すの。そうしたら、ママがお爺ちゃんの口にキスするの。

（間）

——よくあることよ。畑に行く人にはあの道暗いもの。街灯がないし。獣（けもの）を撥（は）ねないようにするって難しいわ。違う？　さあ、ベッドに行きなさい。

——ダメ。

——もう大丈夫。

——目がパッチリして。

——夢だったのよ。

——目を閉じられない。

——顔どうかしたの？

——顔？

——何かついてる。

——泥よ。

——何してたの？

——お爺ちゃんのお手伝い。

——何の？

——犬を眠らせるの。

——どういうふうに？

——毛を撫でてやるの。

——で、お爺ちゃんは？

——注射打つの。

——で？

——犬は寝袋のなかで寝るの。

——どうして手伝ったの？

——お爺ちゃん、モタモタしてたから。

——それからどうしたの？

——犬のいなくなった檻をお爺ちゃん、きれいにして、畑に行って遊んでこいって。モーツァルトと二人きりでいたいからって。

——モーツァルト？

——犬よ。モーツァルトっていうの。クラシックが好きだから。

——でも、犬の檻は空っぽって言わなかった？

——そう、みんな寝袋で寝てるの。モーツァルトだけ別。眠たくないの。しっぽを振って、お爺ちゃんが注射器を持っているのを見ると、オドオドして頭下げてしゃがむの。

——どうしてお爺ちゃん、モーツァルトと二人きりでいたいの？

――男同士の話をしないといけないんだって。畑に遊びに行けって言われたけど、ちょっと二人を見てたの。

――何を見てたの？

――お爺ちゃん、カセットにクラシックをかけて自分の椅子に座って。そしたらモーツァルトが傍に寝そべって、二人、女の話を／

――女の話？

――ママのこと。

――何って言ったの？

――誰が？

――お爺ちゃんよ。

――お爺ちゃん、何にも言わない。

――じゃあ、誰が話すのよ。

――モーツァルト。

――何ですって？

――しっぽを振るの。

――で、何って言ったの。

――聞こえなかった。

――で、お前はどうしたの？

――何にも。ちょっとのあいだ、見てただけ。お爺ちゃん、寂しそうだった。じっとしてて。何でもモタモタしてるの。犬はずっと女の話をしてる。女はどういうふうに恋をするか／

――何も聞こえなかったと言わなかった？

――間違った。実際何か聞こえてた。でも何て言ったか、はっきり覚えていない。お爺ちゃんずっと遠くを見てるの。何度も何度もそうするの。遠くを見て微笑むの。しばらくそうしてて、立ち上がり、オリーブ畑の中を歩き始めるのよ。モーツァルトがあとをついていく。二人、ゆっくり歩いて／

――どこへ行くの？

――畑の端。

――あとをついていったの？

――ううん。いかない。お爺ちゃんがモーツァルトと一緒にゆっくり歩いているのは、何か考えごとしてるから。犬を縛るときに使う縄を肩に担いで／

――縄？

――そう、ロープ。

――それ、いつの話？

――どうしたの？

――いったいいつの話？

――今日の夕方。ママが迎えに来てくれたちょっと前／

――どうして早く言わなかったの？

――夜になるまでお爺ちゃんずっとモーツァルトと歩いていた。どうしたの？　どうかしたの？　なんで泣いてるの？

——動物が可哀想。

——動物って？

（間）

——夢のなかのオオヤマネコ犬。

——でもそれって本物じゃないわ。

——そうよね、夢だったわね。さあ、ベッドに行っておやすみなさい。その前に顔を洗って泥を落とすのよ。目を閉じられる？　一人で大丈夫？

——うん、閉じられる、一人で眠れる。


女の子退場。

2

南の村の同じ古い家。夫婦の寝室。

若い男と若い女

——何か可能性は？

——ない。

——俺にできることは？

——ない。

——俺が変わることは？

——ない。

——落ち着いて考えるんだ。

——落ち着いて？

——そうだ、落ち着いて考えるんだ。

——もう決まったの。

——お前が決めたのか。

——あの人。

——頭、確かか？

——分からない……。

——じゃあ？

——やってみる必要があると思う。

——やってみる？

——試してみる。

——何のため？

——できるかどうか。

——できたら？

——そうしたら、できる。

——何を？

——続けていける。

——俺とか？

——いいえ、一人で。

（間）

——俺は俺にできる最善のことをしてきた。

——やめて。

（間）

——どうしてずっと俺と一緒にいたんだ？

——守られてると思ったから。

——何から？

——安心なの。

——それだけか？

——いや／

——じゃあ何だ？

——怖かった／

——怖い？

——一緒になろうといってくれた人と家庭を築いたかもしれない。

——で、怖かった？

——どうしていいのか分からなかった。ただ、あんたが傍にいたから。

——何に怖かったんだ？

——別の人を選んでいたら／

——でもお前は俺を選んだ／

——ええ、あんたを選んだ。

（間）

——何が怖かったんだ？

——世間の目。あたしを悪し様に言うかもしれない。そう見られてると思うだけで、あたしズタズタに引き裂かれた。それからずっと、そう生きていかなければならないと思うと、怖かった、あの人に／

——会わないで。

——だからあたし、あんたと結婚した。

（間）

——どう思った？

——いつ？

——ここで生きると決めたとき。

——どういうこと？

——わが心、ここにあらず／

——ここにあらず？

——ああ、そうだ。だが、知っておきたい。

——傷つくかも／

——このままのほうが傷つく。

——知りたいの？　畑の土を踏んだとき、あたし何を感じたか／

——ああ、それで。

——畑の土を踏んだとき、裸になりたいと思った／

——それで。

——裸になる？　あの人をじっと待ってるあいだ、あたしの頭はどうなっていたのか？　あの人がやってきて、ベッドに入って来るまで、小屋でずっと待ってるとき、あたしの体はどうなっていたのか？　あたしに触りも

しないで／

――それで。

――触りもしないで。触りもしないでベッドに入ってくるの／

――何を考えているんだ？

（間）

――そのときあんた何を感じてた？

――俺が？

――そう、あんた。何を感じてた？　何を考えてた？　あんたの体はどうなってた？

――俺の体がどうなってたか／

――あたしを見ているあいだじゅう。

――お前を見てた？

――戸口の後ろでこっそりあたしを見てた。

（間）

――ああ、こっそり見てた、戸口の後ろで／

――あたし、土地を買って、あの土地に身も心も捧げる人なんて、他に誰も知らなかった。だって、あたしたちあそこで危ない橋を渡ってたんですもの。針の穴を潜り抜けるぐらい難しいことだった。

――俺、記憶にとどめようとしてた／

――記憶？

――どうやればいいのか、記憶にとどめようとしてた。どう動けばお前の体が受け入れてくれるのか。どんな仕草をして、どんなリズムでやると、お前はもうどうなってもいいと思うようになるのか。

――「セックスてもんはこうするもんだ」といわれた。

――そんなこと、言ったのか？

――「セックスてもんはこうするもんだ」。

――人は教えられたとおりにセックスをする。

――それがあたしたちのセックスだった。

――セックスはそんなもんじゃない。

――じゃあ、セックスて何？　あんた、分かってるの？

（間）

――そのときから、俺、ずっと考えてきた。どんなやり方がいいか、必死で考えてきた。どんな型、きっと型があるはずだと思ってきた。どんな型を決めればお前にあの仕草をさせることができるのか。右のほうに首をねじり、後ろに仰け反り、最後はニッコリ微笑む。

――型なんてないわ。じゃあ、行くわ。

――最後の質問だ。

――何？

（間）

――俺とやってるとき、あいつの顔を思い浮かべるのか？

（彼女は首を右にひねり、後ろに仰け反り、最後にニッ

コリ微笑む)

——ええ、想像するの。あんたの体は二十は歳とってる、顔は老けこんでるって。だからあたしが微睡んでるとき、あんたに入れて欲しいのよ。それから体の火照りが収まると、コーヒーを入れる。ブラック、苦いの。

(間)

——俺は待てる。

——どのくらい?

——どのくらい必要だ?

——いまで二十年過ぎたとしたら、あと四十年は必要ね。でも、時間の問題じゃない。

——じゃあ?

——そんな必要ないわ。

(間)

——書類にサインしたのか?

——ええ。

——初めてまともなことをしたな。

——あの人なりの理由からだわ。

——どんな理由だ?

——あの人のこと、今まで分かった試し、ないわね。

——で、お前は知ってるのか? 一緒に暮らしたことないじゃないか。

——あんたのお父さんはお父さんなりの理由があるの。

——どんな理由だ?

——残りの日々、あの土地で過ごすこと。

——一人でか?

——犬と一緒に。

(間)

——書類にサインしたということが重要なことだ。今晩、泊まっていくな?

——いや、眠りたくないの。

——足のマッサージしてやってもか?

——疲れていない/

——足をマッサージしてやると、お前は眠れる/

——眠りたくない/

——じゃあ、精神安定剤を飲めよ/

——今晩は眠らないつもり/

——こんなとき、おれがしたいことは分かるか?

——何?

——ゆっくりお前と一発やることだ。親父のことを思い浮かべ、あの土地のことを考えながら。

——あんたのお父さんを?

——土地も。それからあそこで俺たちができるすべてのこと。

——どういうこと?

(間)

――あたしの名義になってるのよ。

――ええっ？

――名義。

――何言ってんだ。

――名義、重要なこと。

（間）

――こんなお前、見たことがない。

――どういうこと？

――こんな。

（間）

――そうあの人が望んだの。

――何の話なんだ？

――あの土地はあたしの名義になってる。

――どういうことだ？／

――あたし売る気はない／

――落ち着いて考えろ／

――もう決まってるの。

――で、どうするつもりだ？

（間）

――あんたのお父さんがしたことと同じことをするつもり。何百匹もいる病気の犬から苦しみを和らげてやるの。

――頭おかしいんじゃないか。


――あんたのお父さん、首をくくって死んだ。あたしが着いたとき、まだ息をしてた。オリーブの樹からぶら下ってた。一匹の犬が必死に体重をかけて生きてるお父さんの綱を引っ張っていた。お父さん、死ぬ前に何か言った。なんて言ったのかよく聞き取れなかった。力尽き、へとへとになり、ぶるぶる震えていた。両手をポケットに突っ込みズボンがずり落ちないようにしてた。寒さに震えながら呻きながら涙をこらえてた。犬がもうそれ以上耐えきれなくなると、綱がぴんと張り、ウンチがズボンから洩れてきた。（若い男は若い女を平手打ちする）楽になった犬はわたしの足をなめた。

――親父、何て言ったんだ？

（間）

――あんたに許して欲しいって。

（間）

――これからどうするつもりだ？

――行くわ。

――どこへ？

――畑。

――娘は？

――連れていく。

――何か可能性は？

――ない。
――俺にできることは？
――ない。
――俺が変わることは？
――ない。
――落ち着いて考えるんだ。
――落ち着いて？
――そうだ、落ち着いて考えるんだ。
――決まってるの。
――お前が決めたのか。
――畑に行ってくる。

暗転。

第五場　**最終場**

＊　舞台ではAの場面とBの場面が同時に進行し、同時に終わるようにする。

A

オリーブ畑が夜になる。テラスのところには空の檻。片隅には黒い粘着テープで口を閉じられた袋がある。なかには、犬の死体が入っている。年輩の男が古びたラジオでモーツァルトの『レクイエム』を最後に残った犬、モーツァルトと聞いている。

世の中に美しいものがあると考えると、気分が落ち着く。わしらがいなくなったとしても、美しいものは残る、いいか、モーツァルト。そう考えるのは別に馬鹿げたことじゃない、モーツァルト。このことは、たぶん、わしが生きているあいだに口にした、人生でいちばん大切なことなのかもしれない。生きているものすべてに、お前も含めて、モーツァルト、美しいことが起こるかもしれない。そう認めるのに、ずいぶん時間がかかった。このことは決して馬鹿げた話じゃない、モーツァルト。このあいだからずっと美しいことだけ考えてたんだ、モーツァルト。例えば、女というものは美しい。首の長い女、それにここ、尻から腰にかけて、お前にとっちゃ背中かな、そこの皮膚が何ともいえないほど美しい。それに足だな。鎖骨も、両手を広げたときの胸も……。モーツァルト、いいか、女ってもんは目にかけてやらないといけない、よく気を配ってやり、いろいろ話しかけてやる。自分たちはこの世で絶対不可欠なものだと思わせてやらないといけない。そうなんだ、モーツァルト、女は絶対不可欠なものなんだ。女ってものは痛みに耐えることができる。その点、お前に似てるのかな。文句も言わず、耐える力がある。男がもうこれ以上ダメだと思っても、先に進むことができる。そういう女がいる……。大勢の女を知ってるわけじゃないが、一人の女を知ることは難しい、そう思わないか、モーツァルト。女を知るのは一晩でいいだなんて考えるな、違う、一生かけても一人の女を知ることはできない。わしは大勢の女を知ってるわけじゃない。息子の母親、あいつのことはほとんど分からなかった。お前のほうが、いや、他の犬でもいい、あいつよりよく分かってる。息子の嫁は……、二人がどうしたのかほとんど覚えていない。いいや、モーツァルト、まるで子供が何度も間違っては消し、間違っては消したデッサンみたいなものでな、ちゃんと覚えてる。泥で汚れた顔、泥が乾いてひびが入る。ひび割れた泥の下にあの子の顔がある。真っ白なシーツに横たわった十歳の女の子の体。腹の上のやわらかい筋肉が何ともいえない。裸になって、お前みたいに、モーツァルト、畑をはしゃぎまわって走りまわる女の子の体。あの子と一緒に生きるため、世間に煩わされなくてもいいよう、畑を買った。畑だよ、モーツァルト、畑。「畑は女のものだ」。婆ちゃんがそう言ってた。それから息子の目、わしの頭から息子の目を何とか消そうとした……、ああ、やっとこの歳になって消すことができた、モーツァルト。美しいものを考えていくほうがいい。畑に生える草は伸び、花をつける。男の子は花を摘んで女の子に贈る。みんなじゃないぞ、中にはバカな奴もいるからな。おれは花を贈るのが好きだった。誰に贈ればいいのかよく分からなかったが、花が枯れていくのを見るのは、忍びなかった。こいつは美しくない。萎びた花はダメだ。北欧の女の子はいい。美しいと思う。いいか、アラビアの女の子はダメだ。ラテンアメリカの女は、その子によるな。ルーマニアの子はダメだ、ものすごく危ない。それにしても、お前も俺もピンと立つのはもう無理だな。犬の毛をすくのはいい。美しい。犬の毛をすく音、撫でてやる。死んでいくあいだ撫でてやる。目が瞬くのを見る。死ぬ直前の瞬き。魂が昇っていくのを見る。魂があった地上にポコッと穴が開く。それは美しい……。マヌエラ、孫のマヌエラは美しい。映画に行き、人生って実に単純なもんだとわからせる映画を見る、これだって美しい。悲しいことは、モーツァルト、悲しいことは、いま気がついたことだ。二人ともモタモタしている。わしらはもうすぐいなくなる、向こう側へ消えて行く旅支度をはじめた、モタモタと。どうしようもないじゃないか。わしらは消え去る。モーツァルト、わしらは消え去るんだ。これは美しくないか？　ここにあるすべてのものはずっと残っていく。そう気づくことは美しいことだ。映画、犬、花、皮膚、女、畑、そうだ、モーツァルト、畑だ。

年配の男はテラスから離れる。モーツァルトが後をついていく。二人はゆっくりと歩みを進める。サッサと動くことは難しい。二人の動きはモタモタしている。年輩の男は肩に縄を担いでいる。オリーブ畑の細い小道を通って二人は畑の端まで行く。犬は歩みをやめる。年輩の男は振り返る。犬に「さあ、行くぞ。さあ、行くぞ。あと少しだ」と声をかける。年輩の男と犬はオリーブの木々のあいだに消える。同時に夜の帳はすっかり下りる。暗転。

B

オリーブ畑の夜が明ける。テラスにあった檻が丸テーブルの周りに置いてある。ここは、いままでオリーブ畑を走っていた捨て犬たちが死ぬ場所だ。よぼよぼで目が見えず、体がマヒして足がもつれる犬を、一匹一匹、若い女は檻から丸テーブルのところに連れてくる。若い女の傍に女の子。一匹ずつ若い女は犬を触り話しかけ撫でてやり落ち着かせる。と同時に、犬の首筋に注射を打ちこみ、少し離れたところから、最後の息を引き取るまで、犬の目から視線を外さない。死体をビニール袋に入れ、黒い粘着テープで括り、カートに放りこんでいく。一匹だけ残る。モーツァルトだ。ひざまずき、両手を広げる。

若い女

——さあ、おいで。

（モーツァルトは不自由な臀部を動かす。女の子は犬の傍に行く。犬は女の子の顔をクンクン嗅いで頬、唇、耳をなめる）

女の子

——さあ、いらっしゃい。

（女の子は両腕で抱きかかえ、丸テーブルまで運ぶ）

若い女と女の子

——明日までそうしたままのほうがよくない？
——一日伸ばしても同じよ。
——よくなるかもしれない。治るかもしれない。
——いつかこうしないといけないの。
——あたしにはできない。
——あと一匹よ。
——いや、モーツァルトはあたしのこと、知ってるもの。
あたしのこと、よく話題にしてた。
——何かして欲しいこと、あるの？

（若い女は座る。女の子は犬を毛並とは逆に撫でていく。若い女はゆっくりと血管に注射針を打つ。犬は黙って身をよじる。女の子は犬を慰める。最後の息を吐くと、若い女はビニール袋に犬を入れ、黒い粘着テープで縛る）

女の子と若い女

――ママ、いつか家に帰ってくる？

――いいえ、犬が待ってるから。苦しんでいる犬を誰か落ち着かせてやらないといけないから。

――時々ここに来て、手伝ってもいい？

――大丈夫よ、ママがやるから。

――どうして、ママ、一人で全部やるの？

――あたしの仕事だからよ。やらなきゃいけない仕事なの。

――ここにいて幸せ？　ママ、ここ、畑で。

――ええ、とっても幸せ。モーツァルトを埋めるの、手伝ってくれる？

女の子と母親はオリーブの樹の下に埋葬する。女の子と母親は地面にひざまずき、犬の魂へと祈る。『レクイエム』が響いてくる。ゆっくりと暗転。

地上に広がる大空——ウェンディ・シンドローム

アンヘリカ・リデル　田尻陽一訳

Angélica Liddell　一九六六年、カタルーニャ州フィゲラス生まれ。一九九三年にグメルシンド・プチェ（通称シンド）とアトラ・ビリスという演劇集団を作り、『マンドラゴラの庭』でデビュー。劇作家、俳優、演出、装置、衣装を兼ねて活躍を開始。二〇〇九年、チェロ奏者ジャクリーヌ・デュ・プレに捧げた『わたしが負けてあんたを不屈にしてあげる』では、チェロを壊したり自らの肉体を傷つけたり、衝撃的な舞台を創造した。二〇一〇年、この作品をアヴィニョン演劇祭で上演することで彼女の名前が一躍ヨーロッパ演劇界に知れわたった。今では世界中の演劇祭から引っ張りだこである。二〇一五年、フェスティバル／トーキョーから招聘され、ここに翻訳した『地上に広がる大空』を上演した。

【主な作品】『わたしと食事ですって』二〇〇四年。スペイン著作権協会賞受賞。『リカルドの年』二〇〇五年。バリェ・インクラン賞受賞。『わたしが負けてあんたを不屈にしてあげる』二〇〇九年。「中国」三部作の第一作『人を信頼する人は呪われよ』二〇一一年。「中国」第二作『ピン・パン・チュ乒乓球』二〇一二年。「中国」第三作『地上に広がる大地』二〇一三年。「無限」三部作の第一作『この短い肉の悲劇』二〇一五年。「無限」第二作『わたし、この剣でどうしよう』二〇一六年。「無限」第三作『創世記六、六―七』二〇一七年。

登場人物

白い服のウェンディ
ウトヤから来た亡霊　ノルウェー語で
上海　中国語で
水色の服を着たウェンディ
ピーターパン
張　中国語で
謝　中国語で
賽特　中国語で
FOREVERの自転車に乗った少年　フランス語で

白い服のウェンディ、登場。

ウェンディ（白） ウェンディ、どこにいるの、ウェンディ。
（何度も繰り返し叫ぶ）

一 エリア・カザン『草原の輝き』 授業風景（1）

何事も昔を取り戻すことはできない
草原の輝きと花の栄光の昔を
悲しむことはない、見つけるのだ
残されたもののなかに力を

では、この詩の意味をきちんと言ってください。「草原の輝き」とか「花の栄光」という表現は何を意味しているのでしょうか。
えっと、わたしの考えでは……、
続けて。
わたしたち若いときは、観念的に物事をみる傾向がある、そう思います。ワーズワースが言いたかったことは……、わたしたちは成長すると……、若いという特権を忘れてしまい……、そして、力を見つけ……、
メットカーフ先生、構いませんか？

二 ウェンディのための子守歌

ウトヤから来た亡霊 （ノルウェー語で歌う）
眠りなさい、ウェンディ、眠りなさい。
喜んで殺しなさい。
ウトヤの血の川でやすみなさい。
おまえの夏の喉の渇きはわたしたちの傷口で癒された。
おまえの虚しさは死体で埋まった。

眠りなさい、ウェンディ、眠りなさい。
わたしの小さな愛の怪獣よ、

お前の復讐の黄色いリボンのあいだで夢を見なさい。
おまえの不幸に慈悲を垂れることを許してほしい。
生きている人たちに慈悲を垂れるべき者はわたしたち死者。

おまえは火にあぶられた骨髄、わたしはウトヤ
おまえは世界の孤独、わたしはウトヤ
おまえは恋の残りかす、わたしはウトヤ
おまえは白熱光を発する憎悪、わたしはウトヤ
おまえは報われることのない愛、わたしはウトヤ
おまえは上海、わたしはウトヤ

おまえが自分の存在を消したいと思ったとき、
もう一晩、生き延びることができる。
わたしはおまえの傍にいてやろう、
一緒に上海へ行ってやろう。
わたしの小さな、わたしの小さなウェンディ、
おまえは優しい、そうだよ、おまえは優しい。
傍にいて慰めてやろう、
苦しみを和らげるため。
もう一度話してやろう、
傷つけられた傷、殺された殺人を、
おまえを慰める唯一の話を、

悲しいウトヤの話を。

わたしの心はいつも主の生まれたところに向かう
わたしの思いはいつもそこに向かう、そして真実を学ぶ
わたしの憧れはいつもそこにある、そこはわたしの信仰の宝
決してあなたを忘れない、聖なるクリスマスの夜

まぐさ桶の周りにヤシの枝を喜んでかざす
あなたのために、あなたのためにだけ、喜んで生と死を見つめる
来たれ、わたしの魂が歓喜の瞬間を見つけることを赦し給え
この場に、わたしの心の奥底に、あなたが生まれたことを目に留めさせ給え

上海（中国語で）上海でいちばん有名な自転車、知ってる？FOREVERって、言うの。

三　エリア・カザン『草原の輝き』授業風景

かつてあれほど輝いていたものが

いまわたしの目から永遠に失われても
何事も昔を取り戻すことはできない
草原の輝きと花の栄光の昔を
悲しむことはない、見つけるのだ
残されたもののなかに力を

では、この詩のこの行は何を意味しているのでしょうか。

四　J・M・バリー『ピーターとウェンディ』

ウェンディ（水色）　どうして泣いてるの？
ピーター　何ていう名？
ウェンディ　ウェンディよ！　あなたは？
ピーター　ピーター。
ウェンディ　どこに住んでるの？
ピーター　二つ目の角を右に行って、それからずっと、明日まで。
ウェンディ　そこって、手紙、着くの？
ピーター　手紙なんて、来ないよ。
ウェンディ　でも、あなたのお母さんとこには着くでしょう？
ピーター　母さんもいないし、欲しいと思ったこともない。
大切な人だって、みんな、思いすぎだよ。
ウェンディ　だから、泣いてたの？
ピーター　泣いてなんかいないよ。
ウェンディ　わたしのおかげで幸せなの、忘れてるわ。
ピーター　ありがとうなんて、言ったことないよ。
ウェンディ　じゃあ、わたし、行くわ。
ピーター　行くなよ……。女の子一人は、男の子二十人以上の値打ちがあるんだ。
ウェンディ　本当に、そう思ってるの？
ピーター　うん。
ウェンディ　よかったら、キスしてあげる。
ピーター　キスなんてもの、知らないよ。
ウェンディ　歳、いくつなの？
ピーター　知らない、でも、若いんだ。
ウェンディ　誰と一緒に住んでるの？
ピーター　孤児（みなしご）の男の子たちと。
ウェンディ　楽しいのでしょうね。
ピーター　でも、そこには女の子がいない、ボクたちだけなんだ。
ウェンディ　女の子、いないの？
ピーター　女の子って、殺されるには頭がよすぎる。
ウェンディ　どこに行くの？
ピーター　他の子供たちがいるところ。

ウェンディ　行かないで、お願い。あたし、たくさんのお話、知ってる……。
ピーター　じゃあ、ボクと一緒においでよ。他の子供たちにも話してやって。
ウェンディ　他の男の子って、あなたみたい？
ピーター　ボクに似ちゃダメだと言ってあるんだ。でも、君が見たら、カッコいい男の子たちだよ。
ウェンディ　でも、わたし、行けないわ。ムリよ。
ピーター　ウェンディ、ウェンディ……、そのくだらないベッドで寝ているあいだに、ボクと一緒に風に乗って飛べるよ。夜になったら、ボクに布団をかけてくれるかもしれない。だって、どの子もかけてもらったことないんだ。
ウェンディ　あなたって、自分は頭がいいってことに満足してるのね。
ピーター　君だって、ボクが頭いいってことに満足してるだろう？
ウェンディ　耐えられない人だわ。
ピーター　モチ、ボクって耐えられない人さ。ボクは青春、陽気そのものなんだから。
ウェンディ　あなたは陽気な人じゃないわ、ピーター。
ピーター　そう言うのは、年寄りたちの鼻を明かしてやるためだ。目が覚めたら髭が生えてただなんて、いやだよ。ボクみたいな年寄り。
ウェンディ　髭が生えているピーター、見てみたい。
ピーター　年寄りって、ボクと同じように、君だって吐き気を催すさ。
ウェンディ　どこが痛いの？
ピーター　どこも痛くない。
ウェンディ　治してあげる。
ピーター　（紙をまるめて捨てる）ほら、この紙、なかなか勇気があるよ。
ウェンディ　ピーター、もし海で誰かが溺れていたら、助ける？
ピーター　最後の最後まで待ってると思う。そして見事に救いだす。
ウェンディ　人の命より自分のテクニックを見せるほうが重要なのね？
ピーター　誰かが海に落っこちる可能性はいつだってある。溺れさせておく。いままで見てきたよ、世の中には悲劇と不公平があるって。でも、みんな忘れてしまった。
ウェンディ　人が溺れてるのを見てるの、好きなの？
ピーター　ボクたちってそういうもんさ。覗き見。誰からも愛されていない。じっと見ている。鋭い視線を投げかけるだけ。もしかしたら、その視線の一本が人を救えるかもしれないと思ってね。
ウェンディ　あなたに見捨てられたら、ピーター、あたし、どうすればいい？
ピーター　死んじゃって、ビックリするよ。
ウェンディ　あなたに見捨てられるのね。
ピーター　単純さ、ボクってすぐ忘れちゃうんだ。
ウェンディ　じゃあ、わたしのこと、思い出してもらうにはどうしたらいいの？
ピーター　何ていう名前だったっけ？
ウェンディ　あたし、ウェンディよ。
ピーター　ねえ、ウェンディ、ボクが君のこと忘れたと思ったら、いつも繰り返したらいい、あたし、ウェンディよって。そうしたら、思い出すから。
ウェンディ　お茶は？
ピーター　要らない。冒険、やってみたくない？
ウェンディ　どんな冒険？
ピーター　誰か殺すの。
ウェンディ　たくさん殺すの？
ピーター　週末には人を殺すことにしてんだ。
ウェンディ　週末だけ？
ピーター　空想の島と現実の島とでは、そこが違うんだ。
ウェンディ　怖くないの？
ピーター　ボクってすごいから、銃弾の爆風にだって乗って飛べるんだ。
ウェンディ　あなたって、誰も殺したことないわ！
ピーター　ボクにとって真実と空想はぴったり同じこと。例えばさ、君ってボクの母さんになれる。自分の子供たちと一緒に寝てもいい歳だよ。
ウェンディ　さっきあなたはお母さんのこと、バカにしてたわ。
ピーター　ボクと一緒に寝てくれない母親ってのは、ダメだ。
ウェンディ　でも、あたしはまだ子供よ、ピーター。あたし、子供、欲しくないわ。
ピーター　ねえ、ウェンディ……。ちっちゃなベッドに寝ている君の子供、欲しくない？　洋服を縫ってやることができる。ボクの服、いつも破れてんだ、膝のところが。
ウェンディ　子供たちがベッドで寝ているとき、ズボンを縫うって素敵。
ピーター　ボク、すぐに寝るよ。穴の開いた靴下が籠一杯ある。
ウェンディ　でも、あなたはきっと、別の女の人をわたしと取り換えるわ。
ピーター　違うよ、ウェンディ。
ウェンディ　ねえ、ピーター、あたしのこと、どう思ってるの？
ピーター　いい子が思っているのと同じ気持ち。
ウェンディ　そうだと思った。
ピーター　君たちはみんな、母さんになるんだ。母さんごっこ、好きだろう？

ウェンディ　あたし、誰のお母さんにもなりたくない。

ピーター　じゃあ、何？

ウェンディ　分かってないでしょう？

ピーター　女の人って、みんなボクの母さんになりたがるんじゃない？

ウェンディ　もう、あなたにうんざりだわ、ピーター。

ピーター　ボクって、情け知らずになってもいいんだよ。

ウェンディ　自分のこと、分かってる？

ピーター　ボクって？

ウェンディ　本当のお母さんが恋しいのよ。

ピーター　母親って、ゲスの塊。クズ。ゲスもゲス。

ウェンディ　どこが痛いの、ピーター？

ピーター　ほっといてくれ。そんな痛みじゃない！　母さんがいなくったって、何とでもなる。頭のいかれた母さんなんて、いるもんか。

ウェンディ　あたし、ウェンディよ、あたし、ウェンディよ、あたし、ウェンディよ、あたし、ウェンディよ、あたし、ウェンディよ、あたし、ウェンディよ……。

ピーター　ほら。唇に指を立てて、手にピストルを持って、ボクって最高に幸せだよ。死ぬって、きっとすごい冒険だぞ。

五

エリア・カザン『草原の輝き』授業風景

かつてあれほど輝いていたものが
いまわたしの目から永遠に失われても
何事も昔を取り戻すことはできない
草原の輝きと花の栄光の昔を
悲しむことはない、見つけるのだ
残されたもののなかに力を

では、この詩のこの行は何を意味しているのでしょうか。ディニー・モーリス。

すみません、メットカーフ先生。質問を聞いていなかったもので。

すみません。

そうね、いまは春だってことは分かってます、ディニー。でも、注意散漫はいけません。集中してください。

ワーズワースの『幼少の思い出が永遠について教えてくれるオード』から数行を引用しました。聞いてましたか？

すみません、メットカーフ先生。

じゃあ、三八〇ページを開けてください。

はい、先生。

読んでくれますか?

はい、先生。

立ってください。

何事も昔を取り戻すことはできない
草原の輝きと花の栄光の昔を
悲しむことはない、見つけるのだ
残されたもののなかに力を

では、この詩の意味をきちんと言ってください。「草原の輝き」とか「花の栄光」いう表現は何を意味しているのでしょうか。
えっと、わたしの考えでは……、続けて。
わたしたち若いときは、観念的に物事をみる傾向がある、そう思います。ワーズワースが言いたかったことは……、わたしたちは成長すると……、若いという特権を忘れてしまい……、そして、力を見つけ……、
メットカーフ先生、構いませんか?

六 ウトヤ、ああ、素晴らしい新世界!

二〇一一年七月二十二日、ウトヤというノルウェーの島で開かれていたノルウェー労働党青年部のサマーキャンプで銃撃があった。五百六十人の若者たちが集まっていた。一人の男が警備員になりすまして近づいてきた。参加者に銃口を開き、六十九人を射殺した。一人、一人、また一人、ブレイビクは八十分かかって殺していった。小さな島を回りながら、若者を見つけ次第、落ち着き払って殺していった。

十六歳から二十六歳の若者が殺された。この年頃の若者たちは、セックスだって、愛の籠ったセックスだってできる。

わたしたちは生まれたときから目的はセックス。これが人類の不幸の始まり。

ウトヤの銃撃があって二週間後、ウェンディは上海に向かった。

七 どうして一人で上海に来たの?

上海 (中国語で) ウェンディ、どうして一人で上海に来た

の？

何があったのか、どうして素直に答えてくれないの？

じゃあ、初めから。夜の九時、ホテルにいたのね？

部屋でどんなビデオ見たの？

いい人だって悪いことをするわ、ウェンディ。それが普通よ。何があったのか言ってくれたら、何とかしてあげる。

あなたって、殺人は最悪、卑劣なことって思ってるのね？　分からないけど、よくあることなのよ、ずっと昔からやってきたことなのよ。生きる人も大勢いれば死ぬ人も大勢いる。それだけのこと。犯罪者を思いとどまらせる法律なんてない。法律は超人間的なもの。それに反して、犯罪者はただの人間でしかないの。

大虐殺について考えてみて。人は、思ったより死んでない、思ったより死者の数が少ないからといって、よかったって思うことはないの。死者の数が多いほうが、かえってほっとするの。死者の数を修正する、少なくすると、あなたはがっかりするわよ。人はね、「まあ、ひどい！」って、言いたがるの。ずっと昔からみんな「まあ、ひどい！」って言ってきたの。「まあ、ひどい！」と言って、自分のことは話さないの。あなたって、三機目の飛行機、待ってなかった？　貿易センタービルが崩れ落ちた日、また次に三機目の飛行機が来るって、待ってたんじゃない？　人生の意味が分からないと、普通、三機目の飛行機、待ってるものよ。そうじゃない？

人の足元から影が伸びている、ウェンディ、人の足元から。

あなたって、世の中でいちばん忌まわしいものって何だって思ってるの？　一人で食事はできる。朝ご飯だって一人で問題なし。でも、晩ご飯は一人じゃ無理。とっても難しいこと。そうじゃない？　あなた、上海に来て一人で晩ご飯食べたの、ウェンディ？　あの晩、一人で晩ご飯、食べたの？　孤独の中でいちばん酷いのは、人から愛される望みをさっさと捨て去ることができないこと。一人でいたいというのなら、それはそれでいいわ。でも、人から愛されてるって大切なこと。人を憎めても、愛されてるっていうことは必要なの。

あなただって、愛されてること必要でしょう、ウェンディ？

あなたって、中国は好きよね。でも、中国はあなたのこと、どうでもいいの。これがあなたの人生よ。いいこと？　あなたが乞食の前を通るでしょう？　みんな黙るの。だってあの人たちにとって哀れなのはあなたのほうなんだから。あなたって、もう慣れたでしょう？　誰からも愛されていないってことに。見捨てられたってことに。忘れ去られたってことに。あなたって歳をとったけど、それ全部、溝に捨てていいわ。

ウェンディって、二人いるの。いつも二人いるの。いいウェンディと悪いウェンディ。何があったのか言ってちょうだい。そうしたら、ベッドに行ってもいいから。

どうして一人で上海に来たの？

中国の男と性的関係、持った？

上海で売春の仕事、斡旋された？

人種の違う人とのセックス、何ともない？　気持ち悪くない？　ほとんどの人、人種の違う人とのセックス、気持ち悪がるのよ、ウェンディ。

わたしたち中国人の一人と、もしかして性的関係、ウェンディ、持ったの？

いちばん重要なことをあなた、隠してるわね。あなたの心の奥で考えていること、隠してるわ。

ウェンディ、ウェンディ……。Shanghai っていうコトバ、二つの意味があるの。「上海」という都市と「傷口」という意味。この町の名前の発音を間違えると、みんな、びっくりするわよ。あなたって、「上海に行く」と言う代わりに、何回も、「傷口に行く」と言ってたから。

どうして一人で上海に来たの？

わたし、どうしたら、あなたを励ますことができるのかしら？

わたし、あなたが好きよ。この世を理解するのを否定する人、わたし、好きよ。

あなたって、物書きよね。違う、ウェンディ？　自分の存在を証明する証拠が必要ね。わたしたちと全く同じ。証拠。警察と作家って、同じ。わたしたちの仕事の本質はよく似てる。わたしたちは同じ素材を扱ってる。人間のクズを扱ってるの。わたしたち、世の中で汚いものを扱ってるの。仮面の裏側にあるものを見てるの。わたしたちって、人間の最低な部分を見る能力があるの。わたしたちって、最後は少し穢れてしまう、もしかしたら、たっぷり穢れてしまう。違う？　わたしたちって、誰も信頼してない。この世が好きになれない。わたしたちの穢れてしまったところって、綺麗にしようと思っても綺麗にはできない。

知りたいことがあるの、ウェンディ。人は自分の部屋に閉じこもってものを書く。そうでしょう？　あなた自身と人から見られているあなたとは違うの。目の前にいる人はウェンディじゃない。あなたって自分を偽って生きてる。作家って自分が書いたものには誠実そのものなのに、実生活では嘘偽りに満ちた人間になる。誠実にものを書き、偽って生きている。

例えば、こう質問してみたらどうかしら。「これから残りの人生、ウェンディ、何をするつもり？」正直に答えられないでしょう？　だって、そんな質問に正直に答えるには、部屋に閉じこもって書き始めないとね。もしかしたら、「花びらの重みに耐えられなければ、わたしは明日までどう存在すればいいのか？」なんて書くのかもしれない。ねえ、ウェンディ、これから残りの人生、何をするつもり？

　わたしたちの言葉、中国語、習わない？

　ウェンディ、ウェンディ……、ときどき、罪を犯すより疲労するほうが大変だってこと、あるわ。ときどき、犯罪者を処罰するより疲労困憊するほうが大変だってこと、ある。

　逃がしてあげてもいいのよ、ウェンディ。逃がしてあげても。

　わたし、いつも自分に問いかけるの、詩を書くって犯罪の証拠と同じように思われるんじゃないかって。そう思われるかもしれない。

　これ、すべて、ウエンディ、あなたが書いたのよね。

八　アマースト大学(2)の欲望

ウェンディ（白）　あたしの体から、どれくらいアブラが搾れるかしら？

まあ、普通の皮下脂肪かしら。

豚小屋とか兵舎を照らすぐらいのアブラ。

あたしのアブラで勉強机のスタンドを灯すことができたら、

机のへりに淫乱な肋骨を押し付け、格好いい男の子たちが夢を見る。

あの子たち、あたしが肘を舐めるだけで満足するって、思ってない。

あたし、かなりの高さまで上り、下劣な考えを持った。

戸棚に男の生徒たちを閉じ込め、話し続けることだってできる。

あたしの下腹、硫黄の匂い、しない？

欲望が急降下して地獄すれすれまで落ちる。

あたし、袖におしっこひっかけられた。

天使みたいな顔をした男の子たちよ。

あたしに恥ずかしい思いをさせて、喜んでるの。

でも、一人の男の体重より、あの子たちの辛辣なあざけりのほうが耐えられる。

あたしは幼い女の子ほど強くない。

顔にサイがドカッと坐ったみたいにブサイク。

あんたって超イケメン、若いお兄ちゃん。
あんたたちのベッドのマットレスの匂いを嗅ぐ。
あたしの苦悩の寄宿舎では、やわらかい金玉がろうそくに照らされ、
ポルノの女の子の写真を手に、無意識に射精する一群。
あたし、いつもそんな女の子の一人になりたかった、
大好きな寄宿生たち、でも、わたしはもっと卑猥に。

青白い顔のあたしの恋人たちは、ぼうとしたまま微笑んでいる。
あたしはあの子たちに、苦痛の叫声をあげながら、あたしの内臓を投げつける。
でも、あの子たちは反応を示さない。

これほど歳をとっても、もう一本髪の毛があったら、
あたしの乳首を星で飾るのに。
一カ月、ゴミ袋を出してないわ。
もしかしたら、太陽もなくなってしまったのかもしれない。

急いで崖に走り、早く頭をぶち割ろうとすると、めまいがして、
困惑にみちた日常に引き戻される。
死に迎え入れられるのも簡単じゃない。
美しい学生が一人、あたしの肩の傍にいながら、あたしのほうを見てくれない。
バラ色の服を着て恐怖に堪える。
あたし、警察に衝撃を与えたい。

ウェンディ（水色） 象って、パンパン、銃で撃たれてから倒れるまで、十日かかるんですって。わたしは象よりかかるわ。倒れるのに何年かかるかしら。わたし、生まれるとき、頭、銃でぶち抜かれたの。

ピーター 地上でいちばん遠いところはボクの心の中にあるんだ。銃弾が届くところだけど。

ウェンディ あなたって、自分の苦しみに酔いしれてるのね。

ピーター 君が幸せだって、ボク、誰にも言わないからね。

ウェンディ わたし、太陽に敵対するわ。

ピーター 暗闇の中だって、君のあとをついていくよ。

ウェンディ わたし、男の人と対等に喧嘩できるわ。

ピーター どこから始める？　生きている人から？　死んでいる人から？

ウェンディ 可能な範囲で十分よ。不可能なことに、わたし、ちっとも満足しないから。

ピーター 夢の中でボクに会えるよ。

ウェンディ わたし、眠らない！

ピーター　あそこ見て！　何も起こっていないみたいだけど、近くに寄ってみたら、全員が銃で撃ちあっているのが分かるから。

九　**見捨てられないために何ができるかしら？**
（七つのワルツに関わる話）

上海　（中国語で）ウェンディ、どうして、一人で上海に来たの？

ウェンディ（白）　最初にわたしが目にしたのは、南京路で踊っている人たちでした。何時間もビデオで撮影し、ダンスを見ていました。

その時、いつの日か上海に戻ってきて、あの人たちにこう言おうと思ったのです。

「わたしと一緒にみなさんがダンスするのを見てみたいのです。舞台の上で。本物のオーケストラの伴奏で、ワルツを」。

「ソウルまで行ってきます。みなさんのためにいちばん美しいワルツを作曲してもらいます」。

「作品はウェンディ・シンドローム。もしくは、みなさんから見捨てられないためにどうすれば満足していただけるか、というお話」。

「それと、ものすごく憂鬱な人がもう一人のものすごく憂鬱な人と出会ったらどうなるかしら、しかも、上海で？」

（舞台奥で生のオーケストラがワルツを演奏する）

1　南京路のワルツ（中国人、張と謝の二人が踊る）

2　FOREVERの自転車のワルツ（中国人二人が踊る）

3　ウェンディがピーターと出会ったワルツ（ピーターと白いウェンディと水色のウェンディの三人が踊る）

4　草原の輝きのワルツ（全員で踊る）

張と謝（中国語で）

賽特　何歳ですか？　張さん。

張　七十二歳です。

賽特　お二人とも上海からいらっしゃったのですか？

張　はい、そうです。

賽特　どのくらいお二人で踊っていらっしゃるのですか？

張　二十年です。

賽特　以前は何をなさっていたのですか？

張　技師でした。港湾で働いていました。

賽特　アンジェリカとは上海で出会ったのですね？　南京路

ですね？

張　はい。

賽特　どうしてダンスがお好きなのですか？

張　健康にいいですから。それに気分が爽快になります。

賽特　愛してる人に見捨てられないために、あなたなら、どうします？

張　こう言います。「愛してるよ。いなくなったら寂しいよ。いつも一緒にいようね」。

賽特　お歳は？　謝さん。

謝　七十一歳です。

賽特　ダンス以外に何かなさっていますか？

謝　美容師です。

賽特　ずっと美容師ですか？

謝　いまは違います。ダンスをするため、辞めました。

賽特　ダンスのためなら、どんなことでも平気ですか？

謝　はい、ここには主人の許しを得ないで来ました。主人は共産党員で、しかもガチガチなのです。アンジェリカと一緒に働くことは気違い沙汰だと思っています。

賽特　愛している人から見捨てられないために、あなたなら、どうします？

謝　こう言います。「わたし、寂しいわ」。そして愛している人を抱きしめ、わたしとわたしたちの愛と一緒にいるようにします。

5　あなたのためにできることのワルツ（中国人二人が踊る）

6　人間の悲しみの源のワルツ（上海と白いウェンディと水色のウェンディが踊る）

7　最後のワルツ（中国人二人が踊る）

十　エリア・カザン『草原の輝き』　授業風景

何事も昔を取り戻すことはできない
草原の輝きと花の栄光の昔を
悲しむことはない、見つけるのだ
残されたもののなかに力を

では、この詩の意味をきちんと言ってください。「草原の輝き」とか「花の栄光」という表現は何を意味しているのでしょうか。

えっと、わたしの考えでは……続けて。

わたしたち若いときは、観念的に物事をみる傾向がある、そう思います。ワーズワースが言いたかったことは……、わたしたちは成長すると……、若いという特権を忘れてしまい……、そして、力を見つけ……。

メットカーフ先生、構いませんか？

十一　島

椅子に座り、「四」のセリフ前半の原稿を点検するように読んでから。


ウェンディ　（白から黒へ着替える）気分、すっきりしたいわ。

すっきりした気分。

いつの日か、まじめな話、できればそうなりたい。

でも、すっきりした気分って、どういうことなのか、さっぱり分からない。

「すっきりした気分」という文句、何回も繰り返すのにうんざり。

元気？

元気？

何て答えたらいいの？

ぜんぜんすっきりした気分じゃない。

ホテルに戻ると、全く気分が萎えたことに気づく。

一日が終わり、あたしはさっぱり元気がない。

こうして一日を終えることはできても、全く気力がない、いつもこうなの。

ちっともドラマチックじゃない。

いちばん辛いときって、単純に言えば死にそうなとき。

でも、ちっともドラマチックじゃない。

これって、病気。

これって病気だと思うことにしてきた。

病人になってきた。

何年もずっとこうしてきた。

何度も落ち込み、何度も復活する。

数々の言い訳。

でも最終的には分かった。

幸福感の真っただ中でときどき、どうしてだか分からないけど、ものすごい疲労感なの。

ものすごいの。

誰も想像できないほどの疲労感。

その瞬間、誰かに殺されかかってるみたい。

まあまあ元気かなと思っていると、突然、誰かに殺されかかってるって、思う。

これって、月に何度も起こる。

週に何度も。

ときには何週間にもわたって一日に何度も。

月に数回だと、通常の生活が送れる。

外にも出られる、映画にも行ける、人と話もできる、何でもできる。

一日に何度も起こるようだと、実際には最悪。

本当に死にたいと思う。

食べるのをやめ、シャワーをやめ、家の掃除も洗濯もやめる。

ときどき虫が湧く、ちっちゃな虫、汚物から湧く虫。

あたし、毎日生じるゴミに守られてる感じ。

生き返るためにはある程度の汚物が溜まらないとダメ。

疲労困憊の危機は、特に、無理して人と交わらないといけないときに起こる。
人と一緒に過ごさないといけないとき、
一緒にいるためにものすごい努力をしなきゃいけないとき、
一緒が当たり前、一緒が幸せ、そう思うにはバカになることが要求されたときに起こる。
一緒にいるふりを要求されたときに起こる。
当たり前だと装うことであたしは破滅。
一緒にいることであたしは破滅。

あたしが病気なのは、分かってる。


自分では幸福になれないし、人を幸福にさせることもできない。

これって幸福を探し求めることを妨げない。

あたしは、探し求め、探し求め、何度も探し求めてる。で、何度もダメ。

何度、努力してもダメ。

何度も数時間、できたら、ずっと平静でいようと思う。

そのためには家に閉じ籠もり、誰とも会わない、誰の消息も耳にしない、この世が存在することすら許さない。

もしくは、この世を明確に存在させる、そうすることで、この世を考えなくてもすむ。

家に閉じ籠もっていると、何時間も平常心でいられる。


一人で旅行していても、そうなの。

一人で歩く外国人でいられると気が楽になる。

外国人だと気が楽。

例えば、上海で一人でいると、そう、上海にいるとずっと外国人でいられる。

外国人でいるって、人生に繋がっていない感覚に耐えることに役立つ。

一般的にどこにも属していないという感覚。

上海は追放された者たちが駆け込む場所であり続けるかもしれない。

その人たちがどこから来たのか、どこから逃げてきたのか、上海は気にしない。

たぶん、自分から逃げてきたのよね。

そうすると、あたしは一日中、外国人だと感じながら、通り、そう、上海の通りにいることができる。

いままで見たこともない美しい人たちと通りを横断し、その人たちの家の戸口のところまでついていく。

最高なことは上海のゴミが白いこと。


その時、地上に広がる大空を感じた。


あんたの町で、地上に広がる大空って、感じるのは実に難しい。

あんたの町って疲れ切った人で一杯。

それも、よく知っている人たちで、内面の汚いところを曝け出してる。

あんたみたいに歳とった人を知る時が来る。

あんたみたいにむかつき、しょぼくれ、疲れ切った人をよ。

惨めさをごまかすことができない時が来る。

そして人間関係は生命体と同じように腐っていく。

取り消すことができないやり方で、途中で止めることもできない過程で、人間関係は人間であることより長続きすることはない。

もっとも、慎重な人と謙虚な人のほうが生き延びる。

そういう人のほうがうまくごまかす。

無謀なことはしない。

何も気づかない。

そういう人のほうが生き延びる。

人から敬意を払われる人も生き延びる。

母親になるって、ボン、爆弾だわ。

母親になるって、人から敬意を払われること。

お腹が膨らみ始めると、敬意を払われることを要求し始める。

あんたって、クソまみれの人かもしれない。

で、ただ単に母親になるというだけで、周りから敬意を払ってもらう。

あんたって、バカで意地汚い人かもしれない。

で、母親になるというだけで、周りから敬意を払ってもらう。


ここは大文字よ。


もしかして、あんた、自分を守るために子供を利用し、人に有無を言わさないようにするのかもしれない。

で、ただ単に母親になるというだけで、周りから敬意を払ってもらう。

周りから敬意を払ってもらうために、自分の子供を利用する母親以上にムカつくものはない。

それから、そう思っている人たちにも、あたし、むかつく。

でも、上海には約束された子供たちだけがいる。ありうるかもしれない人間関係はない。ありうるかもしれない腐敗はない。

約束された子供たちだけがいる。

あんたって、約束された子供？

こういったことにドラマはない。

病気があるの。

バカな連中はそれをニヒリズムという。

精神科の先生に、あなたはニヒルな人です、って言われたことはない。

十歳のとき、「この子は完璧にニヒルな子供です」って、言われなかった。

人間って、大きくなると何にもドラマはない。

あんたって、ドラマのない酷い事件を見てる。

ある島で六十九人が殺された。でもドラマにはならない。

あんたの両親が死ぬ。でもドラマにはならない。

あんたが卑劣なことをされてもドラマにはならない。

あんたが卑劣なことをしてもドラマにはならない。

あんたってだんだん歳をとってむかつく人になる。でもドラマにはならない。

あんたが自殺しようとする。でもドラマにはならない。

ドラマなんてものは何もない。

何世紀も前からあんたは何度も生まれ変わったみたいだけど、単にあんたって人の内面を見てた。ただ、それだけ。

誰かがあんたの前に立つたびに、それは全人類を目の前にしたことになるのに、あんたは人の内面を見てる。内面だけ。

それって誰かを愛することを妨げる。

あたし、人を愛せたら、何も考えられなくなるかもしれない。

知ってる人を傷つけるか傷つけないか、攻撃するかしないか、そのどちらかにかかっているとき、世の中を描写することはできないかもしれない。

仕事をうまくやれないかもしれない。

何も考えられないかもしれない。

つまり、あたしは人の内面を見てる。

まくし立てる自己弁明を聞く。

もっとも下劣な人は自己弁明のためなら、不幸というものを何でも利用する。

自分の悪行から責任逃れをするため、癌に罹ってるとか、レイプされたとか、自殺だって、利用する。

で、あんた、あの人たちの言うことに耳を傾けてどうすんの？

あの人たちの内面を見てるだけじゃないの。

嘆かわしいことに、どんな不幸だって、軽蔑されることから、あたしたちは免れない。

だから、あんた、あの人たちの内面を見てるだけなのよ。

汚いところだけ。

泣き叫んだって、汚いところが増えるだけ。

泣き叫べば叫ぶほど、汚いものが増える。


あたしの仕事は自分の残りカスを調べること。

もちろん、他人が作った残りカスも。

そういうことじゃない？

誰か自分の残りカスを調べると、他人の残りカスも目に飛びこんでくるもんよ。

そういうことじゃない？

あたしの目に飛びこんでくるのよ。

他人から身を守るために他人から離れるだけでなく、他人を傷つけないように身を引いておくの。

だって、遅かれ早かれ、残りカスが目に飛び込んでくるんだから。

だから、普通の人は自分が持っている「草原の家」でゆっくり寛げる。

いつものように酔っ払い、わいわいバカ騒ぎして、まったくあきれるわ。

世界中にあふれかえり、どこにでもある機械みたい。

口づけを交わし、意味もなく抱き合い、それで結局は楽しく過ごす。

人は人が好きなの。

世間の人はすべて善良だと思ってる。

そんな人をあたしは許さない。

自分の人生を忘れる必要があるなんていう人、そんな人、あたしは耐えられない。

あたしがいちばんイラつくのは、そういう人とああいう人との区別がつかないこと。

そういう人とああいう人がよく似ているからイラつくの。

大勢いるからイラつくの。

そういう人とああいう人とが、そっくりで、瓜二つで、よく似ていて、しかも大勢いるからイラつくの。

あたしがあの人たちによく似ていて、しかも大勢いるからイラつくの。

大勢の中で人と違っている人って好きよ。

あたし、外れてるっていうのが好き。


あんたみたいに。


あたしって、家庭を築くようには向いていていない。

家庭っていうものに耐えられない。

家庭のゴタゴタにも。

集団を作るようには向いていていない。

集団って、信じない。

どんな集団を作っても、人はどうして愚鈍で性悪になるのかしら。

集団って、家庭でも、グループでも、「草原の家」でも、仕事でも、人生でもいい。

あたし、あきれ返る。人間は悪人になる。素直すぎるのね。

それって、群れる、固まる、所属する感覚。

あの人たちを下賤で下劣で傲慢にするもの、それって、謙虚を装った傲慢、善意を装った傲慢。

襟にこんなバッジをつけた善意、「あたしは生まれつき善良です」。

「世間の人、すべて大好きです」。

「お金のためには働きません」。

「あたしは人のために何かします」。

そして、こうも。「愛情込めてトイレを掃除します」。

ときには善意と愛情とに吐き気がする。

それって、敬意を払ってもらいたい母親や修道女と同じ。偽善よ。

生まれつき善良だとか、すべての人が大好きだとか、お金のためには働かないとか、人のために何かするとか、愛情込めてトイレを掃除するとか。そういうのは、物事が汚くなったときに何か吐き出すものを手に入れるためよ。吐き出すものって、その人の毒。善意と愛情が積み重なって何キロもの重さになると、自分の悪事から責任を逃れようとする。自分の罪を認めることができないと、他人のせいだと思うようにする。それが母親。Oh, mummy. I love you. Fuck you mother! 母親。一度、子供を生んだら、そのあとずっと母親。いつだって、どこだって。

あたし、信じない、愛のために働くとか、お金のためには働かないという人。

子供を持ってる人はいつだって善人じゃない。

嘘つきも嘘つき。

群れから離れ、母親は強姦や殺人から身を守ることができる。

群れから身を守る訓練を受けている。

そういうの、あたし、信じない。


子供ができない子供がいい。

あたしの好みはそっちのほう、子供ができない子供のほう。


子供の写真を見せるって、まるで小旗を振るみたいに、哀れそのもの。

この世に子供を引っ張り出したことに何か意義があるみたい。

子供って、病気で歳をとり、ヨボヨボでウツでグッタリした親に耐えるしかない。

子供って、生まれたことで負った傷で最後には障碍者になる。

そう、ヨボヨボでウツでグッタリした親のせいで子供の頃に負った傷よ。

でも、ある日、親はそうだ、自分のレプリカを作ろうという気になる。

病気でグッタリしていることに気づきもせず、もう歳をとりヨボヨボでウツなのに、血筋を永遠に繋げようとする。

そうしないでおこうなんて、さらさら考えもしないで。

子供って、親を年寄りにし病気にしバカにしウツにする。

あんたって、子供を持つか、それとも何か考えるか、それとも何か考えることができるようにいまの子供を捨てるか、
それとも燃え盛る竈に頭を突っ込んで自殺し、子供たちの邪魔をしないか、どれかだわ。
人はバカになると恋をするだけ。

あたしたちのように。


人はあたしと同じように人を信用できない。

人はあたしと同じようにいつも思い悩んでいる人を信用できない。

いつも思い悩んでいる人は、自分と同じように他人も思い悩むことを願う。


だから、あんたって、いつも顔中、傷だらけなのね。

陽気に騒ぐと病人をまともにダメにする。

特にお祝いのパーティー、お祝いのパーティーは病人をへこませる。

お祝いのパーティーに出席したあと、だって、ときどきどうしようもないパーティーにどうしても出なきゃならないときってあるでしょう？

こっちの人とあっちの人との区別ができなくなってしまったとき、
みんなが「生まれつき善良な人」、下劣で月並みな人になってしまったとき、
喧騒とアルコールとばかばかしさがもはや耐えられなくなったとき、
みんなが振舞わなければいけないように振舞っているとき、
お祝いのパーティーでかくあるべしと要求される振舞いよ。

あんたは、そういった人たちが歳をとって、飲んで、飲んで、飲んで、醜悪そのものになるのを目にする。

しかも、まるで二十歳みたいに振舞い、自分には醜悪さなど微塵もないと振舞ったとき、さらにおぞましくなる。

歳をとり相手にされずウツになりグッタリした人でしかないとき、その醜悪さで本物の若者たちをダメにする。

あんたが十分に道化役をこなし、十分にそういう振りをし、あのどうしようもないパーティーを乗り越えようとする。

そうしたら、あんたは考える、「もしかして、あたし、憎んでいるものと断絶しないいため、他人を必要としているのかもしれない」。

そして、吐き気に身を震わせる。

だって、あんたも歳をとり相手にされずウツになってしまったのだから。

そして、あんたは疲れ果て、吐き気に身を震わせ、疲労困憊してホテルに帰る。

誰もあんたに関心を払わない。

するとあんたは人を描写することだけに関心が向く。

それって一種の復讐、そういった人を耐えなければいけないことに対する復讐。

だから、他人をあたしから守らなければいけない。

だって、この世であたしがいちばんイヤなのはお祝いのパーティーだから。

この世に生きるあたしの術（すべ）は、みんなとは違うのだから。

一人と違うのではなく、みんなと違うのだから。

これって、あたしが死なないから、死刑執行人に盾突くことになるのかしら。

死刑執行人のほうが死ぬかも。

あたしに電気椅子をちょうだい、あたし、死なないから。

何か予期せぬことが起こって、電流が死刑執行人を殺すかもしれない。

醜悪さと卑劣さがあんたを破滅するために戦っているときに、あたしの霊力があそこまで到達し、あたしの指先から閃光がきらめく。

ほとんどの人の指からはポトリとたばこの吸い殻が零れ落ちるだけなのに。

あそこにまで悲壮な反逆が到達する。

電気椅子をちょうだい、あたし、死なないから。

あたしは閃光が欲しい！

閃光よ！！

これっていったいどういうこと？
あたしって不適格者ってこと？
そうしなくてもよい無限の幸福感、
クリスマスにあたしの子供たちへおもちゃを買わなくてすむ無限の幸福感、
子供たちのおぞましい絵を壁に掛けなくてすむ無限の幸福感。
自分の子供でも他人の子供でもいいんだけど、憎たらしくてちんちくりんでしかないのに、何て可愛いの、なんて嘘をつかなくてもすむ無限の幸福感。
無残に姿かたちが変わるたびに写真を撮らなくてすむ無限の幸福感。

あたし、あんたを探してんの、探し続けてんの。

十五歳ぐらいの完璧な不適格者、あんたの写真を壁に貼る。

あたしの子供たちのおぞましい絵じゃない。

あんたの写真を貼る。

そうすることであたしは幸福に浸れる。

憂鬱に浸れる。


あたしの人生って、これ以外にはありえない。

茶色の髪の毛と茶色の目をして生まれてきた百六十センチほどの女の子。

これは変えることができない。

何にでも気づくことは一つの重荷。一つの不幸。

何にでも気づき、何ごともなかったかのように振舞わなければいけないことは、一つの完璧な不幸。

何にでも気づき、他の人がどうして気づかないのか分かることは、一つの完璧な不幸。

いつも大きなループで人生を拡大して見ることは、一つの完璧な不幸。


でも、あたし、こういうふうに生きていくのを習ってきたの。

気持ちが落ち込み始めたって分かると、遠ざかることを習ってきたの。

落ち込むことに耐えることを習ってきたの。

落ち込みから浮上したあとの陶酔感に酔いしれることを習ってきたの。

そのときって、実はいちばん危険なときなんだけど。

陶酔感のせいで、あたしは決定的にひ弱な人間になる。

そのときよ、他人があたしに付け込もうとするのは。

そして、付け込んでくる。

付け込んで侵害する。

あたしは打ちのめされる。

ブタね。

ブタといっしょ。

で、また、失望。

で、不信。

で、身の周りすべてに対する倦怠感。

で、落ち込む。


ときどき、完全に落ち込んでいるほうがいいと思うときがある。

生き返ることは疲労困憊することに他ならないから。


でも、あたし、人生ってこれだ、これが正常だと理解してきた。

あたしにとって、苦しむことは正常なの。

したがって、他の人も苦しんでいることは正常なことだと、あたし、思ってる。

苦しむっていうことがあたしの途方もない世界を形成してる。

生まれたときから、この世でむかむかしながら生きてきたんですもの。

誰かが苦しいと言ったら、あたしはこう言うわ。

「分かる、あんたの立場に立てば、あんたの苦しさが分かる」、で、こう思うの。

それって当たり前でどうしようもないことだわ。

あたしって、どうしようもない世の中に生きてるの、欠陥だらけの、生まれるという汚点にまみれた世界に。

これって当たり前のことだと思う。

あたしにとって、苦しむことは当たり前のことなのよ。

違和感があるのは幸福感ね。

あたし、幸福というのが分からない。

幸福ってあたしの理解の枠の外。

あたしの家で幸福でいることは罰金ものだった。

あたしが他の子と遊んでると、母親が飛んできて、その子供たちを罵り、あたしから遠ざけた。

あたしが何かに満足していると、母親が飛んできて、あたしを泣かせる口実を見つけた。

いまでは、あたし、人が満足していのを見るのがイヤなの。

いまでは、もう仕方がない話。

あたし、そう育ってきたの。

幸福って理解できないのだから、あたしの周りに幸福があると、その人を傷つけてしまう。

誰かが幸福だと、その人を傷つけるのを止めることができなくなる。

というのも、他人の幸福はあたしにとって屈辱的だもの。屈辱的よ。

理解できないとか我慢できないとか、そうじゃなくって、屈辱的なの。

で、あたし、その克服できない感情から身を守ろうと人を傷つけるので、人を傷つけないよう必死に努力しなきゃいけない。

あたし、笑いなんて理解できない。

自分が笑っていること自体、理解できない。

ときどき、笑うことは罪だと思う。

笑うことって、恥ずかしいことよ。

本当のことというと、あたしは笑い上戸であっけらかんとした人間。

自殺をした人よりあっけらかんとした人はいない。

他の人との違い、それは、笑ったあと、あたしは気分が悪くなるっていうこと。

気分がよいあとは気分が悪くなる。

そして、ホテルに帰ると、笑いすぎたと思う。

そして、バカなことをしてしまった、ずっとまじめでいるべきだった、その前に帰るべきだった、二度とこんなことはしない、と思う。

ここは大文字よ。

一人でいるほうがいい、友達なんてできない、と思う。

ここは大文字よ。

あたし、誰に対しても我慢できないし、誰もあたしに対して我慢できない、と思う。
　知っている人がいなくっても、あたし、パーフェクトに生きていける、あの人たちだって、あたしがいなくったってパーフェクトに生きていける、と思う。
　それって、母親がまたしてもあたしの喜びをぶち壊したみたい。
　それって、あたしの母親があたしを自分と瓜二つのレプリカにしてしまったみたい。
　それって、あたしの母親があたしを大嫌いなものにしてしまったみたい。
　喜びを得るにはいつも戦わないといけないなら、いったいどうしたら幸福というのが分かるというの？

For all you mothers!
Fuck you! Mother!

朝日の当たる家　（英語で歌う）

ニューオーリンズにある施設
「朝日の当たる家」と呼ばれるが、
チンピラたちの少年院。
神よ、そう、俺はその一人。

お針子だったお袋は
俺にブルージンズを仕立ててくれた。
博打が稼業の親父は
ニューオーリンズに舞い込んだ。

渡世人の持ち物は
スーツケース一つにトランク一つ。
飲んだくれの親父にとって
酔いつぶれたときがご満悦。

母親よ、そう、あなたの子供たちに言ってくれ。
俺がやらかしたことをやるんじゃないと、
罪にまみれて惨めに生きるなと、
「朝日の当たる家」で。

あのとき俺の片足はプラットホーム
もう片足は汽車の中だった。
これから俺はニューオーリンズに連れ戻される、
今度は両足に足枷をはめられる。

ニューオーリンズにある施設
「朝日の当たる家」と呼ばれるが、

チンピラたちの少年院。

神よ、そう、俺はその一人。


Mother, Forever, Forever!!!

ママ、ママ、ママ!

あたし、気づいた。あたし、愛することだけできるの、ママ。

愛よ、愛なのよ、それがあたしの唯一の感情。

あたしが言ってる愛っていうのは、女が男に対して抱く愛のこと。

でも、それって、傑出した能力。

常軌を逸した能力。

だって、あたしの愛している人たちはとっても小さく、か細く、幼いから、あたしの体はその人たちの母親の大きさになる。

母親らしくない母親。

四六時中あたしは何の栄養素もない初乳を分泌している。


あたしのすべての感情は、あたしの愛を通過する。

あたしの感情は、人間、人類、草花、野山に対する愛、そんな愛を通過しない。

世の中にはこう言う人がいる。息子を愛しています。両親を愛しています。友達を愛しています。妻を愛しています。夫を愛しています。犬を愛しています。仕事を愛しています。電気技師を愛しています。電気技師を愛しています、これって何? 電気技師を愛しています。


バカげてる!


それは愛じゃない。

愛するってことは、どんなときでも見捨てられると感じること。

それ以外に愛はない。

何にでも愛ということばを使う人がいる。

本当の愛はいつもセックスに係わる愛、命に係わる愛。

ずっと愛してきた寄宿生たちのことを思い出す。

あたしの人生が終わる日までそうなんだろうと思う。

最後の日まで、残酷にも見捨てられることを思い出すと思う。

それが命に係わる愛。

死ぬ日まで毎晩、あんたが唱え続けた名前。

か細いパーフェクトな鎖骨の思い出。

答えてくれないあのか弱い人たちは、森の中の夢。

いつの日か、あたし、寄宿舎の入り口で死ぬ、老いさらばえて腐敗臭をまき散らして。

それがあたしの感じる愛。

病気的で動物的な愛、もちろん、愛を感じたときだけど。

あたしはある種の犬の病気に罹っている。

捨て犬症候群。

愛するとすぐ、あたしは見捨てられると感じる。

愛する感情と見捨てられる感情が同時に起こる。

誰がその貪欲さとその恐怖心とを推察できるのかしら。

誰があたしの奴隷の身分を代わってくれるのかしら。

奴隷の身代わりになるってことは、簡単なことじゃない。

奴隷の身分を代わってくれるのは神だけ。

でも、問題は見捨てられるってことが論理的に生じること。

だって、あたしの愛する人たちはとっても小さいから、見捨てられることは論理的に生じるのよ。

それは捨て犬症候群を消滅させることにはならない。

それどころか、さらに根付く。

餌を食べないで死ぬ犬がいる。

新しい飼い主が現れるまで、餌のない犬もいる。

絶対的な献身。


あんたの欲望を満足させなければという強迫観念がいつかあんたがどこかに行ってしまうかもしれない恐怖心と結びつき、ご主人様に見捨てられるまで、無視されるまで、繰り返される。

だって、物事ってこうなんだから、こうなのよ。

あたしが忘れ去られることはとても容易（たやす）いこと。

あたしは若くない。

美人じゃない。

あんたはまるで子供。

でも、あんたが殺せというなら、あたし、殺す。

何人（なんにん）？


あたし、自分が怪物だってこと、分かってる。

生まれたときから、閉じ込めておくべきだった。

でも、この苦痛、根こそぎ引き抜かなければいけないとは思わない。

幸福になるための薬、アルコール、ドラッグ。

この三つに、あたし、うんざり。

不幸を根こそぎ引っこ抜く方法は人を退屈な人にする。

薬の常用者って実に退屈な人。

麻薬中毒患者は実に退屈な人。

アルコール依存症の人は実に退屈な人。

実に、実に、実に退屈な人。

あたし、人が酒を飲んで酔っ払っているのを見るの、うんざり。

誰でもいいから誰か目の前でコップ一杯の水を飲むのを見てみたい。

真面目な顔をして、黙って飲むの。

例えば、水泳選手が。

ときどき思うの。動物って真面目だって。

真面目で美しい。真面目で愛くるしい。ときどき真面目で野蛮になる。

もし目の前で水泳選手がコップ一杯の水を飲んだら、しかも、真面目な顔をして黙って水を飲んだら、あたしの知っている世界とまったく違うものになるかもしれない。

あたし、知ってることにうんざり。

働き、働いたあとに酒を飲み、酒を飲んだあとに働き、働いたあとにまた酒を飲み、酒を飲んだあとまた働く、こんな人にうんざり。ルーティングワークに疲れ切っている。二十年以上も老けこみ、くたびれた人たちがやっていることといえば、世の中に息切れしていること。世の中に置いてきぼりをくらっていること。

といっても、あんたを見るたび、大好きよ、世の中が出来上がったばかりみたい。

そうであっても、この苦痛、根こそぎ引き抜かねばならないものに思えなくても、気分爽快でいたい。

健やかでいたい。いつの日か、真面目な話、そうなりたい。

でも、気分爽快になるために人の手助けは要らない。

問題のある人を助けようとする献身的な人に、あたし、気が滅入る。

慈善活動の専門家たち、医者、精神科医、心理学者、ソーシャルワーカー、ヘルパー、NGO、活動家、ボランティア、ボランティアっていかがわしい、気が滅入る、滅入る。

現代社会における守護聖者に、現代社会の救済に差し向けられた者に、あたし、気が滅入る。

だいたい、人のために何かやってますという人、あたしは信用しない。

例えば、母親。

母親って子供を産むときに払った苦痛を鼻にかけ、自分の生命を人に与えたと思い込んでいる。

あたし、あんたに命をあげたの!!!!

あたし、あんたに命をあげたの!!

あんた、何をきばってあたしに命をくれるつもりなの？

あたし、誰からもクソッたらしい命、欲しくない。

あんたのクソッたらしい命、クソッたらしいケツの穴にぶち込んだら。

人に命をあげるなんて言う人、あたしは信用しない。

だいたい、人から敬意を払われている人、あたしは信用しない。

いい人、善良な人、子羊のような人。

子羊はいつだって善良だった。

メーメーメー

人から敬意を払ってもらうってどういうことか、直接、聞いてみるのがいちばんだわ。


あんた、人から敬意、払われてる？

他の人よりあんたによくしてくれるのはどうしてだと思う？

身障者だと、他の人よりあんたによくしてくれる？

身障者の世話をしてると、他の人よりあんたによくしてくれる？

いつ、人に敬意を払って欲しいと思う？

人から敬意を払ってもらうこと、どう思う？

人から敬意を払ってもらって、何か得したことある？

人から敬意を払ってもらって、何回、赤恥かかずにすんだ？

人から敬意を払ってもらって、何回、あんたの赤恥、隠してもらった？


ここは大文字よ!!!!!!

あたしを裏切るとき、あんたはどんなお涙ちょうだいの話をするの？


あっ、お嬢ちゃん、あんたのおかげで、ルルドの泉で水を浴びようとしている巡礼者たちを思い出した。

潰瘍があればあるほど、腫瘍があればあるほど、奇形であればあるほど、あたしのほうに正当な権利、いや、わたしのほうに正当な権利、いや、わたしのほうに正当な権利。

「あたしにはある、あんたにはない。あたしよ。あたしによ、あたしにだってば、あたしが本物の犠牲者。」

もう一つ膿を手に入れようとして殺し合うかもしれない。


病気を前にして、苦痛を前にして、あたし、ただただ恐ろしくオナニーをしたくなる。

一人でいくの。

病院から出て、病院にいる父親の見舞いのあと、デパートのトイレに入り、オナニーをする。

一人でいく。

気分が楽になる。

死に対する恐怖がなくなる。

これが、苦しんでいる人たちに慈悲心を持てる、あたしのやり方。

オナニーをする。

あたし、他の人に命をあげることはできない。

他の人より上だとかましだとか思うのに、他の人の病気も苦痛も要らない。

他の人より上だとかましだとか思うのに、世間の苦痛に首を突っ込む必要はない。

あたし、首を突っ込むとか、寛大な態度を取るとか、人の道に優れてるっていわれることをやってる人を信用しない。


あたし、オナニーする。

苦痛を前にして、あたし、オナニーをする。

感情もなし、愛情もなし。

思慮分別を強固にするため、オナニーをする。


夜、あたしたちだけになったとき、川の汚れを見るのは、それって人間のあり方に首を突っ込んでいるってこと。


あたしがいちばん好きなもの、知ってる？

セックスに堕落した女になること。

どんなときだって、自分が好きなもの、分かってるから。

くだらない不確実性の中でなんか生きていない。

ウトヤでの虐殺を考えると、痛みとか恐怖を考えない。

ウトヤでの虐殺を考えると、あたしが愛したかもしれない、愛せなかったかもしれない若者たちのことを考える。

あたしの口の中にあの子たちのおチンチンを想像する。

いつまでも永遠にフェラを想像する。

あたし、人から敬意を払われるものなんか、何一つない。

眠るために薬をしこたま飲むような泣き虫女にはなりたくない。
希望を持っている女の一人になりたくない。
夢を見ている女、
おしっこの匂いをまき散らしながら希望を持っている

女、

どんなペニスでも自分のヴァギナをくっつけながら、その奥に別の希望を持っている女、そんな女の一人になりたくない。

次の機会を期待するのはバカよ。

感情だけという女の一人になりたくない。

いつも感情が必要な女、

腐りきった感情以外に話のネタがない女、

愛情込めてトイレを掃除する必要がある女、

そんな女になりたくない。

トイレを掃除するだけじゃなく、それもきれいに掃除しなければいけない、はい、それで満足。

トイレを掃除するのは愛することじゃない。

自分の不幸を男のせいにする女、

自分の孤独を男のせいにする女、

世間のせいにする女、

その前に、自分は歳をとって美しくなく、バカで、疲れ果てていることに気づかない女になりたくない。

自分を老けさせ醜くしバカにする子供がたくさんいることに気づかない女。

そんな女、人に敬意を払われても、救われない。

母親であっても、救われない。

そういう女って、物事はこうなんだって、理解できないのよ。

物事ってこうでしょう？

醜悪さと卑劣さは取り返しがつかないってこと、理解できてないのかしら？

青春の喪失って、取り返しがつかないってこと、理解できてないのかしら？

あたし、「内面の美しさ」って呼ばれるものを全然信じない。

青春と美貌よりもっと魅力的なものを自分は持ってると思っているバカがまだいる。

魅力的なものって何なのよ？

持ってるのは悲壮感だけじゃないの？

魅力的なものになるために、何をするつもりなの？

自分の悲惨極まりない人生でも語るつもり？

人から敬意を払われているのをひけらかすつもり？

癌に侵されている、レイプされた、自殺なんかの話？

社会的教理問答でも口にする？

貧しい人に喜捨をする？　身障者を補助する？　人類を救済する？

もしかしたら、クリスマス用に詩を書く?

もしかしたら、「重要なことは経験である」という臭い決まり文句を言うつもり?

「重要なことは経験である」。

あたしたちを惨めで僻み根性丸出しの人間にするのがまさしくくだらない経験なのに、そのクソッたらしい経験ほど、希望と幻想と無邪気さを破壊するものは他には何もない、何も、何もない。

いいこと、おっさん、あんたが無駄に歳をとり、陳腐な経験したからって、あたしにはどうでもいいこと。

あんた、自分が何してんのか、分かってるの?

あんた、「重要なことは経験である」と世間に繰り返すことで、自分の無能、不能、挫折、それに、吐き気を催す老衰を必死に隠してんのよ。


でも、あたしは子供の歯の中にいる、幼いあいだだけ。

あたし、良識を信用しない。

経験も。

短くってぶっきらぼうなほうが好き。

軽率でせわしい性器であたし、ダメになるほうが好き。

何回でもいい。


あたし、調子が悪いとき、本当に悪いとき、本当に、そんなとき、恐ろしいほどやりたくてやりたくてたまらなくなる。

ときどきやりたいという願望と死にたいという願望を取り違え、混同してしまう。

そんなとき、変質者の男と長い会話を続ける、チャットで。

それ以外、選びようがない。

一時間でも二時間でも、チャットをして過ごす。

過激な行動についてやりとりする。

過激って、そう言う人がいる。

過激な行動、「俺って過激だ」って言う人がいる。

大多数は慎ましやかな行為、人体から排泄されるもの、クソ、血液、尿を食べる、飲む、飲み込む。鞭打ちや罵倒。

相手は好きなことを語ってくれる。

細部を省かない。

あたしが会話の相手をしてることが分かると、落ち着く。

あたしが期待させていると思う。

期待というものが枯れてしまったあたしが、変質者に期待を与えてる。

相手が分かっていないのは、期待を与えたあと、あたしが木っ端みじんに相手の淫らな期待を打ち砕くっていうこと。

最後にあんたは金のためにこれをやってるのかって、質問される。

あんたって、金のために相手をクソミソに罵るのかって？

受け入れて欲しいと頼まれる。懇願される。

相手は金を払うつもりになってる。

尋ねられる。奴隷、欲しくないか？


奴隷のあたしが、どうして奴隷を持つ必要があるの？

あたし、あんたの奴隷よ、あんたの。


で、そのときよ、人が想像できるもっとも不快な欲望を読んだのは、金を受け取って欲しいと言ってきたのは。

そのときよ、探しているものをくれてやるのは。

あたし、こう言うの。


ごめんなさい、ごめんなさい。

あたしって、過激な美しさにだけ興奮するの。

あたしの愛する人たちは小さくって、青白くって、幼いの。

でも、あんたは歳をとりすぎ、吐き気がするわ。


すると、相手は喜んで屈辱を受け取る。

若くないとかハンサムじゃないとかの問題じゃなくって、歳とってて吐き気がするから、と言う。

すると、相手はさらに従順になる。

あの人たちとあたしは、吐き気がする双子。

涙にむせびながらも不快感に思わず微笑んでしまう。

満足感はない、満足感なんてない、孤独と悪寒と恐怖にあたしは気が狂う。

そして、わたしはじっと両手の血管を見る。役にも立たない血液を流し続ける不毛の仕事に消耗しきった血管を。


変質者のなかには、いい人もいる。

ちょうど映画の話をし終えたところ。

あたしと同じように孤独な人。

間違いなく、あたし、知ってる人より、そういった人のほうがいい。

隠しているものがあたしには分からないのだから、もしかしたら、あたし、その人の人生の奥深く入り込む必要があるのかもしれない。というのは、そのときは、表面的な人生だけが、奇妙なことに、いろんな膜に覆い隠された状態で手元に届くものの、最後にはそれぞれ中身を見せあうのだから。

あたしたちって時間に縛られてるのね。

時間経過。

時間が作用するままにしておくしかない。

そうしたら他人が隠しているものが見つかる。

人を信用する必要はない。

時間の経過、時間の経過が明らかにしたものを信用するしかない。


誰も自分の卑しい場所を隠すことはできない。

さもしくて下劣な場所、自分の愚かさ、全人生を覆い隠すことはできない。

人は自分の卑しくってさもしくて下劣で愚かな双子を見つけ出し、自分を赤裸々に曝け出すことになる。

同様に、あたしも吐き気をもよおす双子を探し出し、自分を赤裸々に曝け出すことになる。

同様に、母親というものは自分の娘を自分の双子にする。年老いて、醜くって、愚かで、憔悴しきった双子にする。そうすることで自惚れが強くなる。自分の悲惨な人生を正当化する。母親というものは、意図しようがしまいが、分かっていようがいまいが、自分の娘を虫唾が走る自分の双子にする。生んだあとはただの女になるのに、母親は娘と自分の最悪のものとをこね合わせる。母親は娘と自分の最悪なものとをこね合わせ、物語がおのずから繰り返すようにする。ウェンディの娘。ウェンディの娘の娘。ウェンディの娘の娘の娘、ウェンディの娘の娘の娘の娘の……、これでピーター・パンのお話は終わり。


最終的には、変質者の男とのチャットが終わると、あたしは眠りにつく。

四年間続いたきつかった不眠のあと、眠りについた。

ある日、ぐっすり眠り始めた。

いつもこうなの。

そのたびにあたしは遠いところにいるのかもしれない。

見たところ、ふさわしい場所にいつもいるみたいだけど、あたしは遠いところ、遠い、遠いところにいるの。

遠い、例えば上海に。


あたし、あんたを死んだ人のように見ている。

死んだ人にはもはや時間経過はない。

だから、腐敗しない。

あらゆる汚点から自由。

時間から自由、時間が明示するものから自由。

あたしはウトヤの真ん中に立っていた。周りは死体の山。彼らを殺してから心臓をくりぬき、食べた。あたしの体の上に動かない死体を積み重ね、彼らの肉体にナイフを突き刺した。柔らかい肉体にナイフを突き刺し、ゆっくりと引き抜いた。一回、また一回。そして絹を引き裂くような音を聞いた。彼らの指を切り落とし弄んだ。素晴らしかった。吐き気はしなかった。素晴らしかった。あたしの舌で彼らの死んだ舌をまさぐった。あたしには慰めが必要だった。本物の慰め。でも、最後は泣いていた。歯をくいしばり、髪の毛を引きむしった。死体にはまだ生命が充満しているのに、あたしの生きている体はほとんど死んでいた。

十二　上海で。FOREVERの自転車に乗った少年

ウェンディ（黒）　ものすごく憂鬱な人がもう一人のものすごく憂鬱な人と出会ったら……、うまくいくと思う？

わたしたちの周り、きっと死体に取り囲まれてるのかもしれない。

一緒に泣くためよ、違う？

一緒に一発やるためよ、違う？

わたしたちが同じだと思うためよ。運命が二人を引き合わせ、こうなったの、違う？

二人とも一緒にウトヤにいたら……、ウトヤで一緒に泣いていたら……、ウトヤで銃弾を避けるために二人がお互いの手を握っていたら……。

銃弾でなかったら、わたしのこと、あなたは気づかなかったかもしれない。

お祝いのパーティーじゃ、わたしのこと、気づかなかったかもしれない。

どうしてわたしの傍に来たの？

わたしに気づいたのは、どこかあなたの体はうまく動かないからだわ。

あなた、きっと怪物ね。

わたしに気づくのは、何かおぞましいことをしたからだわ。

傷ついてるからなの？　それとも、誰かを傷つけたからなの？

どっち？

FOREVERの自転車に乗った少年　（フランス語で）

あなたは外国人。

ボクも外国人。

二人とも上海では外国人。

あなたはすべての年齢を持っている。

自分の息子に添い寝できるぐらいの年齢。

何のためにボクはあなたじゃない人を追い続けたいのだろうか？

しかもボクはあなたを十五歳の少女のように扱おうとしている。

あなたはボクを老人のように扱おうとしている。
まるであなたが十五歳で、ボクが五十歳みたいに。
ボクは年寄りになるほど生きてきた。
でも、あなたはそれほど生きていない。
なぜなら、人生はぎりぎりのところまで、ボクたちを
連れていってくれたから。
ボクって自分の娘と寝たい人。
ボクの娘、それはあなただよ。

ウェンディ（黒） 出口がどこにあるのか尋ねないまま、で
きたらあなたの傍にいたい。
できたら、ウトヤであなたと一緒にいたい。

幕。

暗い石

アルベルト・コネヘロ

田尻陽一訳

Alberto Conejero　一九七八年、ビルチェス（ムルシア県）生まれ。マドリード舞台芸術大学演出部卒業、マドリード・コンプルテンセ博士。本書に作品を収めたアントニオ・ロハノ同様、いま一番若い世代の劇作家の一人として注目を浴びている。ギリシア語、ラテン語に堪能。彼の作品はスペイン以外ギリシア、英国、チリ、メキシコ、ウルグアイ、コロンビア、パラグアイ、アルゼンチン、ペルー、ロシアで上演されている。そのほか、翻訳や翻訳劇の脚本家としても活躍している。

【主な作品】『熱』一九九九年。『ウンガロス』二〇〇〇年。学生演劇国民賞受賞。『クリフ（絶壁）』二〇一〇年。第四回レオポルド・アラス・ミンゲス賞受賞。『ウスアイア』二〇一三年。リカルド・ロペス・アランダ賞受賞。『暗い石』二〇一六年。マックス劇作家賞、ケレス最高劇作家賞受賞。『ある日毎晩』二〇一六年。第三回スペイン劇作家連盟作品賞受賞。『雪の日々』二〇一七年。『エレクトラ』二〇一七年。『フエンテオベフーナ』二〇一七年。『トロイの女たち』二〇一七年。メリダ古典演劇祭参加作品。

登場人物

ラファエル(1) 三十歳になったかならないかぐらい、砲兵隊中尉
セバスティアン 二十歳ぐらい、兵士

＊

セリフの後に／の印があれば、次のセリフを前のセリフとかぶさるように言う。

一　夢のない町

新しい世紀も真新しい光もない
青い馬と夜明けがある
――「空虚のノクターン」『ニューヨークの詩人』(2)

北部戦線の軍事病院の一室、海に近い。

セバスティアン　トリの群れのように、突然、森の後ろに現れたんだ。一機、二機、三機、四機、数える暇はなかった。黒いトリの群れにお袋は泣きだした。「どうして泣くんだ？　母さん、助けに来てくれたんだよ。平和を持ってきてくれたんだよ。ドアを開け、窓もいっぱい開けようよ。すごい日だよ。ニッコリすべきだよ、知らせよん。通りに出て迎えよう。俺たちがいるって、知らせよう」。俺たちは村の広場に集まった。「腕を上げてイタリア兵に挨拶しよう。世界の片隅にまで俺たちを助けにきてくれたんだから。腕を上げよう！」そのとき音楽隊の演奏が始まった。行進曲、そうなんだ、飛行機を歓迎し、俺たちは片腕を上げた。嬉しくって涙を流しながら。すると、歓声の上に最初、機銃掃射の音、続いて爆弾の轟音。俺たち、走った。てんでばらばら、どっちに走ったのか覚えていない。お袋が何か叫んだ。何を言っているのか、分からなかった。「止まっちゃダメ」、たぶん、そう言ったんだと思う。でも、覚えていない。どこに行く？　教会は燃えている。どこに行くべきか？　村の外はダメだ、村の外ではあんたたちが待ち構えているという噂だった。イタリア軍の爆撃で死ぬ方がましだ。戦争だ！　これが戦争だ！　戦争なんだ！　俺は森の中を走った。どのくらい日が経ったのか？　どれくらい夜が過ぎたのか？　見つかり、水をもらい、この服と銃をもらった。お袋は……、いや、悲しむことはない。目をしっかりあけ、見張るんだ。誰も眠ってはいけない。俺たちの家、俺たちの村から出て、隊列を組んで進むんだ。見張れ！　見張れ！　見張るんだ！　焼け野原になった土地を奪いかえし、日々、俺たちの土地を確保していかないと。あんたたちが踏みつけた靴についていた泥を取り除かないと。あんたたちが俺たちの息子、さらにその息子へと歌い継がせようとした讃歌をきれいさっぱり洗い流さないと。眠ってはいけない。何が何でも眠るんじゃない。誰も眠ってはダメだ。いまがその時だ。子供のころ望んでいた時が来たんだ。物音ひとつしない静けさ、この両肩に積もってくる単調な静けさに気が狂いそうになった。生きていくのがそれだけ、ただそれだけだとしたら、そう思ったら不安に駆られた。心の中が音で埋まればいいと思った。馬鹿げてるかもしれないが、俺、音楽隊に入った。あんたにとっちゃどうでもいいことかもしれない、寝てんだから。俺の言ってることも聞こえないだろう？　心の中に音を詰め込み、気が狂いそうになる静けさを蹴破るんだ。だから、いまこの時を神に感謝している。この辺りの空を飛行機が飛びかい、俺たちの海を船が行きかう、フリゲート艦、タンカー。散弾、砲兵隊が次の日の朝を連れてきてくれる。俺たちから奪った朝だ。見張れ！　見張れ！　見張るんだ！　足場に、屋根に、屋上に登れ。工場に、カテドラルに集まって夜明けを待つのだ。眠っちゃいけない。誰も。誰も。だって、やっとその時が来たんだ。俺たちの通りを奪い返した。俺たちの教会、俺たちの明日を奪い返すんだ。俺たちはあんたたちのもんじゃない。俺たちはあんたがやろうとしているようなもんにはならない。俺たちの親父やお袋、俺たちの兄弟、俺たちの友達とあんたたちの血を区別する時が来たんだ。赦すことも忘れることもない。

二　真夜中

室内に照明がつく。裸電球が一つ、格子の嵌った小さな窓から差し込む午後の最後の光。膝に銃を抱えたセバスティアンが、ラファエルが動くまで、睡魔と戦っている。ラファエルは野戦ベッドに寝ている。セバスティアンはラファエルの監視についている。拡声器からの音や近くからうめき声が聞こえてくる。

ラファエル　どこだ？（起き上がろうとする。セバスティアンは立ち上がり、狙いを定める）誰だ？（返答はない。少しずつ状況が分かってくる。自分がいる場所、ほとんどなにもない周りを見る。自分の制服がかけてある椅子、洗面台、鏡、他にほとんど何もない）どうして答えないのだ？（セバスティアンは沈黙）どうして口を利かない？（セバスティアンは狙いを定めたまま答えない）どのくらい経ったんだ？（起き上がろうとする）

セバスティアン　動くな。
ラファエル　じゃあ、答えろ、クソッたれが、ここはどこだ？
セバスティアン　叫ぶな。叫んでもいいと思ってんのか？
ラファエル　じゃあ、答えろ。で、他の連中は？（沈黙）命令。
セバスティアン　えっ？
ラファエル　命令、捕虜と口を利くなという命令。
セバスティアン　人道的扱いだ。
ラファエル　人道なんてあるのか。
セバスティアン　ああ、人道的に扱う。俺たちには規則、規準がある。それが原理原則だ。
ラファエル　俺たち？
セバスティアン　原理原則だ。俺たちには原則がある。
ラファエル　何歳だ？　十七歳か？
セバスティアン　あんたには関係ない。（ようやくラファエルは体を起こす）動くな。そこから動こうと思うな。撃つぞ。ためらわずに撃つぞ。バカな真似はよせ。あんたがここから出られたとしても、ちょっとした隙に銃を奪われて撃たれたとしても、いいか、このドアの向こうには俺の仲間が巡回している。さらにドアがあって／
ラファエル　それも人道的に言ってるのか？
セバスティアン　そうだ。（短い間）気のきいた話だろう？
ラファエル　で、他の連中は？
セバスティアン　誰？
ラファエル　死んだのか？
セバスティアン　知らない。
ラファエル　ここはどこだ？
セバスティアン　答えてよいと言われていない。しつこい。
ラファエル　海だ。外から聞こえてくる。（間）海だろう？
セバスティアン　ああ。
ラファエル　覚えていない、何があった／
セバスティアン　移送されてきたんだ。
ラファエル　バルセナ[3]から。
セバスティアン　マタモロサ[4]からだと言っていた。
ラファエル　何のために？
セバスティアン　あんたが死なないように。
ラファエル　死ぬ？
セバスティアン　そう、血まみれだった。俺たちには原理原則があるって言っただろう？　それで充分だ。
ラファエル　どうして、こんなことしてんだ？
セバスティアン　何を？
ラファエル　扱い方を間違えてる。俺と話をしてる。
セバスティアン　話なんかしてない。はっきり言って、してない。
ラファエル　じゃあ？

セバスティアン　こうすれば、あんた、落ち着くだろう。
ラファエル　ああ、俺に優しくしてくれてんだ。
セバスティアン　あんたがじっとしていてくれたら、俺たち、何も問題はない。
ラファエル　名前は？（沈黙）おい、どうした？　適当に名前を思いつけよ。
セバスティアン　イヤだ。
ラファエル　イヤ？
セバスティアン　名前って、大切なもんだ。
ラファエル　ただの名前だぞ？
セバスティアン　何か名前を付けて俺を呼ぶ、すると俺の身元は／
ラファエル　でも、俺の名前は知ってんだろう？
セバスティアン　いや。
ラファエル　嘘つけ。
セバスティアン　それがどうした？
ラファエル　じゃあ、言えよ。
セバスティアン　あんたの名前が、俺にとってどうなんだ？
（再び沈黙。叫び声が聞こえる）
ラファエル　他の連中がいるのか？（沈黙）俺たち、ここで何してんだ？（再び叫び声）どうして、俺たちを連れてきたんだ？
セバスティアン　質問しないほうがいい。俺たち二人っきりでいるうちが、あんたにとっていいんだ。
ラファエル　俺にとって？　いいって、どういうふうに？
セバスティアン　大声をあげないほうがいい。分からないのか？　そう、他の奴もいる。他の奴はしゃべってる。必要な情報を吐いてる。それ以外、ここに来る理由はない。あんたが大声をあげなければ、誰もここに来ることはない。手遅れじゃないと医者は言ってた。
ラファエル　医者って？
セバスティアン　あんた、出血多量だった。でも、意識が戻るだろう、確かそう言ってるのを聞いた。
ラファエル　ここで俺たち、何してんだ？
（沈黙）
ラファエル　水、あるか？
セバスティアン　ダメだ。
ラファエル　喉が渇いた。
セバスティアン　医者は／
ラファエル　喉が渇いた。（セバスティアンは水筒を取り、戸口を伺い、ラファエルに水筒を渡す。ラファエルは飲む。そのあいだ、セバスティアンはじっとドアを見張っている。水筒を取り上げ、椅子のところに戻る）ありがとう、ボウヤ。
セバスティアン　ボウヤだなんて呼ぶな。
ラファエル　怒ったのか？

（沈黙）

ラファエル　それから？

セバスティアン　知らない。

ラファエル　また嘘だ。

セバスティアン　見張れと言われてる。目を離すな。そうしてるだけだ。あとは知らない。

ラファエル　プロパガンダ。

セバスティアン　うるさい！

ラファエル　いくつなんだ？

セバスティアン　そんなこと、あんたと何の関係があるんだ、さっきも言ったぞ。それで充分だ。あんたの話を聞かなくてもいいなら、ここから出られるなら、あんたの言うことなんか聞かなくても済む。でもこれが俺の務め、任務なんだ。

ラファエル　そのプロパガンダ、お前はすっかり信じてるのか？

セバスティアン　やめろ。

ラファエル　で、いま、繰り返してる。

セバスティアン　やめろ。

ラファエル　俺たちが戦っているのを知って／

セバスティアン　口を閉じるんだ。

ラファエル　みんな共和国政府に対する作り話／

セバスティアン　やるぞ！

ラファエル　お前たちはスペインをファシストの手に渡そうと／

セバスティアン　すぐ、やるぞ。頭を狙ってぶっ飛ばすぞ。

ラファエル　どうして、そうしないんだ？

セバスティアン　いちいち言うこともない。

ラファエル　やれよ。

セバスティアン　それ以上しゃべるな。

ラファエル　じゃあ、やれよ。

セバスティアン　頭、おかしいのか？

ラファエル　チクショウ、さっさとやれ。撃て！（身を起こそうとする。ベッドから落ちる）助けてくれ！　頼む、手を貸してくれ！

セバスティアン　大声を出すな。

ラファエル　何とかしてくれ！

セバスティアン　気でも狂ったのか？　来るぞ。来たら、二人ともまずいぞ。

（ラファエルは床にひっくり返ったまま。沈黙。セバスティアンは廊下を伺う。誰も来ない。躊躇する。近づき、助け起こす。ラファエルは出血する。気を失う）

セバスティアン　来てくれ！　先生！　先生、来てくれ！

（暗転する）

声　体調がすぐれない。非常に悪い。悪いし幸福じゃない。君のご両親は君がどこにいるのか知らない、試験が終わったら出かけていった、と言われた。しつこく聞かなかった。だから君が帰ってきたら君に渡すよう、ハシント[5]にこの手紙を託した。試験はうまくいったんだと思う。この頭の中にあるものは誰よりも自分では分かっているつもりだ。君は休息を求めて出かけたんだろう。僕からも。数行でもいいから手紙が来るかと待っていた、空しかった。どうしてこんなふうに僕を苦しめるんだ。一つの考えにすごく苦しんでる。こちらでは悪いことがさらに悪くなっている。カルボ・ソテロ[6]のことは馬鹿げてる。どうしてこんなことが起こるんだ？　どうなるんだ？　僕は狼狽えている、ラファエル。そばにいて慰めて欲しい。でも、これ以上マドリードで君を待つことはできない。ここにいる友達にそれを望むのは無理だ。僕はグラナダに戻る。これが神のおぼしめしなら。

暗転。

三　**見えない手**

セバスティアンは部屋の中を行ったり来たりしている。首から下げている小さな十字架に口づけをする。タバコを取り出し火を付けようとする。

ラファエル　まずいだろう。

セバスティアン　（気軽に）バカ。

（沈黙。座る）

ラファエル　奇妙だ。

（沈黙）

セバスティアン　分かった。あんたの勝ちだ。奇妙って、何が？

ラファエル　お前は生きていることが嬉しい。

セバスティアン　（タバコに火をつけながら）俺が嬉しいのはあんたが死ななかったことだ。もし死んでたら、俺は他の部署に回されたかもしれない。もしかしたら、外回りかもしれない。ここがいい、もっともあんたはしゃべりすぎだが。（間）寝ているあいだに落ちたって医者に言った。突然、落ちたって。俺の言ってること、信じてくれたかどうか分からないが、出ていくとき、夜、目を覚まさなかったかって聞かれたんで、いや、ないって答えた。

ラファエル　どうしてそんなこと、してるんだ。

セバスティアン　何を？

ラファエル　そんなタバコの持ち方だよ。

セバスティアン　どこがおかしい？

ラファエル　怒んなよ。そんなふうに指に挟む奴、見たことがない。

セバスティアン　前に吸ったことがない。

ラファエル　それじゃあ、どうして？

セバスティアン　どうしてタバコを吸い始めたのか、だって？　分かるか／

ラファエル　どうして嘘ついた？

セバスティアン　ややこしくならないよう。

ラファエル　ややこしい？

セバスティアン　ああ、ややこしくなる。他の連中が来て……、

ラファエル　待て。叫び声がした。

セバスティアン　これで何なのか分かっただろう。

ラファエル　これがお前たちの原則か？

セバスティアン　戦争じゃないか、クソッたれ。

ラファエル　そう、お前たちの戦争だ。

セバスティアン　あんたたちがもし／（再び気が付く）いちいち説明はしない。もういい。一つはっきりさせておきたいことがある。俺はおしゃべりは好きじゃない。友達の誰ともおしゃべりするのは好きじゃない。捕虜に対する人道的配慮というわけじゃない。誰かに外で聞かれたらまずいというわけじゃない。あんたにとっても俺にとってても、まずいというわけじゃない。俺たち二人にとって、まずいというわけじゃない、分かるか？　俺は話すのが好きじゃないからだ。ただ、それだけ。俺、人と話をしてると息が詰まる。俺は無口だ。あんたは好きなように考えたらいい。何だ、なんで笑うんだ？

ラファエル　無口だって？　何歳なんだ、ボウヤ？　まるで年寄りみたいな口の利き方じゃないか。

セバスティアン　よし分かった。俺は二十歳になった。分かったか？　親がいなくったって大丈夫な歳だと思わないか。引き金を引いてあんたの頭ぶっ飛ばすぐらいできる歳だ。

（沈黙）

セバスティアン　クソ、お前のせいだ。（もう一本タバコに火をつける。間）吸うか？

ラファエル　黒タバコか？

セバスティアン　いや、違う。

ラファエル　ありがとう。

セバスティアン　ちょっと待て。

（ドアのところに行く。近くに誰もいないか、確かめている。タバコを差し出す。一服吸わせる。次は彼の番。次はラファエル。ラファエルはセバスティアンの手首を掴む）

セバスティアン　何するんだ？

ラファエル　パウリーノはいるか？

セバスティアン　放せ。放せと言ってるんだ。誰だ、パウリ

ーノって？

ラファエル　俺の上官だ。ここに連れてこられたのか？

セバスティアン　知らない、他の奴のことなんか、知らない。

ラファエル　どうするんだ？

セバスティアン　放せ、撃つぞ。

ラファエル　俺たちをどうするんだ？

セバスティアン　そんなこと、知るか。

ラファエル　嘘だ。頼むから、こっちを向いてくれ。

セバスティアン　えっ！

ラファエル　俺は十分な歳だと思うか？

セバスティアン　何に？

ラファエル　死ぬのに。

セバスティアン　そんなこと、誰も言って／

ラファエル　銃殺するのに。俺って、十分な歳か？

セバスティアン　そんなことないだろう。

ラファエル　どうしてそう思うんだ。

セバスティアン　俺を信じろよ、そんなことはない。

ラファエル　お前の言うこと、信じられるのか？

セバスティアン　ここでは俺一人だけだからだ、あんたと。

ラファエル　銃殺。必要な情報を得たら銃殺。

セバスティアン　いや、最初、あんたたちは／

ラファエル　えっ？

セバスティアン　裁判。それから判決。だいたいそうなる。

ラファエル　だいたい？

セバスティアン　町のもっといい病院に送られることもある。で、それから／

ラファエル　それから？

セバスティアン　知らない。どうして俺が知ってるんだ。

（ラファエルは手首を放す）

ラファエル　いいか、俺は三十歳だ。名前はラファエル・ロドリゲス・ラプン。でも、そんなこと、もう知ってるよな。

セバスティアン　俺とは関係のないことだ。

ラファエル　両親はルシオとマリア。マドリードに住んでる。ロサリア・デ・カストロ通り二十五番。二人ともハカ[7]出身。そんなことはどうでもいい、どうでもいいことだが、父はフランス系の石油会社に勤めている。姉と弟がいる。マリアとトマス。マリアは婦人服の仕立て、弟は歩兵隊の中尉だ。たぶん、いまコルドバにいるはずだ。何カ月も便りはない。

セバスティアン　どうしてそんなこと、言いだすんだ？　黙ってろ。（再び狙いを定める）命令だ。

ラファエル　ここはお前一人だけだからだ。さっき、そう言ったぞ。俺に何かあったら、お前に／

セバスティアン　ダメだ。黙れ。命令だ。

ラファエル　俺に何かあったら、両親に伝えて欲しい。つま

り／

セバスティアン　そんなこと聞くんじゃなかった。一言だって。そんな下らんこと、一言だって。

走って出ていく。ラファエルはベッドから起き上がろうとする。突然ドアが開く。暗闇の中からあるメロディーが聞こえてくる。陰気で不吉な行進曲。だんだん大きくなり、叫び声が混じる。バシッ、バシッという鞭を打つ音。行進曲は早くなり、興奮したシンバルが鳴る。

四

コリドン(8)

だがもう一人の暗いアダムが
種を持たない中性の石の月を夢で
　見ている
そこは光の子供が焼かれていくと
　ころ

――「アダム」『初めの歌』

セバスティアンが戻ってくる。椅子に座り、タバコに火をつける。長い沈黙。

ラファエル　どこに行ってた？（間）まだ怒ってんのか？

セバスティアン　怒ってる？　言うに事欠いて「怒ってる？」いいか、俺たち言葉を交わした。そのとおり、でも違う。「説得」、あんたは何だかんだと言い立てて「説得」しようとしてるんだと上から言われた。そう警告された。たいしたことでもない間違い、戦略上のたわいもない誤り。でも、これで終わり。しゃべればいい。思いついたことは何でも口にしたらいい。大声で叫ばないかぎり、そこから一センチでも動こうとしないかぎり。二人が言い争っても、あんたを黙らすことはできない。だから、話したければ好きなだけ話せ。一晩中しゃべれ、いつでも好きなときにしゃべれ。疲れ果てるまでしゃべれ。あんたの権利だ、そう思う。あんたの口に雑巾を突っ込むことも舌を抜くこともしないから。でも、答えは期待するな。

ラファエル　で？

セバスティアン　で、何でもない。これで終わり。（顔のあざに気づく）あんたが口を利かなければ、あんたが俺の言うことを聞いてたら、こんなことには絶対ならなかった。あんたが俺にそうさせたんだ。目を覚ましたと上に言ってこいって、あんたが言ったんだ。当然の報いだ。前にも言ったぞ。「医者は衰弱が激しい、出血多量だと言った」と上に言った。上は納得してくれて、肩をポンと叩き、「よくやった、ボウヤ。こいつを動かすこともなかろう。ちょっと様子を見てみよう」と言った。俺は外に出た。中庭をぐるぐる回り、独房の光を見てた。波の音に集中した。ムダだった。口笛を吹いてみた。パサドブレ、聖体祭用に練習した、どうってこともない行進曲。目を閉じ、こういうふうに両手を広げ、シンバルを持っているみたいに。（口ずさむ）この曲、知ってるか？　一、二、パシン、一、二、パシン。とそのとき、あんたの悲鳴が聞こえた。窓から。で、俺、もっと激しく鳴らした。もっと、もっと。で、それからは何にも。静かになった。あんたは殺されたと思った。出血多量でお仕舞い。でも俺を呼びに来て、「おい、ボウヤ、持ち場に帰っていいぞ」。

ラファエル　で、他の連中は？

セバスティアン　他の奴らのことなど、何も知らない。

ラファエル　ここにいると言っていた。

セバスティアン　知らない。

ラファエル　奴らが嘘をついてるか、お前が嘘をついてるか。

セバスティアン　どうしてしつこいんだ？

ラファエル　分からない。（沈黙）どこにいたんだ？（沈黙）おい、俺に言えないほど重大なことか？　俺たち二人、あっという間に時間が来てしまう。どこにいたんだ？

セバスティアン　いつ？

ラファエル　こんなことが始まったときだ。

セバスティアン　もういいよ。

（沈黙）

ラファエル　俺はサン・セバスティアン[9]にいた、休暇で。学校の友達数人と何日間か海岸に行った。マドリードのことを忘れる必要があった。そこでお互い惹かれたんだ。家に電話した。姉と話をした。誰も知らない、何が起こるのか誰も分からないと言った。数日待った。でも金がなくなった。親に為替を送ってくれと頼んだ。でも、着かなかった。仕事を見つけた、道路の舗装工事だ。金をためてマドリードに帰ろうと思ったんだ。そのときラジオで銃殺のことを聞いた。二、三人の女の子たちが一週間、俺をバルにかくまってくれた。家に帰る伝手（つて）が見つかり、カサ・デ・カンポ[10]が見えてきたとき、嬉しくて泣いてしまった。マドリードに行ったことはあるか？

セバスティアン　ない。

ラファエル　一度も？

セバスティアン　ない、一度もない。お袋と畑仕事に精を出していた。ウシ、リンゴ、こんなもん、あんたにとって何なんだよ。金があると仲間とビリヤードに行って。それだけだ。毎日この繰り返し、日曜の朝はミサに行き、昼からはまた畑仕事だ。音楽学院に入るために金をためていた。このクソったらしいことが起こる前の話だ。それだけ。これが俺。これでいいか？

ラファエル　音楽をやりたいのか？

セバスティアン　やりたかった。

ラファエル　これはすぐ終わる。どっちに転ぶか分からないが、すぐに終わる。音楽をやれよ。やりたければ。

セバスティアン　どっちに転ぶか？　あんたたちに勝ち目はあんのか？

ラファエル　どっちに？

セバスティアン　あんたたちだよ。

ラファエル　俺たちって誰なんだろう？

セバスティアン　だんだんあんたにうんざりしてきた。物事にはあるべき姿っていうもんがあって、そうなるようになってる。あんたたちが下らん共産主義なんか持ちこまなかったら、俺たち、こんなことには絶対ならなかった。そうさ、すぐに終わる。また自分たちの持ち場に戻ることができる。

（間。外で雨の音がしてくる。沈黙）

ラファエル　サンタンデル[11]の近くか？

セバスティアン　（ためらう）ああ。

ラファエル　これで三度目だ。

セバスティアン　何が？

ラファエル　サンタンデルに来たのは。最初は四年前だった。でも、苦も無く着いたとは言えないな。パハレスの峠[12]でトラックのエンジンがいかれてしまい、シリンダーの連接棒が四本とも折れてしまった。八月だった。おまけに、いまみたいに雨が降っていた。俺たち、マグダレナ宮殿[13]にいた。ソモの海岸が真正面に見えていた。学生たちは草の上。

セバスティアン　遠足？

ラファエル　グループだ。

セバスティアン　何のグループ？

ラファエル　劇団。

セバスティアン　劇団？　俳優だったの？

ラファエル　人がいないときは舞台に立ったこともある。でも俺は事務兼運転手だった。

セバスティアン　俺、劇場に行ったことはない。

ラファエル　一度も？

セバスティアン　演芸の一座が村に来たことがある。でも仕事で手が離せなかった。あんたたち、何をするんだ？

ラファエル　何でも少しずつ。これまで『フエンテオベフーナ[14]』をやったな。次の年は『セビーリャの色事師と石の客人[15]』。そう、この作品では舞台に立った。奇妙な衣装を着て、体にぴったりのやつだった。休みの日もあるから、サラディネロ[16]の海岸とかちょっと足を延ばしてカスタニェダ村[17]にも行った。息抜き。装置の仕込みやバラシを毎日することはなかったからね。俺たちのこと、聞いたことあるだろう。ラ・バラカ[18]という劇団だ。

セバスティアン　ぜんぜん。

ラファエル　大学の学生劇団だ。村から村を回って、共和国政府は／

セバスティアン　音楽をやる奴もいたのか？

ラファエル　もちろん、もちろんいたさ。

セバスティアン　裏で演奏したの？

ラファエル　裏？

セバスティアン　お客さんに見られるの？

ラファエル　作品によるな。ある作品では前だ。

セバスティアン　それ、いやだな。劇場で演奏するの。俳優と一緒になって。きれいな衣装を着て。演奏し、俳優とお客さんを見る。そこにいるんだけど、みんなは別のほうを見てる。音楽をやる奴は見えていないものみたいだ。

ラファエル　何を？親から、何と言われた？

セバスティアン　演劇をやること。俺のお袋は俺が音楽をやるの、イヤがった。そんな仕事は日銭稼ぎ、そう言われた。

ラファエル　演劇では金を稼がない。勉強を続ける。それが両親との約束だった。鉱山の技師。（短い間）歳はいくつだ？

セバスティアン　前にも尋ねた。

ラファエル　でも、本当のことは言わなかった。

セバスティアン　どうしてこだわるんだ。

（沈黙）

ラファエル　女の子は？

セバスティアン　恋人？

ラファエル　ああ。

セバスティアン　いない、一人も。（ためらいながら）あんたは？

ラファエル　戦争の前にはいた。コンチータ。劇団員だった。貧血症の一種で亡くなった。

セバスティアン　それはどうも。

ラファエル　姉に花束を病院に持っていってくれって頼んだ。俺はどうしても中に入ることができなかった。ちょっとでも血を見たらダメだって分かるまで、親父は俺を医者にするつもりだった。だからサッカーもやめた。血を見たらパニックになる。ともかくそうなんだ。ちょっとの血でも。で、いまはこの様だ。

セバスティアン　サッカーやってたの？

ラファエル　ああ。

セバスティアン　どこのチーム？　あんた、有名だったのか？

ラファエル　だったのか？

セバスティアン　物は言いようだよ。

ラファエル　アトレティコ・デ・マドリード。でも一軍に入ったことはない。
セバスティアン　俺、サッカーしたことはない。
ラファエル　どこか好きなチームはあるのか？
セバスティアン　レアル・ラシン・デ・サンタンデル、かな。
ラファエル　かな？
セバスティアン　俺、サッカーが好きなのかどうか、分からない。町まで試合を見に行く金、一銭もなかったから。
（間）で？
ラファエル　で、って？
セバスティアン　他に女の子は？
ラファエル　一人いる。バレンシアに。二年前に知り合った。でもそのあと物事がこじれて。数カ月前まで、彼女のことは分からなかった。バレンシアで一度会った。北部戦線に来る前だ。学校から出した手紙は着かなかったと言われた。
セバスティアン　学校って？
ラファエル　砲兵学校だ。この話、前にしたと思うが。
セバスティアン　いや。
ラファエル　ムルシアのロルカ(19)にある砲兵人民学校。
セバスティアン　なんて名？
ラファエル　エレナ。
セバスティアン　あんたを待ってるのか？
ラファエル　ああ。水を頼む。
セバスティアン　（彼に近づく）結婚するつもりか？（気づく）ゴメン。
ラファエル　どうした？
セバスティアン　別に。
ラファエル　別に？
セバスティアン　俺の知ったことじゃない。
ラファエル　えっ！
セバスティアン　あんたが結婚するかどうか、俺の知ったことじゃない。
ラファエル　何を知ってんだ？
セバスティアン　何も。
ラファエル　こっちを見ろ。
セバスティアン　命令するのはあんたじゃない。
ラファエル　こっちを見るんだ、ボウヤ。
セバスティアン　もういい。
ラファエル　何を知ってんだ？
セバスティアン　裁判／
ラファエル　がどうした？
セバスティアン　言われたんだ。
ラファエル　言え。
セバスティアン　こう伝えろって言われたんだ。裁判は終わったって。

ラファエル　しかし、俺に／
セバスティアン　死刑の判決だ。
ラファエル　／弁護すらできないのか。一言も。いつだ？
セバスティアン　夜が明けたら。
ラファエル　ここでか？
セバスティアン　ああ、順番に。夜が明けたら。

雨が激しくなる。長い沈黙。セバスティアンはパンのかけらを取り出す。食べ始める。すぐにちぎってラファエルに差し出す。ラファエルは食べようとするができない。

五　**三人の友達の輪と一つの寓話**

愛の花冠、負傷者のベッド
僕は夢の中ではなく君が傍にいることを夢見ている
沈み込んだ僕の廃墟の胸の中で
――「愛の傷口」『暗い愛のソネット』

ラファエルは起き上がろうとする。セバスティアンは狙いを定めている。

ラファエル　手を貸してくれ。
セバスティアン　どうしたいんだ？
ラファエル　起き上がりたい。
セバスティアン　それはダメだ。
ラファエル　少し動かないと、分からないが、椅子のところまで。
セバスティアン　でも医者からは動いちゃいけない／
ラファエル　からかってるのか？
セバスティアン　えっ？
ラファエル　いや、違う、からかってるんじゃない。問題はそこだ。
セバスティアン　何のことだ？
ラファエル　俺を生かしておく。殺す前では意味がない。
セバスティアン　意味がない？
ラファエル　死んではね。予定どおり実行する前に俺が死なないよう、お前は見張るように言われた。俺たちに苦痛を味わわせるためだ。改悛する時間を与えようという魂胆だ。坊主に抱きつき懇願させる、泣かせるためだ。一人ずつ引っ張り出し、トロフィーみたいに並ばせる。お互い顔を見合わせ、恥ずかしい思いをさせる。で、それからお前たち、どうするんだ？　そのあとは何だ？
セバスティアン　俺は／

ラファエル　すべてが終わったら、お前たちが勝ったら、お前たちが望んだこの戦争で勝利したら、そのあとお前たちはどうするつもりなんだ？　血まみれの土地を踏みしめて、お前たちはどういうふうに生きていくつもりだ？　女を夜、どういうふうに抱くんだ。子供たちの顔を、どういうふうに見るんだ。「父さんは人を千人殺した」と言うんだぞ。

セバスティアン　俺は誰も殺していない。

ラファエル　これから先、どういうふうに生きていくつもりだ？

セバスティアン　分からない、分からない。これから先、どういうふうに生きていくつもりかだって？　言ってくれよ、もし知ってるなら、あんたが言ってくれよ。俺って、想像力ないもん。お袋が地面に倒れるのを見た。でも、走り続けた。立ち止まらなかった。起こしに行かなかった。近づいて、お袋の最後の顔を見ようとはしなかった。走って逃げた。自分が助かることだけ考えた。それが神のおぼしめしだと思った。親父とお袋が生きていた証に俺は生き延びないといけないと思った。でもお袋の声を思い出すと眠れない。何と言ったのか、何が言いたかったのか、分からない。これが俺の望んでいたことか？　ここにこうしているのが俺の望みか？

ラファエル　じゃあ、やればいい。

セバスティアン　何を？

ラファエル　みんな止めるんだ。

セバスティアン　何も分かっちゃいない。

ラファエル　ここはどこだ？

セバスティアン　何も分かっちゃいない。

ラファエル　いいか、よく聞いてくれ。ここから脱出するのを助けてくれたら、見つからないようにしてやる。手配されないようにしてやる。どんなことがあってもお前の傍を離れない。町に向かう。そこからフランスに脱出する。ここはどこなんだ？

セバスティアン　何も分かっちゃいない。外には廊下があって、突き当りが監視だ。そのあとまた廊下があって監視だ。すべて通り抜けたとしても、それも奇跡的にだ、門のところに衛兵だ。

ラファエル　やり方があるはずだ。

セバスティアン　やり方？　そんなこと、考えたことがないとでもいうのか？

ラファエル　えっ？

セバスティアン　何にもない。これで十分だろう。

ラファエル　しかし俺は／

セバスティアン　やめてくれ。

ラファエル　俺は死にたくない。

セバスティアン　うるさい。

ラファエル　こんなふうには死ねない。
セバスティアン　（ベッドまで行って口を手でふさぐ）口を利くな。第一班に入れて欲しいのか？（ラファエルは頭を振って否定する）それでよし。
（間。ラファエルは起き上がろうとする。いまにも落ちそうだ）
セバスティアン　何してんだ？
ラファエル　あそこに連れていってくれ、窓のところ。
セバスティアン　見つかったら？
ラファエル　これ以上、何があるんだ？
セバスティアン　変な気を起こすなよ。
ラファエル　変？　頼む、窓の前に椅子を置いてくれ。
セバスティアン　分かった。ゆっくりだ。
ラファエル　いま散弾のことなど、気にしてるとでも思うか？
セバスティアン　手を貸しな。
ラファエル　悪いな。
セバスティアン　何が？
ラファエル　臭い。いつだったか覚えていない／
セバスティアン　気にするな。
（窓の前に座らせる）
ラファエル　こっちに来てくれ、頼む。水に浸したタオルをくれ。こんなのはイヤだ。こんな臭いで死ぬのはイヤだ。
セバスティアン　分かった。
ラファエル　兄弟はいるのか？
セバスティアン　いや。
ラファエル　俺には姉がいる。マリア。美人だぞ。それに、気立てがいい、本当にいい。俺がマドリードを立つとき、足を洗ってくれた。恥ずかしくって、こう言ったんだ。「僕の足を洗おうなんて、頭おかしくない？」。すると姉は微笑んで、こう言った。「気を楽にして欲しい。あなたには気を楽にして戦争に行って欲しいの。その靴、痛いでしょう？　どこでもらったの？」
セバスティアン　俺ができることは／
ラファエル　聞いてくれ。
セバスティアン　約束はできない。でもあんたの姉さんに何か伝えたいというなら。俺が伝えろと言うなら、やってもいい。ここには紙はない。外に出るときには検査がある。でも言ってくれたら、きっと思い出す。あんたの言う一言一言、ちゃんと思い出すから。そんなこと、できるようになったら、姉さんに伝える。
ラファエル　一つ、ボウヤ、分かって欲しいことがある。何枚かの紙を取り戻さないといけない。とても重要なことだ。俺にとってだけ重要なことじゃない。みんなにとってだ。分かって欲しい。マドリードで誰かに連絡を取り、その書類がなくなっていないことを確かめないといけない。

セバスティアン　何の書類だ？

ラファエル　戦争とは全く関係がない。学生劇団の秘書だったと言っただろう？

セバスティアン　ああ。

ラファエル　ある人にそれを預かって欲しいと頼まれた。紛失してはいけないものだ。

セバスティアン　誰に？

ラファエル　詩人。劇団を率いていた詩人だ。

セバスティアン　知らない。

ラファエル　フェデリコだ。フェデリコ・ガルシア・ロルカ。

セバスティアン　ガルシア・ロルカ？　その人なら／

ラファエル　そうだ。

セバスティアン　そいつの友達かい？

ラファエル　そう、ある意味で。

セバスティアン　ラジオで聞いたことがある。一度。お袋はいい声だ、詩を詠んでる声がいいと言った。それに、こうも言った。「こんな人でなけりゃ……」

ラファエル　なけりゃ？

セバスティアン　アカだろう、違うか？

ラファエル　彼は一度も政治に首を突っ込んだことはない。殺すことはなかった。

セバスティアン　でも、戦争は／

ラファエル　いいか。彼は俺に用事を一つ言い残したんだ。紛失してはいけないものだ。

セバスティアン　何、言ってんだ。あんたの姉さんに会って、どこにあるのか言えというのか？

ラファエル　いや、姉はダメだ。

セバスティアン　じゃあ？

ラファエル　友達、劇団の仲間。モデスト。モデスト・イゲラス[20]。姉はそんなことを知らない。書類だ。我々のことだ。手紙、資料。グラムフォンのレコードもある。

セバスティアン　俺、そんなこと、しない。

ラファエル　俺は彼に約束したんだ。紛失してはいけないんだ。火事で焼けてもいけないし、ごっそりもっていかれても、ばらまかれてもいけない。前からちゃんとしておくべきだった。でも、そんなこと、考えてもみなかった。戦争はすぐに終わると思っていた。そんなこと、分からないだろう？

セバスティアン　俺が引き受けるなんて、思うなよ。分かってくれよ。俺たち、確かに言葉を交わしてる。そう、あんたの姉さんに手紙を書くと言った。そうすると言った。俺を冷たい人間だなんて思うなよ。でも、これで十分だ。ややこしい話に俺を巻きこむな。あんたの友達の詩人についても、あんたの書類についても、何も知りたくない。誰かが見つける。で、なくなるものはなくなる。俺とどう係わりがあるんだ？　もういい、頭がおかしくなる。毎朝目が覚め、そんなことを考えると向こうのほうまで引きずられていく。もう十分だ。息が詰まる、毎日毎日、時が経つごとに息が詰まる。死体を数えるごとに息が詰まる。一度、数えたことがある。俺の横で死んでいく奴を見るごとに息が詰まる。そいつらの声が聞こえる。お袋の声も聞こえる。ドカン、まるで轟音だ。願っていた戦争が早く終わること、こっちのほうが大切だ。

ラファエル　問題はいまじゃない。我々の問題じゃない。赦してなどくれない。

セバスティアン　誰が？

ラファエル　次の時代の人だ。

セバスティアン　赦してくれない、そのとおりだ。しかし、その山のような書類をなくしたからというわけじゃない。

ラファエル　お前が生き残る、それが俺の望みだ。この忌まわしい戦争でお前が生き残れば、それが意味を持つ。

セバスティアン　何に意味を持つんだい？

ラファエル　お前と俺とが、この夜明けにこの場所で出会ったという意味。俺が死ぬ前に知り合った最後の人がお前だったという意味。お前は自分の子供たちの顔を見てこう言える。「いまお前たちが学校で読んでいる本を、俺は救い出したんだ」。そういった意味だ。

セバスティアン　でも／

ラファエル　詩と戯曲が三本ある。なくしてはいけないものだ。いつまでも。次の世代の人たちが分かってくれる本だ。

セバスティアン　しかし、どういうふうにそんなこと、俺がやるんだ？

ラファエル　名前を覚えておけばよい、モデスト・イゲラス。そいつを探すんだ。ラプンがこう言ったと言うんだ、フェデリコのものはアルカラ通りのマンション[21]にある。モデストは住所を知っている。そして、こう言うんだ。手紙はすべて破れ、そして二人を赦してくれって。原稿はスペインから持ち出し、フランスかメキシコに持っていけ。グラムフォンのレコード盤も一緒に。六枚だ。一枚はエスパニョール劇場で俳優たちのために行った講演。あとは詩を朗読したやつだ。やると約束してくれ。

セバスティアン　俺は／

ラファエル　やらないといけないんだ。

セバスティアン　どうしてそんなに大切なんだ？

ラファエル　俺は使命を果たさないといけない。少なくとも、そうだ。俺は約束したんだ。

セバスティアン　誰に？

ラファエル　フェデリコに。

セバスティアン　でも、もう死んだじゃないか。そいつに約束したことが、どういうことだって言うんだ。

ラファエル　どういうことだって？　お前は何も分かっちゃ

いない。お前もお前の仲間の野蛮人たちもだ。そいつにだと？　お前たちはどうして彼を殺さないといけなかったんだ？　サン・セバスティアンからやっとの思いで電話を掛けたんだ。誰も俺に何も言ってくれなかった。姉は七月に電話があったと言った。あんなことが起こる前の話だ。友達はグラナダの家族のところに行ったと言った。彼一人じゃないと分かって、気分が落ち着いた。家に辿りついたとき親父に知らされた。「お前の詩人の友達は殺された」。姉のマリアは椅子に座ったまま泣いていた。え！　フェデリコが殺された、フェデリコが銃殺された。嘘だ、どうして殺さないといけないんだ？　どうして殺したい人がいるんだ？　彼が何をしたって言うんだ？　彼はお前たちに何をしたって言うんだ？　家から飛び出して走った。グラン・ビアまで。友達の家に行った。「親父がおかしい。フェデリコが殺されたって言うんだ」。みんな黙ってしまった。それからどうしたのか覚えていない。モデストが郵便局の向かい側にあるカフェで俺を見つけてくれた。問題を解いていた。ナプキンに方程式を書いていた。鉱山学の課題だ。「ラファエル、家に帰らないといけないよ」と言われた。家に帰る？　どこの家？　足元で世界が崩れていった。空中を漂っている気分だった。さよならと言えなかった。二人はいつだって会えるもんだと思ってた。俺は／その書類を救い出さないといけない。少なくともそうすべきだ。

セバスティアン　俺はあんたの助けはしない。

（殴る音と悲鳴が聞こえる。それから、弱々しくレコードの溝を擦れる針の音がする）

ラファエル　何だ？

セバスティアン　第一班だ。

ラファエル　何の？

セバスティアン　悪い。

ラファエル　ありえない。まだ夜は明けていない。

セバスティアン　ああ、まだだ。

ラファエル　夜が明けていないのに、どうして銃殺するんだ。

（照明が落ちる。拍手が聞こえる。誰かが静かにしろと言い、他の者がフェデリコと叫ぶ。少しずつ拍手の中から声が聞こえてくる）

声　ですから俳優の皆さん、私は人生をとおして、生きているかぎり、皆さんは私に、私は皆さんに、こうしてお目にかかりたいと願っております。いつも私が演劇に対して愛を灯し続けてきたことはご存じでしょう。一つの作品ごとに、一つの場面ごとに、私はさらなる芸術的道徳を追い求めてきました。私は自分を守り、自立を確保するため、これからも戦っていく所存です。私の身に降りかかってくる中傷、憎悪、侮辱に対して、私は私特有の田舎者が持つ微笑みの雨で洗い流していきます。（セバスティアンはラファエルに制服を差し出す。ラファエルは痛みに耐えながら、セバスティアンの助けを借りて、何とか着る）私は皆さんに講義をするつもりはありません。なぜなら私がいま皆さんから講義を受けているからです。私は高揚し、安心して言葉を発します。私は単なる幻想を抱く人ではありません。私はいま考えていることをいままで冷静に考えてきました。善きアンダルシア人として冷静という得意技を私は持っています。なぜなら私には古くからのアンダルシア人の血が流れているからです。私には分かっています。暖炉の傍で自分たちのパンを食べながら、「今日だ、今日だ、今日だ」という人に真実はありません。遠くに明けていく最初の曙を田舎で見ている人に真実があるのです。切符売り場の小さな窓口に目を据えて、「いますぐだ、いまだ、いまだ」という人に道理はありません。「明日、明日がある」という人、近づいてくる新しい世の中に新しい生き方を感じている人に道理があるのです。[22]

暗転。

六　列車と空を覆う女性

ぼくは「愛」ということばが
砕け散っているのを見る
——「ぼくの魂の影」『詩の本』

セバスティアンは椅子に座り、首から下げた十字を触りながら、静かに祈りを捧げている。外から海の音。夜明けの光が窓から差し込む。

ラファエル　頼むからやめてくれ。
セバスティアン　何を？
ラファエル　十字架をいじくりまわすの、祈るのをやめてくれ。
セバスティアン　夜が明けた。
ラファエル　誰のために祈ってんだ？
セバスティアン　俺たちみんなのため。それがどうした？
ラファエル　誰が俺のために祈っていいと言ったんだ？　誰が俺の魂を気遣ってやれと言ったんだ？
セバスティアン　告解を神父さんに聞いて欲しいって、思ったことないのか？
ラファエル　ない、聞いて欲しいと思ったことはない。

セバスティアン　助けてくれたかもしれない。
ラファエル　何を？
セバスティアン　平穏無事でいられるよう。
ラファエル　誰と？
セバスティアン　あんたのことで。
ラファエル　笑わせるな。
セバスティアン　何が？
ラファエル　坊主ってのは俺を銃殺する奴らを優しく抱擁してから、俺の魂の救済のためだとぬかしてやってくる。聖書を手にして入ってきて、赦しとか救済とか俺の罪の清めとかについて話をし、一列に並んだ銃殺隊の前に俺をほっぽりだす。
セバスティアン　何ができるんだよ。ただの司祭さんだろ？
ラファエル　俺の顔に唾を吐きかければいいんだ。そうすべきなんだ。それから一発一発散弾に祝福を与え、俺の体が地面に崩れ落ち、魂がまっすぐ罪を受け永劫の苦しみに苛まれるよう、神に感謝を捧げるんだ。そうしたら、意味があるだろう。すべて意味があることになるだろう。いいか、でなかったら、俺を赦してもらえるよう、坊主はどうして神に懇願しないのだ？　石打ちの刑に処される女の前に身を置いたあの人のように、どうして弾の前に身を晒さないのだ？
セバスティアン　ただ俺は／
ラファエル　死ぬ前にあの人に赦しを求めろ、そうすれば、死に追いやられる前にあの人に慰めを求めろ、そうすれば、改悛者のリストに名前を刻むことができる。告解を聞きたがるのは、そのためだ。だから俺はそいつに唾を吐きかけてやった。だからそいつは俺が殴られているとき微笑んでいたんだ。俺は呪ってやる。あいつらの神を呪ってやる。正義と快適な生活を求めて戦いに向かう代わりに、人の心を恐怖と妄想でいっぱいにする奴らすべてを呪ってやる。分かるか？
（沈黙）
ラファエル　悪かった。
セバスティアン　別にいいよ。
ラファエル　えっ？
セバスティアン　謝らなくてもいいよ。
ラファエル　お前は神を信じてるのか？
セバスティアン　分からない。
ラファエル　神は俺たちに何をしてくれたんだ？
セバスティアン　神について考えさせてくれた。
ラファエル　考えさせる？
セバスティアン　ああ、赦しを乞うのに。
ラファエル　お前は何の赦しを乞うんだ？　その前に、赦してもらうために、お前は何ができたんだ？
セバスティアン　イタリア人が来たとき／

ラファエル　俺は、お前が俺を赦して欲しい。
セバスティアン　えっ？
ラファエル　俺は、お前が俺を赦して欲しい。
セバスティアン　何を言いだすんだ？
ラファエル　罪について言ったから／
セバスティアン　えっ？
ラファエル　俺の罪をお前に知っておいて欲しい。
セバスティアン　落ち着けよ。
ラファエル　この秘密を抱えこんだまま俺は死にたくない。
セバスティアン　そんなこと、俺にできるはずがない。
ラファエル　俺は神を信じない。だからお前に俺の罪を聞いてもらいたい。そして、罪を犯したのか、犯していないのか、言って欲しい。
セバスティアン　ラファエル／
ラファエル　俺はあの人を一人にしてしまった。
セバスティアン　誰を？
ラファエル　フェデリコを。
セバスティアン　あんたの友達の詩人か？
ラファエル　俺はあの人を一人にしてしまった。俺は出かけてしまった。
セバスティアン　で？
ラファエル　もし俺がマドリードにいたら。
セバスティアン　いたら、何なんだよ？
ラファエル　たぶん、グラナダには戻らなかった。
セバスティアン　俺も同じ質問をする。飛行機を迎えに外に出ようとお袋に言わなかったら、そこにお袋がいなかったら、俺があのときパサドブレを演奏するのを嬉しそうに見ていなかったら。でも、戦争だ。どうなるか、知ったもんじゃない。物事ってものは／
ラファエル　分かっていない。
セバスティアン　何が分かるんだ？
ラファエル　俺はあの人を一人にしてしまった。グラナダから三度も電話があったと親から言われた。
セバスティアン　でも他の友達／
ラファエル　違う。
セバスティアン　違うって何が？
ラファエル　俺はあの人の友達なんかじゃない。
セバスティアン　何だって？
ラファエル　さっき言った書類。何が書かれているのか知ってるか？
セバスティアン　さっき言ったぞ。
ラファエル　俺たち二人の手紙だ。
セバスティアン　で？
ラファエル　俺はできなかった。
セバスティアン　何を？
ラファエル　傍にいること。人の噂になり始めた。ロルカと

一緒にいる男の子。それに俺は……、俺自身、そうだと知らなかった／

セバスティアン　知らなかったほうがよかったんじゃない／

ラファエル　拒否できなかった。自分を差し出した、そのとおり。数年のあいだ。俺のすべてを差し出した。俺の体も。愛したからだ。こんなこと言うのもおかしいが、愛したからだ。そうなったのは初めてだった。それまで俺は女の体が欲しかった。しかし、フェデリコは……、傍に来てニッコリ微笑んだ、それで充分だった。それだけでよかった。初めて話しかけられたとき、酒を飲まされたようにふらふらになった、体中の力が抜け、そこから動けなかった。さよならを言うまでずっとそこにいた。家に帰って吐いてしまった。壁を思いっきり殴って、手首の痛さにあの苦しみが和らいだ。頭がおかしくなったのだと思った。何がなんだかわけが分からなくなった。稽古の最中、俺に微笑みかけた。俺は必死に視線を逸らそうとし、大学の課題を考えることに集中した。次の週、二人だけで会おうとメモが渡された。で、そうした。そうだよ、どうしてイヤだと言えるんだ。お前がフェデリコを知っていたら、数分でもいい、彼と一緒にいたら、分かる。俺を抱きしめキスをしてくれた。男とキスをしたのは初めてだった。口の中に苦いものが走った。でも、放さなかった。それからどうなったのか、覚えていない。フェデリコが欲しかった。フェデリコの虜になった。フェデリコを求めた。劇団で巡演するときが来た。彼と一緒にいると、どんどん惹かれていく。彼の話を聞いていると自分が小さくなり、自分を見失っていく。そしてついにその夜が来た。二人はそうなった。恥ずかしいことだが、話すのも恥ずかしいことだが、俺の体を抱いた。（セバスティアンは当惑しながらドアの近くまで行っている）彼がアルゼンチンに行ってしまったとき、気が狂うかと思った。それまでずっと数カ月、二人は片時も離れなかった。俺はいつもそばにいた。「フェデリコの男友達」「ラプン、フェデリコと一緒にいる男の子」。たまらなくなってアルゼンチンにいる彼に手紙を書いた。彼の手元にあってもおかしくないように気を配った。最後には我慢できなくなった。世間ではだんだん噂になり始めたが、彼は気にもしなかった。俺は親のことなど、どうでもよかった。俺のことなど／彼を忘れようとした。また、女のところに戻った。女の体に身を沈めた。でも、いつもすぐ彼のところに戻ってしまう。そんなこと、耐えきれなかった。そんな生き方をしたくなかった。フェデリコのそばにいる影の存在にはなりたくなかった。世間からそう言われるのはイヤだ、そう言われるのだけはイヤだった。俺に愛想よく挨拶してくれる。でも、そのあと、俺の後ろでニヤリと笑い、こう言うんだ、「あいつはホモだよ」。その言葉が頭の中で響き渡る。だから、俺は出ていくと決めた。一言も交わさずマドリードから出ていったんだ。軍がクーデターを起こすかもしれない、そんな噂があった。俺に心配そうに尋ねたことがある。「大丈夫だよ、フェデリコ。今度も何も起こらないよ」。一度、住んでる建物に流れ弾が当たったことがあったんだ。電話口で泣きながら、弾に当たって死んでしまう、スペインはいまに死体でいっぱいになると震えていた。「フェデリコ、弾に当たって死ぬことなんかないよ」。戦争の話になるといつも俺は言っていた、「今度も何でもないよ。何でもないよ」。でも、俺はあの人を一人にしてしまった。一人にしたから殺された。お前なら、このこと、赦してくれるか？　誰がこんなこと、赦してくれるんだ？　こんなことになって俺はどう生きていけたんだ？　少なくともさよならと言えていれば、少なくとも、思い切ってどんなことがあっても一緒にいるよ、と言っていれば。（制服を探す）ほら。[23]

セバスティアン　何だ、何の話だ？　バレンシアにいるっていう女の子は？　嘘だったのか？　俺は何も知りたくない。そんな話を聞いたあと／

ラファエル　いいか。

セバスティアン　それ以上、一言だって聞きたくない。（ラファエルに狙いを定める）それはあんたの問題だ。汚らわしいあんたの問題だ。そんなことをしたなら、その男を受け入れたのなら／

ラファエル　どうすればよかったんだ？（セバスティアンに読み始める）《ボクが君を愛していることを君は絶対に分からないだろう。だってボクの中で眠りにつく君は、こうしてボクの中で眠っているのだから。ボクは鋭い刃の声に追いかけられ、泣きながら君を覆い隠す。肉体と明星とを同じように揺さぶる規範が》

セバスティアン　それ、読むのをやめろ。黙れ、黙るんだ。それ以上一言も聞きたくない。あんたを助けてやる、姉さんと話してみると言ったが、それだけじゃなかったんだ。あんたはそんなことばかり考えていて、俺は／

ラファエル　《ボクの苦しい胸の内を貫く。そしてあやふやな言葉が君の頑なな精神の翼に噛みついた。一団の人々が庭になだれ込み、光輝く緑の鬣（たてがみ）の馬に乗って、君の肉体とボクの苦悩とを待っている。でも、眠り続けるのだ、ボクの愛しい人。ボクの砕け散った血がバイオリンとなって響くのを聞くがよい／》

セバスティアン　黙れと言ってるだろ、クソったれ！　黙れ！（再び狙いを定める）

ラファエル　《ほら、みんながボクたちを待ち伏せている》

セバスティアン　（紙をひったくる）寄こせ。

ラファエル　彼の声が耳から離れない。《君の肉体とボクの

苦悩とを待っている。君の肉体とボクの苦悩》

セバスティアン　いい加減にしろ。あんたなんか、助けてやるもんか。そんなこと、俺に分かるか。あんたとあんたの友達のことなんか何も知らない。そんな本やあんたたち二人がやったことなんか、俺とは何の係わりもない。

ラファエル　みんなから言われた。「フェデリコはお前のことで悩んでいる」「フェデリコは苦しんでいる」「フェデリコは」「フェデリコは」「フェデリコは」。俺は日ごと小さくなっていった。だんだん自分が崩れていくのを感じた。何をしたんだ、どこまで行ったんだ、親から尋ねられた。俺は心配するようなことをしている者じゃないと納得させようとした。女の子と出かけた。また別の女の子。次から次へと、女の子のほうがいいんだとみんなに見せびらかすように。でも、いつもフェデリコが戻ってくる。最後にはいつもフェデリコがいる。彼と一緒じゃないとたまらない。一週間会わないと息が詰まる。これを何と言っていいのだろう。でも、我慢できなかった。こういうふうにいつまで二人は続くのだろうか？　世間を欺いて、こっそりと。でも、俺はそんな考えに戸惑った……、結婚したい、子供が欲しい、落ち着きたい、そう、落ち着いて暮らしたい、そのためにはすべてを諦めなければいけないとしても。で、俺はあの人を一人にしてしまった。さよならも言わずに出かけていった。少なくとも何らかの方法で、愛しているとでも言っておけば、この気持ちは変わらないと言っておけば。でも俺は何も言わずに出かけていった。で、あの人は殺された。二カ月後に銃殺された。俺が一緒にいれば、俺がマドリードから出ていかなければ、いまごろフェデリコは／

セバスティアン　そんなこと、あんたが分かるわけない。

ラファエル　グラナダ行きの列車には乗らなかった。誰が俺を赦してくれるんだ？　どこのクソ坊主が俺のやったことを赦すと言ってくれるんだ？

セバスティアン　もういい。あんたが彼を殺したんじゃない。あんたが殺したんじゃない。誰が悪いんだ？　ほれ。(紙を返す) あんたが持っておくべきだ。

ラファエル　毎晩、目を閉じる前に、俺はこうすべき／この秘密を抱え込んだまま死ぬのはイヤだ。だってそうだろう、少なくとも、お前だけは俺がどういう人間だったのか知っておいて欲しい。俺が何をやったのか知っておいて欲しい。モデストを探すと言ってくれ。書類をなくすことはしないと言ってくれ。

セバスティアン　でも／

ラファエル　約束してくれ。

セバスティアン　あんた、着替えないといけない。

ラファエル　俺はお前を信じてるよ、ボウヤ。

(セバスティアンの傍に近づいている。さっと武器を奪

う）

セバスティアン　何をするんだ？

ラファエル　お前がやれ、頼むから。いま撃て。もう待てない。涙を流すのを見られたくない。ここから出ていって震えているのを見られたくない。恐怖に引き攣って死ぬのを見られたくない。あいつらに慈悲を乞うのを見られたくない。あいつらに。あいつらに。俺が逆らったといえ。いまやるんだ。頼む。いまだ。夜が明ける前だ。いまならお前が手伝ってくれるって分かるから、死ねる。

セバスティアン　落ち着け、クソ、落ち着くんだ。

ラファエル　やれ。

セバスティアン　泣くな。やるから。その書類を見つけると約束するから、落ち着け。名前をもう一度言ってくれ。

ラファエル　フェデリコ。

セバスティアン　違う、誰を探せって言った？

ラファエル　俺の家だ。ロサリア・デ・カストロ二十五番。そこが住所だ。親か姉にモデスト・イゲラスはどこにいるのか、尋ねるのだ。もし見つからなかったら、もし殺されていたら、ラファエル・マルティネス・ナダル[24]を訪ねるんだ。

セバスティアン　そうするって言うだけだぞ。それだけだぞ。

ドアをノックする音がだんだん近づいてくる……。

七

詩人が恋人に手紙を書いてくれと頼む[25]

僕の大切な愛する人、死よ万歳
君が文字にした言葉を空しく待っている
しおれていく花と一緒に
君がいないまま生きていくなら、
君を失うほうがよい

――「手紙のソネット」

先ほど暗闇から聞こえてきた同じ声　お願いだから、頼んだように、僕の物を保管しておいて欲しい。僕に何かあったら、そうするのが一番よいと君が思うようにやって欲しい。お願いだから、手紙は燃やして欲しい。もしくは君だけが知っている場所に仕舞っておいて欲しい。みんな見られてしまう。僕が書いたもののなかで、『観客』と『暗い石』は取っておいて欲しい。タイプ打ちしてどこに置いたのか忘れてしまった。ラファエル、電話をくれ、できるだけ早く電話をくれ。気が狂いそうなこの頭を君の言葉で埋めつくしてくれ。僕は落ち着かないといけない。これがグラナダの電話番号だ。どうして、数日でもいいから、グラナダに来てくれないのだ？　過ぎたことはお互いに赦しあったじゃないか。エレナとのこと、ジプシーの娘たちとのこと、息を詰めて君が帰ってくるのを待っていた夜のことすべて、僕は君を赦したじゃないか。でも、お願いだから戻ってきてくれ。君に捧げるソネットに言葉を二行添えた。これも君のものだ。どこからでもいいからここに来なければいけない。夏のサン・ビセンテ[26]がどれほど美しいか、思い出してくれ。君に会いたくてたまらない。君と話をしたい。口喧嘩でもいい。僕を憐れんでくれ。この手紙は破り捨ててくれ。君にさよならは言わない。すぐ君に会えるのだから。フエデリコ。

八　鉛の犬

廊下から、順番にドアを叩いていく音がだんだん近づいてくる。夜明けの光が部屋の区切りをなくし、光が届かない壁が一枚、立っているようだ。まるで「涙の木々と、リボンと惑星と[27]」という墓標のようだ。再び波が砕ける音がする。ノック、戸口で「出ろ!」という声がする。

ラファエル　(立ち上がる)時間だ。お前もいるのか?

セバスティアン　どこに?(タバコを差し出す。手が震えている)さあ。

ラファエル　銃殺隊にお前も並ぶのか?

セバスティアン　俺は人を殺したことはない。いままで一度もない。誰も殺したくない。それが、どうしていま?

ラファエル　いま?

セバスティアン　どうしてそんなこと、いま言うんだ?

ラファエル　お前がやるかどうか知りたくって/

セバスティアン　俺がそんなことできるとでも思ってんのか? 俺があんたに銃を向けるなんて? ここから出てあんたに銃を向ける?

ラファエル　/俺と一緒にいられるじゃないか。(沈黙)そうしろと命令されたら、そうしろ。俺たちが口を利いたんじゃないかと疑われたら、そうしろ。ためらうんじゃない。上官の命令に背いた奴がどうなるか、知ってるだろう?

セバスティアン　俺ができるとしたら/

ラファエル　たいしたことじゃないよ。教えた名前と住所を思い出すだけだ。覚えているな?

セバスティアン　ああ。

ラファエル　ありがとう。

セバスティアン　別に。

ラファエル　何が?

セバスティアン　俺にわざわざ礼を言うことはない。クソったらしい礼など。

ラファエル　落ち着けよ、ボウヤ。

セバスティアン　セバスティアン。俺の名前はセバスティアン。

ラファエル　あるがままに受け入れないと。

セバスティアン　ダメだ、チクショウ。どうして？

ラファエル　親父に伝えてくれ。酷いことはされなかった。最後まで堂々としていた。弟のトマスには勉強を続けろ、俺みたいに道を踏み外すな。お前と余り一緒に過ごせなくってゴメンなって。覚えたか、セバスティアン。

セバスティアン　うん、うん。

ラファエル　姉には親父の言いなりになるな、好きなようにやれって。俺たちが一緒にいたときのように、お祭りやビヤホールに連れていってくれる彼氏を見つけろって。お袋には／悲しまないでくれ、爽やかな俺を思い出してくれ、いまみたいな。

セバスティアン　分からない、どういうふうに会って、どういうふうに言えばいいのか／

ラファエル　分かってくれるよ。俺は幸せだったと言ってくれ。人生を無駄にしなかった。死んだが、人生を全うしたと言ってくれ。ほんの少数の人しか知らないことを俺は知ってうれしかったと。

セバスティアン　ああ、やるよ。やるよ。（十字架を差し出す）お願いだから、イヤだと断らないでくれ。

ラファエル　そんなこと言わなくてもいいよ、ボウヤ。（十字架を取り、首からかける）すぐに終わる。いまに分かる。

セバスティアン　どうやればいいんだ？　また俺一人だ。

ラファエル　信じること、強くなること。そうしないといけないよ、セバスティアン。信じて強くなる、そして前をしっかりと見る。お前は男じゃないか。戦争はすぐに終わる、すぐに。お前は俺を信じるんだ。罪あるものはこうして罪の報いを受ける､涙一粒ごとに､死体一つごとに。

セバスティアン　そうじゃなかったら？

ラファエル　涙一粒ごとに死体一つごとに罪の報いを受ける。そうお前に確約するよ。

セバスティアン　俺も？

ラファエル　お前も？　歳はいくつだ？

セバスティアン　もうすぐ十八歳になる。

ラファエル　ここに来いとお前に命令した奴。そいつらも罪の報いを受ける。死ぬ最後の日まで恥ずかしい思いをする。毎朝起きるたびに後ろ指をさされる、「こいつは罪のない者を三人殺し、溝に捨てた」「こいつは銃殺した壁のところで笑っていた」「こいつらがフェデリコを殺した」「こいつらがフェデリコを殺した」と。血が飛び散るたびに、こいつらが何千何万という目にさらされていることに気づく。いつかフェデリコを埋葬するとき、穴から掘り起こし墓地に埋葬するとき、そういうことをやるときが来たとき、この地上に未来が来る。そんなにしょげ返ることはない。しっかり冷静に考えるんだ。ことが落ち着くまで待つんだ。そうしたら、マドリードに行って、モデストに伝えてくれ。アルカラのマンションにあるものはすべてあんたに任せるとラファエルが言っていたと。一世紀待っても、それは出版しなければいけない。我々の卑猥、我々の恥辱、我々の悲惨がなくなったときに。やってくれるか？

セバスティアン　ああ。

ラファエル　こっちを見ろ。

セバスティアン　何だ？

ラファエル　頭を下げるんじゃない。こんなことはすぐに終わる。こっちに来てくれ。握手だ。俺は怖かった、セバスティアン、本当に怖かった。でも、お前に会えた。（抱擁する）これで俺が何者であったのか知る人が、この世に一人いる。

セバスティアン　そうだね。

（ドアがノックされる。開く）

ラファエル　俺はみんなの記憶から消えていく人間じゃないな？（セバスティアンはうなずく）誰もみんなの記憶から消えていかない、そうだよな。

セバスティアンが何か言おうとした瞬間、夜明けの光が部屋に充満し、部屋が見えなくなる。外では波の砕ける音が響き渡る。

暗転。

怒りのスカンディナビア——四人の役者、一つの影、一匹の猫のための夢想

アントニオ・ロハノ　矢野明紘訳

Antonio Rojano　一九八二年、コルドバ生まれ。セビーリャ大学でジャーナリズムの勉強をするかたわら戯曲を書き始める。二十二歳の時に、アントニオ・ガラ基金の助成金を受けて『砂の夢』を執筆する。

【主な作品】『砂の夢』二〇〇五年。カルデロン・デ・ラ・バルカ賞受賞。『ワルシャワでのデカダンス』二〇〇七年。アンダルシア劇場（セビーリャ）で初演。ミゲル・ロメロ・エステテオ賞、ブラドミン侯爵賞受賞。『ネオンの墓』二〇〇九年。カハ・エスパーニャ演劇賞受賞。二〇一一年、初演。『北で生まれて南で死ぬ』二〇一〇年。英語に翻訳され、ロンドンのロイヤル・コート劇場で朗読劇として上演。『フェアプレイ』二〇一一年。『モニカ・セレシュの栄光と挫折』二〇一四年。『薄暗い都市』二〇一五年。『ディオスK.』二〇一六年。フアン・フランシスコ・フェレ原作『カーニバル』を脚色。ビクトル・ベラスコの演出によりマドリードのマタデロ劇場で初演。『怒りのスカンディナビア』二〇一六年。ロペ・デ・ベガ賞受賞。二〇一七年、ビクトル・ベラスコの演出によりマドリードのエスパニョール劇場で初演。

登場人物

エリカM.　恋人Tに振られ、記憶を消し去りたいと願う若い女
バルザックマン　失踪した恋人イレネを探す青年
ルカス　医者。ソニアの恋人
ソニア　エリカM.の親友。ルカスの恋人
アグネス　オスロのバーで働くウェイトレス

作者注

上演の間、空間、現実、発せられた言葉が白日のもとにさらされる。同時に深い霧がそれ以外の簡単ではあるが理解できないものを隠している。ここで描かれる空間は、エリカM・が後に言うように、読むだけで理解できるようなものではない。本のようなものではなく、地図のようなものである。というのも地図は、幼児期の記憶に残る街を思い出すように、街の時間と空間を想像するためだけに存在する。地図のようになることが、おそらく、戯曲というものの役目であろう。

エリアス・カネッティ(1)は言葉巧みにこう言った。「忘却したことすべては夢を通じて助けを求める。」この引用した言葉が『怒りのスカンディナビア』の読者を導くコンパス、登場人物の紹介書、この作品の中にある山のような陰を照らし出す灯となることを望む。

第一章

エリカM.が現実を地図に変える。

一人の人間が死んだ。ある出来事によって死んだ。もう忘れてしまった出来事によって。ずっと昔に読んだある本に書いてあった。記憶とは、棒を投げるとほかの何かを加えて持ってくる犬のようなものだと。

この話は、愛の物語のように始まる。現実世界でおこるように、ある男がある女と知り合って、その後……、そう思っていた。私たち人間の歴史は現実であったし、本物の愛の歴史だと。愛によって、両親は息子を授かる。息子は、皮肉なことに……、覚えてる？　その時、愛とは私たちのもの、自分の声や肉体のように私たちのものだと思っていた。ただ、今では、頭の中にある黒い雪によって、この話が本当だったのか、それとも私がでっち上げたものか分からない。

でも、教えて。感情の赴くがままに世界を旅行して、世界を知っているあなた。教えて。現実とはいつも歴然たるものなの？　現実とは単純明快なの？　現実とは本のページを開くようなものなの？　それとも、むしろ、開くのも、開いてから折りたたむのも難しい地図を広げるようなものなの？

この話はある有名な場所から始まる。でも、終わりは外国の都市、開くのも折りたたむのも不可能な地図の最後のページにある外国の都市で終わる。名前も思い出せないような都市。ただ覚えているのは、最初の頃、暗闇がやってくるずっと前、あなたを愛していた。それから、あなたは私を棄てた。

第二章

作者は頭の狂った若い男と捨てられた女性の奇妙な出会いを描く。

「知らない時間を創り出すことはできない。私が明日について考えるにしても、自分の記憶の断片を通じて明日を創造することは無意味。過去を清算して、将来に旅立つことができる、そう言われているから。まだ見ぬ人が、私の人生という難しいパズルの最後に残ったワンピースを持ってきてほしい。」

　一人の知らない男と性急な約束を交わす数時間前、この言葉がエリカM.の頭の中を何度もよぎっていた。ある晩、初めて知り合うであろう新しい男。一日のうちで最も不毛な昼寝の時間に、約束は果たされようとしている。というのもエリカM.は約束した公園に着いて、若い男と出会ったところである。女は遅れてきたが、男は気にしていない。手を差し出し、ベンチに座るよう促す。ベンチのいずれかに。どれでもいい。若い男が奇抜な衣装、足元から頭まで全くのカウボーイの格好をしていることに失望してしまった。女はなんにもこわくない。というのも男が自分よりも内気であると分かっているからだ。男がインターネットの中で名乗っている名前のせいで、見た目にも洗練された衣装を期待していたのかもしれない。女のせいではない。男のせいでもない。若い男の秘密は奇抜な格好とごまんと話す言葉の中から簡単につかむことはできない。木の梢が今晩このベンチから月を隠すように、たくさん話せば秘密を隠すことができると男は分かっている。夜、男女の頭によって月は隠されたまま、物語は始まる。

　失ったものを探すために、二人はここにいる。何を探しているのか、何を望んでいるのか、いったい何を失ったのか二人とも何も分からない、もしくは分からないように見える。

バルザックマン　底についたと分かった時のように……、底の地面を踏みしめる。底の地面は足の下。魚がいると思う。底と言えば、海にいるってことになるだろう？　海の底。水でいっぱいの海底。そう。見渡す限り水。そして、魚がついてくる。泥の色をした海藻……。よく分からないけど、アトランティス[2]の遺跡も見つかるかもしれない。要するに、小さい時からよく言われていたように、一度底につけば、それ以上の底はない。底は動かないだろう？　できることは水面まで泳ぐことだけ。上までいって、海面から顔をだして、息をする。
エリカM.　そのとおり。
バルザックマン　でも違う。
エリカM.　そう、違う。
バルザックマン　それは嘘。
エリカM.　そのとおり。
バルザックマン　想像してみて。オリンピックで使うようなプールにいるとする。『ザ・ソプラノズ』[3]みたことある？　たぶんあるだろう？　古いドラマだけど、すべての人がテレビで見たドラマだ。二人のマフィアを思い浮かべてみて。例えば、ポーリーとクリスが君をプールまで引きずって行った。カラスのように黒いキャデラックのトランクに入れられて、プールのとこまで行った。君は自分がしたことを分かっている。自分がへまをしたことを知っている。運が悪かった。警察、武器、トニー・ソプラノの妻の件。なんでもいい。プールにいる。ポーリーは手を使ったいつもの変な仕草で君に言う。太い指で君を脅しながら言う。「泳ぐことのできる鼠なんてみたことねえ。おい、おまえ、泳ぐことのできる鼠みたことあるか？」

エリカM. ふーん。

バルザックマン 君は彼のばかな仕草を見て、今から起こることを理解する。ポーリーは、あのハッハッハとへんな笑い方をして、話を続ける。彼にとっては何の意味もない単なる笑い話なのだけれども、君には重大な意味を持っている。終りの始まり。二人のチンピラが作業に取り掛かる。彼らの俗語で、墓の足と呼んでいるものを君にくくりつける。気づいたときには、君はプールに投げられ、沈んでいく。プールの水面を破り、想像以上に速く、固体である肉体が沈んでいく。下に着いたとき、底に着いたとき、すべてが平穏になって、君も落ち着いている。まだ何もおこっていないが、少なくとも、人生が終わる前に、なにもない青い水の中で一瞬の平穏を楽しむ。もしかすると、プールの監視員が助けにくると考えるかもしれない。でも、誰も助けに来ない。楽観的な考えはやめたほうがいい。というのも全く反対のことが起こるから。マーフィーの法則[4]。振動によって、水は濁って、汚くなっていく。突然地震が起きる。地震が起きている。外。中。ものすごく大きな地震が都市を破壊し、呪われたプールの真ん中に、ちょうど君がいるところの下に亀裂が入る。どこまでも続く深淵に君は落ち、そして落ち続ける。（沈黙）底についたと言う人がいても、確かではない。ひどいこと、もっとひどいことが起きるかもしれない。底のまた底にまで行くかもしれない。

エリカM. ニヒルな人、ね。

バルザックマン 何？（沈黙）どうした？

エリカM. 言えることは、インターネットにはいろんな人がいるってこと。ニヒルなカウボーイと会うはめになった。やだわ。そう考えると疲れてくる。

バルザックマン 待って、僕は真剣に話をしている。

エリカM. 私も。

バルザックマン そう思わない？　そもそも楽観主義者にだまされないようにすることが僕たちの義務じゃないか？

エリカM. そう、もちろん。でも、なんで……なんで、そんなにいっぱい話すの？

バルザックマン 知らないよ。

エリカM. 知らないですって？

バルザックマン　リラックスしてほしい。君に似た人間がいることを分かってほしい。そして、君をよく理解しているということを。

エリカM.　私に似た人間？　（笑う）似たような人が何を理解するの？　私の何を知っているの？　ねえ、私は家から出たいだけなの。あなたのこと何にも知らない。多分あなたは私のこと何にも知らない。チャットしていた時、面白い男性だと思った。落ち着きがないけど、面白い人だと思った。知らない人とチャットなんてあんまりしない。いや、全然しない。でも、そのときは気分を変えることが必要だったの。家から出る必要があった。そして、ちょうどあなたが現れた。私は今人生の中で、とってもばかなことをしている時期にいるの。私自身もびっくりするぐらいのばかなことよ。でもだからといって、セラピーとか、電気ショックとか、心理学者とかが要るわけじゃない。橋から飛びおりようってわけじゃない。分かる？

バルザックマン　分かった。

エリカM.　私にどんな印象をもったのか知らないけど、たぶん間違った印象ね。

バルザックマン　ごめん、僕はただ……。

エリカM.　そんなにも真実に執着して、死んだ作家の幻影に隠れて、もっとひどいことに、バルザックマンて名乗る人、珍しいわ。現実のことで問題あるのはあなたじゃないの？

バルザックマン　言ったはずだ。細心の注意を払わないと。自分の情報を国際的な大会社に売りたくない。

エリカM.　面白い人だと思ったと言ったの。分かる？　プロフィールの写真が一枚だけ。しかもあなたの写真じゃないなんて。（沈黙）その帽子、秘密警察の変装でもしてるの？

バルザックマン　僕だと分かってもらうため。

エリカM.　えりのところに赤いカーネーションをつけてくることもできたのにね。もっと……、一般的な。そう思わない？　どっからそんなもの持ってきたの？

バルザックマン　僕の祖母はメキシコの人。メキシコ人。メキシコから持ってきた。祖母はランチョと馬を持っていて……。

エリカM.　どうしてそんなに嘘つきなの？

バルザックマン　知らないよ。（笑う）どうして別れたの？

エリカM.　それがあなたのしたいこと？　面接でもしたいの？

バルザックマン　いいや、でも……。

エリカM.　スパイ、それとも変質者？

バルザックマン　なんて質問だ。分かった。なんというか、僕は君が存在していることを知りたかった。

エリカM.　存在していた。それなら、些細なこともすべて本当のことを言ってちょうだい。そんなに難しくないわよ。さあ、まず名前を教えて。名前ぐらいあるでしょう？

バルザックマン　名前はちょっと……。

エリカM.　あなたの情報なんか大会社に売らないわよ。落ち着いて。大きな声で言わないでいい。見て、ここに書いて。ボールペンがあったはず。

（バルザックマンは女からもらった紙に名前を書く。まるで、とても大切な情報であるかのように紙を折って女に渡す。エリカM.は同じようにさも重要な情報でもあるかのように紙を広げる。女は黙って読む）

エリカM.　初めまして。私はエリカ。ボールペンは持っといて。最初のプレゼント。あなたのほうが大切に使うでしょうから。

バルザックマン　初めまして。エリカ。ありがとう。

エリカM.　簡単でしょう？　さあ、もう一回始めましょう。最後の十分を消去して、やり直しましょう。バーチャルな人間じゃなく、本物の人間として。公園で話をするために会う約束をした二人の友人として。

バルザックマン　分かった。分かったと思う。

エリカM.　ねえ、正直に言うわ。フェイスブックなんかもうたくさん。今朝ウォールにさよならのメッセージを書いた。驚いたわ。友達全員が、といっても、全員が全員友達てわけでもないけど、おかしくなったみたいに、山のようにコメントを書いてきた。（沈黙）他人の幸せで不思議なのは、人って他人の幸せをいつも信じる。そうじゃない？　ソーシャルネットワークていつも幸せが基本なの。でも私はその幸せを信じるのをやめた。人と本当の関係を結ぶことにする。真実が現実よりも大きな重要性を持つ世界に生きようと思う。

バルザックマン　現実よりもね。そうだね。

エリカM.　でも驚いたことに、あなたのやさしいメッセージ見て、私は自分のフェイスブックのアカウントを削除するの躊躇した。存在しているかどうか知らない人間の書いたものを見てね。今日フェイスブック見てみた。前に私が友達として承認して、私がアップするものほとんどすべてに「いいね」をつけている。なぜ、そんなことするのか分からないけど。一度も顔をあわせたこともない人が、私がいなくなることを悲しく思ってくれる。私には心温まることだった。それは……、その気持ちは言葉では言い表せないけど。

バルザックマン　君とつながっていたかった。

エリカM.　私とつながっていたかった？　私と？　なんてかわいいこと言ってくれるのかしら？

バルザックマン　アカウントを削除してほしくなかったんだ。

エリカM　なぜ？
バルザックマン　君の写真が好きだから。君が書いているものの読むの好きだから。
エリカM　作家の書いているものが好きなように……。
バルザックマン　そう。
エリカM　でも、私自身は書かないわ。作家でもなんでもないもの。
バルザックマン　まあ、どうなるか分からない。君はまだ若い。
エリカM　あなたにはそれが分かるんじゃない？　本関係かなにか、そんなことしてるんでしょう。それとも、それも嘘？
バルザックマン　いいや、嘘じゃない。フランス文学をここの大学で勉強した。
エリカM　ウィ。フランスの作家のことね。
バルザックマン　まだ博士課程は終えていないけど。終わらせようとしているけど、無理だろう。
エリカM　なんについて書いているの？
バルザックマン　なんについて？　ふー、説明するのはとても難しいな。
エリカM　作家についてじゃないの？　作家の秘密についてて。
バルザックマン　くだらない話で君を退屈にさせたくないから……。
エリカM　ところで、恋人はいるの？
バルザックマン　えっ？　何がいるって？　ああ、恋人はいない。
エリカM　その「いない」の言い方、なんかあやしいわね。
バルザックマン　恋人はいない。前はいたけど、もういない。今はもういない。
エリカM　よくあること。（沈黙）で、私に何か用？　私に？
バルザックマン　話したいだけだ。言ったじゃないか。
エリカM　キスもなんにもしたくないの？（沈黙）冗談よ、驚かないで。今はそんな気分じゃないから。私も恋人と終わったばかり、誰とも知り合いたくないの。ましてや、こんなふうには知り合いたくない。
バルザックマン　そんなことは分かっていたよ。
エリカM　ほんとに？
バルザックマン　君の近況を見てね。
エリカM　ほらね。これだからね、くそインターネットは。パブロ、私も同じようにすれば……、ああ！　ごめん、あなたの名前言っちゃった。
バルザックマン　問題ないよ。大丈夫。
エリカM　ごめんなさい。電話会社か何かにあなたの情報が売られてるかも。「もしもし、なぞのパブロ様ですか？　安い値段で、電話とインターネットを提供いたします。」無視したらいいわ。

（沈黙）

バルザックマン　名前は？

エリカM.　誰の？

バルザックマン　君の彼氏。

エリカM.　元彼の名前は……、てなによ？　あやうく言いそうだったわ。

バルザックマン　話の話題にさ。元彼とのことを理解するためにさ。君は、なんというか、とても魅力的な女性だから。

エリカM.　若くて、魅力的。自分が言っていること分かってる？　ありがとう。あなたはとてもかっこいいわ。とても簡単な話。私は一人の男性に恋していた。ある日目を覚ますと、その男性はもういなかった。

バルザックマン　姿を消したの？

エリカM.　どこかに行ってしまった。

バルザックマン　（笑いながら）たばこを買いに？

エリカM.　（笑いながら）とぼけてるの？　男はどこかに行った、それだけ。

バルザックマン　でも何か言わなかった？　何か置いていかなかった？

エリカM.　置いていったわ。彼が忘れ去ったことすべてを私の中に置いていった。ほかに何を置いていくものがあるのよ？

バルザックマン　別れの手紙もなにも書き残さなかった？　電話も、絵葉書もなにも送ってこなかった？

エリカM.　この時代に誰が絵葉書なんか書いてくると思うの？　どの星に紛れ込んだの、カウボーイさん。今はもう手紙なんか書かないわよ。

バルザックマン　で、どこに行ったの？

エリカM.　知らないし、どうでもいいわ。知らない。（沈黙）彼は私と会おうともしなかったし、電話もとらなかったし、私のメッセージに何も答えてはくれなかった。それから、彼の家族とは話したんだけど。彼の名前を、そうね、Tとしましょう。元彼Tは外国で働きたかった。ノルウェーで、北の国で。よく知らないけどね。彼は建築事務所で北の国に行った人と知り合いになっていた。もう分かるでしょう。仕事の問題よ。ある年齢になると、人生を決めないといけない。そしてある晩家で夕食を食べていた時、友達を招待したの。そして事は起きた。（沈黙）こんなこと話すなんてばかばかしいんだけど。

バルザックマン　話せば何かの助けになる。話すことはいいことだから。

エリカM.　女友達もそう言うの。でも、彼女たちにも、彼女たちのアドバイスにも、それから、何度も同じことを話すのにも飽き飽きしてる。
バルザックマン　何も話さなくていい。トニー・ソプラノはどこかに行って、終わり。シリーズ終了。
エリカM.　Tと私はよく口喧嘩した。人生と将来について考え方が合わなかった。でも、あの晩は何か違った。細かいことはいわないけど、何か違ったの。へましちゃった。飲みすぎて、話しすぎた。次の日……。よく覚えていないの。思い出そうとすると、気分が悪くなる。ごめん。（沈黙。彼女は体のある部分に深い虚無感を感じる）もしもキスを拒まないなら、してくれる？　本気よ。愛とかそんなことじゃなくて、プレゼントみたいなもの。友人がほかの友人にするプレゼントみたいなもの。
バルザックマン　僕は……どうすればいいか分からない。
エリカM.　嵐の中心で凧をひっぱらないといけない男の子のように感じたことない？
バルザックマン　時々。
エリカM.　そんなとき、どうする？
バルザックマン　紐を切らないといけないんじゃない？　雷が落ちてきて、フランケンシュタインになる前に、紐を切って凧をどこかに飛ばしてしまわないと。
エリカM.　すべてを忘れるってこと？
バルザックマン　まあそういうことかな。（沈黙）今はそういうことができる。前より簡単にね。
エリカM.　何のこと？
バルザックマン　医学的にね。
エリカM.　錠剤のこと？　効果があるかどうか分からない。考えたことないけど……。いっぱい噂は聞いたことあるけど……。
バルザックマン　僕も。君のことからかっているわけじゃないから。基本的に僕は製薬関係の圧力団体をあまり信用していない。でも、その錠剤はよく効くみたい。
エリカM.　本当？　誰か試した人知ってる？　よくいう友達の友達のそのまた友達の話っていうような、あなたに近い誰かが。
バルザックマン　ちょうど錠剤が出回りはじめたとき、僕のいとこが飲んだ。父親のガンのことで精神的に参っていた彼の助けになった。今は陽気に友達と出かけるようになって、仕事も見つけた。いとこが言うには、思っていたより簡単みたい。難しいのは……。
エリカM.　難しいのは処方箋をもらうこと。誰かがそう言ってた。
バルザックマン　もらうことはできるんだろう？
エリカM.　飲んだ方がいいと思う？
バルザックマン　もちろん。試すだけなら何にも失うものはない。

（沈黙）

エリカM．　ここに来てよかった。今晩勇気を振り絞って、あなたと話して。

バルザックマン　僕も。よかった。

エリカM．　私たち友達になれる。単なる友達。キスもなんにもしない友達。図書館やら、スターバックス、プールに行って午後のひと時を過ごす友達に。そう思わない？

バルザックマン　プールにはできれば行きたくないな。プールの塩素が肌に合わないから。

エリカM．　それなら、コーヒーを飲むだけでいい。カフェオレ、別の日に。

バルザックマン　全然オッケー。

エリカM．　前のことは気にしないで。今ちょっと私変だから。

バルザックマン　前のこと？　なんのこと？

エリカM．　キスのこと。

バルザックマン　どうして今僕が気にしているとでも思ったの？

エリカM．　そう思ったから。たちの悪い中毒患者になるかもしれない。私の問題知っているでしょう？　それとも、あなたも頭が引き裂かれるような愛の物語をさがしてるの？

願望を生み出す肉体の後に静けさが残る。同じように静かに、岩の間に葉っぱが生えている。願望の一つ一つに物語の萌芽がある。今、男と女は、何をしたいか分かっている。彼らは、まだ自分で言いあてることはできないが、別の願望に続くバイパス、断崖に沿って続く道、終りまで続く道を見つけた。

バルザックマンが霧の中にある影の中から、彼の狂った妄想の中から考えを書きとめる。

第三章

いなくなった女についての記憶がスワンの細かい行動につながっている。恋に落ちた主観と対象の記憶が『失われた時を求めて[5]』の第一章で繰り返されるテーマ。スワンは、勇敢な探偵のように、オデット・ド・クレシーの不在と対峙しなければならない。[*1] プルーストはオデットの不在を、地理学的なものと感情的なものを結ぶための促進剤として使った。冷たいレンガの上に映し出される茂った森のスライドのように、オデットがパリの市街図に映しだされる。[*2]

小説の重要なエピソードは第一篇の後半の途中。オデットと約束したスワンはプレヴォの家に行くが彼女はいない。

オデットは何のメッセージも残すことなく彼との約束を反故にした。[*3] スワンの目の前で、オデットは影のように消えた。男は絶望して愛する女を探してパリの通りをうろついた。女が好きなカフェテリアに通い、レストランや遊歩道を通るが、見つけることができない。[*4]

死の影の中、影の王国を求めてエウリュディケー(6)を探すように、あらゆる影を見て回る。(7)

オデットは、スワンにとって最初[*5]なにか取るに足らない女性、肉体的にも興味をそそられない女性だった。彼女を自分のものにしたいという欲求は、女性を見つけることができないあの夜、突然湧いた。彼女の失踪はある意味の発見となった。この章から最後まで、絶望と幸福、喜びと苦痛がスワンの心の中で交差していく。

この変化をもたらす、アドルノ(8)の言葉でいう「理解できないことを明示する」出来事は、ボードレール(9)を思い出させる。主人公の旅を彼の感情を通じて読者を巻き込む悲劇的経験に変える。思想は悲劇から生まれる。スワンはオデットがいなくなって、自分のアイデンティティをなくす。彼女の失踪で動転し息を詰まらし、嫉妬から抱く妄想に身をまかす。

スワンはベウゼバルの文字を読むとブーズヴィル(10)の地域を思い出した。ブーズヴィルの地名はブレアウテ(11)に行くための案内地図に書かれている。彼は何度も見たことがあった。しかし、ブレアウテがオデットを愛する人間の一人の名前と同じであることは気づかなかった。[*6](12)

街とは、この論文のあとで分かるように、人の名前を持っている。我々が愛した人の名前を。[*7]

＊1　第三部を読み返してみると、見逃していた文章がある。「私が知った現実はもう存在していなかった。」作者の注は未完結。

＊2　グーグルマップにノルウェーという文字を打ち込む。ノルウェーと書いて地図を見る。検索エンジンにイレネという文字を打ち込む。名前を打ち込んでも写真はでてこない。イレネの写真を見ることができない。代わりにある都市が出てくる。ある都市の上空からの写真。ズームして屋根から屋根を見ていく。カーソルを屋根の一つに動かす。大空を見ている一つの人影がある。一瞬、あの夏（最後の夏）、島で日光浴をしていたように、あそこで横になっているイレネの姿を見る。それがイレネの新しい家かもしれない。そうじゃないかもしれない。誰かが衛星写真のためにポーズをとっているだけかもしれない。

＊3　イレネの最後のメッセージが電話に録音されている。機械のような、冷徹な声、船底に響き渡る警笛。「あとで話

しましょう。もしかしたら無理かも……。もしかしたらもう話すことはないかもしれない。今日はただ眠りたいの。」

＊4　トリステロカフェ（café trystero）というバル。初めての詩集を発表した一カ月後彼女は失踪した。今からやらないといけないこと――招待者の一覧を見てTではじまる名前を探す。

＊5　僕たちの最初のデート。「ジャズのコンサートでイレネの歯に紅色の小さなしみを見つけた」

＊6　妄想によって鳴るアラーム。Tとはイレネのノートパソコンの中に見つけた電子メールの送り主かもしれない。メールのアカウントはエリカM.のフェイスブックのページとつながっていた。**結論**：Tが姿を消したのならば、おそらくイレネに会うだろう。すべての可能性について検証しなければならない。エリカM.は誰も信用していない。なにかイライラしている。しかし、信用できる情報元かもしれない。今からやらないといけないこと――（1）エリカM.が話すことを深く調べる。（2）エリカM.を口説こうとしたやさしい男パブロの変装のままでいる。（3）Tの後を追って、ノルウェーまで行く。

＊7　エリカM.と僕だけが街の残骸。記憶という砂の下に埋没するだろう。

第四章

エリカM.は医者ルカスのところを訪ねる。この章では忘れるための薬の効果について語られる。

ルカス　僕の手をとって。

エリカM.　分かったわ。

ルカス　僕の眼を見て。僕の手をとって。分かってるだろう？（沈黙）どんなことでもいいから言ってくれ。ソニアは心配している。君がソニアに電話しなくなってから、ソニアは「君に会いに行かないと」、とずっと言っている。以前にもしたように、「外に連れ出さないといけない」とね。でも、そのためにも、隠れるのはやめて、こんなばかげたことを考えるのをやめないと。

エリカM.　隠れてないわよ。ただ……、今は外に行きたくないだけ、ルカス。どこから連れ出そうと言うの？　なぜ？　なんのために外に行かないといけないの？

ルカス　君の幻想から。君の否定的な考えから。君がいる快適な場所から。成長するにはいつもどこかから外に出ないといけない。

エリカM.　自己啓発の本を読みすぎじゃない、あなた。

ルカス　ソニアが言うには、君は電話を取らない。

エリカM．　ソニアに言っておいて、落ち着いてって。毎日電話したこともないんだし、私がどこにいるか分かってるでしょう、とね。

ルカス　君の空間、時間、悲しみ、君が経験しているものがどんなものであろうとも、ソニアは君のことを大切に思っている。ソニアは君の友達だから。でも、僕もあてにしていい。なんでもいい。君とは馬があうから、エリ。君は明るい女性。本気で言ってるんだ。笑っているのを見ると、小さい時から知ってるような感覚になる。以前のような明るさがなくてさみしいんだ。

エリカM．　また始まった。

ルカス　ソニアに電話しないと。電話してくれる？

エリカM．　うん。分からないけど……。子供は元気？

ルカス　どんどん大きくなってく。とってもかわいいよ。

エリカM．　うれしい？

ルカス　嘘っぽく聞こえるかもしれないけど、はっきり言ってうれしい。罪だと感じるほど、こんなに幸せで大きな代償を払わないといけないかもしれないと思うけど、でも幸せだ。とても幸せだ。

エリカM．　妊娠したたくさんの女性の後には、たくさんの幸せな人がいるってわけね。約束された将来みたい。

ルカス　君もそうなるべきだよ。つまり、幸せになるべきだ。

エリカM．　反対に私は幸せだった代償を今払ってる。

ルカス　あいつは……、あいつはちょっとくそ野郎だった。もっといいやつがいるよ。

エリカM．　あなたのような人？　アラスカ在住のお医者さん。

ルカス　そうだよ、くそ、そうだよ。君を大切にする人に君は囲まれたらいい。それ以外の人はかってに来るさ。打ち込まれた釘は、別の釘が抜いてくれる。

エリカM．　ルカス、そのことわざ、私には通じないわ。そのことわざを聞くだけでアレルギー反応を起こしそう。釘はもう一本の釘を抜くことは決してない。釘はもう一本の釘をもっと中に打ち込むの。

ルカス　錠剤は全く必要ないと思うけど。

エリカM．　私のことを助けたいって言わなかった？

ルカス　友達が助けるようなやり方で助けたいんだ。どこかで待ち合わせして、話すこともできる。散歩したり、映画にいったり、君がしたいようにできる。ソニアは来なくても大丈夫。もしかしたら、君は彼女といると居心地が悪いのかもしれない。でもソニアは絶対に分かってくれる。（沈黙）僕も自分の空間が必要だ。今回の妊娠のことで、僕はいろいろなことにお別れしている。でも友達と外に出かけて、失った時間を取り戻している。知ってのとおり、失った時間は決して戻ってはこないけど。こういう時間を過ごすと、すべてが吹き飛ぶかもしれない。そう思う。今も楽しく過ごしたい。君と僕はどのように楽しく過ごすか知っている。

エリカM. 私と一緒に映画に行きたいの？

ルカス そう、当然だよ。映画が好きなんだ。毎週行ってる。

エリカM. 奥さんの友達と映画に行きたいの？

ルカス そうだよ。何か問題ある？

エリカM. もうびっくりだわ。

ルカス 君は十四歳か、そこぐらいの少女ってわけかい？　何が悪いことがあるんだ？　カップルとしてでもなんでもない。違う。君は……君はもしかして……。（笑う）僕は単に君を助けようしている友人だよ。あの晩のこととはなにも関係がない。

エリカM. あの晩？

ルカス 真面目に話してるんだ。あの夜の出来事は思っているよりも普通のこと。

エリカM. 思っているのがどれくらいかよく分からないから。

ルカス そんなに前世紀の古い考えの女性だとは思わなかった。

エリカM. 私が？　知らないわ、私は……。

ルカス エリカ、真面目に話そう。ベンソトリップトカイナはお遊びじゃない。パソコンのデータを消して、はい終わりというわけにはいかない。記憶というのはまだ謎の科学なんだ。僕たち人間が持ってる唯一の豊かさなんだ。（沈黙）この薬は例外的な事例のために作られたもの。問題、本当の問題を抱えた人々のために作られたもの。例えば、幼児期のトラウマに苦しんでいる人とか。将来に支障をきたすひどく痛々しい出来事。家族の悲劇、強姦、暴力とか……、失恋はそこまで悲劇じゃない。錠剤で治療するような病気じゃない。断言する。

エリカM. 医者にとってはたぶん病気じゃないでしょうね。

ルカス 後悔した人の事例がたくさんある。

エリカM. 友達もそう言っていた。もう知ってる。

ルカス 別の友人？

エリカM. どういうつもりでそんな質問するの？

ルカス 僕の仕事は、間違いを犯す前に君に知らせること。薬を飲みたいのかい？　どうぞ、飲みなさい。でも僕は医者だから、君は薬の危険性のことも聞かなければいけない。これは数学じゃない。アメリカの研究論文によると、その錠剤を飲むと若くしてアルツハイマーになる可能性が高くなると言われている。危険を冒すのかい？　分かった。でも、大人になって。家でゆっくり考えて。結果をよく考えて。君の将来を一人のくそ野郎のために犠牲にする必要があると思うかい？

エリカM. 後悔するとは思わないけど、もし後悔したときは別の錠剤があるの？

ルカス　一回の服用量は一グラムの錠剤一つ。これを飲めば、問題ある記憶はブロックされる。分かった？　少しずつ記憶は離され、消されていく。言ったように、パソコンのデータを削除して、後で戻したいときに、ゴミ箱から戻すのとはわけが違う。君が言うように、第二の錠剤を飲めば、ゆっくりと、人によって異なるけど、五日間、一週間かけて反対の効果がもたらされる。それ以上長引かせてはいけない。錠剤は呑んだ瞬間に効き始める。回復した記憶は二度と前と同じ記憶にはならない。第二の錠剤による回復はいわば人工的なもの。回復は、無意識下にある経験でつくられ、本当のものとは違ったゆがんだものになる。記憶がずっとそういう作業を行う。でもこれは自然な作業ではないから、脳にひどいトラウマを引き起こすことになる。

エリカＭ．　二つ目の錠剤は飲まないと約束する。この言葉で満足？

ルカス　僕が満足するかどうかはどうでもいい、君が満足ならば。

エリカＭ．　（一定の声の高さで）ねえ、あの日のこと話したくないの。でもこのまま続けることはできない。ライを動物病院に連れていった。ライは足を怪我していた。女医さんが何と言ったか知ってる？　女医さんは家で何か変ったことがありませんでしたかと聞いてきたわ。何て言えばいい？　何て言えばいいのよ？　女医さんに本当のこと言った。恋人が三カ月前に私を捨てて出ていってしまったと。「家で変わったこと？　たくさんありすぎて、カメが皮膚の下の赤い肉が見えるほど自分の皮膚を噛むんです。」（カメの前腕の傷を見せる）ライだけが家の中で苦しんでいると思う？　もう無理。昔は私、強い女だったけど……。

ルカス　ちょっと待って。

エリカＭ．　今は何も感じないの。残骸の中にいる一本の植物、水も、太陽の光もなくて、誰も世話してくれない植物。食べることも、寝ることもできない。ねえ。私はゆっくり枯れていく植物なの。

ルカス　根っこを取り除こうとしている一本の植物。

エリカＭ．　おおげさに、やめてよ。私は彼の記憶を取り除きたいだけ。

ルカス　記憶は魂の根っこ。君はそれを切断したがっている。

エリカＭ．　いつからそんな話し方するようになったの？　困らすようなこと言うのはやめて、ルカス。

ルカス　なにも困らすようなことは言ってない。

エリカＭ．　妊娠した恋人の親友と寝たいんでしょう。それなら、錠剤一つ飲むのが最低なことだとは思わないけど、そうじゃない？　錠剤なんか飲みたくない。飲みたくない、馬鹿！　こんなことしたくない。でも、無理なの、分からない？　道はここで終り。私には一つも出口が見えないの！

第五章

バルザックマンがエリカＭ．と電話で会話をする。詩を朗誦する。

バルザックマン　「私の名前はマキシマス・デシマス・メレディウス[13]。フェリクス将軍、北部軍隊司令官、皇帝マルクス・アウレリウスの忠実な従者。息子と嫁は殺された。この命つきるまでに復讐を果たす。たとえ果たせなくとも、生まれ変わって、復讐を果たす」（沈黙）彼は、マキシマスはそう言った。でも錠剤を飲んでいたなら、生まれ変わる必要もない。なぜならば、錠剤を飲めば、皇帝の罪[14]を忘れるだろうから。分かる？　剣闘士はトゥルヒージョ[15]の彼の農場に行って、馬を育てる仕事に就いただろう。ラスコーリニコフ[16]は好きなように老女を殺すことができるだろう。ペネロペ[17]はオデュッセウスが出航した瞬間に新しい夫を持つだろう。この薬で、西洋文化の規範を書き換えることができる。

エリカＭ．　（電話の声）そうね。じゃ怖くないの？

バルザックマン　怖い？　なぜ？　おもしろいじゃないか。

エリカＭ．　（電話の声）無よ。暗闇よ。ああ、もうわけ分かんない。（沈黙）あなたに送った箱、届いた？

バルザックマン　ここにある。君といっしょに開けたいんだけど。

エリカＭ．　（電話の声）彼のものよ。だからいらない。

バルザックマン　落ち着いて。Ｔの秘密は誰にも言わない。

エリカＭ．　（電話の声）私、箱の中にあるもの確かめてもいない。好きなものとっていいわよ。

バルザックマン　本がある。書類がある。服もある。

エリカＭ．　（電話の声）本？　私といるときに一度も本なんか読んでいなかったけど……、建築家てのはくそったれね……。

バルザックマン　それじゃ、決めたの？

エリカＭ．　（電話の声）そうね。でもまだ躊躇してる。（沈黙）あなたのいとこが錠剤を飲んだとき、どんな感じだったの？　横にならないといけないのかしら？

バルザックマン　僕のいとこ……、ああ、そうか！　いとこはずっと昔に錠剤を飲んだ。母親の病気のせいでね。

エリカＭ．　（電話の声）お父さんじゃなかった？

バルザックマン　父親、父親、そうだ。なにか苦い味がするとかなんとか言っていた。効果はすぐに来て、それから……、ねえ、待って。今から飲むのかい？　本当に飲むのかい？

エリカM. （電話の声）飲むと思う。その時がきたと思う。

バルザックマンは箱の中にある白い本を見つける。表紙は金色のテープで縁どられ、きれいな字で書かれている。その本のことをバルザックマンは知っている。彼は本を開き、最初のページに目を通す。予期せぬ亡霊を前に彼は崩れ落ちる。

バルザックマン （光に近付いて、献辞を読む）「あなたのために、私の詩があなたという高楼を造り上げ、雲のところまで高楼を連れ去って行きますように。キス。イレネ。」

エリカM. （電話の声）まだそこにいるの？　バルザックマン？　ねえ？

バルザックマン （携帯に）行かないと。

エリカM. （電話の声）なにかやらしいことするつもりね、バイバイ、おバカさん。

＊

残酷なイメージに自分を埋めていく。
盲目の海が無限に広がる。
私の視線と君の恐怖が、私たちを
深淵と警笛の夢へと誘う。
溺死者の中で海だけが永遠となる。
――イレネ・レジェス『エライネ、自殺した少女の詩』、エル・ビアヘロ社、三十二頁、マドリード。(18)

第六章

黒い雪　I

エリカM.は机の真ん中に一杯の水を置き、心の内奥を見つめる。自分自身を見つめて考える。我慢できないほどの恥ずかしさを感じる。

彼女の肉体に入り込んだばかりの錠剤は彼女の喉で軌道を描きながら落ちていく。化学物質の影響から口の中が苦くなり、食道の奥底に落ちていく。水をすするが、味はなくならない。エリカM.はベッドで横になる。過去という幻影について思案する。目を閉じる。暗闇とともに、忘却の旅をやり遂げられると考えている。しかし、この旅は科学の力で、忘れ去りたいと思っている人たちが行うものなので、エリカM.はもっとも避けようとしているところに連れていかれる。

苦くて野菜の腐ったような味が彼女の肉体にしみわたっていく。彼女は十八年前の記憶に戻される。遠い古い青春時代。たくさんの写真が記憶というプロジェクターを通じて映し出されていく。鼻の穴に入っていくコカインの味から、村祭りに移っていき、祭り用に飾りつけられた電球でいっぱいの空になる。そして、最初の恋人カルロスのおかしな顔となる。彼とはあの車の中で……、でも違う。そうではない。エリカM.はいかさまをしている。彼女は遊び相手のいらない遊びに熱中するいかさまプレイヤー。上から次の舞台が落ちてくる舞台のように、祭りの記憶は口の中に広がる苦さによって消えさる。祭りの記憶を彼女は思い出したくない。しかし、脳は虚栄心が強くて、いつも我を通す。今思い出している部屋はエリカM.のアパート。机を囲って夕食を食べている。ルカスと恋人ソニアがいる。エリカM.と「彼」がいた場所には誰もいない。「彼」はもういない。

　彼女は効果がそんなにもはやく現れるとは想像していなかった。その状況は記憶にこびりついている状況と全く一緒。薬で消えた部分はあいまいな部分はあるものの、正確。その正確さはほとんど外科医と一緒。薬は出来のいい召使のように働き、黒い雪のマントが肉体と言葉を覆っていく。苦い錠剤によって彼女は「彼」が存在しないところに行く。あの晩「彼」が彼女を捨てた夜、そして彼女が存在することをやめた夜。それは、記憶の中のとても小さな断片かもしれないが。

ルカス　とてもおいしかった。どこでアスパラガス買ったの？

エリカM.　少し苦かったでしょう？

ルカス　真剣に言ってるんだ。君は料理の天才だ。

エリカM.　もっとワインいる？

エリカの記憶の喪失が起こる

ルカス　僕も。ワインも、情熱も、喜びも注いでくれ。

ソニア　私はいらない。

エリカM.　さあ、元気だして。あとで運転することもないんだから。

ソニア　分かったわ、少しだけ。でも少しだけよ。

ルカス　最近映画に行った？

エリカM.　行ってないわ。家で映画見るほうがいいわ。

ルカス　そのテレビなら、そうかもね。僕たちは、最近『ミニオンズ』[19]の新作を見に行った。ソニアは行きたがらなかったけどね。ソニアは僕と映画を見に行きたがらないんだ。彼女は文化的エリートで、画廊から出ない。僕がもしれない。
文化的エリートならば、案外人々を信じ込ませられるか

ソニア　あなたは俗っぽいわ。ほかに話さなければならない大切なことがあるでしょう。

エリカM．　何が……。

エリカの記憶の喪失が起こる

ルカス　いいや、いいや、映画は子供のためだけじゃない。まちがってる。

ソニア　とても下品な絵。黄色くて、瓶の底のようなメガネをしている。

ルカス　アニメ映画は一見して語られることよりももっと先を行ってる。医者として分かる、大人用に別の解釈があるとね。親たちに親とはどうあるべきか、そして、自分の子供たちをどのように理解するのか教えてくれる。映画では大切な問題を取り扱っている。一見して分からないメッセージがある。とても重要なことを教えてくれる。

ソニア　医者というのはどんなことがあっても自分の理論に固執する。

ルカス　ミニオンズは黄色だろう？　彼らは奴隷。疲れをしらない労働者で、一日中働いている。おそらく組合にも入っていない。一種の独裁政権の中で生きていて、時々反乱を起こすけど、成功しない。彼らは作り続け、出荷し、作る、そして……、何の経済モデルを思い出す？

エリカの記憶の喪失が起こる

ソニア　ルカス、お願い。馬鹿なこと話すのはやめて。馬鹿じゃないのに馬鹿だと思われちゃうわよ。

ルカス　友達同士だろう。何だよ。どの黄色い民族が一日中働いている？

ソニア　台所に行くわ。

エリカM．　何も片づけなくていい。ソニア、こっちに来て。後で私が片づけるから。

ソニア　私にやらせて。エリカたちはおいしい夕食を用意してくれたんだから。

エリカM．　あなたたちはワインを持って来てくれた。座ってて、ソニア。

エリカの記憶の喪失が起こる

エリカM．　もちろん、自動皿洗い機で洗うから。

ルカス　続き、話してもいいか？

ソニア　まだ馬鹿なこと話し続けるつもり？

ルカス　ずっとね、終わっても、ずっとね。

エリカの記憶の喪失が起こる

ルカス　そのとおり。映画は吹替版だから、誰も気づいていないかもしれないけど、ミニオンズの話は中国、カンボジア、タイ、バングラデシュのようなアジア諸国の生産システムへの讃歌なんだ。何かで読んだけど、強制収容所の労働者をモデルにしてミニオンズの登場人物はつく

りあげられた。そう、ナチスだ。そのとおり！　経済危機の後、何の権利もない僕たち被雇用者が求められている。映画という、一見おだやかな方法で僕たちに訴えている。もう後戻りはできない、これが人間の将来、僕たちの悲惨な将来だとね。両親にも子供たちにも訴えてる。ほんとに不幸なことだよ。冗談で言ってるんじゃない。子供たちに物事はどういうものか、さらに悪いことに、将来物事がどうなっていくか教えている。

ソニア　ルカスは人種差別主義者じゃないから。そう見えるかもしれないけど。

ルカス　僕が人種差別主義者？　正反対だよ。つまり、多様性ってのは生産性がない。一つの人種だけが必要とされている。その人種とはつまりミニオンズのような黄色い肌の労働者だよ。

エリカM.　ソニア、ルカスは人種差別主義者じゃない。

ソニア　そうね、少しばかりヒッピーかしらね。

エリカM.　一理あると思うわ。

ソニア　あきれたわ。エリカ、ルカスと家に帰って、彼の話聞いてあげれば。

エリカの記憶の喪失が起こる

エリカM.　いいや、そうじゃない、また同じこと言ってる。外国に行くことは解決にはならないわ。それは、小説の中だけ。外国に行くことになんでそんなに執着するの。残る人たちはどうするの？　指をくわえて船が沈むのを待ってろとでも？　地球のどこに行こうと災いになるんだから。聖書のいう災い[20]のようにね。

ルカス　仕事は僕たちが所有する唯一の資本。ほかに何も所有していない。福祉国家はもう終わった。もう分かっているだろう。肯定的な立場から考え方を変えるか、もう何もしないか。この怪物に立ち向かわないと、何か対抗できるシステムを作り上げないと……、僕たちはどうなるんだろうか？　奴隷になるんだろうか？

ソニア　反抗したければ選挙に行くことよ、愛しのルカス。

ルカス　ソニア、お願いだから、からかうのはやめてくれ。大人になろう。民主主義は一度も機能したことがない。プラトンの時代ですら機能しなかった。

ソニア　あなたたちは素晴らしい将来を考えて……。

エリカM.　そう、それが繁殖を信じない理由の一つ。世界は十五年か二十年で崩壊するんじゃないかしら。人類は人口増加問題を解決しないといけない。私は人口増加に貢献したくない。不公平な地球に自分の赤ちゃんを連れてきたくない。災害の一旦を担いたくない。自分の肉体でね。私の肉体は抵抗するためにあるものだから。

ソニア　エリカ、馬鹿なこと言うのはやめてくれない？

エリカM.　いいえ、ばかなことなんかじゃない。もう、私にとっては馬鹿なことじゃない。よく考えたんだから。

ソニア　もっと考えるべきね。
エリカM.　もっとワインいる人いる？
エリカの記憶の喪失が起こる
エリカM.　私は落ち着いてるわよ。
（沈黙）
ルカス　ニュースがあるんだ。でも今は……。
エリカの記憶の喪失が起こる
ソニア　なんでもないわ。気にしないで。
ルカス　なんで話せないんだ？　友達じゃないか。
エリカM.　海辺でおぼれている子供の写真、見たことない？　新聞で見たことない？
ソニア　まったくもう、何を話しているの？
エリカM.　すべてはより良い未来のため。でも未来はない。というか、みんなのために未来はない。世界で戦争はあるし、あり続ける。強者と弱者との戦争。人口が一千億人になった日にはもうどうしようもないわ。私たち人間はどこに行くの？　どのようにして生きていくの？　もう今ですら、とても難しい状況なのに、飢餓で死んでいく人たちがいるのに、こんな世界に新たな人間を連れてきてどうするの？
エリカの記憶の喪失が起こる
ソニア　エリカ、不平不満や悲しい話題を持ち出すときのあなた、大嫌い。存在するってことが机の上にある温かいスープを手に入れるだけなら、例えば、なぜ芸術が必要なわけ？
エリカM.　温かいスープなんてぜいたくよ、ソニア。私なんか、苦いアスパラガスで十分よ。芸術は時間を費やすためにある。四人の上流者きどりの偽善者が、芸術は何の役にたつかどうか毎晩話しあうためにあるの。
ルカス　さあ、ちょっと落ち着いて。今晩はとてもいい知らせがある。
エリカM.　それが唯一の反抗する方法。私たちは決めたの。女性として正直で賢い決断よ。私たち女性が単なる膨らんだおなかにならないことに決めた。我々人間をこの代で終わらせることにしたの。
エリカの記憶の喪失が起こる
エリカM.　分かったわ。黙るわよ。
エリカの記憶の喪失が起こる
ソニア　今はそんなときじゃないわ。
ルカス　いいや、ちょうどいい。なぜ、そんなときじゃない？　もう、画廊ではみんな知っているんだから。（沈黙）ソニアと僕は……、つまり、ソニアは妊娠しました。
エリカM.　ほんとう！　おめでとう！
エリカの記憶の喪失が起こる
ルカス　三カ月。
ソニア　実際は十一週。もう少し待ちたかったんだけど……、私の両親と姉は知ってる。エリカに言わせればまちがった決断みたいだけど、私たちはこの道を進むことにするわ。

エリカM.　ソニア、やめてよ。私は嬉しい。ほんとに、嬉しい。

ソニア　やめてよ、て何を？　あんたが始めたんでしょう？

エリカM.　もうやめましょう。やめて……。

ソニア　私は問題がある女性じゃないわよ。

エリカM.　怒っちゃうから、もうやめましょう。

ソニア　あなたも怒っちゃうかもね、愛しいエリカちゃん。

エリカの記憶の喪失が起こる

ソニア　もちろん、もういいわ！

ルカス　どうしたの？

エリカM.　私にこれ以上話させないでよ。話させないで。

ソニア　あなたが私にこれ以上話させないでちょうだい、ゆがんだ皮肉やさん。

赤ワインのコップを落としてしまう。コップは粉々に割れる。粉々になった破片は、記憶という油のつけられた歯車装置の下に葬られる。昨日という幻影は女性の中で消え去るが、戻ってくるとエリカM.は分かっている。毎晩幻影が戻ってきていたように、すぐに戻ってくるだろう。幻影は生きている人の骨の髄までつながっている。

そうあってほしい。

バルザックマンがニュートンの第三の法則[21]に抗う。

第七章

句読点を、丸とコンマを使わないで自分の考えを書く作家がいる、でも間違っている、思考とはずっとついて回る文章、人生の間ずっと駆け巡る言葉、そう、飛行機が着陸し、離陸するときに言われる「シートベルトをおしめください」といった言葉のようなものだから、言葉は死ぬまで、コンマによって分けられている、死ぬ時がくると思考に最後の丸が書かれる、終わり、台無し、すべてが台無し、でも、どんなに飛ぶのが怖くて、飛行機が怖くても自分の死について今は考えない、飛行機に恐怖することはない、なぜならこの飛行機はオスロに向かっているから、そう、いいことなんだ、もう座った、「ちょっと体重の重い」人も隣に座っている、ちきしょう、なんでいつも「ちょっと体重の重い」ノルウェーのデブ野郎が隣になるんだ、怒りのスカンディナビアにはやく、はやく着いていてくれ、イレネが僕を待っている、そうだ、僕を待っている、まちがった決断から救ってほしいと願っている、イレネは女、Tは男だから当然、でも、願望には期限がある、イレネは詩人でとても繊細、繊細であるがゆえに知っている、僕が彼女を愛していること、彼女の人生の中で僕が必要であること、僕が人生の中でいい時も悪い時もあったこと、彼女の隠された願望の中で僕のことなんか顧みていないとしても、そのことを僕が理解できることを、でも、イレネは変わるだろう、変わると思う、ノルウェーは違った空気を吸うための言い訳にすぎない、休憩、たぶん、休憩、なんだこれ、飛行機の雑誌は嫌いだ、「ニュートンとヒップスターのアップル[22]」なんてタイトル、「ちょっと体重の重い人」、ひじをのけてくれ、くそったれ、読みたい、読みたい、読みたい、でもこんなしょうもないもの読んでどうしようか、すべての作用には、いつも同じ大きさの反作用があると断言することになんの意味があるのか、誰がそんなこと断言したのか、イレネがTを愛するならば、僕は消えなければならないと誰が言ったのか、反作用、反作用、反作用、僕は後ろに行って、イレネは前に進む、当然、でも、すべてのものは爆発するから、爆発する飛行機にある雑誌が言うことなんかどうでもいい、最後までこの旅を続け、地図を目的地に変え、Tとイレネに会う、彼らに物事がどういうものか説明する、ニュートンなんかくそくらえ、たとえイレネが僕を突き放そうとも、僕は彼女にくっついていく、愛とはそういうこと、結ばれること、つながること、結ばれること、つながること、僕はそう学んだ……。

第八章

エリカＭ．とソニアはナチス現代美術展覧会「ブラインドアート」を訪れる。

ソニア　（読む）「西洋では、美を最も引き立てるのは光です。一方で、伝統的な日本の美学では影の謎をとらえることが真髄となります。ドイツのブラインドアートグループはこの考えを取り入れて……。」

エリカＭ．　展覧会にかけつける無知の貧乏人からお金を搾取する。

ソニア　ちょっと、すねたような態度はやめて。ちょっと見てまわって、楽しみましょうよ。どう？

エリカＭ．　たくさんの絵画と短い映画の何を楽しむの？　いったいこの絵画や映画はなにがしたいの？

ソニア　芸術的関係性を否定している。

エリカＭ．　いったように、現代アートは私の分野じゃないわ、ソニア。

ソニア　一緒に外に出かけたかっただけよ、もうやめて、お願い。

エリカM. 別の場所に行くことができたじゃない。でも、結局、ナチス現代美術展覧会。ドイツ人が芸術に行ったことはとてもナチス的よ。（ある絵画の前に立ち止まって）例えば、これはなんていうタイトル？

ソニア 「非クリスティーナの世界」。アメリカ人アンドリュー・ワイエスの代表作[23]をリメイクした。元となった絵画は二十世紀芸術のイコンよ。

エリカM. おもしろいわ、そうよね。

ソニア 逸話があるの。

エリカM. ほんとに？ どんな？

ソニア この絵画の少女クリスティーナはポリオを患って体が不自由になったの。彼女は車いすを嫌っていた。一日中ロッキングチェアに座ってるなんてできなかった。だから、彼女は花を摘むために外に出かけたの。

エリカM. なんて勇敢な女の子。

ソニア 彼女は這って行った。その小さな腕を使ってね。この絵画は荒涼とした環境を前にしたクリスティーナの孤独と弱さをさらに強調しているの。

エリカM. そうね。黒雲みたいのはどういう意味？ 何か後ろに隠れてるの？

ソニア うしろには農場と穀物倉がある。

エリカM. つまり、クリスティーナは家に帰ることができないのね。

ソニア そんなところね。あの有名な『クリスティーナの世界』は消えてしまった。

エリカM. ソニア、やっぱりとてもナチス的ね。ある哀れなユダヤ人の女の子に、ドイツ人の芸術家たちは何をしたの？ ええ？ 何をしたの？ 手品のように、大きなシミで彼女の家を消してしまった。家を燃やしたか、もしくはもっとひどいことをした。障害のある女の子は野原の真ん中でどうする？ 彼女の人生の中で最も重要なものを取り上げて、何に頼ることができると言うの？ 花に？ この展覧会、全部意味不明よ。前のビデオ、あれは何が言いたかったの？ ジェームズ・ステュアートが「裏窓」[24]を壁で塞ぐなんてどういうつもり？ ジェームズ・ステュアートの「裏窓」が「塞がれた窓」に変わると、隣人はどこ、犯罪はどこ？ ヒッチコックの映画はどうなるの？

ソニア エリカ、映画館にいるわけじゃないの。これは映像芸術。

エリカM. 分かんない。分かんない。わけが分かんない。頭が働かない。私の中で何か壊れたみたい。怖い。

ソニア そのことを話してるの。破壊は芸術の一部。この芸術家グループは、掻き乱すような芸術的経験を通じて元となった作品に入り込もうとしているの。クリスティーナの絶望を、何重の意味での絶望をあなたに感じてほしいとアーティストは願っている。

エリカM. でも、だからといって壁で塞ぐなんてありえない。

ソニア 感性がないわね……。

エリカM. 私に感性がない？

ソニア 彼と話したわ。言ってたけど、彼と会ったのね。

エリカM. あなたに話したのね。

ソニア そう、ルカスが。

エリカM. 全部？ 全部話したの？

ソニア そう。でもどうでもいい。起きたことはもう気にしない。

エリカM. 起きたこと？

ソニア あなたたちがしたことよ。一年前のパーティのこと。

エリカM. たわいのない馬鹿げたことよ。私は……。

ソニア 友達全員知ってる。あなたが二杯ワインを飲めば、会う男にキスをせがんでいくこと。心配しないで、もうどうでもいいから。ほんとに。（沈黙）彼としたいようにして。ルカスと別れるから。

エリカM. ええ……、何言ってるの？ 子供が産まれるじゃない。

ソニア 産まれたら、出て行くわ。

エリカM. おかしくなりそう。どうしたのよ？ なんでみんな去っていこうとするの？ 残った人はどうするわけ？

ソニア 森はすでに薄暗いけど、大空は青いまま。[25]

エリカM. どういう意味？ ソニア？

（ソニアはおなかに鞭でうたれたような痛みを感じる。もう一度、さらにもう一度痛みを感じる）

ソニア 子供を産んで、一人で育てる。

エリカM. こわいこと言うわね。気はたしか？ ズボンにしみがついてる。

ソニア 子供が産まれようとしてる。もう生まれる。

エリカM. そんな、まさか、信じられない。破水したの？

ソニア この子を産むわ。あなたが望もうが望まなかろうが。

エリカM. ああ、もうわけが分かんない。

ソニア エリカ、あなたのように傷ついた心を持った人に、唯一残されたものは影と沈黙なの。

エリカM. そんなこと信じられない。信じられない！

ソニア ここにこの子がいるんだから、信じないと。

エリカM. この子？

ソニア あなたの息子よ。あなたの愛しい息子。

ソニアは痙攣し、喘ぎ声をあげながら、赤ちゃんを産む。しかし、普通の赤ちゃんではない。影の赤ちゃん。ソニアは赤ちゃんを贈り物のようにエリカ

M．に渡す。

目覚めの光。

第九章

五度のカップルの交換が行われ、女の皮膚に奇妙な発見をする。

アグネス　（ノルウェー語で）こんばんは。何を飲みますか？

バルザックマン　（英語で）もう一度言ってもらっていい？

アグネス　（英語で）英語のほうがいいですか？　何か飲み物いりますか？

バルザックマン　（英語で）ミルクコーヒーお願い。

アグネス　（英語で）フランス語は？

バルザックマン　（スペイン語で）分からない。ごめんね。（英語で）僕はスペイン人だから。

アグネス　（英語で）あなたのなまりはちょっとおかしい。

バルザックマン　（英語で）スペイン語なまり。

アグネス　（英語で）スペイン語なまりだけどフランス語なまりに聞こえる。

バルザックマン　（英語で）長い話さ。（間）ミルク入りのコーヒーお願い。

アグネス　（英語で）面白い人。何してるの？

バルザックマン　（英語で）面白い？

アグネス　（英語で）そう、あなたのなまり、あなたの帽子。ここで何してるの？

バルザックマン　（英語で）調べてる。

アグネス　（英語で）そう、あなたはスパイね。そうだと思った。

バルザックマン　（英語で）気づいてた？

アグネス　（ノルウェー語で）そう。

バルザックマン　（英語で）働いてて、忙しいから……ごめん。

アグネス　（英語で）あやまらなくていい。ミルクコーヒー入りました。

バルザックマン　（英語で）ごめん、ちょっと。この女性探してるんだけど、ここらへんで彼女見なかった？

（バルザックマンは詩集本の折り返しにあるイレネの写真を彼女に見せる）

アグネス　（英語で）やっぱり。あなたはスパイ。えっ！　この子きれい。あなたの恋人？

バルザックマン　（英語で）ただの友達。彼女をさがしてる。

アグネス　（英語で）ホルベルク門通り[26]に店があるわ。スペインのバルよ。そこに行って、質問してみればいい。オ

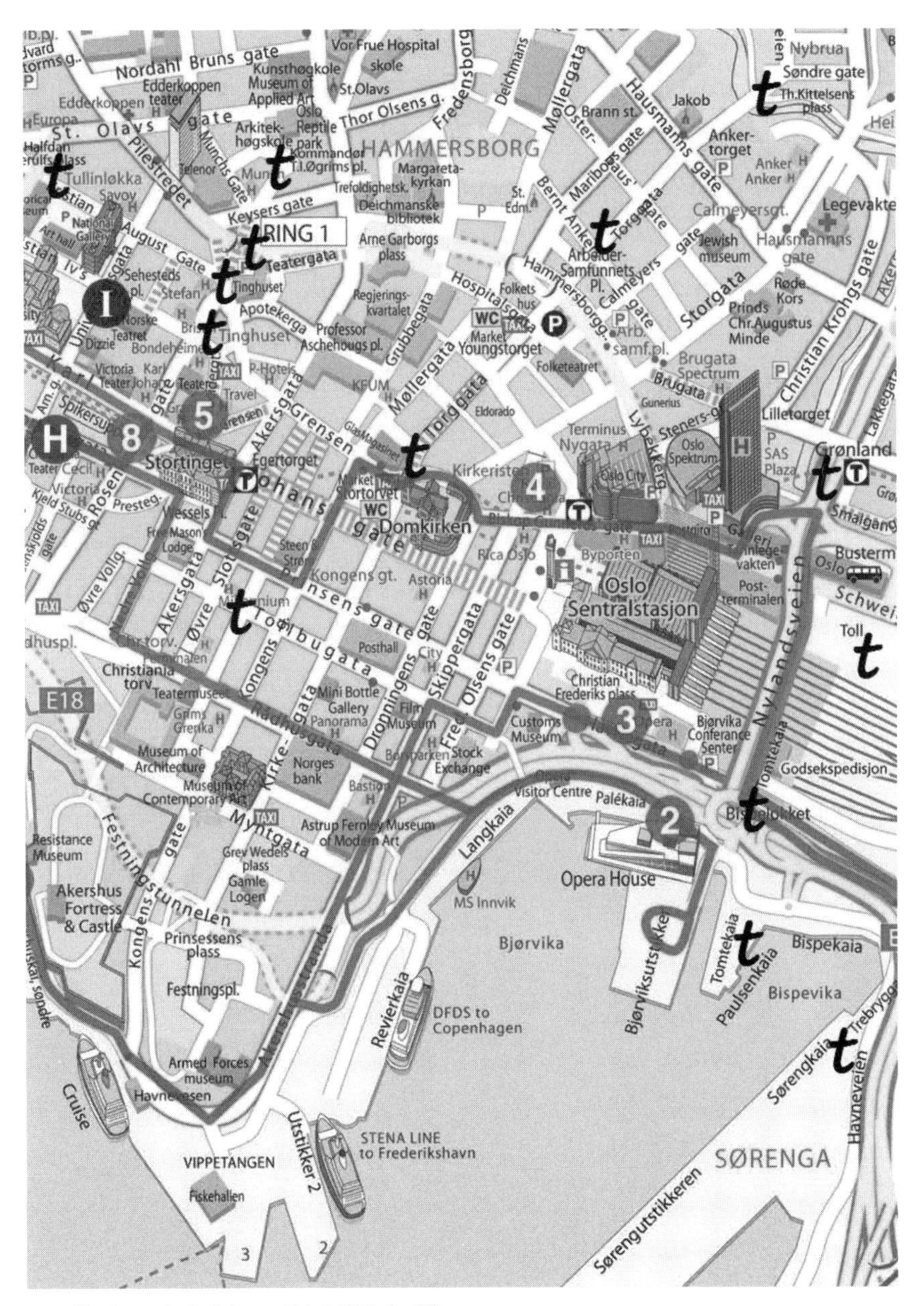

バルザックマンによるオスロ市内の地図（一部）

スロには、かっこよくてうるさくて、ビールを飲んでる
スペイン人がいっぱいいるわ。愛すべき経済危機のおか
げね、ありがとう。
バルザックマン　（英語で）場所はどこ？
アグネス　（英語で）ホルベルク門通り。紙に書いてあげる。
バルザックマン　（ノルウェー語で）ありがとう（タック）。
アグネス　（英語で）……私の電話番号も。
バルザックマン　（英語で）なんだって？
アグネス　（英語で）あと十分で仕事が終わる。今晩何の予
定もないから、よければ道を教えてあげる。サングリア、
ラテン音楽、かっこよくてうるさいスペイン人が大好き。
あなたみたいなスペイン人がね。
バルザックマン　（英語で）ほんと？　やった。
アグネス　（英語で）もちろん。でも、外人さん、私と踊っ
てくれる？
バルザックマン　（英語で）ありがとう。もちろんさ。
アグネス　（英語で）なら、約束ね。
バルザックマン　（英語で）分かった。ばっちりね。
アグネス　（英語で）ミルクコーヒーと水一杯ね。水はおご
りよ。
バルザックマン　（英語で）いいや、水は結構。好きじゃな
いんだ。
アグネス　（英語で）分かった、変な人ね。
バルザックマン　（フランス語で）メルシー。
アグネス　（英語で）アグネス。
バルザックマン　（英語で）アグネス。僕はトニー。
アグネス　（英語で）美しい名前ね、カウボーイさん。
（ウェイトレスのアグネスはミルクコーヒーをとりに行
く。バルザックマンはメモ帳を取り出す。携帯電話が鳴
る）
エリカM.　パブロ？
バルザックマン　もしもし？
エリカM.　切らないで。話さないといけないことがある。
バルザックマン　どうした？
エリカM.　どこにいるの？　何も聞こえない。
バルザックマン　カフェテリアにいる。今さっき想像できな
いようなことがあった。
エリカM.　一つだけお願いがある。とても厄介な問題にま
きこまれたの。二時間後、電話かけてくれない？　今八
時十五分前だから、十時ぐらいに電話かけて。お願い。
できる？　よくある厄介な問題を抱えた友人への緊急の
電話よ。分かった？
バルザックマン　近くにいる、エリカ。僕はとても近くにい
る。
エリカM.　聞いて。今は説明する時間がない。
バルザックマン　貯金があったんで……、オスロに来た。

エリカＭ． オスロってノルウェー？ ノルウェーで一体何してるの？

バルザックマン ほんとに何も覚えてないのかい？

エリカＭ． 何も。

バルザックマン ある人を探している。話したじゃないか。

エリカＭ． お願い、聞いて。休みにバイキングの女性を狩りにいったのはとてもいい考えだと思うけど、二時間後に電話して。私の友達でしょう？ そうでしょう？

（エリカＭ．は電話を切る。ルカスが突然現れる。映画館で彼女の隣の席に座る）

ルカス どこに行ってたの？

エリカＭ． ここで、あなたを待ってた。

ルカス ポップコーン買ってきたよ。いる？

エリカＭ． いらない。

ルカス あったかいよ。（沈黙。膨らんだトウモロコシの粒をむさぼり食う）そうすると、ソニアが画廊で出産した夢を見たんだね。なんておぞましい。

エリカＭ． そう。

ルカス 不思議だね。

エリカＭ． なぜ？

ルカス 何時間も画廊にいるから、いつもそこで子供を出産するよってソニアをからかってるんだ。

エリカＭ． そう。

ルカス 彼女に電話した？

エリカＭ． 映画館の中にいるじゃない。約束は果たしたわ。ソニアのことは話さなくてもいい。もうちょっと言えば、ソニアのことじゃなくても何も話さなくてもいい。

ルカス 分かった。でも病気の兆候だ。何かの症状だ。

エリカＭ． そう？ 何の？

ルカス ソニアが母になることを君が拒絶してる。

エリカＭ． ヒポクラテス先生[27]、私疲れてるの。この映画を見て、家に帰る。

ルカス 考えてみろ。君は三十五歳で、子供を持とうと考えもしない。だから、君のことが好きだ。君の自由な感覚が好きだ。

エリカＭ． ほんと、私のことが好きなの？

ルカス ソニアは……。

エリカＭ． ソニアのことは話したくない、お願い。

ルカス 分かった。でもそんなに早く家に帰ること、ないだろう。一杯飲む約束しただろう？ 覚えてる？ 一杯。

エリカＭ． よく覚えてるわね……、でも一杯だけよ。

ルカス とりあえず、一杯。（沈黙）なぜ、この映画を選んだの？

エリカＭ． あなたが私のこと理解できないように、私はこの映画、理解できないからよ。

（ポーランド映画『イーダ』[28]が流れる）

ルカス　ほんとだ。君は何も理解できなかったみたいだね。全然。女性は今の生活に満足できなくて出ていった。時代も、場所も先取りした女性。すべてがソビエトのようだった。つまり、東欧のうす暗さ、白黒映画……、でも、彼女は当時のポーランドの先を行ってる。考えてごらん。ちょうど君のように、時代の先を行くリベラルな女性。でも君がアパートの窓から飛び出していく姿を想像できない。いいや、そんなことはしないだろう。知ってるかい？　万が一そうするならば、鳥のようになるだろう。ジャンプして、飛んで行くだろう。太陽まで飛んで行って、太陽のところに居座るだろう。君は鳥、エリカ。様々な色に彩られた羽をもつ鳥。その鳥の歌は周りにいる人々を踊るほど陽気にさせる。

エリカＭ．　やめて、お願い。いつか、あなたをカラオケに連れて行って、錆びた扉のような私の歌を聞かせてあげる。

ルカス　君は決してそんなことしない。

エリカＭ．　なぜ？

ルカス　分かってる。

エリカＭ．　なぜ、分かってるの？　あなたは占い師かなんかなの？

ルカス　君の視線さ。君の眼は生命に溢れてる。愛情に。それから恐怖に。

エリカＭ．　こわくなんかない。

ルカス　こわくない？

エリカＭ．　あなたのほうが怯えてる。

ルカス　僕が？　とんでもない。

エリカＭ．　怯えてる。一生死ぬほど怯えてる。

（沈黙）

エリカＭ．　私の羽でどうやって飛ぶか見てみたい？　もう何にも覚えてないけど。

ルカス　君が踊るところを見てみたい。

エリカＭ．　やめて、放して。

ルカス　知ってるかい？　僕は過去も未来も思い出すことができる。完璧にね。二つとも。

エリカＭ．　未来について何を思い出すの？

ルカス　君はそのジントニックを飲み終えて、もう一杯注文する。それからキスをする。もう一度。

エリカＭ．　もう一度？

ルカス　そう。

エリカＭ．　（笑う）何のこと？

ルカス　なんでシラをきるんだ？　何度もあの夜のことを考えていた。ばかげた、愚かなことだった。でも、とるに足らないことが僕たちの運命に影響をあたえないとすれば、僕たちの人生とはいったい何なんだ？　別の場所にいるべきじゃないかと思う。ときに道をまちがったと思うことがある。以前いた道が、もうそこにはない。ある人が自分の場所を見つけて、その後、その場所を見失う。ときどきあることさ……。僕がそうなった。エリカ、君は今まで出会ったことのない素晴らしい女性だ。

エリカＭ． 私は正気を失っていた。そして、わたしの唇を奪った。

ルカス 僕が？

エリカＭ． そのとおり、お医者さん。

ルカス こっちにきて。

エリカＭ． 何言っているの？

ルカス 君はどう思う？

エリカＭ． 酔っている女性をたぶらかしてはいけない。二度とね。

ルカス こっちにきて。

（ルカスがエリカＭ．の手首をつかむ。ルカスの指が彼女の腕を通って、肩のところまで行く。二人が体を近づける。キスしようというときに、電話が鳴る）

エリカＭ． ごめん。一体だれ……。（携帯に）はい？

バルザックマン やあ、僕だ、パブロ。

エリカＭ． どうしたの。ああ、そうだった。

バルザックマン ごめん。もっと前に電話かけることができなかった。切ろうか？（沈黙）もしもし、いるのかい？電話かけてくれといったから、かけてるんだけど。吐きそう……、エリカ？

エリカＭ． 酔ってるの？

バルザックマン ドラッグを入れられたみたい。

エリカＭ． いいじゃない。ノルウェー楽しんで。パブロ。

バルザックマン それだけ？

エリカＭ． 切らないと。じゃあね。

（バルザックマンは自分の携帯を見る。エリカは彼の言葉の途中に電話を切った。アグネスは酔って淫乱になって、彼の背中に近づく。バルザックマンとアグネスは寝室にいる）

アグネス （英語で）そう、この人はアームストロング……、彼は月に到着しなかったって？

バルザックマン （英語で）僕の考えではね。スタンリー・キューブリック監督が撮った映画だよ。

アグネス （スペイン語で）乾杯！（酒を飲む。英語で）ウォルト・ディズニーはエルビス・プレスリーとビン・ラディンと荒野の島に住んでる。はは！

バルザックマン （英語で）どうして知ってるの？

アグネス （英語で）あなたのことよく分かるの。真実の中に生きられない人。まあ、でも心配しないで。あなたのこと好き。私は頭のおかしい狂った娼婦だから。

バルザックマン （英語で）僕のイエーガーマイスター[29]だ。返してくれ。

アグネス　（ノルウェー語で）いやよ（ナイ）。
バルザックマン　（英語で）遊びたいのかい？
アグネス　（英語で）遊ぶの大好き。（彼の腕をつかむ）キスしない？　私の温かい部屋、気に入ったでしょう。あなたはスペイン人、イビサ島のように熱い部屋に、熱い情熱をもった男性。
バルザックマン　（英語で）からかってるのかい？
アグネス　（英語で）私、上にのしかかって、強引にすることもできる。
バルザックマン　（スペイン語で）何だって？
アグネス　（英語で）まあ、見てなさい。トニー。私はノルウェーの女……。強くて、オオ、イエイ、明晰で、単刀直入なの。上にのしかかって、キスをするわ。簡単なこと。あなたと強引にキスをするの。
バルザックマン　（英語で）やって。
アグネス　（英語で）してほしい？
バルザックマン　（英語で）やって。
アグネス　（英語で）本当にしてほしい？
バルザックマン　（英語で）いいや、してほしくない。強引にされたいと願う人がどこにいる？
（バルザックマンはアグネスの上にのしかかる。おかしな争いが始まって、最終的にキスをする。激しく、お互いを欲しながら、お互いを裸にする。それらの行為はアグネスが主導している。男が女のシャツを脱がすと、女の背中にあまり上手でない字の入れ墨を見つける）
バルザックマン　（英語で）何これ？
アグネス　（英語で）入れ墨よ。どうしたの？　入れ墨嫌い？
バルザックマン　（英語で）この番号と文字は一体何？
アグネス　（英語で）まあ、おかしな人ね。地理座標の数字よ。Tは都市トロムソ[30]のT。知ってる？
バルザックマン　（英語で）Tが……。
アグネス　（英語で）自分の町をすぐに忘れるだろうから、両親がオスロに来る前に入れ墨をしたの。これは私の生まれた町よ。おばかさん。トロムソ、北のさらに北にある町。

第十章

トロムソについての日記
北緯六九度四〇分〇〇秒
東経一八度五六分〇〇秒[31]
——ニコライ・ゴーゴリ[32]へ

二月二十五日　第一日目　今日とても奇妙なことが起きた。アグネスと僕は北部のTに着いた。雲一つない大空が僕たちを迎えてくれた。アグネスによると「冬の間めったにない」ことみたいだ。彼女は僕についてきた。僕と同様、彼女も感激している。外国人と実家に戻ることは「無謀な冒険」だと思っている。アグネスはまだ診断されていないけど、ある種の精神錯乱者だと思う。でも、彼女にそれを言うことはない。飛行機から都市全体を見ることができた。この島々は海の真ん中にある壊れた鏡のようだ。その鏡で自分の飛行機をみることは信じられない出来事だった。

二月二十六日　第二日目　雪あらしで僕たちはホテルに缶詰め状態。アグネスは両親に紹介したかったみたいだけど、僕は寒さにたえられないと彼女に伝えた。外はマイナス二十度、中は二十度。日照時間は六時間、日光だけど、日光じゃない……。簡単な計算だった。午後の間ずっと寝ていた。インターネットでいろいろ調べた。この地はローマ人によってスカンディナビアと名付けられた。古代ゲルマン語でスカンディナビア[33]の意味は危険な島。そのとおり。前途有望な名前だろう？

二〇一九年三月一日　アグネスはスーツケースに荷物をまとめて、行ってしまった。僕のしていることは馬鹿げているって。「妄想に興奮して、あなたは死ぬわ」アグネスは大声で言った。日を追うごとに彼女の言っていることが分からない。何を知っていると言うのか？　僕の名前すら知らない。アグネスは愛のこと、分かっていない。酔っ払いで、通りですれ違った最初の帽子の男と寝る。愛しのアグネス、世話してくれてありがとう、セックスさせてくれてありがとう。彼女のお別れのプレゼントはトロムソの地図。その地図にいくつかの通り、トリンスベッグ通り、トロルバケン通り、トニエンスゲイト通りをメモした……。明日、嵐が続いていようとも、イレネを探しに行く。近くにいることは分かってる。なぜかって？　シャワーの水が海水のにおいがするから。

三月五日　トマス、トリスタン、テオ、ティルソ、ティアゴ[34]、僕の恋人をどこに連れて行ったんだ？　疲れた。熱もある。たぶん何かの病気だ。

三月九日　嵐はおさまった。散歩に出かけた。寒いが、部屋の中に一日中閉じこもっていることはできない。イレネに似ている女性を追いかけた。女性に気づかれないまま、トールのところまでいった。この出来事について説明しなければならない。トールはトロルバケン通りでガレージのすぐそばにいた野良猫。黒猫の雑種。でも、猫にしてはよくしつけされている。主人はいないので、通りに住み、イスラム国を憎み、緑の党に投票している。この猫は政治的には考えが揺れている。スペイン語で話し合った。おどろいたことに、とても上手に話す。彼の祖母はメキシコのシャム猫だった。マリネしたサーモンを一切れ買ってやった。なんてこった、猫ははらぺこだった！

三月十三日　旅行者にとって帰り道も出口もない通り、伝言のない使者にとって電信柱、船長にとって白いクジラの背中の出っ張っているところに刺さった銛。それがバルザックマンにとっての文字T。

十三日の翌日　「石を投げる時間も、石を拾う時間もある。[35]」トールはラテン語も話す。なんて賢い猫。僕は大切な目的を忘れてしまったから、探索は実りのないものになると猫は言う。Tは重要ではない。重要なのはイレネ。彼女のことに集中しないと。このような場所で彼女が何をするか考えないと。「娘っ子というのは、だいたい背中を撫でてもらったり、星が輝く夜空とか、色がついたくだらないものが好きだからな」とトールは言う。[36] 彼はとても賢くていい助言をしてくれる。レンタカーを使えばノルウェーの北の最もすばらしいオーロラを見られるフィヨルドまで行けるかもしれない。もちろん、イレネもそうするだろう！　たぶん、冬の間ずっとその小屋にいて、北の星々が出るのを待ちながら、裸で毎晩恋人の額に濡れたキスマークを付けている。閉じられた世界、開かれた傷口。

三〇一五年同月中旬　五二度の高熱。舌で雪をなめると、雪が溶けていく。

一年十二月二十五日　マルセル・プルーストの言葉を思い出す。「寒さとは幸せを感じる環境だと個人的に思っている。寒さによって凝縮した幸福はさらに深くなる。」

最終日　この物語は始まりを否定することから始まる。中身を後回しにして、終わりがない。なぜならば、始まりがないから。違う、違う。ここはどこだ？　僕はどうなってしまったんだ？　雪あらしが止んだ今、フィヨルドまでいかなければいけないとトールは言う。みんなへのお別れの手紙を何通か書いた。さあ行こう。北の大空を台無しにする緑の霧を浴びに行こう。霧のなかで絡み合っている綱を追いかけていこう。その綱の端には海があって、もう一方の端にはイレネがいる。海までついた。イレネ、君は書いた。「海水は飲まないで。なぜなら私たちの涙が海に注ぎ込んだのだから。」君に会いに行く。約束する。どこにいるにしても待っていてくれ。

第十一章

黒い雪　II

裸の男がベッドの上で呼吸している。女が彼のそばで寝ている。夜が彼らを、黒い大理石の敷石のように押しつぶす。

エリカM.は朝早くに目を覚ます。ベッドの上で息をしている男とセックスしたといううんざりするような事実を再認識する。突然、ウサギのようにすばやく、ベッドから立ち上がり、服を着る。エリカ

M・は、さっきまで自分がいたぽっかりと空いたところを見つめる。忘れさられた数ある「自分」に加えられるもう一つの「自分」が、ぽっかり空いた空間にいる。

スワンと同じように、エリカM・は知り合った人ほとんどに無関心以外の何も感情を抱かない。自分の中に膨大な希望、苦悩、喜びを蓄えると、世界は世界であることをやめ、別のもの、広大な平原となって、愛する人から切り離される。事故もしくは災害か何か起こるまで、遠くから愛する人は自分を見るが、平原に終わりはなく、愛する人は遠くに行って消える。

彼女の肉体にまだセックスの感覚が残っている。その感覚を根こそぎ取り除きたいと思っている。

忘却はもろ刃の剣。防具であると同時に武器、盾なのに、つぎはぎだらけで、さびついた針がついている。その針は守るべきはずの心に突き刺さっていく。エリカM・はそのことに気づいた。何もないのに必死でタンスの引出しの中を探しまわっているときに気づいた。魔法を元に戻す薬、「彼」を元に戻す第二回目の薬を見つけなければいけない。記憶がでたらめになる危険、苦痛を伴うが戻さないといけない。

エリカM・は錠剤を飲む、苦さが彼女の肉体の中を飛び回る。離れるべきでなかった巣の中に戻ってくる鳥のように。

ルカス　さあ、ちょっと落ち着いて。今晩はとてもいい知らせがある。

エリカM・　それが唯一の反抗する方法。私たちは決めたの。女性として正直で賢い決断よ。私たち女性が単なる膨らんだおなかにならないことを決めた。我々人間をこの代で終わらせることにしたの。

蘇ったエリカの記憶によるTのセリフ　エリカ、少し口を閉じろ。

エリカM・　分かったわ。黙るわよ。

蘇ったエリカの記憶によるTのセリフ　何の話があるんだ？

ソニア　今はそんなときじゃないわ。

ルカス　いいや、ちょうどいい。なぜ、そんなときじゃない？　もう、画廊ではみんな知っているんだから。（沈黙）ソニアと僕は……、つまり、ソニアは妊娠しました。

エリカM・　ほんとう！　おめでとう！

蘇ったエリカの記憶によるTのセリフ　本当？　それとも冗談？　それはすごい知らせだ。ハグだ。うれしいな……。どのくらい？

ルカス　三カ月。

ソニア　実際は十一週。もう少し待ちたかったんだけど……、私の両親と姉は知ってる。エリカに言わせればまちがった決断みたいだけど、私たちはこの道を進むことにするわ。

エリカM．　ソニア、やめてよ。私は嬉しい。ほんとに、嬉しい。

ソニア　やめてよ、て何を？　あんたが始めたんでしょう？

エリカM．　もうやめましょう。やめて……。

ソニア　私は問題がある女性じゃないわよ。

エリカM．　怒っちゃうから、もうやめましょう。

ソニア　あなたも怒っちゃうかもね、愛しいエリカちゃん。

蘇ったエリカの記憶によるTのセリフ　まあ、まあ、二人とも、もういいだろう……。

ソニア　もちろん、もういいわ！

ルカス　どうしたの？

エリカM．　私にこれ以上話させないでよ。話させないで。

ソニア　あなたが私にこれ以上話させないでちょうだい、ゆがんだ皮肉屋さん。

（エリカM．は床にワインのコップを投げつける。だが、前回とは違って、コップは割れずに、床の上を転がっている。今まで気付かなかったことに彼女は気付く。記憶が知らない力で制御されながら、新しい空間を通っている。忘却してから初めて、恋人について考える。彼はもう以前の彼ではない。カウボーイの帽子をかぶった奇妙な人物に変わった）

エリカM．　そうはならなかった。ワイングラス……。ワイングラスは割れた。あなたは……、あなたは誰？　一体どうなってるの？

ルカス　落ち着いて夕食を食べよう。お願い。落ち着こう。

エリカM．　彼が……、彼じゃない。

蘇ったエリカの記憶によるTのセリフ　僕は誰だ？　怪物か？

エリカM．　彼が……、彼じゃない。

蘇ったエリカの記憶によるTのセリフ　僕は誰だ？　怪物か？

エリカM．　彼が……、彼じゃない。

蘇ったエリカの記憶によるTのセリフ　僕は誰だ？　怪物か？

エリカM．　彼が……、彼じゃない。

蘇ったエリカの記憶によるTのセリフ　僕は誰だ？　怪物か？

ソニア　エリカ、どうしたの？

ルカス　まるで怪物を見たような顔してる。

エリカM.　一体なにがなんだか……。
ソニア　見た？　だから言わないでって言ったの。
ルカス　なんで？
エリカM.　ちょっと気分が悪い。
ソニア　座って。お願い。深呼吸して。ゆっくり、深呼吸。
ルカス、何とかしなさいよ。馬鹿！　白目むいている、
エリカ！
ルカス　離れて。
（エリカM.は椅子の上で気を失っている。ルカスは彼女の体を見る。硬くなって強張っている肉体を見て、脈を取る。明らかになっていく奇妙な出来事にもかかわらず、奴隷のように心臓はいつものリズムで働いている。エリカM.は存在することが信じられないといった風に帽子の男に注視している。男は無関心にたばこを巻いている。霊に取りつかれたようになっているソニアとルカスは奇妙な訪問者をまったく気にとめない。彼らもまたこのあいまいな記憶の再構築の一端を担っている）
ルカス　大丈夫。なんでもない。
エリカM.　力がなくなっちゃった。まるで、そう、まるで眠ってるみたいに。
ルカス　ソニア、水をちょっと持ってきてくれ。（エリカに）これ見て。僕の手をみてごらん。何本指がある？
エリカM.　四本。
ルカス　オッケー。深呼吸して。なんでもない。
ソニア　どうしていつもそんなに口が軽いの？　何があったか覚えてないの？
ルカス　何があったか？　それは君たちの問題で……。
ソニア　馬鹿、もう黙ってて。
ルカス　ワインで血糖値が下がっただけだ。心配ない。みんな少し落ち着こう。ほら、水飲んで。
（長い沈黙。謎の男はたばこに火をつけ、話し始める）
蘇ったエリカの記憶によるTのセリフ　いい知らせを聞いて、僕は古い話を思い出した。一人の女性がいた。長い旅路を続けている妊娠した女性がいた。女性は少し歩くたびにひどく疲れ、足が重くて歩けなかったので、そこらへんで休まなければならなかった。休憩しているとき、一人の男が地平線のほうから近づいてきた。男は老人で、黒の服を着て、ゆっくりだがしっかりとした足取りで女性に近づいて行った。彼女のところまで着くと、黒色の服を着た老人は言った。「旅の苦しさに耐えることのできない人のために水を持ってきました。」女性は唇を濡らしながら、ほんの一口飲んだ。そして老人の目を見た。火の中から取り出したばかりの炭のように男の目は燃え上がっていた。「誰ですか？」女性は尋ねた。「私は長い旅路にいる旅行者を助ける哀れな老人です。」「どうして、のどが乾いてることが分かったんですか？」女は言った。

「あなたの涙を見たからです。ほら、飲んで、もっと飲んで。この飲み物はあなたのものです。」黒服の老人は言った。のどが渇いていた女性はごくりと一口飲んだ。「お名前は?」女性は老人に聞いた。しかし、黒服の老人は何も言わずに立ち去り、旅をつづけた。女は休憩し、再び歩き始めた。しかし、百メートル行くと座って休んだ。おなかに、針をさされたような痛みを感じた。最初の痛みの後、次から次へとさらに強い痛みを感じた……。

エリカM. 彼が言っていること分からないの?

ルカス それで、結局どうなった?

ソニア その話、知ってる。よくない結末。

エリカM. なんで、そんな話するの?

蘇ったエリカの記憶によるTのセリフ 話は女性がお腹に抱え込んでいた重りを道に吐き出して終わる。

エリカM. どうして私を苦しめるの? なぜ? 私があなたたちに何をしたって言うの?

ルカス 流産したのか? 医学的にいえば、議論の余地がある。水には流産をさせるような要素はないはず。

ソニア 女性は中絶したのよ。ルカス。中絶したの。

ルカス ほんとに?

ソニア 話、聞いてなかったの? それとも、耳が聞こえないの? 話はメタファーよ。

ルカス でもなんで今メタファーをつかって話すんだ?

エリカM. 女性はそんなことしなかった。女性はそんなことしなかった。

エリカM. 新しいもの? なぜそんなこと言うの? 私はあなたを愛したかっただけ。

エリカM. あなたを愛したかっただけ。

エリカM. 何か具体的なものが必要だった。生まれなかった赤ちゃんじゃなくて、あなたが必要だったの。

エリカM. 私は怪物。認めるわ。私はその話の怪物よ。

エリカM. 孤独から逃げるために、孤独な子を生みたくないの。それこそとってもひどいことのように思える。

蘇ったエリカの記憶によるTのセリフ 女は新しいものをみつけるために知らないものを試した。

蘇ったエリカの記憶によるTのセリフ 僕を愛する……。

蘇ったエリカの記憶によるTのセリフ でもたった一人の赤ちゃん。無垢な赤ちゃん。

蘇ったエリカの記憶によるTのセリフ 君は怪物だ。エリカ、知ってるだろう?

蘇ったエリカの記憶によるTのセリフ 結局、君は一人。一人になって、病気になる。

蘇ったエリカの記憶によるTのセリフ 最後にはいつも曇ったものも透明になる。

(沈黙)

エリカM. もういい。ここから出ていって。あなたもよ、そう。あなたに言ってるの。その帽子をかぶって、私を苦しめようとするあなたよ。(沈黙) もう言ったじゃない。私はあなたといたかっただけなの、抱きしめあう時に、平穏を装って、冷静に呼吸していた。会った時泣いて、いない時笑っていた。あなたが旅行に行くと吐き気を感じた、そう感じたかった。ソファで横になってあなたを待って、膝の上で眠り、私を起こす冷たい声を聞き、日光が窓を通ってあなたの足をどのように照らしているか見る。あなたの冷たい足。一緒にいたかっただけなの。分かる？　赤ちゃんをおろすことにした……。でもあなたを失いたくない。こわかったの、こわかったのよ、もう。どうして、私たちはずっとおびえてないといけないの？　なんで、戻ってくるの？　私を脅すため？　私に言ってはいけない言葉を使わせたいの？　話したことは本当じゃない。自然の流産じゃなかった。病院に行った。おろすことにしたの。分かる？　私が決めたの。でも、別の息子を失いたくなかった。あなたと私で生み出したものを失いたいと思う？　七年間一緒にいて生み出したもの。七年間よ。あなたを失う準備はできていなかった。それは私の決断じゃなかった。聞いてる？　あなたがした決断。(沈黙) なぜ、あなたはずっと自分のことしか考えなかったの？　私は？　存在してないの？　それとも私のこと眼中にないの？　私は、何の意見も思想も持たないあなたのそばにいる影？　出ていって、出ていって。もう一生顔も見たくない。家から出ていって！　出て行って！

肉体の痛みと同様、エリカM.の思い出は二度と和らぐことはない。新しい出来事が彼女の記憶に刻み込まれる。男のことを考えたくないと思うことが、男のことをもっと考えることになり、さらに苦しむことになる。傷は一生癒えることはないだろう。言葉を聞いて味わって匂いをかぐと、再び流血する傷ついた手足のように……。

第十二章

エリカM.が絵葉書を破る。

一枚の手紙を受け取った。何カ月も郵便箱は開けていなかった。今朝、玄関を通りすぎるとき、あなたのにおいを感じて、首筋に剣闘士の剣のように突き刺さった……。あなたの鉛筆のにおい、変えたばかりのシーツのにおいが郵便箱から漏れて、魔法のマントのように玄関を覆っていた。

手紙といったけど、そうじゃない。実際は絵葉書ね。家に急いで上がって、シャワーを浴びた。絵葉書のにおいを存分に嗅いで、読みたかった。最後には化粧までした。何がおかしいの？　馬鹿な女に思える？　絵葉書はどこか田舎の写真。海があって、家が立ち並び、山腹に橋がかかっている。雪に覆われた山。子供が描いたような紺碧の空。

　出て行って九カ月後、手紙が届いた。それが計画だったんでしょう？　復讐計画。いいえ、そうじゃないだなんて言わないで。たとえ名前がないとしても、あなたの絵葉書だと分かった。あなたの目と髪が分かるように、あなたの言葉だと分かるの。建築家さん、分かるのよ。それぞれの繊細な文字の中にあなたを見つけるの。プレゼントしたボールペンのインクのことも分かってる。

　出て行って九カ月後、お別れの手紙が届いた。ありがとう。ほんとに、とても感謝してる。でも、もう手紙はいらない。あなたもいらない。手紙を読むこともなかった。絵葉書破って、ごみ箱に捨てた。これが最後の裏切りってやつね。約束するわ、自分自身にも誓う。

　愛しのエリカ

　もっと早くに手紙書けなくてごめん。でも、とても忙しかったんだ。家の中をずっと見ながら何日も幾晩も過ごしている。他人の家の窓を通じて世界を見ている。決して送れないであろう生活を想像しながら。広間、寝室、台所を見て、人を観察してる。いくつもの質問が僕の頭の中に湧いてくる。エリカ、人は一生共にいる準備ができていると思う？　一生ってのはどのくらいの時間？　何週間スパゲッティとサラダを作る？　何度スーパーに行く？　何日間、何も話すことなく、静かにしている？　どのくらい、カップルが一滴の血も流すことなく我慢できる？　数えたんだ。今、僕にはそんなことを数える時間がある。一万五千日。お互いがそうしたければ、多分もうちょっとある。想像できる？　一万五千日セックスして、サラダを作って、時々話をし、時々話すのをやめる。

　さようなら。エリカ。もう行かないといけない。僕のことを思い出すなら、北国を探してくれ。分かった？

第十三章

エピローグ。バルザックマンがトールにお別れして、フィヨルドの水の中を泳いでいく。

ばか、もっとゆっくり歩け。僕は足が短くて、くたくたになってる猫。崖の道を進んで、死のうとしているところ

バルザックマン　北のオーロラ……どこだ？　オーロラが僕たちについてくると言ったじゃないか。僕は光がみたい、この嘘つき猫。

で、僕を待ってろ。

北国の光は、子犬のように美しくて従順。でも日々の仕事がある。もう少しでオーロラが来る、待ってろ。裸になれ、裸になれ。それとも、恐怖でばたばたして水をよごすつもりか？

バルザックマン　やっと着いた。崖の傾斜が見える。あの影は何？　向こうの岸で何か動いている。

彼女だ。遠くから君のところにやってきた。

バルザックマン　本当に彼女？　イレネ！　イレネ！

あそこからは君の声は聞こえない。

バルザックマン　彼女は一人で悲しんでるみたい。Tは？Tはどこだ？　それとも、もうTはTじゃなくて、僕がTなのか？　わけが分からない。彼女は最北端のノルウェーのフィヨルドに存在している、もしくは存在していない。もしも存在していないなら、何もすることはできない。

言ったじゃないか、頭のおかしい馬鹿。君はそんなホモ野郎見つけなくていい。

君と別れたところに彼女はいる。いつも海にいて、魚と岩に囲まれて踊っている。なんで忘れたんだ？

バルザックマン　覚えてるけど、時々、なぜだか分からないけど忘れる。僕の頭はどうにかなってしまった。

彼女は海、インゲン豆のように小さい海のために君と別れ、君は彼女を救うために無限に広がる海のようにいろいろなことを考えだした。

バルザックマン　死のうとしている場所から離れないといけないと思っていた。高いところから彼女を見てる。でも、彼女は僕を見ることができない。イレネ、ここだよ。ここ！　何してる？　どうして、行くんだ？　君に言ったんだ。僕が現れると君は見えなくなってしまう。

彼女はどこにも行かない。水の中にいる。彼女は人間にしては興味ぶかい肉体をしてる。でも、勘違いするな。僕はイエンセン家にいるペルシャ猫の毛皮のほうが好きだ。あそこ見ろ。波と抱擁している岩の後ろ。イレネは陸地に戻ってきた。

バルザックマン　トール、赤の他人だ。海はイレネの家でもあるし、僕の目的地でもある。

オーロラだ！　北国の光！　もうここだ。最高だ！　君が飛び込むのを照らしにきた。

バルザックマン　すごい！　まるで空が僕に話しかけてるみたい。

もう、そうしてる。そうしてる。空が君に話しかけて、こう言ってる。「バルザックマン、水を怖がらなくていいい。飛び込んで、生まれたての赤ちゃんのように足をばたばたさせなさい。」

バルザックマン　裸にならないと。服をきたままじゃ、じたばたして、水を汚してしまう。トール、さようなら。帽子を置いていくよ。本も。よければ、もっと本がある。古本から新本まで。盗んだ本もある。たくさんある。男が集めている本は男が愛した女性と同じ。そうだろう？

おやまあ、馬鹿。おかまちゃんみたいに感傷的になるなよ。急げ。石を投げる時間も、石を拾う時間もまだある。怖がるな。すぐに刺されたような痛みと鞭で打たれたような痛みとを感じるだろう。落ちていくときには、胸に針で刺されたような痛みがあり、鞭で打たれたような痛みは水面に衝突したときに感じるだろう。落ちていく間、恋する人がする祈り、自殺する人がする祈りを繰り返し唱えろ。「まだ何も起こっていない、まだ何も起こっていない。まだ何も起こっていない」と唱えるんだ。さあ、急げ。君のこと呼んでいる。聞こえないのか？　イレネだけが知っている名前で君を呼んでいる。君の名前、君の名前を。飛べ、飛べ、飛べ。

バルザックマン　まだ何も起こっていない。まだ何も起こっていない。まだ……。

また会う日まで、さようなら。あっちで僕を待っててくれ。今すぐにはいけない、今すぐには……。ミャオ。

渦巻星雲の劇的起源

デニセ・デスペイロウ　田尻陽一訳

Denise Despeyroux　一九七七年、ウルグアイ生まれ。二〇一六年には、マドリードの劇場で彼女の作品が同時に六つ上演されていた。そのうちの四つは、彼女が演出した作品であった。

【主な作品】『治療』二〇〇五年。フェデリコ・ガルシア・ロルカ賞受賞。『死って、たいしたことはない』二〇一〇年。バルセロナ演劇見本市一等賞受賞。『現実』二〇一三年。『生身の関係』二〇一五年。『暗いやさしさ』二〇一六年。『生の渇望』二〇一六年。『渦巻星雲の劇的起源』二〇一六年。『ある三番目の場所』二〇一七年。

登場人物

アンドロメダ
ルス　アンドロメダの双子の妹
オリベル　双子の姉妹の従弟
カサンドラ　オリベルの母、双子にとっては叔母
アウロラ　双子の母、カサンドラの姉

一

時々私の身代わりになるのは、それほど大変？

　アンドロメダとオリベルがパソコンに向かって座っている。観客のために舞台奥の壁に二人が見ている画面が映っている。遥か遠くインドの家からルスが送ってきたビデオである。アンドロメダは以前に見ていたが、オリベルは初めて見るようである。

ルス　ビデオで撮影してると、なんだか私、映画人になった気分。カメラの前で話をするのって、ちょっと決まりが悪いわ。でも、これ以外に話を聞いてもらう方法がなかったの。アンドロメダ、私、死にかけてるの。どうしたら信じてもらえるかした。分かってもらえると思って、あなたに話したわ。お医者さんのことも、検査のことも、病気のことも……。分かりやすく話したつもりよ。でも、幻覚、アヤワスカ(1)、天からの啓示、聖なる植物……、こんなこといちいち話しても何の意味もないんだって分からなかった。こんなことを話しても信じてもらえないって、はっきりしたわ。私の言ってること、アンドロメダ、一言も分からないでしょう？　私が本当のことを話したら、信じると言ってくれたけど、やっぱり分かってもらえなかった。だって、お互いに齟齬が生じるのは、嘘を言ったからじゃなく、本当のことを言ったからなのよ。どうしてかしら。嘘って本当のことより信じやすいのよね。でも、そんなこと、もうどうでもいいこと。いま大事なのは、ママのこと。身代わり作戦の話。いい、アンドロメダ、ママにとって年に二度、誕生日とクリスマスが大事なの。そのとき私の身代わりをやって欲しいの、それってあなたにとってそんなに大変？　ママはあと何年生きるかしら。二十年？　三十年？　三十年だとしたって、身代わりになって欲しいのは、二掛ける三十であなたの人生でせいぜい六十日間よ。私の身代わりになるのはたったの六十日。あなたは引き受けるって、前は言ってくれていたのに、私の言ってることが分からないからといって、そう急に変更することはできないわ。いいこと、別の見方をしましょう。あなたの方が正しいとしましょう。だって、アヤワスカのおかげで天の啓示があったのじゃなく、そんなのはただの戯言だって言われたって……。何が問題なのかしら。もし来年私が生きていれば、ママに会いに行きます。それで万事解決。身代わりになる問題はお仕舞い。そのとき、間違えられたのは二人のうちどちらかって、はっきりするもの。ちょっとだけでいいから、考えて欲しいの。あまり時間はないわ。ママの誕生日はもうすぐだもの。私は旅行に出かけられる状態じゃない。ね、だから、考えて。ああ、もう一つ……、オリベルには何も言わないで。一言だってよ、お願い、アンドロメダ。大好きよ、分かってるわね、大好きよ。

（ビデオが消える）

アンドロメダ　どう？　どうしてそんな目で私を見るの？　まったくこれって、戯言と思わない？

オリベル　僕にとって戯言っていうのは、ルスが死にかけてるっていうこと。それに君はルスの最後の願いを叶えてやるつもりがないということ。

アンドロメダ　ルスは死にかけてなんかいないわ、オリベル。子供の頃からこんな妄想にとりつかれてたじゃないの？　いつも病気になって死ぬ遊び、みんな、やらされたじゃないの。「さあ、私は死ぬごっこしましょう」って。覚えていないなんて言わせないわよ。

オリベル　もちろん覚えているさ。でも、そのこととこのこととは何の関係もないんじゃないかな。それに君が言ってること、冒涜だと思うよ、アンドロメダ。

アンドロメダ　冒涜？　どうしてこれが冒涜なのよ？　別に神さまの話をしているわけじゃないし、言葉、間違えないで。当てずっぽに何言ったたって構やしないってこと、ないのよ。

オリベル　君はファミリー・コンステレーション(2)とかいう心理療法を勉強し始めてから、耐えられない人になってしまったね。僕は言いたい言葉をちゃんと使ってるよ。でも、君は生きることと死ぬことに敬意を払っていないもの。僕にとって生きるか死ぬかということ、これこそが神聖なことだと思っている。だから君の態度は不敬だと言ってんだよ。

アンドロメダ　ルスは、オリベル、お医者さんにはかかっていないわ。病気だ、もうすぐ死ぬって、どのお医者さんからも言われてなんかいないわ。ルスの思いつき。ドラッグを飲んだのよ。ドラッグの幻覚作用で、頭の中でもうすぐ死ぬって思ってるの。

オリベル　アヤワスカはドラッグじゃない。幻覚作用は生じないよ。君の目をパッチリ開けさせて、天啓を授けるだけなんだ。

アンドロメダ　天啓を授けるだけなんて、冗談はやめてよ。

オリベル　オリベル、あなたのお母さん、天啓を授かったって、言うつもり？

オリベル　お袋のこと、君のおばさんじゃないような言い方するのはやめろよ。

アンドロメダ　あなたのお母さん、そういったドラッグで天啓を受けない典型的な人よ。ほら、アマゾンからどんなふうに帰ってきたか、覚えてないの？

オリベル　「あなたのお母さん」、「あなたのお母さん」って、気軽に呼ぶなよ。「私のおばさん」と言えよ。だって君のおばさんだろう？　もしくは「カサンドラ」だ。こう言えばいいじゃないか。「私の考えでは、カサンドラは聖なる植物を飲んでも効かず、天啓を授かるまでには至らない典型的な人です。もっとも、もちろん、私の解釈が間違っているかもしれませんが」。こう言えば少しは尊敬した言い方になるよ。

アンドロメダ　「あなたのお母さん」とか「私のおばさん」とか、そう呼ぶよりたとえあなたがいいと思っていても、「カサンドラ」はないわよ。だって、五十八歳の人にいまさら「カサンドラ」と呼び始めるなんて変よ。だって、ずっとマリサおばさんと呼んできたのよ。

オリベル　敬意すら、払えないのかい？　そう呼ばないで欲しいと願っている人に、どうして敬意が払えないんだ？　世の中、みんな、生まれ変わる権利を持ってんだよ。

アンドロメダ　生まれ変わるだなんて、ありえないわ、オリベル。ずっとそのままよ。汚れのない元の姿に戻り、新しく始めることができるって、そんなのは幻想よ。それぞれ

（アウロラとカサンドラ姉妹が外出から帰宅。アンドロメダとオリベルの母親）

オリベル　お医者さん、どうだった？　おばさん、大丈夫だった？　お医者さん、何て言ったの？　白内障だった？

カサンドラ　いいえ、白内障じゃなかった。（アウロラに）白内障じゃないって、言ったでしょう？（全員に）双眼鏡を使いすぎたのよ。だから視力が落ちたの。いつも言ってるでしょう？

アウロラ　この歳になったらほんの少しだけの楽しみなのよ。双眼鏡がダメって言われるとは思わなかったわ。

アンドロメダ　ママ、外に出られるじゃないの。小鳥を見に公園まで行けばいいじゃないの。もっともっと小鳥に会えるわ。オエステ公園[3]はすぐそこじゃないの。ハトを見るのは飽きたんじゃない？　公園まで散歩して、カササギを見るのはどう……？

アウロラ　カササギを見るのはいいわ。でも散歩って……。

アンドロメダ　どうして歩こうとしないのよ？　ママの体はどこか悪いわけじゃないわよ。散歩に出かけてはいけない理由など、どこにもないわ。

オリベル　そのとおりだよ、おばさん。健康だし、よぼよぼ

なんかちっともしていないし、一日中家の中に閉じこもっている理由は何もないもの。

カサンドラ　そのとおり、正当な理由は何もない。でも別の理由はある。アウロラをそっとしておきましょう。二人ともいいこと。今日、うれしいニュースがあったの。

アウロラ　しゃべっちゃいやよ。全部ぶちこわしてしまうもの。（アンドロメダとオリベルに）健康かどうか、そんなこと自分で分かるわ。歳をとったかどうかもね。私は長生きしたと思ってる。生きていかなきゃいけない歳、生きてきたわ。いま生きているのはおこぼれ。お医者さんの言う余録よ。

オリベル　そんなこと、お医者さんが言う筈ないよ、おばさん。余録って政治家の賄賂みたいじゃないか。なんかごちゃ混ぜになってる。

アンドロメダ　おばさんが言えないことって、ママ、何なの？

アウロラ　（カサンドラに）ほら、この子ったら、もう嗅ぎ回ってる。

アンドロメダ　嗅ぎ回ってなんかいないわ。ママが私たちに何か隠し事をしたら、ほら、アンダルシアの食虫鳥類を保護する話だって、あのときだって、私たち、破産寸前になった。ママがキャンペーンを見て「可哀想だわ」って思うたびに、銀行でローンが組めなくなる。何でもかんでもキャンペーンがあるたびに、募金するのは無理よ。

アウロラ　鳥類の絶滅って、どういうことか、あなた、分かってるのかしら？

アンドロメダ　ママ、今日受け取った嬉しいニュースって、何なの？　絶滅危惧種の鳥のこと？　何か大惨事を避ける基金にでも支払いができたの？

カサンドラ　そんなことじゃない。今日にこにこしているのは、コルテ・イングレス(4)の社長さんから手紙がきたからなの。

アンドロメダ　そんなデパートの社長さんから手紙がきたことぐらい、知ってるわ。コルテ・イングレスのクレジットカードを持っているお客さんに、自動的に発送する誕生日カードでしょう？　少し前に受け取って、喜んでいたじゃないの……。

カサンドロ　違うのよ……。もう一通、貰ったの。出した手紙に返事が来たの。

アウロラ　もう一通、書いてくれたの。

アンドロメダ　それって、手紙じゃないわ、ママ、違うわ。顧客データがばって吐きだすプログラムがあるのよ。親切心からでも、気配りとか個人的な関心からじゃなくって、単純に機械的に郵送されるものよ。コルテ・イングレスの社長がママに関心があるのは、ママがクレジットカードで買い物を続けて社長さんを儲けさせて欲しいってことだけよ。

アウロラ　お前って、本当に嫌な子ね。私、同情するわ。

カサンドラ　直筆の手紙。見せてあげる。

アウロラ　見せることなんか、ないわ。この子ったら、人間というものを信じない子ね……。だからこんなに幸せじゃないのよ。でも目が覚める日がいつか来るわ。いつまでも不幸せな人っていないもの、マリサ。

カサンドラ　いいこと、私の名前はカサンドラ。

アウロラ　分かってるわ、マリサ。思わず言っちゃっただけよ。悪気がないってこと、分かってるでしょう？

カサンドラ　ええ、分かってる。

アウロラ　アンドロメダ、それ、捨てちゃダメ。

アンドロメダ　ペットボトルよ、ママ。どうして捨てちゃいけないの？

アウロラ　そこに書いてあるの、読んでごらんなさい。

アンドロメダ　（読む）私は使用されました。でも、これでお役御免ではありません。リサイクルしてください。

アウロラ　そういったことって、世の中にあるちっちゃな美しいことよ、アンドロメダ。知らなかったの？

アンドロメダ　確かに世の中は美しいことで溢れてるわ。でも、こんなこと、そうでもないんじゃないの。

アウロラ　誰かがペットボトルに命を吹き込み、そこに書いてあること、声を出して言わせる日が来るかもしれないわよ。

アンドロメダ　さあ、ファミリー・コンステレーションやりましょう。

アウロラ　あ、それはダメ、ダメよ。私、いっぱいやることがあるから。あなたのお遊びには付き合えないわ。

アンドロメダ　遊びじゃないわよ、ママ。

カサンドラ　コンステレーションとかいうやつ、あなたにとっていいことなのかどうか、私には分からない。でも、アンドロメダ、助けてあげる。役割を振り分けるには、ものすごく精密にやらなきゃいけないのでしょう？　サイコセラピーの仕事をちゃんとやるには、専門家の人にきちんとやってもらうほうがいいんじゃない？

アンドロメダ　おばさん、私は専門家よ。

カサンドラ　あなたはまだ勉強中じゃないの。それに、家族で家族の役割をするなんて、とっても難しい。私、アウロラに霊気(5)のレッスンをしてあげる。そうしたら、あなたはヤツガシラ(6)の後を追っかけて、このあたり走り回ること、請け合うわ。

アンドロメダ　私が見たいのはママがヤツガシラの後を追っかけて走り回ることよ。

アウロラ　どんな格好をして追っかけるのを見てみたいの？車椅子に乗って？　それとも棺桶の中で？

アンドロメダ　（オリベルを呼ぶ。というのはアンドロメダがコンステレーションと言い出した途端、自分の部屋に引っ込んでしまっていた）オリベル！　ファミリー・コンステレーションをやるわよ！

オリベル　またかい？　先週やったけど、ちっとも面白くなかったじゃないか。ひどかったよ。どうしてそんな情けない目に遭わなきゃいけないんだ？　もしかしたら、僕たちのやってること、やばいんじゃない？

アンドロメダ　このままこうしてるほうがやばいわよ。

カサンドラ　このままって？　このままでいいじゃない、アンドロメダ。私たち家族の絆でつながってる。このあいだ説明したように、あなた、扁桃体にハイジャック[7]されて感情が爆発したらどうしようかと悩んでる。全くその爬虫類の脳み[8]そのおかげで生きてるだけ。私、あなたを助けてあげる。見通す能力を持ってから、私、相当できるようになった。心臓の動きを整えるエクササイズ、教えてあげる。そうしたら生き方、変わるから。

アンドロメダ　分かったわ、おばさん、心臓を整えるエクササイズは明日受けるから。今日はコンステレーションやりましょう。さあ、クライアントは誰？

オリベル　クライアントだなんて、どうして人文科学の分野でビジネス用語を使うんだよ？　もっと別の言い方できないのかい？　たとえば依頼人とか。

アンドロメダ　依頼人て、家族関係の配置を依頼する人だって、みえみえじゃないの。私が言ってるのは、悩みがある人、家族関係のねじれを見て欲しい人。コンステレーションを導いて欲しい人は誰なの？

全員　あなたよ。

アンドロメダ　私はダメよ。私はコンステレーションを導く役だからよ。クライアントにはならないわ。

オリベル　配置係りと言おうよ。調整係りとか配置係り。そのクライアントなんて……なんだかピントこないな。僕は配置係りになる。クライアントなんてダメ。クライアントはいやだ。

アンドロメダ　いいわ。あなたは配置係りで。こっちに来て、私の傍に。で、言ってちょうだい、何が問題なの？

オリベル　問題って何だよ。何も問題はないよ。

アンドロメダ　オリベル、私、何度でもあなたが困っているのを見てきたわ。でも、どうして今日はそう逆らうの、分からないわ。

オリベル　何も逆らってなんかいないよ。ただ、問題は何もない、と言ってるんだ。

アンドロメダ　じゃあ、どうしてコンステレーションしようと言ったのよ。

オリベル　僕は言ってないよ。言い出したのは君じゃないか。

アウロラ　この子の言うとおりよ、アンドロメダ。

アンドロメダ　じゃあ、何もできないわ。やめなきゃいけないというなら、やめる。

オリベル　分かった、いいよ、やるよ……。でも、もしかしてという話の上でやること、できる？

アンドロメダ　もしかしてって、どういうことよ？

オリベル　うん、もしかして、というのは僕が……気になっているもしかの話。

アンドロメダ　何、言ってるの、さっぱり分からないわ。

オリベル　もしかしてルス自身が、もうすぐ死ぬって知ってたら。

アウロラ　あっ！　そんな恐ろしいこと、言わないで。どうしてそんなこと、思いついたの？

アンドロメダ　そうよ、オリベル、まったくそのとおり。どうしてそんなこと、思いついたのよ？

オリベル　言ったじゃないか、もしかしてって。ルスがもしかして死んだら、配置係りとしてすっごく悲しいじゃないか……。と言ったって、いつかみんな死ぬんだけど。

カサンドラ　もちろんよ、私たち、いつだって死ぬのよ、いつでも、どんなときでも。

オリベル　だから僕は心配してんだ、ルスが死ぬってこと、ありうるだろう？　もちろん、そんな心配しなくっていいのかもしれない。でも、コンステレーションをやってるとき、そんな心配しながらやってもいいんじゃない？

アンドロメダ　それ、実際のところ、とっても興味深い話ね。ルスが不治の病に侵されていて、死期が差し迫っているって想像してみない？　どう、もしルスが死んだら、私たち、どうなるって思う？

アウロラ　ルスが死んだら、私がどうなるか知るために、わざわざコンステレーションするまでもないわ。ルスが死んだら私も死ぬ、自動的に。

オリベル　自動的に、だなんて、おばさん、誰も死なないよ。

アンドロメダ　好き勝手なこと、言うのはやめましょう。さあ、コンステレーションしましょう。体でどう感じるか、やってみましょう。オリベル、あなたがみんなの位置を決めて。

オリベル　分かった、じゃあ……、おばさんは……、ここ。

（ソファーの上に寝そべっているいつもの場所のままにする）

アンドロメダ　私のお母さんは私のお母さんのまま？

オリベル　うん、ダメ？

アンドロメダ　ダメよ、たぶんダメ。役割を交代しましょうよ。自分のことを自分の口から言うのをやめるの。自主的判断は停止。自分を代理する代理人を選んでちょうだい。

オリベル　そんな専門用語で言うなよ。訳が分からなくなる。問題は世の中みんな、自分じゃないものをやってる、違う？

アンドロメダ　そうよ、でも私たち、とっても小さな存在だから、あなたがあなたでいてもいいわよ、そっちの方がいいと言うなら。
オリベル　いや、僕は君が僕になって欲しいんだ。
アンドロメダ　でも私は別よ。私はコンステレーションを導く役なんだから。
オリベル　君が言うとおり僕たちは小さな存在だ。君は配置係りで偽の導く役になればいい。
アンドロメダ　偽って何よ。
オリベル　そうだよ。僕が配置係りなら、君は僕の代わりをやればいいじゃないか。だから君は偽の導く役になるんだ。
アンドロメダ　私は偽の導く役はいやよ、オリベル。あなたがコンステレーションを導く役をして欲しいわ。分かった、これ以上、議論するのはやめましょう。あなたの提案を試してみるのも一案ね。
カサンドラ　私、ルスになりたい。ルスをやってもいい？
オリベル　いいよ、ママ、やっても。(母の肩をつかみ、舞台の一隅に連れていく) ママはルスだ。ここ、真ん中。で、おばさん、おばさんは……、(アンドロメダに) どうしておばさんはおばさんでしかありえないんだ？
アンドロメダ　どうして、オリベル、そんな難しいこと言いだすのよ？　あなたって、ものごとがどう動くか、分かってないのね？
オリベル　分かってるさ。でもそれを問題にしてんだよ。どうして問題にしちゃダメなんだ？　どうして君のお母さんは君のお母さんでしかありえないんだ？　そこんとこ、よく分からない。
アンドロメダ　あら、ありうるわよ。でも、それがいいかどうか……。私のお母さんが私のお母さんでいたって、どうってこと、ないわ。
オリベル　じゃあ、やってみよう。これって違う見方を学習することになるかもしれないよ。いつも同じことをやってる代わりに、何か違うことをやってみようよ。
アウロラ　私は私でありたいわ。
オリベル　いいよ、おばさん、おばさんはここにいて、おばさんをやるんだ。で、おばさんは今はルスをやる僕のお袋のお母さんなんだ。
アンドロメダ　いいこと、ママはカサンドラおばさんがやるルスのお母さんなのよ。もちろん、私のお母さんでもあるのよ。
アウロラ　私がお前の母親でお前の妹の母親だということぐらい分ってますよ。で、私の妹が私の娘になるのね。私、ボケ老人じゃないんだから、そんなにいちいち言わなくても大丈夫よ。
アンドロメダ　オリベル、じゃあ、あなたは私になるのね？

オリベル　そうだよ。

(それぞれがそれぞれの位置につく)

カサンドラ　ちょっと待って、ちょっと。始める前に、私、できたら、聖なる円を作ってみたいの。女神の力と四つの元素を呼び込みたいの。私たちが聖なる宇宙空間でコンステレーションをやるなら、呼び込んだほうがもっと強力になると思うわ、きっとそうよ。

アンドロメダ　いいわよ、おばさん。聖なる円を作っても。何の不都合もないもの。

カサンドラ　みんな車座に座って。(全員、空中に指先で五芒星[9]を描きながら、車座に座る。星の一点に至るたびに次の呪文を唱える)

汝の体である大地にかけて
汝の息である空気にかけて
汝の燃え盛る精神である火にかけて
汝の聖なる内臓に貯まれし水にかけて
すべての上なるものにかけて
すべての下なるものにかけて
我ら手を繋ぎ、聖なるものを祈願いたします。
かくあれかしと。

オリベル　かくあれかしと。

アウロラ　まだなかなか始まらないの？　私、手紙いっぱい書かなきゃならないのよ。

アンドロメダ　もうすぐよ、ママ。もう始まってるもの。今は静かにじっと待たなきゃならないのよ。

アウロラ　黙るわよ。分かった、黙るわよ。

カサンドラ　(ルスになって)ママ。

アウロラ　ルスなの？

カサンドラ　ええ、ママ、私、ルスよ。(走っていって抱きしめる)会いたかったわ。

アウロラ　ルス、私もお前がいなくて寂しかったわ。お前がいないと、ずっと私の心が痛むのよ。唯一の慰めはお前が元気だっていう知らせ。本当に元気にしてたんでしょう？

カサンドラ／ルス　ええ、ママ、元気よ。この腕でママを抱きしめることが私にとっては一番大事なこと。(感激して抱擁する。オリベルは二人に抱きつこうとする。しかし、アンドロメダがやめなさいという仕草をする)ママ、ちょっと、アンドロメダとオリベルと三人で話があるの……。構わない？

アウロラ　もちろんよ、ルス。お好きなように。ちょうどいいわ。私は部屋に行って手紙を書くから。急いで書かないといけないの。

カサンドラ／ルス　(もう一度抱擁し)いいわ、ママ。いつもママのこと好きだって、覚えておいてね。いつも大好きよ、いい？

アウロラ　ええ、分かってるわ、ルス。私のこと、大好きだって。お前はいつもそうよね？

（アウロラはキスをし、部屋に行く）

アンドロメダ　おばさん、ちょっと芝居しすぎじゃない？　でも、これでうまくいったのかしら？

カサンドラ／ルス　私はルスよ、アンドロメダ。おばさんは私と繋がって、おばさんの口を通して話をしてるの。

アンドロメダ　いいこと、おばさん。私、いっぱいいろんなこと、信じるわ。でも、繋がってるというのはダメ。繋がってるとか取り憑かれてるとかいうの、おばさんは好きかもしれないけど、私はダメ。もうその辺でやめておきましょう。こんな会話、あとが続かないですもの。

（その間、オリベルとカサンドラは抱擁する）

オリベル　寂しかったよ、ルス。

カサンドラ／ルス　私もよ、会いたかった。

オリベル　君がもうすぐ死ぬって、本当？

カサンドラ／ルス　ええ、そのとおりよ、オリベル。どうしてそんなこと、嘘がつけるの？

アンドロメダ　オリベル、あなたのお母さんにそんなこと、言ったの？

カサンドラ／ルス　あなたには知られたくなかったわ。でも、そうなのよ。たぶん、そのほうがよかったのかもしれない。オリベル、あなたはアンドロメダを助けてあげるのよ。

アンドロメダ　いつ、そんなことあなたのお母さんに言ったの？　そんなこと、言えなかったはず……。だってついさっきまで、そんなこと、知らなかったじゃないの。

オリベル　僕は何も言ってないよ。

アンドロメダ　ビデオ、前に見たことあるの？　私のこと、なんだかんだ探ってたから。あなたって、いつだって私のこと、探ってるんだもの。

カサンドラ／ルス　もうやめて、アンドロメダ、お願い。オリベルは誰にも何も言っていないわ。カサンドラは私がもうすぐ死ぬって知らない。また、元の体に戻ったら、こんなこと全部、忘れてしまう。カサンドラは体が弱って困惑する。ぐずぐずしていられないわ。だって、私が生きていればいるだけ、カサンドラは体が弱っていくのですもの。

アンドロメダ　もう結構よ、ルス。いつ出ていっても構わないわ。あなたに会えてうれしかった。

カサンドラ／ルス　ちょっと聞いてちょうだい、アンドロメダ。私の言ってること、信じてくれてもくれなくてもいいんだけど、身代わり作戦、私たち、続けないといけないわ。オリベルはあなたを手助けしてくれる。そうでしょう、オリベル？

オリベル　うん、もちろんだよ。アンドロメダの手助けをするよ。何をすればいい？

カサンドラ／ルス　私の身代わりをやるの。あなたのお母さんとおばさんの前で、私をするの。ママの誕生日だけでいいの。たった一日。ママの誕生日に顔を出さないわけにはいかないでしょう？　でも、私はできないの。私、行かないといけないから。じゃあ、さようなら、いつもあなたたちのこと、大好きよ。

オリベル　（カサンドラ／ルスを抱きしめ）僕も君のこと、大好きだよ、ルス。（アンドロメダに）アンドロメダ、君もルスにハグしてやれよ。

アンドロメダ　ダメよ、できないわ。そんな馬鹿気たこと、できない。

カサンドラ／ルス　オリベル、構うことないわ。心配ご無用。すべてうまくいくわ。（両手でこっそりとルスとアンドロメダだけが知っている仕草をする。ビデオが終わるときにルスが見せた同じ仕草である）

アンドロメダ　ルスなの？　ありえないわ。おばさんなの？

（ルスが出ていき、カサンドラが体に戻る。少し困惑気味）

オリベル　ママ、大丈夫？

アンドロメダ　ルスなの？　おばさんなの？

カサンドラ　何があったの？　私、寝てた？　コンステレーションやっているあいだ、私、眠ってたの？

アンドロメダ　何も覚えてないの？

カサンドラ　アウロラはどこ？

（アウロラが現れる）

アウロラ　ここにいるわ。でも、ここにいるのもあと少しよ。

アンドロメダ　どうしたの、ママ？

アウロラ　ルスが私の誕生日に来られないのだって。

アンドロメダ　来られないですって？　来られないって、いつ言ってきたの？

アウロラ　さっき分かったの。少し前に送ってきたメールを見たの。私の誕生日にはできるだけ行こうと思う、でも、難しいと思う、って言ってきたの。ルスは何事においても難しいなんて思ったことがない子よ。難しいって言ってきたのは本当にそうなると思っているからよ。ルスがいないのに一つ歳を取るのはいやよ。いやだわ。

アンドロメダ　そんなに大袈裟に考えないで。ルスは必ず来るから。

アウロラ　あなたはとっても上手にルスをやったわ、マリサ。気に入ったわよ。もう少し続けてくれない、お願いだから？

カサンドラ　私がルスをやった？　覚えていない。覚えていないって、変ね。

アンドロメダ　役割を代わるの、もうやめない？　これからそれぞれが自分をやるの。それで十分だわ。ファミリー・コンステレーションはこれで終了。ママ、終了よ。コルテ・イングレスの社長さんに手紙を書いていいわよ。落ち着いて、ママの誕生日には必ずルスが来るから。

オリベル　そうだよ、おばさん、ルスは来る。アンドロメダと僕が約束するよ。約束、本当だよ。そうだろう、アンドロメダ？

アンドロメダ　ええ、オリベル、そうよ。ママ、約束するから。

二　メタファーには気をつけて

オリベルとアンドロメダがルスの到着準備をしている。アンドロメダは服を試着している。

アンドロメダ　まだ分かんないわ。どうやって、うちのママを外出させることができたの？　私、いつもできないのに。

オリベル　そんなに難しいことじゃないよ、アンドロメダ。ちょっと辛抱強くしていればいいんだ。

アンドロメダ　私に辛抱が足らないから、こんなヒッピーみたいな洋服、次から次へと試しているとでも思ってるの？

オリベル　それって、そんなヒッピーじゃないよ。いつも着てるそっけない服よりずっとよく似合ってると思う。いや、それはダメ……。それは似合わない。緑のほうがいい。

アンドロメダ　じゃあ、これね。これ以上はやめておく、これ、似合う？

オリベル　パーフェクト、完璧だよ。

アンドロメダ　もう一度、計画の念押ししておきましょうよ。いい、二人が入ってくる、私たちが話しているのに気づく……、何か飲み物、手に持ってるほうがよくない？

オリベル　僕が何を考えてるか、分かる？　二人がここにいて、僕たちが入ってくるほうがずっといいと思う。空港から着いたみたいにリュック背負って。

アンドロメダ　それはママが出かけないときにしたらいいことじゃない？　今は出かけてんだから、意味ないわ。そんな設定、考えないほうがいい。そこんとこ、はっきりさせておいて。いいこと、オリベル、わざとらしくしないほうがいいのよ。できるだけシンプルなやり方でなきゃ。

オリベル　君がルスと君を同時にするというのは、簡単なことじゃないよ。騙せないよ。

アンドロメダ　同時にって、どういうことよ。いいこと、はっきりさせた筈よ。二人が入ってくる。ここであなたと話をしているルスに出会う。とっても感動的、強烈な印象。誰もアンドロメダだとは気付かない……。これでいいわね。と、あなたの携帯が鳴る……。そうプログラミングしてあるでしょう？

オリベル　そうしてるよ。

アンドロメダ　それでよし。あなたの携帯が鳴る、アンドロメダからの電話で、ごめんなさい、食事の時間には間に合わない、と言ってくる。でも、携帯の通話料金[10]がなくなって切れる。残念、ママと話すことができない。お誕生日おめでとうと言えない……。でもママは喜びに溢れている。というのもそこに娘のルスがいるから。それがママにとっては大事なこと。

オリベル　おばさんにとって、娘二人が傍にいるほうがもっと幸せな筈だよ。そうしないのは、君がそうしたくないからだ。

アンドロメダ　私は私じゃない人になることはできるわ。でも、一度に二人というのはいくらなんでも無理よ。だからこれ以上とやかく言わないで。ところで、ママが外出するよう、オリベル、あなたは何て言ったの？

オリベル　コルテ・イングレスの社長さんがどこで朝食をとってるか、僕は知ってるって言ったんだ。

アンドロメダ　それ以上言わなくてもいいわ。あなたのやり方、姑息だわ。恥ずかしいことよ。

オリベル　僕が何をしたって？

アンドロメダ　手紙のこと……。あなたが社長になりすましてママに手紙を書いた。どうしてそんなこと、思いついたの？

オリベル　僕じゃないよ、アンドロメダ、僕じゃない。どう言えばいいのかな？　本当に社長さんが書いてきたんだよ。手紙の返事、書いてきたんだって。

アンドロメダ　これ以上くだらない話、聞きたくないわ、オリベル。あなたは自分がやっていること、いいことだと思ってるんだったら、それがあなたの本心よね。情けない人。私はあなたのようにはならないわ。うかれてるママを現実の世界に戻さなければならないたびに、水を差すようなバカにはなりたくない。私、これ以上、ママに言おうとは思わない。

オリベル　おばさんに何も言う必要はないよ。社長さん、返事を書いてきたんだから。それ本当の本当。二人がどうなってるのか、どうなるのか、僕たちの知ったことじゃない。手紙は本物だよ。

アンドロメダ　本物？　社長さんが朝食をとる場所と同じように本物なのね？　あなたが考えついたのじゃないのね？

オリベル　それとこれとはちょっと違う。おばさんを急に家から連れだす口実、ただそれだけのこと。はっきり言って嘘じゃない。単なる方便だよ。社長さんがどこで朝食を食べてるのか、僕たちは知らない。もしかしたら当たってるかもしれない。社長さん、毎朝ブルブハスというカフェテリアで朝食をとってるかもしれない。でもそれは、僕が思いついたでまかせだよ。

アンドロメダ　来たわ、二人、帰ってきたわ！　リュックちょうだい！　緊張するわ！　そこにプレゼント、あるわね？　手に何か持ってないと。ルスはどんなふうに手を動かしたかしら。それ、練習してなかった！

オリベル　君よりゆっくり動かしてた。それがカギだ。ルスは何でも君よりゆっくりだ。話し方、食べ方、体の動かし方、呼吸の仕方、すべてゆっくり。それにいつもにこにこしてる。いつもにこにこしてるの、忘れちゃダメだよ。

アンドロメダ　そう、ずっとね。意味があろうとなかろうと、いつもにこにこ。

（アウロラが入ってくる）

アウロラ　（オリベルに）ブルブハスのカフェテリアって、すごいわね。あの人はいなかったけど、あの人のセンスがよく分かったわ。（偽のルスに気づいて）まあ、ルスなの。来てくれたのね、嬉しいわ。お前の従弟は夕方に来るって言ってたのに。ちょっと急用があって出かけてたの。でも、お前が午前中に来ると分かっていたら、急用なんて止めておけばよかった。

（二人は抱擁しキスをする）

偽のルス　ママ、どう、元気？

アウロラ　生き延びてるわよ。生き延びてる。でも、お前が来てくれて本当によかった。旅行はどうだった？　疲れた？　少し休みたい？

偽のルス　いいえ、ママ。本当、大丈夫よ。

アウロラ　よかった。休まなくってもいいのね。お前がここにいてくれるあいだ、ほんの短い期間だけど、ずっとそばにいてくれたらいいわ。

偽のルス　ママ、おばさんはどこ？

アウロラ　お前にプレゼント買おうと、出かけたの。あら、言うべきじゃなかったかしら。

偽のルス　プレゼントですって！　プレゼントを持ってくるのは私のほうよ。みんなにプレゼント、持ってきたわ！

オリベル　早く出してよ。

偽のルス　でも、おばさんは？　おばさんが帰ってくるまで、待ちましょうよ。

アウロラ　カサンドラを待つことなんか、ないわ。あの人は物わかりのいい人だから、仲間外れにされたなんて思わない。待つことなんかないわ。

オリベル　そうだよ、アンド……、ルス。プレゼントを出しなよ。

偽のルス　アンドロメダも待つことはないの？　あの人こそ、のけ者にされたと僻む人よ。そうは思わない、ママ？

アウロラ　あなたの姉さんはいつも仲間外れにされてるってひがむ人。手の施しようがないわ。そう考えないように、と言っても無駄な子なの。そうなの、あの子のこと、よく分かってるから。

オリベル　そのとおりだよ、ルス。アンドロメダのひがみ根性、生まれつきなんだ。根っからそうなんだ。どうしようもないよ。プレゼント、開けようよ。

偽のルス　生まれつき、根っから……。あなたはプレゼント、オリベル、飛行場からここに来るあいだに開けたじゃないの。待ち切れないって、覚えていないの？

オリベル　うん、そうだ、ちっさいの開けた。でも、僕の名前が付いたおっきいのがあったよ、見たもの。

偽のルス　あら、そう？　どれかしら、どんなプレゼントがあるのかしら……。（プレゼントを取りだし、宛名を読む）カサンドラおばさん。

アウロラ　私のは？　私のは？

偽のルス　ママ……、これだわ、ママ。

アウロラ　開けるわよ！　私、開けるわよ！

偽のルス　ここにオリベルにって、本当にあったわ。覚えてなかった。このプレゼント、どこから出てきたのかしら。あなたに何を買ったのか覚えていないわ。何を買ったのかしら？

オリベル　何かな？

アウロラ　まあ、ルス、何てきれいなのかしら。この便箋とペンとで、うっとりするような手紙が書けるわ。今ちょうど欲しかったものよ。お前って見抜く才能があるのね。私、いつも言ってるの、ルスには人が欲しがっているものを見抜く力があるって。でも、お前の姉さんは、こんなこと、一度も気が付かない。他の人が欲しいものは何かしらって、考えてもみないの。

偽のルス　アンドロメダ姉さんはママに素晴らしいプレゼントを贈ったことがあるわ、私にも。

アウロラ　実用的なもの、そう、アンドロメダはいつも実用品をプレゼントしてくれるけれど、素敵というものじゃないわ。去年の誕生日には圧力鍋をくれたの。どういうことかしら。プレゼントには何かしら隠された意味があるのよ。だから、贈物にはメタファーがある、十分注意しないとダメ。

オリベル　そのとおりだ。メタファーと暗示に気をつけないと。

アウロラ　プレゼントというものは、暗に何が言いたいのか、そう、何かが隠されてる。何だろうなって、考えさせるの。

偽のルス　ママがその便箋、気に入ってくれてうれしいわ。

次はオリベルよ。欲しいものだったかしら……。

オリベル　図星だ。ずっとiPadが欲しかったんだ、知らなかっただろう。

偽のルス　iPadが欲しかったの？　iPadだったのね？

アウロラ　お前の従姉は優しいわね、オリベル。今日、ここにやって来てくれたので、私たちがどんなに喜んでるのか気付いたでしょう？　この子ったら、長い旅をしてきたのよ。やらなきゃいけない仕事をほっぽりだして来てくれたの。大変だったと思う……。気付いた？

オリベル　うん、気付いてるよ。

（玄関のベルが鳴る）

アウロラ　私が開けに行くわ。マリサの鍵、私が持ってるの。

アンドロメダ　どうしてあなた、そんなことしたの？　どこからそのお金、出したの？

オリベル　どこから出しただって？　君が言ったところ、君の黄色い箱からだよ。

アンドロメダ　私は、あなたのお母さんにルスからのプレゼントを買ってきてって言ったのよ。いいこと、あなたのお母さんへのルスからのプレゼント。他の人のは私が引き受けるつもりだった。他の人のプレゼントはもう買ったわ。

オリベル　でも、僕へのプレゼントは素晴らしいものじゃないといけないだろう？　そうじゃないと、疑われてしまうよ。ルスは本当に優しい人だ、だから僕に素晴らしいプレゼントを持ってきてくれた、君がルスの役をやるなら、ルスのいいところも真似しなきゃ。少しぐらいきつくってもね。もちろん、君へのルスからのプレゼントも買ったよ。

（カサンドラが入ってきて偽のルスのところに行く）

カサンドラ　ルス、可愛いいルス。元気だった？　ルス、どうなの？

偽のルス　元気よ、おばさん。ここに来ることができて、本当、嬉しいわ。

カサンドラ　あなたに話さなければいけないこと、山ほどあるの。私に天啓がひらめいたの、ルス。初めてよ。ニルヴァーナ[11]の兆候ね。本当よ。クンダリニー[12]から目覚めたの。

オリベル　僕にも起こったんだよ、ルス。

偽のルス　アンドロメダから聞いてるわ。でも、あなたのはちょっと早すぎたんじゃない？　アンドロメダの話だと……。

オリベル　そう、そのとおり、早すぎた。まだ準備ができてなかった。シャクティー[13]が目覚めて、僕の七番目のチャクラ[14]でシバ神と結合しかけたんだけど、僕の中ではシバ神が眠ってたから、肉体と精神の合一は流れてしまった。シャクティー、それはボクの中にある女性的なエネルギーだけど、もう知ってるよね、ぼくの足の裏に慌てふためいて逃げていったんだ。甲高い声がして、平衡感覚を失い、つまり、時空の方向感覚だよ、感情のコントロールを失くしてしまったんだ。すごいことがいっぱい起こって、どうだったのか、きっと君は想像できないと思うよ。

カサンドラ　そう、どうだったのか、あなたは想像できない。

アウロラ　想像できない、きっとできないわよ。

偽のルス　想像できるわよ、できるって。

オリベル　シャクティーが仙骨のところでぐるぐる回るんだ。容易いことじゃなかったよ。

カサンドラ　そう、容易いことではなかった。

アウロラ　容易くなかった。

（オリベルの携帯が鳴る）

オリベル　アンドロメダだ。（携帯に答える）アンドロ、はい、どう？（……）うん、ルスは着いたよ。着いた。もちろん、みんな喜んでる。（……）いや、まだ食事は始めてない。（……）了解、それじゃ待ってるよ。（……）ちょっと待って、ルスが何か言いたいことがあるみたい。

偽のルス　落ち着いて授業、受けるよう、言ってちょうだい。私のために無理しないで。今晩、会いましょうって。

オリベル　私のために無理しないで、だって。（……）もちろんだよ、そうだよ……。（偽のルスに）あなたのためにじゃない、みんなのためよだって。（携帯に向かって）ああ、アンドロメダ、待ってる。それがいい。ルスからのプレゼントがあるよ。待ってるからね。（携帯を切る）すごい、アンドロメダが十五分ぐらいで帰ってくるって。

偽のルス　聞こえたわ。でも、アンドロメダが帰ってくるって、どういうことかしら？

アウロラ　そうよ、アンドロメダが帰ってくるって、どういうことかしら？　家族のことなんかどうでもいいと思ってる子が、ファミリー・コンステレーションの授業、受けてるのよ。きっと、ルス、お前のために帰ってくるのよ。私の誕生日のために帰ってくるなんてことないわ。お前の姉さんは私のことや私の誕生日のことなど全然気にしてないんだから。

偽のルス　本当に、ママ、そう思ってるの？

アウロラ　あの子のことならよく知ってるわ、ルス。いいこと、よく知ってるのよ。お前の姉さんは私のために何かしようなんて、これっぽちも思ったこともない子なんだから。

オリベル　肝心なことは僕たち全員がここに集まること。

カサンドラ　そう、みんなが集まるのは本当に久しぶり。

オリベル　ほら、ルス？　これでやっとみんな集まるんだ。

偽のルス　分かったわ、ええ、分かったわ。みんな集まるのよね。

三　可愛げのない自助努力

オリベル、カサンドラ、アウロラ、偽のルスが誕生日の食事の準備をしている。

オリベル　ママ、まだプレゼント、開けてないよね。アンドロメダも。

カサンドラ　そうだったわね。みんなが食卓に着いたとき、開けましょう。

アウロラ　食卓で開けるのは無理よ、アンドロメダがトイレに三十分も閉じこもってるから。

オリベル　そう、無理だよ。そう思うと……。

偽のルス　そう思ったこと、オリベル、なかったの？

アウロラ　なかったたって、何をよ？

オリベル　いや、思ったのは……、いま思ってるのは、おばさんがプレゼントを開けるのが、いちばんいいんじゃないのかな。だって、アンドロメダは他の人のものと比べて、自分のはたいしたものじゃないって思ってしまうもの。アンドロメダの性格、僕たち……。

アウロラ　分かってるわ。あなたのプレゼント開けなさいよ、マリサ。それで問題は解決よ。

カサンドラ　カサンドラ、いいこと、覚えておいて、私の名前はカサンドラ。開けますよ、ええ、開けますとも。（他の人が示したように、わくわくしながらプレゼントを開ける）まあ、すごい。私には瞑想用の座布団だって、どうして分かったの？　亜麻の種がいっぱい詰まった座布団、私にとっては金持ち用の、マッサージ機能が七つもついた、ビスマルク製のデラックス・マッサージチェアをもらったのと同じよ。

偽のルス　喜んでもらえて嬉しいわ、おばさん。

アウロラ　オリベル、あなたの従姉を連れてきて。お料理冷めるから、お前がいなくても食事を始めるって言ってきて。

カサンドラ　この料理、初めから冷たいの、アウロラ。気にしなくてもいいの。

アウロラ　それじゃあ、ぬくもってしまうからと言ってきて。

偽のルス　私が行くわ。（退場）

カサンドラ　あの子、変わったと思わない？

アウロラ　変わった？　ルスが？　いいえ、でも、どういうこと？

カサンドラ　分からないけど……。何だかオーラが少なくなったみたい。真ん中から外れてた。ほんのわずか、でも、外れてる。そんな気がする。

アウロラ　ルスは元気そのものよ。変に気を回さないで、マリサ、お願い。ルスが病気だったら、私が気づくはず。何といっても、私は母親なんだから。

カサンドラ　病気だとは言ってないわ。

（廊下からアンドロメダの声がする。ルスとアンドロメダの二役を一人でやっている会話が続く。他の人たちは居間で会話を聞きながら、ときどき口を挟む）

偽のルス　まだかしら、アンドロメダ？　大丈夫？

アンドロメダ　気分が悪いの。先に食事、始めて。胃がむかむかして吐きそう。

カサンドラ　アンドロメダは病気みたい。

偽のルス　まあ、可哀想、私に何かできることない？

アンドロメダ　大丈夫、本当、大丈夫よ。先に、気にしないで、食事、始めて。

偽のルス　ここで待ってるわ。一緒に食卓に行きましょう。

アンドロメダ　構わないで、ルス。急かされるのは迷惑なの。

アウロラ　ほら、どんな子か分かったでしょう？　妹と会って半時もたってないのに、ぶっきら棒な話し方。どう思う？

偽のルス　ごめんなさい、アンドロメダ。私、あなたを急かしてるつもりじゃなかったの。

アンドロメダ　それじゃあ、これ以上、私に構わないで、食事に行ってちょうだい。

偽のルス　（入ってきながら）アンドロメダは具合が悪いみたい。私たちと一緒に食事はできないみたい。

オリベル　プレゼントを開けるぐらい来いって言ってきてよ。

偽のルス　気分がすぐれないみたい。

アウロラ　プレゼントを開けに来るぐらい気を使ったらどうなのかしら。ちょっとぐらい気分がすぐれなくっても。

（偽のルスはトイレのほうに出ていく）

アウロラ　（他の人たちに）わざわざ自分の母親の誕生日に病気になるなんて。

偽のルス　（廊下から自分に語り掛ける）アンドロメダ、プレゼントを開けるだけでも来て欲しいって。それに、私、トイレに行きたいの。

アンドロメダ　私、病気になることも許されないのね。行くわ！　出るわ！　プレゼントを開ける気分じゃないのに。

（トイレのドアが開く音がする）

偽のルス　大丈夫？

アンドロメダ　さっき言ったじゃないの、よくないって。どうぞ入って、我慢できないんだったら。さっさと入ったら。

偽のルス　入るわよ。私が持ってきたプレゼント、みんなの前で開けて欲しいんですって。私、すぐここから出るから、一緒に行きましょう。

アンドロメダ　ダメ、ルス。プレゼント開けたら、さっさとベッドに行くから。本当、食卓につく気分じゃないの。ごめんなさい。

偽のルス　気にしないで、すぐベッドに行っても構わないから。

（トイレのドアが閉まる音がする）

アウロラ　あの子って血も涙もない子ね。カイン[15]そのものだわ。

（アンドロメダが登場。アンドロメダの服と髪形をしている）

アウロラ　お前って運のいい子だね。どうしたの？

アンドロメダ　胃が、すごく痛いの。頭も。

カサンドラ　それって、あなたの体の陰陽のエネルギーがアンバランスなのよ。前に言ったじゃない？　よければもう一度説明するけど。

アウロラ　それって、夜遅くまで勉強するために飲んでいるコーヒーのせいよ。

アンドロメダ　コーヒーを飲んで夜遅くまで勉強し、毎朝早く起きて仕事に行く、当然、いつも眠たいわ。

オリベル　プレゼントを開けなよ、アンドロメダ。

アンドロメダ　ええ、もちろんよ。今年ルスが何をくれたのか、興味津々だわ。（みんなの好奇心に満ちた視線の前でプレゼントを開ける）『自助努力』……。

オリベル　ルスっていつもぴったりの本をプレゼントするね。『自助努力』か。

アウロラ　いつもぴったり、そうよね。

アンドロメダ　「自分で乗り切る、他人を当てにしない」。でもこの本、ちょっと挑発的なタイトルだわ。

オリベル　『自助努力』って、時には挑発的だよ。極端な状況下では極端な手段が必要だ。

アンドロメダ　『自助努力』って、冷たいタイトルね。あなたの言うとおり。じゃあ、私、この本を持ってベッドに行き、皆を困らせないことを学習してくるわ。（退場）

カサンドラ　何、これ？

アウロラ　どうなってるの？　ほら、言ったじゃないの？

カサンドラ　すごいエネルギー、濃密なエネルギー。

アウロラ　ベッドへ行ってくれてよかったわ、これでやっと、私たち、ルスとゆっくり食事ができる。

偽のルス　（ルスが入ってくる。全員食卓に着く）アンドロメダにきつく当たらないで、ママ。聞こえてたわ。アンドロメダは自分なりにみんなから好かれたいのよ。

アウロラ　みんなから好かれる？　アンドロメダにもいいところはあるはずよ。そんなものはないとは言わないわ。だって私は母親なんですもの。でも、みんなから好かれるって、それって……。

偽のルス　みんなから好かれるって、どういう意味？

カサンドラ　みんなから好かれるっていうのは、他の人の重荷を軽くしてあげること。そういう意味では、アンドロメダは人から好かれることはしてない。他の人の重荷を軽くしてあげようなんて思ってもみない。

偽のルス　でも、他の人の重荷を軽くしてあげてる人って、誰よ？

アウロラ　お前だよ、ルス。

カサンドラ　そう、あなたよ、ルス。

オリベル　そう、君だよ、ルス。

偽のルス　私？　でもどうして私なの？　どうしてなのか、誰かちゃんと説明してくれない？

アウロラ　お前は遠くにいるのに、どんな犠牲も厭わない。すくなくとも年に二回、ほんの数日なのに、ここに来るのに努力を惜しまない。そして、いつもにこにこしている。非難がましいことも言わなければ、場違いなことも言わない。お前は裸足でケシの咲き乱れる野原を歩くように生きている。お前はみずみずしさに溢れ、気さくで、いつも喜びに溢れている。それにひきかえ、お前の姉さんのアンドロメダときたら、不愛想、そう、いつも不愛想なんだから。とげとげしくって、まるで割れたガラスよ。

オリベル　粉々に割れた。

カサンドラ　そのとおり。あなたの姉さんはいつもエネルギーが濃くって先がとんがってる。お父さんそっくり。

アウロラ　そうよ、父親そっくり。あの子はあるところが父親に似てて、同じように二人を可愛がるのは大変だったのよ、分かる？

偽のルス　あら、ママは二人とも同じくらい可愛くないの？

アウロラ　もちろんよ、ルス、可愛いいわ。だって二人とも私の娘なんですもの。二人とも可愛くないってありえないわ。同じように可愛がるのは、たとえ大変でも、義務じゃないの。（偽のルスは目に涙を浮かべる）まあ、泣いてるの？　何て優しい子なのかしら。こちらにいらっしゃい。（彼女を抱きしめる）お前って、みんなに思いやりのある子ね、あんなお姉さんに対してだって。だって、そんな気遣いしなくってもいい子なのに。お前はいつも両方の肩に荷物をしょい込んで。それって、ルス、重すぎない？　お前って、肩肘張らず、さらっと他の人の重荷を軽くしてあげようとしてる。カサンドラの言うとおりね。

偽のルス　アンドロメダだって、他の人の重荷を軽くしてあげようと努力してるわ。インドの生活が続けられるよう、お金、送ってくれるんですもの。この家の暮らしを立てるため働いてるわ。山ほど、みんなのために犠牲を払ってるわ。みんな気づかないだけよ。

アウロラ　アンドロメダはね、「私はあなたたちのために犠牲を払ってるのよ、払っているのよ」、とずっと私たちに気づかせようとしてる。それが耐えられないのよ。それって誰の重荷も軽くしてくれない。もし誰かが「私はあなたのためにこれをやってます」と面と向かって言ってごらんなさい、そんなの、何もしないほうがよっぽどましよ。

オリベル　そうだよ、ルス。それは誰の重荷も軽くしてくれない。それはみんなから好かれることにはならない。

偽のルス　みんなから好かれるかどうか別にして、オリベル、あなた、今、何の仕事をしてるの？

オリベル　僕はギターをあっちこっちで教えているよ。

カサンドラ　よく働いてる。アマゾンのジャングルで霊感を受けて神の本体を心で感じることができるよう、お金をためてる。

オリベル　そのとおり。それにラカン流[16]ポップというグループも結成してる。

偽のルス　知ってるわ、でもそのお金じゃ食べていけないでしょう？

オリベル　時々バルでコンサートをやってる。それで出費は賄える。そもそも僕は金遣いが荒くないからね。もし精神分析学会の大会に参加することができたら、すごいことになるよ。それが到達目標だけれどもね。こういうふうに考えてみて、ルス、僕たちってこのホシで唯一のラカン流ポップなんだ。いつか、誰か、このことに気づくはずだよ。

カサンドラ　この子たち、このホシで唯一のラカン流ポップなの。いつか誰かこのことに気づくはず。

オリベル　一曲歌おうか？

偽のルス　いいえ、今は結構よ。

オリベル　気に入ると思うけどな。

カサンドラ　そうよ、ルス。いつだって気に入るわ。でも、あなた、大丈夫？　何だかくたびれてるみたい。

アウロラ　時差のせいじゃない？

偽のルス　ええ、時差のせいだわ。

アウロラ　でも、今すぐベッドに行くだなんて、言い出さないでね。明日、お前が帰ってしまうなんて思いたくないのよ。帰るのが早すぎるわ。まだ話したいことがいっぱいあるのに。

偽のルス　手紙に書けば、ママ。

アウロラ　書けることもある。話さないといけないこともある。

偽のルス　そうね。

カサンドラ　ルス、私、あなたのオーラが心配なの。いつもは紫色だった。でも今は薄くぼやけたラベンダー色。すこし具合が悪いんじゃない？

偽のルス　いつから、カサンドラおばさん、私のオーラを見てるの？

カサンドラ　幻覚を求めてジャングルにいたときから。幻覚を求めた話、したわよね。三日三晩、ジャングルの中で食べることも飲むこともしないで……。

偽のルス　ええ、聞いたわ、カミノ・ロホ[17]におけるイニシエイションの儀式。おばさんはアヤワスカも飲んだのでしょう？

カサンドラ　そう、私が飲んだのは先祖伝来のつる性の植物。名前を告げただけで隅にうずくまっていたクンダリニーが動くのを感じる。

オリベル　クンダリニーを呼ばないで、頼むから、怖いんだ。でも、そのことで曲を作ったんだ。本当に僕の新しいシングル、聞きたくない、ルス？

偽のルス　うるさくしたら、アンドロメダを起こしてしまうわ。

オリベル　うるさくなんかないよ、音楽なんだから。新しいバラード二曲、作ったんだ。『現実化』と『大文字の他者』。

カサンドラ　素晴らしいのよ。

アウロラ　唯一の欠点は踊れないということ。

カサンドラ　踊れないですって？　さあ、オリベル、ギターを弾いて。

アウロラ　踊りましょう。食後のデザートを楽しみましょうよ。このケーキ、自然食だというけど、苦かったもの。

オリベル　（ギターを抱えて）ルス、歌ってあげる。『現実の淵で』という歌だ。

（オリベルは『現実の淵で』を歌う。あるフレーズは繰り返され、だんだん激しくなる）

近寄ることが〜できない……
基本的な幻想。
根本的な抑圧、
本質的な酔狂。
近寄ることが〜できない……
実体のない純粋な空虚。
君に近づきすぎると
僕の存在はあやふやになる。
程よい距離だと
君の心の中に存在する。
セックスの最中　譲れないものって必ずあるよね？
僕たち、現実の淵にいるんじゃないのかな？
現実の淵、現実の淵、現実のふ〜ち〜、現〜実〜の。

大声で叫びながら終わってもよいし、ささやきで終わってもよい。全員、踊る。

四　財布に入るぐらいの恐怖

アンドロメダが朝食を食べている。オリベルが入ってくる。

オリベル　眠れなかったの？

アンドロメダ　ええ、そうね。すっきり起きられると思ったけど、ずっとうなされてた。何だか寝苦しかった。大きな声で叫んだんじゃないかしら。ママに聞かれてないわね？

オリベル　聞こえていないよ。僕と君とのあいだは仕切り壁一枚だから聞こえるけど、あの二人は向こうの端で寝てんだから、何も聞こえないよ。ましてや睡眠薬を飲んでんだから。あの人の夢、見たの？

アンドロメダ　ええ、あの人の夢を見た。夢の中で人を忘れる薬、どうして開発してくれないのかしら。たくさん薬、あるじゃない？　なのに、心の中にいる人を引きずりだす薬はないのかしら。あなたなら、どういうふうに人を忘れられる？

オリベル　時と共にさ。

アンドロメダ　それは嘘よ。突然、勝手に愛されなくなったとき、絶対、時は治せない。何の説明もなく、説明の代わりに抱きしめてもらうこともなく、誰かがその人の人生からあなたをかき消そうとしたとき、時間は経過するのをやめない。

オリベル　一度アヤワスカを使えば、アンドロメダ。トランス状態になって恍惚となるよ。君は目を覚ます何かが必要だよ。

アンドロメダ　恍惚……。もしかしたら、アヤワスカを使うと、私、死ぬって思ってしまうかしら。ルスに起こったみたいに。

オリベル　ルスのことを冗談めかして言っちゃダメだよ。ルスの話はまじめな話なんだから。

アンドロメダ　ルスのことはまじめな話だってこと、よく分かってるわ。一つは自分で死にたいと望んでいる。もう一つは、植物の啓示で、自分は死ぬことになっているのだと納得しようとしている。

オリベル　ただの植物じゃないよ。もう二週間ぐらいかな、ルスと話をしてないのは。心配してんだ。そう、君がルスの代わりをやった日。どうだったのか、ルスに話をした日からだよ。

アンドロメダ　大丈夫。私は二日前にルスと話したの。輝いていた。そしていつものように死にかけてると言ってたわ。

オリベル　自分で何の話をしてたのか、君は忘れてる。ただの植物じゃないって。
アンドロメダ　あなただって、オリベル、何の話をしてたのか、忘れてるじゃない。あなたはアヤワスカを飲まなかった。
オリベル　でも、僕は飲むつもりだよ。カミノ・ロホのイニシエーション儀式、一緒にやろうよ。
アンドロメダ　おばさんがやったのを？　それはいやよ、オリベル。そんなことする私、あなた、想像できる？
オリベル　ああ、想像できるよ。
アンドロメダ　食事を抜くと考えただけで頭が痛くなるのに、三日間、食べ物も飲み物を摂らないでどうするのよ？しかもジャングルの中なんでしょう？　木の下で眠って。
オリベル　ある極限状況に身を任せればいいんだよ。身を晒すといったらいいのかな。すべてを捨てて……。苦痛、怒り、もう生きたくないという欲望。そして本当にすべての気力、食べ物も水もなく、本当に気力がなくなると……、どうなると思う？
アンドロメダ　どうなるの？
オリベル　渇きがなくなるんだ。ひもじさなんかもなくなる。つまり、耐えようなんて思わなくなる。これ以上耐えようなんて思わなくなると、支えられてるって思うようになるんだ？
アンドロメダ　支えられてるって、何に？　何が支えてるの？
オリベル　君自身だよ。
アンドロメダ　君自身……、話をしてる時にラカン流はやめてよ。歌ってるときだけで十分。でも、その君自身だよって、どういうこと？
オリベル　君自身っていうのは、もう君を支えるものが何も無くなったとき、君自身を支えてくれる唯一のもの。
アンドロメダ　でも、どうしてあなたはそんなこと、知ってんのよ？　そんなこと、感じたこと、あるの？
オリベル　僕は瞑想する。
アンドロメダ　あなたは一人きりでジャングルの中、食べ物も水もなく、三日もいたの？　オリベル……、言ってちょうだい。そんなこと、したの？　そうしたのかどうか、本当に知りたいの。（すでにオリベルは座って瞑想に入っている）分かったわ。瞑想モードだなんて、何よ。しゃべるだけしゃべっておいて、自分は自分の世界に入る。あなたの悟りって、超格好いいわね。
（アウロラが現れる）
アウロラ　アンドロ、よかったら、ビデオ屋さんに行ってくれないかしら？
アンドロメダ　ああ、ダメ、ママ。私が借りてきたもの、いつもママは気に入らないもの。で、いつもあとで喧嘩。
アウロラ　でもお前って、私の好み、よく分かってるじゃないの。私を喜ばせたくないから、私の気に入らないのを選んでくるのよね、お前って人は。

アンドロメダ　そんなことないわ、ママ。私はママの好みが分からないの。たとえば……、どんなジャンルが好きなのよ。

アウロラ　自己克服。

アンドロメダ　それはジャンルじゃないわよ、ママ。そんなジャンルはないわ。

アウロラ　ないって、どういうこと？

アンドロメダ　ないわ、ママ。例えば、スリラー、ウェスタン、コメディー、ドラマ、そんなジャンルならあるけど、自己克服なんていうジャンルはないわよ。

アウロラ　アンドロメダ……、いいこと、はっきり言っとくわね。ある人にある大変なことが起こって、絶対克服できないと思えるぐらい大変なの、でも、最後には克服するのよ。窮状に陥り、世界で一番愛している人の前で侮辱され、でも最後にはそれを自分で克服するのよ、そして前よりよくなる。

アンドロメダ　でも、ママ、どうしてそんな陳腐な映画、見たいのよ？

アウロラ　分かんないわ。気分がすっきりするのよ。気分がすっきりするかどうかは、人それぞれじゃない？

アンドロメダ　ママの気分がすっきりするもの、私には分からない。どうして世間一般に名画といわれるもの、見ないのよ？　一度見てみたら？　どう思うかやってみない？　何か名画といわれるの、持って来ましょうか？

アウロラ　オリベル、ビデオ屋さんに行って、ビデオ借りてきてくれない？　お願い、だって、あなたの従姉、母親を喜ばす術、まったく持ってないんだもの。

アンドロメダ　私のいる前で、私がいないみたいな言い方、しないで。そんなことされたら、ママ、不愉快になるわ。

アウロラ　ビデオ屋で一本借りてくるより、オリベル、母親を不愉快にさせるほうがいいみたい。

オリベル　（瞑想を中止し）おばさん、ビデオ、探してくるよ。二人が議論するまでもないことさ。

アンドロメダ　瞑想してなさいよ、オリベル。始めたんなら、二時間ぐらい続けたら？　どうして私がビデオ借りてこないのか、知ってる？

オリベル　あとで議論するより、いま議論するほうがいいと思ってんだ。

アンドロメダ　あなたとは関係ないわ、オリベル。口を挟まないで。

オリベル　ビデオ、おばさん、借りてくるよ。出たばかりのやつがあるから。五歳の白血病の女の子のビデオ。

アウロラ　母親はいるの？

オリベル　もちろん、母親はいるさ。母親はこうした生活を受け入れざるをえないんだ。今、ここでこうして生きていくうえでの些細な術も学んでいかないといけない。

アンドロメダ　現実にはただそれしかないのよ。心理的な観点からも日常的な観点からも、過去、現在、未来を占める娘の病気を否定することはできない、そういうこと？

オリベル　とのとおり。

アウロラ　その映画見てみたいわ。ええ、見たい。

アンドロメダ　生きていく上で手の施しようもないものを見てみたいというママの欲求、それって病的よ。

アウロラ　あなたの従姉に私は病気だと言われたわ。たぶん、そうよね。ベッドに行くわ。末期症状のその女の子のビデオ、見つかったら、部屋に持ってきて。そこで見るから。

（アウロラは部屋に行く）

オリベル　自分の母親に、どうしてあんなふうな態度とるんだ？

アンドロメダ　人の不幸を見てみたいというのは病的じゃないの。

オリベル　病的な欲求なんて言うなよ。だって、君だっていつまでも健康という訳じゃないんだから。

アンドロメダ　あなたがやっている馬鹿げた神秘的なことを、私が信じないことに何の理由もないというのなら、クンダリニーが早く目覚めて、あなたの第七チャクラで爆発してもらいたいものだわ。

オリベル　いいかな、悪意というほうが爆発するよ。そういった憎悪を宇宙は君にお返しすることになるからね。僕は君の仙骨をちゃんと見てんだから。

アンドロメダ　オリベル、アンドロメダは出ていくわ。

オリベル　えっ、何だって？

アンドロメダ　アンドロメダは出ていくの。突然、思い出したの。私がルスの役をした日。あのとき初めてこの家族に迎えいれられているって思ったの。みんながもう一人の人がいいと思ってるのに、どうして私はここにいなければいけないの？

オリベル　ルスが来たんじゃない。君がやったんだよ。

アンドロメダ　ことと次第によるわ。

オリベル　ことと次第？　何次第なんだ？

アンドロメダ　私がルスをやったとき、みんな喜んでくれた。どうしてアンドロメダが出ていってルスが戻ってくるというのをやっちゃいけないの？　誰が止めることができるの？

オリベル　僕は止めない。

アンドロメダ　あら、あなた、止めないの？　止めたくないの？　どうしてなの？　アンドレメダがいなくなっても、あなた、どうでもいいの？

オリベル　君がルスになってるほうが幸せなら、どうして僕が止めるんだ？

アンドロメダ　でも、冗談だったのよ。そんなこと、やめろって、怒って欲しかったのよ。怒鳴ってよ。私が私でなくなるのに、どうしてあなたにとって、どうでもいいことなの。ずっと他の人の役をやれって……、あなたの言ってること、ひどいとは思わない？

オリベル　君がそう言ったんだ。それが君の意見だ。君がルスになっているほうが幸福だと言うなら、それはそれでいいと思う。ルスであるとかアンドロメダであるとか、それってどういうこと？　よく考えてみて。どう違うんだい？　大切なことは存在することじゃないか。君の存在って、ルスをやってるほうがいいというなら、つまり、ルスをやってると他の人のことがよく理解でき、他の人からもよく理解され、丁重に扱ってもらえるっていうなら、それならルスをやればいいんじゃないか。

アンドロメダ　でも、それって嘘でしょう？　偽りの姿、作り上げられたものじゃないか。

オリベル　で、アンドロメダだって作り上げたもんじゃないのかな？　アンドロメダだって作り上げたもんだよ。ただその偽りの姿に君は慣れてるだけなんだ。それは慣れの問題。性格というのは慣れの問題でしかない。偽りの姿、まさしく君の言うとおり。僕は君がルスになることに全面的に賛成する。さらに言えば、秘密を守ってくれって言うんだったら、ルスには言わないから。もしかしたら、ここにルスはいるけどそれは自分じゃないとルス本人が知ったら、きっと焼餅、焼くだろうな。

アンドロメダ　できれば、ここにいるのは私でいたいわ。でも、それはかなわない。ことはいま、その真逆。

オリベル　どう違うんだ？　「そうである」とか「そうなってる」とでは、大した違いはないよ。僕たちって、言い方の違いに惑わされてるだけだよ。

アンドロメダ　五番煎じのラカンはもう結構よ。しかもパウロ・コエーリョ[18]の歌をとおしてのラカンなんて。いいこと、ここにいるのは私。ルスはここにいない。私たちは二人、ルスはあそこにいて私はここにいる。もし私がルスの代わりをやると、私はここにいるけれど、私ではない。私は自己同定を放棄して、いないはずのルスになる。つまり、私は私ではない。私はここにいるのに、私は存在しない。私は誰にも気づかれず、誰の目にもとまらない。

オリベル　そんなにドマチックにならなくってもいいじゃないか。ルスをやって、みんなから好まれる。もしくは、アンドロメダをやってみんなから耐えられない人だと思われる。どっちか選んだら。君がいまやることって、ラカンとは何の関係もないじゃないか。

アンドロメダ　ラカンとは何も関係ない、そうよ。

オリベル　じゃあ、僕はビデオ屋に行ってくるね。戻ってきたら、君はどっちにするか、決めておいてくれよ。アンドロメダとのお別れ会ができるかもしれない。そんな食事会もいいじゃないかな。どこへ行くつもりだ？

アンドロメダ　ファミリー・コンステレーションの講習を受けるのにドイツまで行ってくる。

オリベル　それって完璧な言い訳。

アンドロメダ　ビデオ屋さんへ行ってきて。私にも何か借りてきて。

オリベル　君も自己克服のビデオかい？

アンドロメダ　そんなのいらない、殺人モノがいいわ。

オリベル　分かった。好みはそれぞれというわけか。

アンドロメダ　そういうこと。

（オリベルは出ていく）

アンドロメダ　（オリベルからプレゼントされた『自助努力』というタイトルをぶつぶつつぶやく。オリベルは向こうへ行ってしまっている）自分で乗り切る、他人を当てにしない。

（アウロラが入ってくる）

アウロラ　アンドロ、見せたいものがあるの。

アンドロメダ　ホント？

アウロラ　ええ、すごいものよ。パコからの手紙。

アンドロメダ　パコから？　パコって？

アウロラ　フランシスコ、コルテ・イングレスの社長さん。あの人からの手紙だって言っても、信じてもらえないかもしれないけど。

アンドロメダ　そんなことないわ、ママ、信じてるわ。もちろんよ。手紙、読んで、ママ。

（アウロラはコルテ・イングレスの社長からの手紙を読む。途中で社長が代わりに読み始める。手紙は映写される。独身者からの手紙は感動的で、アンドロメダは聞きながら時々、植物に水をやり始める。水をやり過ぎるので、植木鉢から溢れ始める。しかし、アンドロメダは水をやり続ける。床に水溜まりができる。水たまりはどんどん広がっていく。しかし、アンドロメダは水をやり続ける）

アウロラ／コルテ・イングレスの社長

アウロラさま

あなたの手紙を目にすることは、あなたの声を耳にすることです。もしかしたら、それは僕たちが考えていることを身近に感じる、一番純粋な方法の一つなのかもしれません。あなたの手紙を読むことは、まだ僕のことをよく知らないあなたが僕の耳元でささやいている、僕は最初からそう感じていました。

今日は僕の母と金歯の男の話をしようと思います。数年前に父が亡くなってから、母はよくその男の話をするのです。昔、母が愛した男の話です。でもその人は金歯をしていたのです。たぶんそのせいなんでしょうか、もしかしたら僕たちの知らない別の理由があったのかもしれませんが、分かりません。その人は母に結婚を申し込んだのですが、母から承諾の返事がなかなかもらえなかったのです。彼は苦しんだのですが、年が経ち、別の女性と結婚しました。母も僕の父と結婚しました。でも、二人はお互いに忘れることができなかったのです。

　ことは数年前に起きました。母は何か予感でもあったのでしょうか、若いころに住んでいたウセラ地区[19]にあるコパカバーナという昔からあるクラブにふらりと立ち寄りました。そのクラブは母のお姉さんが結婚式を挙げたところですし、母と金歯の男が最後に会ったところです。そのクラブは今では税務署の出張所になっているのですが、どんなことがあったかの分かりますか？　そこで母はその金歯の男に再会したのです。彼は自分の息子のために手続きに来ていたのです。

　こうして四十年後に、二人はお互いに打ち明けました。母は金歯に気後れしていたこと、姉の結婚式の当日に承諾の返事をしようとようやく決心したのに、彼が近づいてこなかったので返事ができなかったと言いました。すると彼も、その日、母が付けていたティアラを見て躊躇してしまった、心から母を愛すれば愛するほど、二人は一緒に暮らせないと思ってしまった、と言ったのです。奇妙なことに、彼はそのティアラをちゃんと覚えていて、それは羽根飾りだったと言ったのです。しかし、母も何かの理由で、それもその理由はよく分からないのですが、その日からティアラを箱の中に仕舞っておいたのです。そのティアラは質素なもので、クリーム色の組み紐飾りだったのです。つまりはティアラと金歯とが二人の愛の物語を壊してしまったのです。と同時に、一生続く幻想を作り上げてしまいました。その人は母の写真を財布の中に忍ばせたのです。そして母にこうも打ち明けました。人生で一番恐れていたことは、自分が奥さんよりも早く死ぬことだった、なぜなら、もしそうなったら、財布に隠してある写真が見つけられてしまうかもしれないって、恐れたのです。

　もしかしたら、人生で最大の恐怖というのは、このようにちっぽけな、ちょうど財布に入るぐらいの写真の大きさの、ごみ箱に投げ込めるぐらいの、ポイと投げ捨てられるぐらいの恐怖だと考えたところで、奇妙な慰めにしかならないかもしれません。そんな彼が持ち続けた人生最大の恐怖を粉砕するものがあるとしたら、それはいったい何でしょうか？「ほら、財布の中を見て」と、その男は母に言いました。その写真を母に見せることができたとき、彼は全人生の何パーセントの意義を取り戻せたのでしょうか、分かりますか？

あなたに言いたいことは、アウロラ、もしかしたら、時々、僕たちは誰も理解できない決断、そう、他の人には何の意味もないと思われる重荷を担ごうという決断をするものです。でも実際のところ、地味なクリーム色の組み紐飾りを羽根飾りとどうして僕たちは取り違えるのか、金歯をどうして僕たちはいやだと思うのか、財布の中にどうして僕たちは苦しみというか恐怖を仕舞い込むのか、どうして僕たちは期待するのか、その理由を誰も言うことはできないでしょう。誰だって、僕たちが何を期待しているのか、言えません。もしかしたら、ある日、税務署の長い行列に並びながら、それも運が良ければの話なのですが、人生の最後を迎えるとき、もしくは、まだ誰になるのかわかっていないのですが、その人が僕たちの耳元でこの手紙を読んでくれるとき、その理由が何なのかわかるのかもしれません。

あなたが大好きなコルテ・イングレスの社長、
フランシスコより。

五

私は姉の番人でしょうか[20]

前と同じ居間。しかし、ひっくり返っており、しかも、汚れている。偽のルスが小さな祭壇の前で瞑想している。そこだけがきちんと片付けられている。カサンドラ、アウロラ、オリベルがテーブルを囲み、ドライフルーツを食べながらドミノをやっている。

アウロラ　また五？　でも、五なんてもうないんじゃない？　これ以上、五はないのに、どうして五が出るまで牌を引かなきゃいけないの？

オリベル　五がなくたって、おばさん、五が出るまで引かなきゃいけないんだよ。それがルールなんだから。

アウロラ　ばかばかしいルールなんて、私、守るつもりはないわ。出口のない路地に迷い込んだみたい。

カサンドラ　でも、どうしてこの人、残ってる牌、全部引くのよ？　私、どうしたらいいの？　私、パス。だって五なんて全然ないんじゃないの。みんなテーブルの上に出てるんじゃないの。全員がパスすると誰が勝つの？　このゲーム、さっぱり分からない。

オリベル　僕たち、ママ、ドミノを何百回もやってきたじゃないか。今、突然、誰もルールが分からないなんて信じられない。ドミノとかカードとか何でもいいけど、どうしてゲームがこんなにややこしくなってしまったんだろう？

アウロラ　以前はアンドロメダがいて、ゲームをうまく進めてたじゃない？　でも、今はここにいない。あの子は、お前と違って、いつも分りやすく説明してくれたわ。でも、オリベル、お前の説明、はっきりしなくって、何を言ってるのかさっぱり分からない。

オリベル　今度は僕が悪いのかい？　信じられない。ルス、お願いだからこっちに来て、ドミノをやろうよ。

カサンドラ　オリベル、ルスはいま瞑想してんの、分かんない？　邪魔しちゃダメ。

アウロラ　邪魔か邪魔じゃないか、ルスにとってはどうでもいいこと。一度だってルスはゲームに興味を示したことないじゃないの。そして、いつも的外れの説明ばかり。

偽のルス　私って的外れ？

アウロラ　もちろんよ、お前は善悪の向こう側にいる人よ。誰が勝ったか負けたかなんてこと、超越してる。ゲームのルールにどう口出しするつもり？

偽のルス　口出し？　あなたたちのやってることに関心を示したらいけないの？

アウロラ　お前にとっては、こんなことより大切なことがある。私たちはこの世で暇を持て余している。でも、お前は違う。

カサンドラ　私、この世で暇なんか持て余していない。

アウロラ　じゃあ、ドミノは何をしてることになるのよ。

カサンドラ　精神的な気晴らし。

アウロラ　ドミノって誰の気晴らしにもならないわ、マリサ。ましてやこんな下手くそなゲームをしてではね。正直に言うわ。私たち、時間を無駄にしてる。私、パコに手紙を書かないと。ところで、ルス、お前は随分と大きな犠牲を払ってるんじゃないの？　だってここに三週間以上もいるだけど、こんなに長くここにいるのは初めてよ。インドに戻ってしなきゃいけないこと、いっぱいあるんじゃない？　あっちではお前はかけがえのない人、そうだと思うけど。

偽のルス　アンドロメダがいないのが寂しいの、ママ？

アウロラ　寂しいって、何よ、あきれて物が言えないわ。

偽のルス　あら、寂しいって思ってるんじゃないの？　でも、どうして寂しくないの？

カサンドラ　そうよ、どうして寂しくないの？

オリベル　僕は寂しいな、本当に寂しいな。

偽のルス　でもいつも二人、言い合いばかりしてたじゃないの。

オリベル　そんなことないよ。アンドロメダと僕とは深いところで繋がってたから、何でも話せたよ。でも、ルス、君には何でも話そうとは思わない。

カサンドラ　従姉にそんな言い方しないほうがいい、オリベル。アンドロメダがいないのは寂しいってお前が言っても、それがルスに「君はもうここにいなくてもいい」という意味にはならないのだから。

アウロラ　今晩の夕食は何かしら？

偽のルス　分かんないわ。ママ、お好きなもの言って。

アウロラ　ほら、これじゃない？　だから懐かしく思うのよ。アンドロメダのお献立はじつに手慣れてた。ちゃんと今晩の献立が台所の黒板に書いてあったから。いろんな料理を作ってくれて、今日は何を食べるのか、夕食は何なのか、よく分かったもの。

偽のルス　でも、ママ、アンドロメダがやっていたやり方って、学校の給食じゃない？　家族が食べたい自由をすっかり奪ってたわ。アンドロメダが何でもかんでも決めるのは、ちょっと変だったんじゃないの。私たちみんな大の大人よ、違う？　今はめいめいが食べたい夕食、それぞれが食べてる。それって、祝福すべき大人の自由というもんじゃない？

カサンドラ　でも、私たち家族よ。

オリベル　そうだよ、僕たち家族だよ。

アウロラ　自由って、それほどいいものじゃない。家の中では、毎日の料理にある種の統制があってもいいと思う。

偽のルス　そうかもしれないけど……、じゃあ、誰が毎日の献立を考えるの？

カサンドラ　あなたがやってもいいんじゃない？

偽のルス　ダメよ、私はダメ。もう少ししたら出ていくんですもの。ずっとやらなきゃいけない役、引き受けられないわ。そんな役、私がやるわけにはいかない。そんなことをしたら、私が行ってしまうと、みんな私がいないことを寂しく思うんじゃない？　それこそ、アンドロメダが行ってしまってから、この家で起こってること、違う？

アウロラ　アンドロメダが懐かしいですって、開いた口がふさがらないわ。

オリベル　でも、おばさん、僕は本当に寂しいよ。

カサンドラ　以前この家にあった秩序が懐かしい。

アウロラ　この家にあった秩序が何かしら懐かしいという点では、私も同意見よ。

偽のルス　アンドロメダがいないのは寂しいって、どうして素直に認めないのか、ママ、私には分からないわ。

アウロラ　二人の娘がそれぞれやってくれてるっていうのは分かってるつもり。でも、アンドロメダを懐かしく思うほど、あの子がやってくれたことはなかったわ。

偽のルス　でも、どうしてなの？　ママの言ってること、分からないわ。

アウロラ　懐かしい人だなんて思えるようなタイプじゃないのよ。

偽のルス　みんな、アンドロメダをまともに認めていないと思う。この家にアンドロメダがいたときのほうが今よりずっとうまくいっていたと思う。例えば、手身近な例だとドミノをやってる時。そのこと、認めないの？

オリベル　僕は認めてるよ。そうだって、さっき言ったじゃないか。アンドロメダに戻ってきて、と言ったら？

偽のルス　何を、オリベル、分かってるつもり？　もしかしたら、アンドロメダはもう戻りたくないかもしれない。もしかしたら、まともに認められないことに嫌気がさして、どこでもいいから、そこにいようと決めたのかもしれない。

アウロラ　馬鹿げてる、帰りたくないですって？　戻ってくるのは当たり前よ。

偽のルス　分かんないわよ、ママ。帰ってくるかどうか、分かんないわよ。

アウロラ　何なの、あの子？　耐えられないわ。

（泣く寸前で部屋に行く）

カサンドラ　あの子、変わっちゃったわね。あの子じゃないみたい。そうよ、持ってるオーラ、半分ぐらいしかない。あの子、どうなったの？　私には分からない。

アウロラ　私にも分からない。あの子の姉に戻ってきて欲しい、それが私の願い。でも、あの子には言えない。だって、そんなこと言ったらどうなるか、目に見えてるもの。

オリベル　それ、言うべきだよ！

カサンドラ　ダメ！　人から好かれてるって思ってるあの子に、「お前の姉さんがいないのは寂しい」、なんて言ってごらんなさい、あの子、どうなると思う？　想像してみて。

アウロラ　あの子が作るクスクス、ひどいわ。マリサ、あなたは料理が下手……。

カサンドラ　カサンドラ。

アウロラ　そう、カサンドラよ、あなたは料理が下手だっていつも言うけど、確かにあの子が作る自然食品の料理のほうがまだまし。でもあの子の作ったイナゴマメのケーキ、パサパサで食べられたもんじゃない。でも、食べないわけにはいかない。だって、あの子、そのあたり、神経が細いんだもの。

カサンドラ　そう、あの子ってアンドロメダよりずっとずっと細い。アンドロメダには何でもずけずけと言える。だって言ったところで別にどうってこともないもの。だってあの子は芯の強い子だもの。性格も。どんな目にあっても。

アウロラ　でも、アンドロメダは料理が上手。

カサンドラ　そう、アンドロメダは料理が上手。

アウロラ　それも、いろいろ。
カサンドラ　そう、それも色とりどり。今じゃあ、三週間、
毎日同じものばっかり食べてる。おかしくなるわ。
アウロラ　何、食べたいのって尋ねられても、いつも同じものばかりなのに、いまさら何を食べるのよ。
オリベル　いま二人が話してること、ルスにちゃんと言うべきだよ。アンドロメダがいないのが寂しい、戻ってきて欲しいって、ちゃんと言うべきだよ。
アウロラ　ちょっと、おかしいんじゃない、オリベル？　さっきのルス、どうなったのか分かったでしょう？　そんなこと言ったらどうなるのか、想像してみてちょうだい。
オリベル　でも、僕たちがアンドロメダをちゃんと認めていないと思って、ルスは気分を害したんじゃないかな。ちゃんと認めてるよって説明したら、納得するんじゃないかな。
アウロラ　納得？　嫉妬するだけよ、納得なんかしない。それに、私たちはアンドロメダをそれほど高く買ってるわけじゃない。アンドロメダの欠点を数えていけばキリがないし、それを全部言えって言われれば言えるぐらいよ。問題はただどういうことかって言うと……、このぱさぱさのクスクスとかかちかちのイナゴマメのケーキとかぐちゃぐちゃの家の中とか、そういったことと比べたら、アンドロメダの欠点を受け入れる必要性を認識すべきじゃないのかしらって思ってんの。
オリベル　よし、ルスにそう言おうよ、少なくとも。アンドロメダの短所のほうが、怪しげな料理の長所より好きだって、ルスにそう言おうよ。だってまずい料理は家庭の快適さを築かないもの。
カサンドラ　そんなこと、どういうふうにルスに言えばいいの？
（偽のルスが現れる）
偽のルス　何か私に言いたいことあるの？　ないの？
カサンドラ　ルス、あなた、出ていくの？
アウロラ　出ていくって何よ？　どうして出ていくことになるの？
偽のルス　明日、出ていくわ、ママ。私、ここ、気に入ってるのよ、怒って出ていくんじゃないの。ここにいた数週間、素晴らしかったわ、本当よ。
アウロラ　でも、ルス。
オリベル　君が出ていってアンドロメダが帰ってくる。
偽のルス　私は姉の番人でしょうか。
オリベル　聖書から引用するのは無理がある。それって、冒涜だよ。
偽のルス　無理に聖書から引用なんかしてないわ。私は姉の番人でしょうか。私はまじめに言ってるの。アンドロメダは心理セラピーのコースが終わり、帰るほうがいいと

思えば帰ってくる。分からないけど、私とは関係ないわ。

アウロラ　でも、二人とも行ってしまうって、変ね。

オリベル　そうだね、二人とも行ってしまうって変だ。

アウロラ　いつもは一人いた。お前たち二人が生まれてから、少なくとも一人はいつもここにいた。突然、二人ともいなくなるってありえないわ。

偽のルス　いつもそうだった、ママ。ちょっと考えて。いつも一人いた。いつも同じ人だった。

アウロラ　アンドロメダが帰ってくる前に行かないで、ルス。お願い。こうして頼んでるんだから。

カサンドラ　私もお願いする。アンドロメダが帰ってくる前に、あなた、出て行ってはダメ。

オリベル　そう、行ってはダメだ。

アウロラ　行ってはダメ。もちろん、そうよ。（電話が鳴る）フランシスコ、フランシスコからの電話だわ。

カサンドラ　誰？

アウロラ　パコよ。

オリベル　コルテ・イングレスの社長さん。

（アウロラは喜々として部屋に走り込み、電話で話す）

カサンドラ　ということは、その人と知り合いになったということ？

オリベル　そうだよ、知り合いになったんだよ。何カ月間か手紙のやり取りをしてね。

カサンドラ　会ったの？

オリベル　いや、まだ会ってない。

カサンドラ　その関係よく分からない。映画にも行ってないんでしょう？

偽のルス　いまどきの関係って、おばさん、こんなものよ。会うとか会わないとか、そういうの、どうでもいいのよ。物事は別の次元で動いているの。

カサンドラ　でも二人ともいまどきの人じゃないじゃないの。いいこと、ルス、私のお母さんはいまどきの人ですって、いまさら言わないで。でもその人、いくつぐらい？

オリベル　歳なんて、どうでもいいじゃないか。コルテ・イングレスの社長さんだよ。デパートの社長さんはいまどきの人でなきゃダメなんだ。でないと、社長さんになれないよ。

カサンドラ　その理屈、全く納得できない。

偽のルス　私も。

カサンドラ　映画にも行かないで恋人だなんて、私、理解できない。映画に行くっていうのは、二人の関係がしっくりいく最低限の行為じゃないの。それって当たり前のことじゃない？　みんなが共通認識していることを世代ギャップの問題にすり替えようたって、そうはいきませんよ。あなたのお母さんが、いまどきの人になりたいってどんなに頑張ったって、所詮、無理なんだから。

偽のルス　二人は恋人なんかじゃないわ、おばさん。一緒に映画にもお茶にも行ってない。ただ手紙を交換する関係。何か特別な感情を込めたちぐはぐな手紙じゃなくって、ただただ返事に返事を書いてるの。

カサンドラ　いいこと、ルス、言っておきたいことがあるの。あなたってだんだんお姉さんのアンドロメダに似てきた。そうぎゅっぎゅっぎゅっという物言い。そういった言い方はドライで鼻持ちならないこと。二人がよく似てるって気がつかなかった。本当、気がつかなかった。だってあなたのオーラはあの子と同じくらい鈍い灰色だもの。さてと、私はいつもの居心地のいいところに行くわ。あなたが遠くに帰ってしまうのは本当に寂しい。だってずっと傍にいたんだから。（自分の部屋に行く）

アンドロメダ　今すぐルスと話す。ルスはルスに戻るべきよ。遠くにいたって、死ぬだなんて馬鹿げた考え、頭から取り除かないと。

オリベル　もう考えていないよ。

アンドロメダ　えっ！

オリベル　もう死ぬなんて考えていないよ。ルスと話したのは、いつ？

アンドロメダ　昨日よ。

オリベル　じゃあ、まだ君に言ってないんだ。

アンドロメダ　私に言ってないのって、誰が？

オリベル　ルスが。君に言うべきこと。

アンドロメダ　オリベル、何を？　今すぐ言って、お願い。

オリベル　修道院に入るって。

アンドロメダ　どういうこと？

オリベル　ルスは死なない。修道院に入るつもりなんだ。もう二度と会えない。で、自分の決心、僕たちが受け入れないだろうと思って、死ぬっていうこと思いついたんだ。だから君に代わりを頼んだんだ。

アンドロメダ　もういい。それってほんとうにおかしい。それってますますおかしい。

オリベル　君のお母さんに話をするつもりだと言ってた。僕のお袋にもできるだけ早いうちにって。昨日、君に何も言ってないなんておかしいな。君のリアクションが怖かったからかな、きっとそうだよ。

アンドロメダ　もちろんだわ、修道院に入るって言うなら、私、最悪のリアクションをして脅かしてやるわ。そのために不治の病で死ぬって思いついたのね。よく思いついたもんだわ。よく考えついたもんだわ。よく嘘をついたもんだわ。

オリベル　君だって、アンドロメダ、片棒担いだんだぞ。ルスだってこんな身代わり作戦、喜んでやったわけじゃないよ。

アンドロメダ　でも、身代わり作戦はルスのアイディアよ。

オリベル　違うよ、ルスは二三日だと思ってたんだ。でも、君は一カ月以上やってる。それって、おかしいよ。一カ月以上、ルスは自分の母親とも、僕のお袋とも話せない状態だったんだよ。

アンドロメダ　言っとくけど、ルスは一生、修道院に入るのよ。母親とも叔母とも、ずっと話ができなくなるのよ。ルスにとって、そんな生活に馴染むほうがずっと大切なのよ。

オリベル　そんなに、むきになるなよ。

アンドロメダ　むき？

オリベル　その植物、溺れかかってる。

アンドロメダ　溺れかかってるって、どういうことよ。

オリベル　その植物、乾き過ぎより水のやり過ぎのほうが枯れるんだ。水のやり方の説明書が付いてる。ほら、この葉っぱ、シミになってるだろう？　それと、このぶよぶよのところ……、ほら、触ってみて……、腐ってるんだ。この植物、腐りかけてる。水のやり過ぎ。だから、水をやるの、やめるんだ。分かった？　水をやるの、やめるんだ。（退場）

アンドロメダ　（オリベルに大声で叫ぶ。しかしオリベルはすでに彼の部屋に入っている）この植物は元気よ。この植物は溺れない。この植物は水が好きなの。（しばらくすると、彼女は植物の傍にひざまずき、すすり泣きを始める）ごめんなさい、ごめんなさい。

六　愛することとは持っていないものを差し出すこと

アンドロメダはスカイプをとおしてルスと会話をしている。ベッドに寝ているルスの姿が舞台奥に映し出される。明らかに病気である。ただアンドロメダには、たぶん機械的な問題でその姿は見えない。

アンドロメダ　私はむきになるタイプじゃないわ。

ルス　アンドロメダ……、苦労の種をもてあそばないこと。

アンドロメダ　でも、それって、ルス、分かんないのよ。あなたにとって、どうでもいいこと？　どうしてこんなこと選んだの？　もう会えないなんて、どうしてこんなこと選んだの？

ルス　たぶん、私が選んだんじゃない。

アンドロメダ　自分で選んだんじゃないって、どういうこと？　私に、嘘つかないで、ルス。じゃあ誰が選んだのよ？　アヤワスカ？　誰が、一生、仏教の修道院に隠遁することをあなたに選ばせたのよ。一生って、どういうことよ。ラマ僧だって、外に出られるのよ。

ルス　隠遁って言葉、誤解を招くわ。隠遁するってこと、別に悲しいこととは思わない。私たち、隠遁とは言わない。修道の生活に身を捧げると言うの。

アンドロメダ　あなたたちは。

ルス　そう、私たちはそう言うの。私はコミュニティーに入って、家族って言えばいいのかしら、そこで生活するの。血の繋がりじゃなくって、本当の愛によって結ばれた家族なの。

アンドロメダ　私、いろいろと情報を集めたの、ルス。

ルス　情報って、何を?

アンドロメダ　仏教の習慣じゃあ、誓願を立てても一生続けなくてもいいんですって。つまり、還俗できるの、何度でも。うーん……、七回まで。

ルス　そうね、あなた、ちゃんと情報を持ってるわね。

アンドロメダ　あたりまえよ、ルス。

ルス　もし私がそんな決心をしたら、一生そうすることができるって考える必要がある。そうする必要がある。私の選択を尊重してちょうだい。

アンドロメダ　私が選んだんじゃないって、さっき、言わなかった?

ルス　お願い、アンドロメダ、頭の中、こんがらからせないで。私、疲れたわ。

アンドロメダ　最後はいつも疲れたわね?　本当に大丈夫、ルス?　弱々しい声ね。いつになったら、そのカメラ、修理するの?　あなたが全然見えないじゃないの。あなたの姿、ちゃんと見せて。そこにくっつける小さなカメラ買ったら?

ルス　無理よ。これはパソコン、調子が悪いの。

アンドロメダ　それっておかしいわよ。よく見て、カメラのアイコンの右側に赤い小さな印があるじゃない?　そこを押すのよ、やってみて、お願い。

ルス　あら、そう……やってみるわ。(映し出されている映像ではコンピューターを触る気配はない。嘘をついている)ダメ、ダメだわ、仕方ないわ、本当。ねえ、私が病気だという考え、頭から取り除いて。私は本当に死ぬんじゃないって分かってくれたでしょう?

アンドロメダ　そんなことはない。絶対、絶対ないわ。あなたが死ぬって思ったことなんか絶対ない。夢にも思ったことなんかない。

ルス　いいわ、そうよね。私の姉は頭がいいもの。

アンドロメダ　あなたに手紙、書けるわね?

ルス　もちろんそうよ。そのとおり。何回、同じこと聞くの?

アンドロメダ　だって、あなたに手紙書くのって変よ。返事が来ないんですもの。

ルス　もう言ったじゃないの、返事はできないって。でも、はい、これ見て、この私書箱に手紙を書いて。いやだったら、書かなくってもいいのよ。

アンドロメダ　なに言ってんのよ。もちろん書くわよ。書けないなら、私、死んじゃうから。

ルス　そんなこと、言わないで、アンドロメダ。そう気安く死ぬなんて言わないで。

アンドロメダ　本当よ、ルス。あなたに手紙が書けないなら、私は死ぬから。それって、まるで根本的に全面的に二人の絆を諦めるみたいなもんだもの。一人になろうというあなたの決心、絶対おかしいわ。

ルス　さっき、アンドロメダ、書いてもいいって言ったでしょう？　あなたからの手紙は全部読むから。私ができないことは返事を書くこと。でも、あなたからの手紙を読むと、あなたが近くにいるって気がするはず。

アンドロメダ　私もあなたに手紙を書くと、あなたを近くに感じるわ。

ルス　そうよね。

アンドロメダ　それって奇妙な文通かもしれない。でも、それって文通っていえる？

ルス　そうよ。それってもちろん文通よ。

アンドロメダ　私の思っていることは、しばらくたってからあなたのところに着く。私が何かあなたに送ったら、時間が経過してから到着する。そんなこと考えただけでぞっとする。世の中にはいつも訳の分からないことが多すぎるわ。誰かに手紙を書いてると、手紙を書いてるときは相手と一緒にいるように感じる。そのときその人を身近に感じる。でも、手紙を読む人は同じ時間にはいない。別の時間にいる。つまり、手紙を読む人はいつもあとからなの。

ルス　時間がずれるってことは、それほど問題じゃないわ。それほど。ちょっと考えてみて、夜空にアンドロメダ星雲を見るとき。

アンドロメダ　秋よね？

ルス　そう、秋。私たちがアンドロメダ星雲を見るのは二百万年前の星雲よ。それは地球に届くのにそれほど時間がかかるっていうこと、違う？

アンドロメダ　二百万年半よ。信じられないほど遠い。

ルス　違うわ、ここから信じられないほど遠いっていうことじゃなく、信じられないほど遠いのに、ここまで光が届くっていうこと。信じられないのは輝いているっていうこと。

アンドロメダ　アンドロメダ星雲ってものすごく大きな渦巻星雲よね。

ルス　渦巻星雲の中で一番輝いているでしょう？

アンドロメダ　そうよね。

ルス　ほら。

アンドロメダ　何？

ルス　自分の名前に文句を言わないこと。
アンドロメダ　文句なんか言っていないわよ。
ルス　言ってるわ。ルスという私の名前は光ってるけど、自分のアンドロメダは暗いって、いつも嘆いてる。で、気がついたんだけど、あなたの名前は宇宙で一番輝いている銀河系。
アンドロメダ　言っとくけど、渦巻星雲の誕生ってすごく劇的なことよ。いつも銀河系の衝突で起こるんだから。
ルス　そうよ、そのとおり、分かってるわ。その話、パパにしてあげたら喜んでた。
アンドロメダ　アンドロメダの誕生には四百万年かかったのよ。
ルス　そうよね……、そんなに長いことかかったあと、何の値打ちもなかったというのは、ありえないわ。
アンドロメダ　いいこと、私は銀河系とぶつかる運命なのよ。秒速三百キロで近づくの。
ルス　それって、どうってことないわ。あなたが遠くにいても、何てことないわ。
アンドロメダ　そうよね。何てことないわね。ルス、私のこと大好きだ、ずっと大好きだって、約束してくれる？
ルス　いつも大好きよ。
アンドロメダ　私の手紙、読んでくれたかどうか分からないけど、全部読んでくれるわね？
ルス　信じてもらうしかないわ。
（オリベルがギターを持って登場）
オリベル　ルスと話してんの？
アンドロメダ　そうよ。ルスの姿は見えないんだけど。
ルス　オリベルね！　パソコンの前に来て。顔、見たいから。
オリベル　すっごいことになったんだ。ラカン学会の新しいテーマ曲になるんだ。
ルス　まあ、すごい！　聞かせて、お願い！
オリベル　『ラディカルな他者性』っていうタイトルなんだ。
ルス　すごいわね！
アンドロメダ　思い切って、オリベル、仏教ポップというのもやってみたら？
オリベル　それはもうやってるよ。いいか、聞いて。歌の最初はジジェク[21]をちょこっとパクッて。
アンドロメダ　ちょこっとパクッて、ってどういうこと？
オリベル　うーん……、ちょっと使わせてもらったんだ。
アンドロメダ　なるほど、あなたのやり方ね。で、どうなの？
オリベル　『欲望の執着』、『衝動の永遠性』。
ルス　素敵だわ。
オリベル　よく聞いて、歌うよ。（歌う）
　　盲目的な意気込み
　記念碑的な空虚。

苦しみをすべて受け入れる
楽しみを限りなく享受する。
過激な他者性
今日、僕の体には物体としての尊厳がある。
過激な他者性
愛が宿るかどうか、何も支えてはくれない。
僕のほうに向けるんだ、
君の鏡のような無口な表面を。
何もないブラック・ホールに
君はなってはダメだ。

そして次に歌われるいくつかのフレーズを、ゲリラ姿のシンガーソングライターが朗誦するんだ。

過激な他者性
愛には愛で報いるのみ。
過激な他者性
手を延ばす最愛の人は逃げるのみ。
過激な他者性。
愛することは持っていないものを差し出すこと。
愛することは持っていないものを差し出すこと。
愛することは持っていないものを差し出すこと。

三人は「愛することは持っていないものを差し出すこと」を何回も繰り返し歌う。

七　平然と死者たちのように生きている人たちがいる

夜。アンドロメダが手紙を書いている。オリベルが近づいてくる。

オリベル　誰に手紙、書いてるの？
アンドロメダ　誰にも。
オリベル　また死者への手紙かい？
アンドロメダ　新しい方法を見つけたの。いまじゃ、返事が来るの。
オリベル　どんな返事？
アンドロメダ　私の手紙を死者の手紙の中に紛れ込ますことができるようになったの。今ちょうどリルケ[22]に手紙を書いていたところ。一九一四年六月二十六日にリルケがルー・アンドレアス＝ザロメ[23]に書いた手紙に対する彼女の返事。つまり、私が書いた返事にリルケはばっちり六月二十九日に手紙を書くことになるの。
オリベル　それで、君はお母さんがコルテ・イングレスの社長さんに手紙を書いていたことには驚いてるんだ。
アンドロメダ　違うわ、驚いてなんかいないわよ。とってもいいことだと思ってる。あっ、それに、さっき言ったこと、嘘よ。リルケの本を読んだっていうのは本当。でも違う……。もう死んだ人には手紙を書かないわ。

オリベル　あれ、書かないの？

アンドロメダ　書かないわ。数カ月前から止めたの。今はルスに手紙を書いてる。

オリベル　ルスのことでちょっと話したくってきたんだけど。

アンドロメダ　ルスがいなくって寂しいの。とっても寂しい。

オリベル　僕、おかしいなって思ってんだ。

アンドロメダ　おかしいって、何よ？　ルスのこと？

オリベル　そう、ルスのこと。

アンドロメダ　やめてよ。

オリベル　少し前から思ってんだけど。ほら、修道院のこと……。違うんじゃないかな。

アンドロメダ　もうそれ以上言わないで。

オリベル　でも、そうだとは思えないんだ。何となくは分かるんだけど、誰にも言えないんだけど、驚いてるんだ。

アンドロメダ　ちょっと待って。（アンドロメダは書きかけの手紙を取り、読み始める）親愛なるルスへ。あなたは死んでしまったと私は思っています。

オリベル　それ、僕が言いたかったこと。

アンドロメダ　（読み続ける）少し前の手紙からこの手紙まで、敢えてあなたに言わなかったのですが、私はそう思っています。あなたのいくつかの嘘に感謝しています。あなたがとある所で私のことをずっと好きだと思ってくれる約束、私の手紙はすべて読む約束、もうそういった約束はいりません。やっといま、期待せずに愛することが理解できました。本当に私の大切な死であるルス、そう、私自身の死である大好きなルス、死者たちへの愛は幾人かの生きている人たちに感じる愛とさほど違わないということが、あなたのおかげでようやく分かりました。死者たちのように平然と生きている人たちはいます。大好きなルス、そういった愛について、私はかなり分かってきました。いつの日か、これほどものすごく苦しまないで、もしかしてそれに耐えることができるかもしれません。でも、今日はまだ分かりません。だから、今日はあなたを愛していますが、「いつまでもあなたを愛している」とは言えません。生きている人たちはいつも死者たちに対して誠実ではありません。いつもそうです。そしてゆっくりとその理由が分かり始めました。そして、ゆっくりと、生きている人たちがどうして許されるのか、その理由が分かり始めました。死者に手紙を書くことと、死者のように沈黙を守りながら生きている人に手紙を書くことがこんなに辛いことになるなんて、そんな日がいつかやって来るなんて、考えてもいませんでした。でもその日はやって来たのです。今日、私はすべての死者たちにお別れを言います。また同じように、死者たちのように平然と生きている人たちにもお別れを言います。そのまえに、最後にすべての愛を込めてあなたに抱擁を送ります。

オリベル　アンドロメダ、行こうよ。

アンドロメダ　どこへ？

オリベル　ジャングルへ。

アンドロメダ　何しに？

オリベル　出会うべきものに出会うために。

アンドロメダ　私たち自身に？

オリベル　そう、そうだよ、僕たち自身に。

アンドロメダ　本当にジャングルで野宿するつもりなの？私たち死ぬかもしれないって、あなた、考えてもみなかった？　それって、危険だって、考えてもみなかった？

オリベル　もちろん危険だよ。でも、それが問題なんだよ。全面的に身を任せる、全てに、死ぬ可能性にも。

アンドロメダ　死ぬ可能性を受け入れる。と同時に、死なないって確信する。

オリベル　そう、そのとおり。

アンドロメダ　私、何となく分かったような気がする。たとえそれは忘れようとしても、人生の局面で、そのたびごとにやらねばならないと学習するのと同じこと。極限状況下にあるジャングルで、私ができるようになったら、人生でも苦労しない。そうじゃない？

オリベル　それは分からない。僕には分からない。

アンドロメダ　それはまた克服しなければならない信仰の問題だと思う。おばさんに聞いてもいいかしら。

オリベル　信仰の問題って、お袋がそんなことしたかどうか、知らないな。

アンドロメダ　あら、そう？

オリベル　はっきり分からないよ。

アンドロメダ　この家ではみんな嘘をついてるの、それとも、お互いに信頼していないの？

オリベル　どちらもだ。

アンドロメダ　行きたいわ。あなたと一緒に行きたいわ。

オリベル　本気で？

アンドロメダ　ええ、できるだけ早く。少なくとも私の気が変わる前に。ただ、アヤワスカを飲まないとダメなのよね？

オリベル　そう、飲まなきゃいけない。三日間のあいだ、飲めるのはそれだけだ。

アンドロメダ　その飲み物って、魔力があるとか聖なる飲み物とか、信じないとダメなんでしょう？　ドラッグをやってないと思っていいのよね？

(カサンドラが入ってくる)

カサンドラ　ドラッグをやってることにはならない。なぜなら、それはドラッグじゃないから。どうしてドラッグじゃないのか、説明はいくらでもできる。

アンドロメダ　おばさんがそこにいるの、気がつかなかった。ママと一緒にグワダラマ[24]に行ったものとばかり思ってた。でも、それじゃあ、ママは一人で行ったの？　ありえないわ。

カサンドラ　違う、コルテ・イングレスの社長さんと一緒に行ったの。私が二人と一緒に行く理由は何もないじゃないの。

アンドロメダ　パコと一緒に、本当なの？　よかった。

カサンドラ　ことは変わっていくの。あなたは嬉しいのね。

アンドロメダ　ええ、本当に私、嬉しいわ。だって、ママは機嫌がいいんですもの、ママは喜んでいるんですもの。

オリベル　喜んでいる、そのとおり。別人みたいだ。

カサンドラ　愛がなせる技。

アンドロメダ　ええ、しばしばなせる技ね。

カサンドラ　じゃあ、ジャングルに行ってアヤワスカを飲む？

アンドロメダ　おばさん、本当にそうしたの？

カサンドラ　もちろん、本当にそうしたわ。そうじゃなかったら、私、どうやって精神のバランスとってると思ってるの。

アンドロメダ　本当にそうなのよね、おばさん。

カサンドラ　そのとおり、アンドロメダ。私、二人がやることはとてもいいことだと思う。でも、充分注意して。聖なる輪を作り、女神の力と四元素を呼び込む前に飲んじゃダメ。

オリベル　分かってるよ、ママ。

カサンドラ　で、あなたの目的は具体的に何なの、アンドロメダ？

アンドロメダ　何か具体的に目的がないとダメなの？　そんなこと、オリベル、言ってくれなかったじゃないの。

オリベル　お袋はいつも何でもかんでも儀式のようにやるんだ。でも具体的な目的がなくったってもいいよ。君の場合、君の目的は君の過去と和解することでもいいんだ。

アンドロメダ　でも、私は自分の過去と和解したくはないわ。全くその逆よ。

カサンドラ　逆って、どういうこと？

アンドロメダ　何としても過去と和解したいという願いは、もしかしたら自尊心でしかないかもしれない。私は後悔したいの。後悔することを学びたいの。

カサンドラ　どうして自尊心なの？

アンドロメダ　おばさんがやったことはやる必要があったからだと思うこと、間違いの中に何かしら正しい選択や思慮分別や宿命があったからだと思うこと、それって、自尊心でしかないわ。間違いは間違いよ。間違いを犯したら、二度と起こさないよう心がけるべきだと思う。また同じことをするんじゃないか、過去を繰り返すんじゃないかと思うところから、悩みは来ると思う。過去がいつも現在にならないよう、未来の脅威に晒されないよう、後悔することを学ばないといけないわ。

オリベル　じゃあ、過去を完全過去時制(25)に変えようよ。完全過去時制、シングルのタイトルにどうかな？

カサンドラ　二人の目の前には地獄が待ち構えていると思う。でも、必要なこと。

オリベル　どうして、ママ、目の前に地獄があるんだ？　どういうこと？　励ましてくれてるの？

カサンドラ　そうなんだから、そうなの。あなたたち、いつか地獄を横切ることになるの。

オリベル　でも、どうして地獄を横断しなきゃいけないんだ？

カサンドラ　地獄を横切らないと、ふさわしい天国には行きつけない。

アンドロメダ　おばさん、ルスのことはどう思ってるの？

カサンドラ　いいわよ、いいと思ってる。それがあの子の決心だし、尊重すべきだと思ってる。

アンドロメダ　ママがうまくいってるのも驚きね。

カサンドラ　あのときルスは、一カ月、この家にいたということであなたのお母さんにいいことをしたの。それに今もあの人と会えるように手助けしてる。実在する人とメールのやり取りができるようにしてる。

アンドロメダ　あの二人、今ごろグワダラマ山脈でハゲタカを見てると思う。半年前に、誰がこんなこと言えたかしら。

カサンドラ　そう、誰がそんなこと言えたかしら？　本当にそう。イグアスの滝にも連れていきたいみたい。

アンドロメダ　本当？

オリベル　最後にアマゾンのジャングルにみんなで行こうよ。

カサンドラ　私、お金を貯めたら、すぐ行くわ。

オリベル　もしかしたら新しいお兄さんが招待してくれるかもしれないよ。

（アンドロメダのパソコンの呼び出し音が鳴る）

アンドロメダ　ママからのスカイプだわ。

カサンドラ　でもあなたのお母さん、スカイプ、嫌いじゃなかったの？

アンドロメダ　ええ、嫌いだけど、変ね？

アウロラ　（アウロラはスクリーンに映っている。一緒にコルテ・イングレスの社長も映っている）こんにちは、みんな。よく映ってるわ。まず最初に言っておきたいことは、パコが彼のラップトップからみんなにスカイプするよう提案したの。だって、私は自分からこんなことしないでしょう？

パコ　（アウロラの傍でニコニコしながら）僕たち、丸一週間、楽しく過ごしてるよ。

アウロラ　あなた方に電話をしたのは、私に誕生日おめでとうを言ってもらうため。みんな、すっかり忘れてたでしょう？　おめでとうと言ってくれたのはパコと、それにコルテ・イングレスの社員さんだけよ。

アンドロメダ　ママの誕生日！　ごめんなさい、ママ！

オリベル　おばさん、すみません。ごめんなさい！

カサンドラ　私、信じられない。アウロラ、どうして私たち、忘れてしまったのかしら。

オリベル　みんなが忘れてたって、どういうこと？

アンドロメダ　ママは一カ月も前から誕生日よ、誕生日よと言ってて、今日は何も言わないんだもの、忘れるのも当然よ。

アウロラ　言い訳も手慣れたものね。帰ったとき、みんな、ちゃんとテーブルの上にプレゼント置いておくことね。許してもらえるとしたら、それしかないわ。今は『ハッピバースデイ』の歌、調子を外さず歌って欲しいの。

（全員が調子を外さず『ハッピバースデイ』を歌う。アウロラとパコは大満足）

オリベル　この歌、何だろうね。『ラ・マルセイエーズ』級の古くさい歌だね。歌うといつも、吐き気がするんだけど。

カサンドラ　私も。

アンドロメダ　そう、私も。

アウロラ　そう、私も虫唾が走ってる。時々思うんだけど、こんなにくそ真面目に誕生日を祝わなくてもいいじゃない？

カサンドラ　それでいいと思う。そう思う。

みんな一瞬、鳥肌が立ったまま、黙って一緒にいる。

八　歩き始めなかった道の終点

オリベルとアンドロメダがアマゾンのジャングルにいる。

アンドロメダ　ここで別れるのね？

オリベル　うん、ここで別れるんだ。別々にならないといけない。それぞれがそれぞれの木の下で。

アンドロメダ　他の人たちもそれぞれ別々になったのね。

オリベル　もちろんだよ。それぞれがそれぞれの木の下にいるんだ。

アンドロメダ　分かったわ、でも、もうちょっと一緒にいて。最後にもう一度、おさらいをしておきたいの。

オリベル　何度も何度もおさらいしたじゃないか。落ち着いて、僕はすぐ近くにいるから。

アンドロメダ　でも、お互い見えないのよね。

オリベル　そうだよ。でも、大きな声で叫んだら、聞こえるから。何か怖いことがあったら、叫ぶんだ。必ず行くから。

アンドロメダ　それも、オリベル、あなたができれば、の話ね。でも、あなたは幻覚のままトリップしてるんでしょう？　私、何か幻覚、見るのかしら？

オリベル　もう何千回と質問したじゃないか。そうだよ、何か見えるよ。分かんないけど、アンドロ、僕たちが取るべき道だと僕は思う。あんまりよく分かんないけど。君が知ってるだけしか僕は知らないよ。

アンドロメダ　取るべき道？　私、それが分かんないの。道というのが、分かんないの。

オリベル　分かんない？　どうして分かんないんだ？

アンドロメダ　進むべき道なんてないわ。だって、道というのは今あなたがいるところから一歩踏み出すところ。でも、目標はここにいること、道を進むことじゃないわ。歩くべき道ってない。出発点も到着点もない。歩くなら中心に向かってよ。私はここにいることを学びたいわ。ここにいる、存在するっていうことは出発する、探す、出かけるよりずっとずっと難しいことよ。

オリベル　もう天啓を受けた人のように話すね。そんな感じがする。

アンドロメダ　天啓なんて何も受けてないわ。そうだ、私たちには横断しなければいけない地獄がある。しかも二人だけで横断する地獄。

オリベル　近くにいるから、怖かったら、叫ぶんだ、分かった？　もし僕が行けなくっても、必ず誰か行くから、大丈夫だよ。

アンドロメダ　怖かったら、あなたのいる木まで走っていくわ。でも、叫ばないようにする、三日間、一人でこの木の下にいるようにする、アヤワスカだけ飲んで、誰か助けに来てくれるまで。これ以上、考えないでおきましょう、考えれば考えるほど、気分が滅入ってしまう。もう行ってちょうだい。

オリベル　もしかしたら、僕が叫ぶかもしれない。君に知らせるかもしれない。

アンドロメダ　叫ばないで、あなたは歌うほうがいいわ。いつも歌えば、気分が落ち着くじゃないの。あなたが歌うの、聞こえるかしら？

オリベル　分かんない、たぶん聞こえると思う。

アンドロメダ　ラカン流ポップを歌ってちょうだい。いいえ、何でもいいわ。でも、叫ばないようにしましょう。叫んだら、野獣たちが目を覚ますかもしれない。

オリベル　ここには野獣なんかいないよ。

アンドロメダ　じゃあ、何かいるもの。絶対、何かいると思う。

オリベル　何かいるかもしれない、そうだね。（アンドロメダを抱擁する）僕と一緒に来てくれて、ありがとう。

アンドロメダ　私、自分のために来たのよ。分かってよ。言っとくけど、私、そんなに怖くないわ。

オリベル　怖くないの？

アンドロメダ　そんなに。この世で一番怖いのは、ここに感じてる苦しみが収まらないこと。どんな地獄だってこの苦しみよりましでしょう？　でも、結局……。ちょっと怖いかな。あなたはお母さんの聖なる輪を作るつもり？女神やそういったものを招くつもり？

オリベル　いいや、だって、それはお袋のやることだから。必要ないよ。僕たち、もう、自分たちの身を守る儀式をやったから。で、君は？　聖なる輪を作るつもりかい？

アンドロメダ　いいえ、私は何も祈祷しないわ。これをできるだけ飲んで、それで十分。神秘的なものは要らない。でも、ぐずぐずしないでおきましょう。だって、長引けば長引くだけ、拷問が長引くみたい。あなたは自分の木に行って。

オリベル　うん、分かった、僕は自分の木のところに行くよ。（走って退場。すぐ振り返る）アンドロメダ、ちゃんとトリップしろよ。

アンドロメダ　あなたもね。

（アンドロメダは一人きりになる。手にアヤワスカの入った瓶と小さなお椀を持ち、お椀にアヤワスカを注ぐ）

アンドロメダ　女神さま、神さま、精霊さま、何であろうと顕れたまえ、聞きたまえ。どうかこれが最後でありますよう助けたまえ。わが身を後悔することを助けたまえ。過去が過去となり、再び現在がありますように。

（東西南北にそれぞれ杯を捧げ、同時に指で聖なる五芒星を描き、女神と四元素を呼び込む）

　汝の体である大地にかけて
　汝の息である空気にかけて
　汝の燃え盛る精神である火にかけて
　汝の聖なる内臓に貯まれし水にかけて
　すべての上なるものにかけて
　すべての下なるものにかけて

（杯を脇において、大地に座る）

　私はあなたを愛した。でも、もうそんなこと、どうでもいい。だって、たとえ再びあなたを愛することができたとしても、私はあなたを愛することはないのだから。あなたを愛することを再び選択することはありえない。私は間違いを犯してしまった。あなたを愛することは何の意味もなかった。今から私はトリップする。しかし、あなたと一緒にはトリップしない。

（杯の中身を飲む。背筋をピンと張り、瞑想の姿勢に入る。じっとしている。しばらくして、オリベルが歌うのが聞こえてくる）

オリベル　（エクアドルの民謡『素焼きの甕[26]』を歌う。あるときには他の登場人物が現れ、一緒に歌ってもかまわない）

私を埋葬して欲しい
祖先と同じように、
薄暗い冷たい
素焼きの甕に。
年月のカーテンの向こうに
私の命が隠れるとき、
愛と幻滅が
時の流れに浮かび上がるだろう。
私はお前から生まれ、お前のところに戻る、
土の器よ。
私の亡骸はお前の中、
愛しいお前の土の中に横たわる。

訳注

風に傷つけられて

（1） José Antonio Primo de Rivera, 1903-36. スペインのファシズム政党であるファランヘ党の創設者。内戦が勃発するとすぐに共和国政府に逮捕され、死刑が執行された。ファランヘ党は内戦後、王党派と合併し、フランコ独裁体制を支える政党となった。

（2） 新約聖書において、最後の晩餐の席でイエスが弟子たちに「今夜、あなたがたは皆わたしにつまずく」というと、ペトロが「たとえみんながあなたにつまずいても、わたしはけっしてつまずきません」と答える。これに対してイエスが「あなたは今夜、鶏が鳴く前に、三度わたしのことをしらないというだろう」という。ファンのセリフはこの話を踏まえている。「マタイによる福音書」第二十六章三十一節～三十五節。「マルコ」十四・二十七～三十一、「ルカ」二十二・三十一～三十四、「ヨハネ」十三・三十六～三十八。

（3） 『ハムレット』第一幕第四場マーセラスのセリフ Something is rotten in the state of Denmark. のスペイン語訳を日本語訳とした。小田島雄志訳では「なにかが腐っているのだ、このデンマークでは」（白水社）となっている。

（4） ゼウスの意に反し、人類に火を渡したプロメテウスはカウカソス山の山頂に縛りつけられ、生きながらにして毎日肝臓をハゲタカについばまれる責め苦を追ったというギリシア神話に基づく。『縛られたプロメテウス』というアイスキュロスのギリシア悲劇もある。

（5） 『旧約聖書』「サムエル記上」第十七章。ペリシテ軍の巨漢ゴリアテをダビデという羊飼いの少年が石を額に投げつけて倒す。

我が心、ここにあらず

（1） 冒頭の詩二篇はハロルド・ピンターの戯曲『沈黙』から取られている。最初の詩はラムジーのセリフ、二つ目はベイツのセリフ。もちろん、『沈黙』では散文で書かれているが、この戯曲の作者ホセ・マヌエル・モラは、英語のまま、ただし韻文のように行分けしている。翻訳に当たっては底本にしたがって日本語を行分けした。なお、『沈黙』のラムジーのセリフは「犬たち」ではなく「けだもの animals」となっているが、日本の読者にわかりやすいよう、すでにセリフで言っていた「犬」とした。日本語訳は田尻による。

地上に広がる大空

（1） エリア・カザン監督の映画『草原の輝き』（一九六一）から授業風景の場の英語音声のみが流れる。

（2） アマースト大学はアメリカ合衆国マサチューセッツ州の

アマーストにあり、リベラル・アーツ・カレッジとして名門の一つ。一八二四年に創立され、少人数制、全寮制の教育環境を保ち、一九七五年まで女子の入学は許可されなかった。同志社大学の創設者新島襄はこの大学を卒業している。

暗い石

(1) Rafael Rodríguez Rapún, 1912-37. この戯曲にあるとおり鉱山学を専攻する学生であったが、一九三三年五月から学生移動劇団ラ・バラカの会計係として参加し、一カ月後の六月、カディスで初演されたファリャ作曲のバレー『恋は魔術師』ではガルシア・ロルカに同行している。カディスに近いアルヘシラスのレイナ・クリスティーナ・ホテルの庭で撮影された二人の写真が残っている。その後、ガルシア・ロルカの個人秘書となり、ロルカ銃殺の一年後、サンタンデルで戦死している。この戯曲はラプンの死をめぐるアルベルト・コネヘロによるフィクションであることを付け加えておく。

(2) 「一　愛のない町」「四　コリドン」「五　三人の友達の輪と一つの寓話」「六　列車と空を覆う女性」「七　詩人が恋人に手紙を書いてくれと頼む」の最初に置かれた詩はガルシア・ロルカの詩。日本語訳は田尻による。

(3) バルセナ・デ・ピエ・コンチャ。サンタンデルから六十キロほど南に行ったカンタブリア州の村。

(4) バルセナから西に二十キロほど行ったカンタブリア州の村。

(5) Jacinto Higueras, 1914-2009. 一九三二年に学生劇団ラ・バラカが創設されたとき、兄のモデストと一緒にオーディションを受けて俳優になる。内戦後は映画俳優になったが、彫刻家としても活動。

(6) José Calvo Sotelo, 1893-1936. 右翼諸党統合運動の中心人物として活躍した政治家。一九三六年七月十三日に左翼系の警察により暗殺され、この暗殺が軍部にクーデターの口実を与えた。

(7) アラゴン州ピレネー山脈の南麓標高八百メートルにある町。

(8) 『セビーリャの色事師と石の客人』に登場する漁師の名前。この役をラプンがやった。

(9) パイス・バスク州の観光都市。バスク語ではドノスティア。

(10) チャマルティン駅ができるまで、スペイン北部からマドリードに着く列車は北駅に到着した。北駅に着くまでカサ・デ・カンポという松林が続く。

(11) カンタブリア州の州都。ラプンは一九三七年八月十八日にサンタンデルの陸軍病院で亡くなっている。

(12) カスティーリャ・イ・レオン州からアストゥリアス州に入る標高千三百七十九メートルの峠。

(13) 一九一三年、アルフォンソ十三世が夏の避暑地として建てた宮殿。一九三一年、アルフォンソ十三世が亡命することで共和国が成立し、共和国政府は翌三二年にこの宮殿でメネンデス・ペラヨ国際大学夏季コースを開くことを決め、三三年から三五年までの三年間、学生劇団ラ・バラカはサンタンデルで公演している。三三年は、セルバンテスの「幕間劇」、ロペ・デ・ベガの『フエンテオベフーナ』、カルデロンの『人生は夢』。三四年はティルソ・デ・モリーナの『セビーリャの色事師と石の客人』、ロペ・デ・ベガの『フエンテオベフーナ』を上演している。
(14) 一六一三年頃に書かれたロペ・デ・ベガの作品。
(15) 一六三〇年に出版されたティルソ・デ・モリーナの作品。
(16) サンタンデルにある広大な海岸。
(17) サンタンデルから二十キロほど南に行った山中の村。
(18) 一九三一年、第二次共和国が成立すると、自由教育学院の学院長であるフェルナンド・デ・ロス・リオスが文部大臣に就任し、演劇を通して民衆にスペイン古典文化の豊かさを示す目的で設立した。実質的にはガルシア・ロルカの手に任され、翌年から地方巡業を開始した。しかし、三三年の総選挙で右翼が勝利すると、政府からの補助金は減額され、三五年にはゼロであった。スペイン内戦勃発と共に劇団は消滅した。
(19) ムルシア州にある町。州都ムルシアから西に七十キロ、マドリードから南東に四百六十キロ。スペイン内戦時、ムルシアは終了まで共和国に属していた。
(20) Modesto Higueras, 1910-85. ハシントの弟。俳優としてラ・バラカ劇団で活躍したが、内戦終了後は学業に戻り、「スペイン大学学生劇団(T.E.U.)」を設立。卒業後は演出家として活躍。エスパニョール劇場の芸術監督を二期、務めている。
(21) アルカラ通り九十六番の八階に一九三三年から三六年まででガルシア・ロルカは住んでいた。七月十三日の夜汽車で故郷のグラナダに帰ってから、この家に戻ってくることはなかった。
(22) 一九三五年、『イェルマ』が上演されていたエスパニョール劇場で、二幕と三幕の合間にガルシア・ロルカが行った挨拶。
(23) ラファエルが制服から取り出し読み出すソネットは、ガルシア・ロルカが生前に発行したものではなく、一九八四年、ミゲル・ガルシア・ポサダ(一九四四〜二〇一二)が十一編のソネットをまとめ、『暗い愛のソネット』として出版した、その十番目のソネットである。
(24) Rafael Martínez Nadal, 1903-2001. ガルシア・ロルカの親友の一人。一九三四年、通信員としてロンドンに渡り、七六年に帰国している。スペインの内戦以前はしばしばスペインに帰国していた。一九七〇年、ガルシア・ロルカから預かった手書き原稿の『観客』を公表した。
(25) 『暗い愛のソネット』の四番目のソネットにこの「七」と同じタイトルがついている。
(26) 当時はグラナダの郊外にあったガルシア・ロルカ一家の夏の別荘。いまではフェデリコ・ガルシア・ロルカ記念館となっている。
(27) ガルシア・ロルカ作『イグンシオ・サンチェス・メヒアスを悼む歌』の第二歌「目の前の遺体」にある詩句。

怒りのスカンディナビア

(1) Elias Canetti, 1905-94. ユダヤ人作家、思想家。代表作は『眩暈』『群衆と権力』。「忘却したことすべては……」の一節は『蠅の苦しみ—断想』の中にある。
(2) プラトンが彼の著書の中で記述した伝説の島。高度な文明と強大な軍事力を持った国家が存在していたとされる。
(3) アメリカで一九九九年から二〇〇七年にかけて放送されたイタリア系マフィアをテーマにしたテレビドラマ。
(4) うまく行かなくなり得るものは何でもうまく行かなくなること。
(5) マルセル・プルーストによる長編小説。スワンとオデット・ド・クレシーはその中の登場人物。スワンは裕福なユダヤ人で、元娼婦のオデット・ド・クレシーと結婚して娘ジルベルトをもうける。

(6)　夫オルペウスが死んだ妻エウリュディケーを冥府から連れて抜け出そうとするが、冥府の神ハーデスとの約束を破り、後ろを振り返ってしまい妻は冥府に連れ戻される。

(7)　『失われた時を求めて』の第一章「スワン家のほうへ」の中の一節。

(8)　Theodor Ludwig Adorno-Wiesengrund, 1903-69. ドイツの哲学者、音楽家テオドール・アドルノ。

(9)　フランスの詩人シャルル・ボードレール。「旅」は詩集『悪の華』にある詩の一つ。

(10)　ベウゼバルは原文で Beuzeval。ブーズヴィルはフランス北西部ノルマンディー地方にある地域。

(11)　ブーズヴィルから北に約三十キロメートルにある地域。

(12)　『失われた時を求めて』の第一章「スワン家のほうへ」の中の一節。

(13)　ローマ皇帝マルクス・アウレリウス・アントニヌスの時代（一六一～一八〇）に皇位継承問題に巻き込まれ、逃亡の末、剣闘士となる。

(14)　マルクス・アウレリウス・アントニヌスの息子コモドゥスは、皇位を継承しようとしない父に怒り、父を殺して皇帝となる。

(15)　スペインのエストレマドゥーラ州カセレス県にある町。

(16)　ドストエフスキーの『罪と罰』に登場する貧しい若者。金貸しの強欲狡猾な老婆を殺害する。

(17)　ギリシア神話に登場する女性。オデュッセウスの妻。オデュッセウスが戦争のために家を出てからも、貞操を守り続けた。

(18)　この芝居の作者アントニオ・ロハノが考えだした想像上の本で、現実には存在しない。

(19)　二〇一五年にアメリカで公開されたアニメ映画。三匹の黄色い生物が新しい主人を求めてニューヨークを旅する。

(20)　『旧約聖書』の「出エジプト記」に記されている十の災い。

(21)　作用・反作用の法則。物体Aが物体Bに力を加えると、BもAに同じ大きさの力を返すこと。

(22)　ヒップスターとは、リベラルな思想をもち、デジタル技術に精通していて、芸術、インディーズ音楽、オーガニックを好む二十代から三十代の若者。アップルとは、ヒップスターの必需品アイテムである Macintosh のパソコンなどを販売するアメリカに本社を置く会社のこと。

(23)　アメリカ人アンドリュー・ワイエス（一九一七～二〇〇九）の代表作。下半身がマヒした女性が広大な草原の真ん中に横たわり、丘に建つ家を見つめている。

(24)　アルフレッド・ヒッチコック監督のサスペンス映画。

(25)　国立特別高等教育機関コレージュ・ド・フランスの教授ポール・デジャルダンの « Le devoir présent » の中の詩。

(26)　原文は Holberggsgate。オスロ市にある通りの名前。

(27)　古代ギリシアの医者。医療をそれまでの原始的方法から臨床と観察を重んじる経験科学へと発展させた。医学の父と呼ばれる。

(28)　二〇一三年に上映されたポーランド・デンマークの合作映画。主人公の見習い修道女アンナ（イーダ）が叔母と会い、自分がユダヤ人であることを知る。二人はナチス・ドイツによって殺された両親の遺体を探しに行く。

（29） ドイツ産のリキュール銘柄。

（30） ノルウェー北部に位置する都市。

（31） トロムソの緯度と経度。

（32） ウクライナ生まれのロシア帝国時代の小説家（一八〇九～五二）。

（33） 原文はScadin-auia。Scadinという名称はスウェーデン南部にあるScania地方に由来して、意味は危険、損害という意味。

（34） 原文はTomás, Tristán, Teo, Tirso, Tiago。すべてTから始まる。

（35） 原文はTempus spargendi lapides, et tempus colligendi。『旧約聖書』の「コヘレトの言葉」の第三章五節にある言葉。

（36） 猫トールの話すスペイン語はメキシコなまりになっている。

渦巻星雲の劇的起源

（1） 原文のayahuascaはアヤワスカと訳され、強力な幻覚作用をもたらすアマゾンの植物キントラノオ科のつる植物バニステリオプレシカ・カーピ。瞑想から涅槃に至ると考える人もいる。

（2） ドイツのBart Hellinger, 1925- が提唱した心理療法。ドイツ語Familienaufstellungはファミリー・コンステレーションと英語で呼ばれるが、「家族の座」とか「家族布置」とも訳される。

（3） マドリードのモンクロアから西に広がる公園。

（4） スペイン最大の百貨店。一九〇四年、子供服の仕立て屋El Corte Inglés（英国屋）として創業し、一九四〇年から百貨店となった。

（5） 手のひらから発する癒しのエネルギーを指す。民間療法の一つ。

（6） 全長二十八センチぐらいのトリ。頭に広げると扇状になる冠羽がある。ヨーロッパ南部および中部、アフリカ、南アジアから東南アジア、中国、沿海州にかけて分布する。

（7） 衝動的な感情を司る扁桃体が脳全体を支配し、理性的な判断が下せない状態をいう。

（8） 「脳の三位一体論」に従えば、生きるために爬虫類脳があり、感じるために哺乳類脳があり、考えるために人間脳があるといわれる。爬虫類脳とは脳幹のことであり、反射を司る。

（9） ペンタグラム。火、水、風、土、霊がそれぞれの頂点にあり、精神的エネルギーを安定させる働きがある。

（10） スペインの携帯はcobertura（通話料）といって、あらかじめ通話料をチャージしておく。

（11） 煩悩を滅尽（めつじん）して悟りの智慧（菩提）を完成した境地のこと。涅槃。

（12） 人体内に存在する根源的生命エネルギー。クンダリニー・ヨーガなどにより覚醒させられると神秘体験をもたらし、完全に覚醒すると解脱に至ることができるとされている。

（13） サンスクリット語で、力、能力を意味する。特にヒンドゥー教の一部では、この語が女性名詞でもあるので、シバ、ビシュヌなどの最高神の性力、女性的原理として考えられ、ときに最高神の配偶神と同一視される。

（14） チャクラは「車輪」や「渦」などと訳される。チャクラは常に回転していることから、「回転」の意味も含まれている。

頭から胴体へと縦に配列された車輪のようなエネルギーとして描写され、高次元のエネルギーを取り入れて、体内で利用可能なかたちに変換する場所。別の言い方をすると、思いや感情を身体とつなげるツボになる。七番目のチャクラは頭頂部にある。

(15) 『旧約聖書』「創世記」第四章に登場する兄弟カインとアベルの弟の方。カインは弟のアベルを妬み、殺す冷酷な人のたとえ。

(16) Jacques-Marie-Émile Lacan, 1901-81. フランスの構造主義、ポスト構造主義思想に影響力を持った精神分析家。フロイトの精神分析学を構造主義的に発展させた。

(17) アラスカからパタゴニアにいたるネイティブアメリカンの自然宗教観。

(18) Paulo Coelho, 1946-. ブラジル生まれの作詞家、小説家。

(19) マドリードのマンサナレス川を渡った南の地区。

(20) 「創世記」四―九。アベルがいないことを主がカインに次のように問いただした。「お前の弟アベルは、どこにいるのか」カインは答えた。「知りません。私は弟の番人でしょうか」。この言葉が偽のルスに扮したアンドロメダのセリフに使われている。

(21) Slavoj Žižek, 1949-. スロベニアの哲学者。ラカン派精神分析学を映画やオペラや社会問題に適用した現代思想家の一人。

(22) Rainer Maria Rilke, 1875-1926. オーストリアの詩人。

(23) Lou Andreas-Salomé, 1861-1937. ロシア生まれのドイツの叙述家。一八八七年に結婚したが、一八九七年に十四歳年下のリルケと知り合い、一八九九年には夫婦と三人で、一九〇〇年にはリルケと二人でロシアを訪問している。二人は一九〇一年に別れている。

(24) グワダラマ山脈中にある標高千メートルほどの村。マドリードから北西に五十キロ。避暑地として多くの別荘がある。

(25) スペイン語文法に pretérito total という過去時制はない。

(26) 三人の詩人と一人の画家が即興的に作った詩に、エクアドルの首都キトを中心に活躍していたゴンサロ・ベニテスとルイス・アルベルト・バレンシアが曲をつけ、一九五〇年に作られたフォルクローレ。

編者解説

田尻陽一

二〇一四年から一六年にかけて出版した『現代スペイン演劇選集』全三巻（カモミール社）では、一九八五年以降に舞台に乗せられた、文字どおり「現代スペイン演劇」を代表する十三人の劇作家を取り上げ、十三本の長編と十本の短編を紹介した。その中から、これまでに『モロッコの甘く危険な香り』（文学座）、『私たちの生涯で一番幸せな日』（おでこ）、『善き隣人』（劇団クセックACT）の三本が日本で上演された。ほんの少しだけだったかもしれないが、日本の演劇界に作品を提供できたのは嬉しい限りだ。

このたびは水声社から『21世紀のスペイン演劇』というシリーズを刊行することになった。第一巻には短編を収録せず、七人の劇作家の七本の長編戯曲を収録することにした。長編といっても上演時間が七十分ぐらいのものを三本収録したので、一巻に七人の劇作家を紹介することができた。また、『現代スペイン演劇選集』を出すことでスペイン著作権協会（SGAE）が主催する「劇作家と翻訳家との出会い」という会合に招待され、今までに二回参加してきたのだが、そのたびに劇作家の知り合いが増え、さらに彼らの芝居を見ると面白く、できるだけ多くの劇作家を日本に紹介したいと思うようになった。またこれからは、すでに紹介した作者であっても面白い舞台に出会えば、紹介していきたいと思っている。

1 『風に傷つけられて』

作者フアン・カルロス・ルビオ（一九六七年生まれ）は中堅というよりすでにスペイン演劇界を支える一人になっている。ここに翻訳した『風に傷つけられて』は一九九九年に執筆され、初演は二〇〇〇年、しかもマイアミでのアメリカ人による公演であった。スペインでの初演は二〇一二年。スペインでは月曜日が劇場の休館日だが、月曜日だけララ劇場の地下にあるオフ小ホールで上演が開始された。やがて水曜日に公演日が変わり、二〇一五年まで三年間ロングランを続けた。しかもフアン・カルロス自身が演出し、女優キティー・マンベルが男性の登場人物フアンを演じた。筆者が公演を観たのは一四年十一月。このときの舞台を観て翻訳することを決めた。舞台はキティー・マンベルがカンツォーネをどこかのゲイクラブで歌っているところから始まる。楽屋に戻り、カツラを脱ぎ、化粧を落として男になる。女が男になる演出が意表を突いた。そして彼女が誠実に、無償の愛、実直で一途な恋心を語る美しいセリフが実に心地よかった。

二〇〇一年版の戯曲では細かなト書きがあったが二〇〇五年版ではト書きが省略され、二〇一四年版ではまだ酒とたばこのセリフはあったが、作者が送ってくれた最終台本ではカットされた。もちろん翻訳は最終版にしたがったが、カフェで作者に会ったとき、どうしてト書きを削除したのか、また、酒とたばこのセリフをカットしたのか質問した。彼の答えは「ト書きというものは作者の演出ノートのようなものだから、他の人にこの作品を演出してもらうにはト書きを削除したほうが良いと思った。それに、酒とタバコはやめたほうがいいよね」ということだった。それからは彼の舞台を見たり、夜のマドリードを一緒に飲み歩いたり、彼が日本に来たときは京都と大阪を案内したり、愉快な友人になっている。ついでに一言添えれば、この作品、二〇一七年には同じ配役で映画化されている。

ファン・カルロスはシリアスな作品ばかり書いているわけではない。テレビのバラエティーの脚本家としても人気を博しているし、抱腹絶倒のコメディーも書けば他の人の作品でもロングランを続けるような演出もしている。

まずはコメディーでも短編だが、二〇一二年、ファン・カルロスほか中堅の劇作家五人が共同執筆した『良き妻としての手引き』というオムニバス作品がある。一九三四年、ファランヘ党の女子部が創設され、「女性は男性に奉仕する、それが国家への奉仕である」という基本理念から、内戦後の一九五十八年、『良き妻としての手引き』が二十項目としてまとめられた。第一項「旦那様が帰ってくるまでに美味しい夕食を準備しておくこと」とか第三項「小さな声で話し、旦那様をリラックスさせ、心地よくさせること」ぐらいまでは理解できるが、第二十項になるとベッドの中まで規範を示している。「旦那様が望まれるときには慎ましく受け入れ、女の喜びより男の喜びを第一に考えること。……クライマックスに達したときは、あなたが感じた喜悦を表すには小さなうめき声で十分である」とまでくると、芝居のテーマとしてからかいたくなるだろう。

ファランヘ党女子部は一九七八年に解散したが、五人の劇作家たちは女子部に所属していた人たちから聞き取り調査をし、スケッチ十二編を並べた。二〇一二年に初演され、スペイン中を巡演し、二〇一四年、再びマドリードに戻って来たとき、ムニョス・セカ劇場で観ることができた。正直いってこんなに笑った芝居はなかった。体制が求める良き妻、良き母、良き女、良き愛国者になろうと真面目に三人の女優が十二場面を演じていくのだが、愛国心が滑稽となり、その滑稽さがパロディーとなり、笑いが体制批判になるという、良質の喜劇のお手本となる芝居だった。

フアン・カルロスのコメディ『三人』という作品は、二〇〇五年にチリのサンティアゴで初演され、二〇〇九年、コルドバ（スペイン）で作者のフアン・カルロス自身の演出で再演され、翌年スペインを巡演するほど好評を得た。二〇一五年、ララ劇場オフ小ホールで、演出も女優も替わり、金、土、日（日曜二回）に再演されたが、これほど笑った芝居もなかった。三人の女性が二十年ぶりに会う。それぞれ豊かな人生を過ごしてきたが、子供がいないことも同じ。そこで理想の男性を見つけ、セックスなしで精子だけもらって子供を産み、三人で子供たちを育てて家族を作ることに合意する。理想的なスペイン人男性を探し出し、商談が成立。見事に三人が身ごもる。で、産み月になって男性が告白する。ボクは出張ホスト、しかも、提供した精子はボクのじゃない。精子バンクから買ったものだと言う。驚いた三人は、それでもその男性と子供たちとで家族を作ることに合意する。後日談として三人は子供を産む。最初は観客に背中を向けて「わたしたち、幸福よ！」と言っていたが、振り返ると抱いているのは三人とも黒い赤ん坊。観客は大爆笑。さて、日本でこの結末、笑い転げるだろうか。しかしスペイン人には大受けし、二〇一六年からはララ劇場（キャパ四百六十四席）に移って木曜に公演された。

フアン・カルロスはパチョ・テリエリーアの『臍臓』という作品を演出している。この作品は二〇一四年にビルバオで初演されたが、好評につき二〇一五年、演出をフアン・カルロスに替え、役者も替わり、マドリードのバリエ・インクラン劇場小ホールで上演された。臍臓の移植を待っている男。老衰ではなく健全な時に自殺したいと願っている男。この二人を取り持つ友人の男。この三人がお互いの友情を確かめることになるのだが、臍臓を患っているのは実は休職を求めるための嘘であることから友情における誠実さという話が綴れていく。笑いあり涙ありの作劇術、ツボを外さない演技、最後は舞台奥にボンと三つの骨壺が並ぶ的確な演出、すべてパーフェクトであった。

2 『さすらう人々』

ブランカ・ドメネク（一九七六年生まれ）とはあるパーティーで紹介され、作品を三冊渡され、読んだ戯曲の中から『さすらう人々』を選び、岡本さんに翻訳を依頼した。この『さすらう人々』は二〇〇九年のカルデロン・デ・ラ・バルカ賞を受賞したものの、二〇一七年、アルゼンチンで上演されただけで、スペインでの上演はない。彼女の三つの作品の中からこの作品を選んだのは、「現代人は常に何かを探している。しかし、探しているものは見つからない。そして、いつの間にか自分が何を探していたのか分からなくなってしまう」という自分探しの芝居であるが、私小説的なチマチマとした日本の若い人たちの芝居より、演劇的虚構の中でドラマが展開していくことに注目したからだ。マックスが探しているのは本当に弟なのだろうか、それとも実は自分自身だったのだろうか、そうした謎が解けないまま芝居が終わり、取り残された観客は自分の想像力を働かせていくしかない。しかし、観客も明確な答えを見つけ出すことはできないであろう。こういった謎をうまく観客に問いかけるところに感心した。

謎といえば他の登場人物の人間関係もよく分からない。ディアナとオリベルは愛人関係なのだろうか、姉弟なのだろうか、それとも全く赤の他人なのだろうか。もしかしたらオリベルはマックスの弟なのかもしれない。また何事も金で解決しようとするマックスは資本主義の具象化した登場人物なのかもしれない。

最初は『放浪者』というタイトルをつけたが、原題はVagamundosと「放浪者」が複数形になっている。ということは、当て所もなく弟を探しに出かけたマックスだけでなく、すべての登場人物が答えの見つからない「自分探しの旅」に出かけているのではないだろうか。そう考えて『さすらう人々』と複数形にした。作者のブランカは一時期メノルカ島に住んでいたことがある。メノルカ島は地中海に浮かぶバレアレス諸島にある島だ。しかも八〇年代から九〇年代にかけて、メノルカ島はヒッピーの聖地であった。彼女が住んでいたころにはヒッピーのコミュニティーは小さくなっていただろうが、その雰囲気が舞台に漂っている気がする。

ブランカはコングロマリットに関心があるのか、二〇一四年、国立マリア・ゲレロ劇場で上演された『ブーメラン』は巨大な国際資本のエグイ側面を取り上げていた。いつか紹介できればと思っている。

3 『わが心、ここにあらず』

『研究室はミツバチの巣箱』の作者、ホセ・ラモン・フェルナンデスが「美しい舞台を観たよ」、と推薦してくれた作品が『わが心、ここにあらず』だった。二〇一一年三月三十日から五月八日まで国立バリェ・インクラン劇場の小ホールで上演された。筆者は直接舞台を観ていない。作者のホセ・マヌエル・モラ（一九七八年生まれ）から戯曲を送ってもらい、読み始めてその斬新なスタイルに驚いた。翻訳を見ておわかりのように、セリフをしゃべる登場人物名が書かれていない。場面の最初に「年配の男と年配の女」「若い男と若い女」「若い男と年輩の男」とト書きがあるだけだ。しかも最後の場面では二つの舞台が同時進行していく。この脚本どおりに上演する演出家はいないかもしれないが、面白い構成の脚本だ。

さらにテーマが少女性愛、それも相手が十歳の少女というのは犯罪に近いと思うのだが、そのセックス現場を見ていた息子の少年がその娘と結婚して子供まで作るという展開にも驚いた。そのあと国立演劇記録センター（ＣＤＴ）でＤＶＤを借りて舞台を見たのだが、このドロドロとした人間関係が実に透明感あふれる舞台空間になっており、二十年間の時間処理も面白く、翻訳することにした。

しかし、翻訳し終わってマドリードで作者に会ったとき、その誠実な風貌と実直な対応に戸惑った。この人があの作品の作者だとはすぐに結びつかなかったからだ。さらに話を聞いてみると、現実的な劇作の入り口は全く違っていた。土地の激しい投機が行われたアンダルシアで（彼はセビーリャ出身だ）、一人の老人が自分の小さな地所を売るつもりはないと頑なに拒否した。なぜなら、その土地は彼の古い昔の愛の思い出があるからだ、と言う。この単純な動機からここまで濃密な愛憎劇に仕立てたことに感心した。この戯曲の裏に土地の投機があるとすると、死を待つばかりの無数の捨て犬は、土地を現金化して大金を得たものの、金の使い方が分からず浪費してしまい、生活というか人生が破綻してしまった農民たちに見えてくる。

二〇〇六年、ホセ・マヌエルはブリティッシュ・カウンシルから奨学金を得てロイヤル・コート劇場のサマーコースに参加しているが、そのとき『わが心、ここにあらず』の構想ができたようだ。二〇〇八年、マドリードのゲーテ・インスティトゥートの推薦を受け、ベルリン演劇祭「作品マーケット」に五人のヨーロッパからの参加者の一人に選ばれ、二〇〇九年にドイツ語で初演されている。スペイン語での初演は二〇一一年であった。二〇一五年にはセルビア語に翻訳されている。

ところで、この作品の前に二編の詩が置かれているが、出典はハロルド・ピンターの『沈黙』である。もちろん韻文ではなく散文のセリフである。「少女」「犬」「黄昏」が二つの作品を結び付けるキーワードになっているように思う。

筆者が観たホセ・マヌエルの作品は、二〇一四年七月にマタドール劇場で催されたフリンジ演劇祭で上演された『夜に泳ぐ仲間たち』だった。この舞台はまだ粗削りで、『わが心、ここにあらず』と違ってけたたましかった。少年とのセックスにより教職を追われた少年愛の教師が性同一性障害、セックスコンプレックス、色情狂、強迫性障害などが集まるクラブを作る。それぞれが自分の性を勝手にしゃべりまくっていくのだが、芝居としてまとめる演出力と演技力が不足していた。またシークエンスが変わるたびに、色情狂の女の子を演じる若い女優が観客に向かって「誰かあたしとやりたい人いない？」と挑発する。演出は作者の演劇大学の同級生カルロタ・フェレールという女性だったが、彼女は「演劇とは居心地がよいものであってはならない。社会が居心地よくないのだから」という。それには納得できるが、だからといって出演者が一列になって観客に背を向けて一斉に自慰行為にふける場を作ることはないのではないか、若い人のパワーは感じたが乱雑な舞台であった。ただ、この芝居、夏休みが開けると九月に十日間、同じくマタデロ劇場で再演され、マックス最優秀舞台賞を得ている。きっとアンサンブルが取れてきたのだろう。二〇一五年にはアバディア劇場で五回、二〇一六年にはセビーリャのセントラル劇場でも二回、再演されている。さらにアルゼンチンでも上演されている。
二〇〇九年に書かれた『失われた肉体』が二〇一八年十一月一日から、マドリード市立エスパニョール劇場で上演された。執筆から初演まで十年もかかっているのは、彼の戯曲が時代の先端から飛び出しているからだろうか。

4 『地上に広がる大空』

このアンヘリカ・リデル（一九六六年生まれ）の作品は二〇一五年十一月、フェスティバル／トーキョーで上演されたので、ご覧になられた方もいらっしゃるかもしれない。そのとき字幕を担当することになり、まず、彼女の戯曲を翻訳し始めたのだが、まず罵倒語の連続に驚いた。しかも、日本語には直訳できない隠語を使った罵詈雑言が並んでいる。実際に舞台でも一時間半にわたって彼女自身が罵り続けた。
『地上に広がる大空』の公演で来日したとき、アンヘリカにインタビューをしたが、日本公演の直前、パリで起こったテロによりオデオン座の公演が中止になった。しかし、作品の中ではノルウェーのウトヤ島でのテロ事件を扱い、終幕では死体を食らい死姦する場面が出てくる。そこで「テロリズムと演劇」「人肉食いと演劇」について質問した。彼女の答えは次のようだった。

政治と演劇とは別の法則です。芸術ではなく、現実世界で起こる暴力には吐き気を催します。舞台で扱う暴力は別物です。パリのテロ事件で、オデオン座の公演を中止しなければいけませんでした。殺人により公演を三回中止することはわたしの演劇活動において言いようのない悲しい出来事でした。テロは人間の肉体に死をもたらすだけでなく、魂、つまり芸術にまで死をもたらすのです。

人肉を食らうというのは、芸術の特権ではないでしょうか。暴力に対する美的感覚、これって芸術だけが持っている特権だと思いますが、その美的感覚により、死と血にまみれたカニバリスムを舞台上に美的に表現できるのだと思います。苦しみに追いたてられて生きている者にとって、血は慰めとなるのです。復讐が救いとなるのです。

また、彼女一人が一時間半にわたって罵倒していく場面では、しばしばアドリブがあり、字幕担当者がパニクっていた。この問題に対しては、

わたしにとって演劇とは解放です。悪魔祓いなのです。

アドリブとは地獄の暗黒儀式です。アドリブとは、「命がおのずから演劇の本質に入りこむために必要なもの」と定義したいですね。

という答えだった。彼女の演劇嗜好がよくわかる発言だと思う（インタビューの全文は二〇一六年『テアトロ』二月号に掲載）。

彼女の演劇の特徴の一つに容赦ない罵倒語の連続を上げることができる。初期の作品だが、二〇〇四年に『わたしと食事ですって！』というモノローグ劇を書いている。これを二〇一六年にエスペランサ・ペドレーニョという女優がガリレオ劇場で上演するというので観にいった。食事を誘った演劇プロデューサーに向かって、最初はわたしの作品はあなたと一緒に食事をするほどの値打ちはないと断っていたが、いつの間にか男のセックス願望を木っ端微塵に打ち砕いていく。人を罵倒するコトバがセリフとして成立するには「コトバ（罵倒語）」と「コトバ（罵倒語）を発する肉体」とが一体化していなければならない。しかし残念ながら客体化された罵倒語はエスペランサ・ペドレーニョの肉体からは聞こえてこなかった。やはり、アンヘリカの罵り方は一つの芸術だと思った。

話は前後するが、二〇一五年十一月の日本公演の前、七月にアンヘリカは日本人の俳優対象にワークショップを行った。そのときの通訳に携わったが、彼女はワークショップの参加者の中から四人の日本人俳優を選び、「佐川君人肉事件」を取り込んだ『わたし、この剣でどうしよう』を二〇一六年のアヴィニョン演劇祭で上演した。この戯曲の中で日本人俳優に割り当てられたセリフを日本語に翻訳するよう依頼されたので、出来上がり具合を見るためにアヴィニョンまで出かけた。そのときの観劇記から少し省略・修正してここに再録しておく。

「あたし、男を一人、探しているの。その男と母が死んだ日に一発やるの。そして、父が死んだ日に一発やる男を探しているの。その日、たとえあたしが歳を取って醜くなっていても、あたしの体が吐き気を催すぐらいになっていても、こう言うの。母が死んだの。一発やってくれる？　父が死んだの。一発やってくれる？　死体が冷たくなっていき、腐敗の進行が始まるときに一発やる。母が死んだ日、父が死んだ日に、あたしの中で男がいってくれないと、きっと耐えられないと思う。あたしのヴァギナ、あたしの肛門に射精してくれないと、きっと耐えられないと思う。」

これがもらった脚本の出だしだった。

『わたし、この剣でどうしよう』には菊澤将憲、立本夏山、菅江一路、入江平という四人の日本人が舞台に上がったが、彼らが担当するセリフは、「佐川君人肉事件」の主人公佐川一政の告白本『霧の中』から取られている。オランダ人ルネ・ハルテヴェルトを殺害し、死体を解体し、各部位を食べながら味を記録し、美の独占について考えを巡らせる。佐川一政の吐き気を催す、しかし冷然とした言葉を、アンヘリカの美しいリズミカルなスペイン語に調和する日本語に翻訳しなければならない。三月に完成し、彼女のもとに送った。日本人グループは五月にスペインに入り、稽古の合宿生活に入った。筆者は初日の七月七日からアヴィニョン演劇祭に行くことにした。

会場は野外の仮設舞台だから、上演開始時間が夜の十時。幕開きの例のセリフをアンヘリカは下半身丸出しの大股開きで語った。セリフの肉体化という点で、彼女の演技に納得できた。ただ、そのときふっと思った。この作品は日本で上演できるだろうか。この疑問は帰国してからも残っている。

続いて日本人四人が登場する。入江は高島田の鬘だけかぶって白塗りの全裸。後ろから黒ズボンに真っ白い半袖の開襟シャツ、まるで男子高校生の格好で三人が続く。「般若心経」を唱えてから、菅江がモダンダンスを踊り、立本が佐川一政の独白を奇妙な節をつけて朗誦していった。「裸になって彼女の上に乗り、まだ生暖かい彼女の体の中に自分を静かに沈めていきました」というセリフは幕開けのアンヘリカのセリフと呼応している。

観客の大多数はフランス人とスペイン人だ。字幕に出るとはいえ、日本語のセリフを役者と観客とが劇場内で共有することは難しい。「最後に彼女の陰部を切ります。土手の毛を触ると変な匂いがします。クリトリスに齧（かじ）りつきましたが、噛（か）み切ることはできません。ただ、ゴムのように伸びるだけです。フライパンで炒めてから口に放り込みました。よく噛んで飲みこみました。甘いのです」のセリフが朗誦されたとき、舞台上にいる黒いスリップ姿のスペイン人女性ダンサー八人はコトバに反応しない。観客も日本語に反応しない。舞台を支配するのは、奇妙な節回しの音としての日本語なのだ。しかし、舞台と観客席とのあいだに生じた、超えるに越えられない違和感ともいうべき溝を音として日本語が埋めていくのを感じた。隣の観客はこの奇妙な舞台空間が続く間、微動だにせずずっと息を詰めていた。

公演後、このセリフを担った立本に、あの節は誰がつけたのかと尋ねた。アンヘリカから読経のように朗誦して欲しいという指示があったという。彼女は日本滞在中に日本文化を目と耳で観察し、肌で感じ、舌で味わっていた。第三幕で立本が歌う和歌山の子守歌もアンヘリカがCDから選曲したと言う。クラシック、それもルネサンスから古典主義の音楽しか聴かないと言っていたが、日本では日本民謡のCDまで購入していたのだ。舞台には、花嫁衣装、盆踊り、浮世絵に描かれたタコと美女の絡みなどが、異国趣味をひけらかすのではなく、日常的な日本文化を醸し出していた。そういえば、本番があった十一月、午前中は時間が空いているだろうから、「永青文庫で『春画展』をやってるよ。池袋から地下鉄で三つ目の駅だ」と教えたことを覚えている。きっと北斎の美女とタコの浮世絵は、そこで見たのであろう。

しかし、男子高校生の夏服についてコメントした記憶はない。第一幕で日本人男子高校生三人が黒いズボンに白い開襟シャツという男子高校生の姿で登場したが、第二幕になると三人は素っ裸になる。つまり、高校生というみずみずしさが裸体というエロスに清潔感を与えるのに成功していた。この感性にも感心した。

第一幕が終わったのは十一時十五分だった。休憩を挟んで第二幕が始まったのは十一時四十分。「本物って、どこにあるのよ」というセリフから始まる第二幕は、まさにアンヘリカの独断場であった。「わたしの憤怒を鎮めてくれる力も法も慣例も慈悲もない。光を与えてくれるのは太陽ではなくルシフェル。神を信じよと教えたのは悪魔」「生きているだけで極悪人であることを人は知らない。エゴと貪欲と卑劣に正当性など、これっぽっちもない。なぜって、わたしたちの祖先は下劣だったし、わたしたちの子孫もそうなのだから」「わたしたちの愛が求めているのは法ではなく、恐怖。恐怖は愛を必要とする」「悪は悪に対して寛容。善は完璧にエゴイスティック」アンヘリカは早口で罵っていく。今回の『わたし、この剣でどうしよう』は「創世記」による三部作の最終部である。神はノアの家族を除いて驕り高ぶった人類を皆殺しにする。神による「皆殺し」という行為。神の「怒り」と「正義」。その対極にある神の「愛」。これらが彼女のテーマである。「もしわたしのために戦争があったら！　溺死する猛毒の消毒液の海があったら！　わたしのために一つだけでも戦争があったら！」と言って、この芝居のタイトルになっている「わたし、この剣でどうしよう」というセリフになる。この早口に罵るセリフ術は完璧な彼女の芸である。この罵倒語の洪水が終わると、満足したかのように、観客から割れんばかりの拍手が湧き起こった。

続いてヘンリー・パーセルの『ディドとエネアス』が流れると、先ほどは黒いスリップ姿であった八人のダンサーたちは一糸まとわぬ姿で現れ、モダンダンスを踊り始める。オーディションには七百人からの応募があったとか。その中から選抜された八人であるが、跳躍、回転、屈折、シンクロ化された振付により、マスゲームのように全員が舞台上に整列し、分散し、集合する。見事な舞台上の位置取りである。こちらも一糸乱れぬ動きといってもよい。

アヴィニョン演劇祭で、『わたし、この剣でどうしよう』という舞台を成立させている言語は、フランス語、スペイン語、日本語である。しかしこの舞台の共通言語は肉体である。それに対して演劇において衣装も一つの言語機能を持っている。それに対して裸の肉体は存在そのものを舞台上に出現させる。しかも、人間の存在理由を問う演劇では、肉体表現が必然となる。

第二幕が終わったのは午前一時。舞台転換に手間取り第三幕が開いたのは一時四十分。観客の四分の一は帰ってしまったが、ここからは日本人四人が素晴らしいパフォーマンスを見せた。菊澤、立本、菅江の男性三人は黒の縦縞の着流しに角帯を締めて颯爽と盆踊を踊った。そういえば七月、池袋から巣鴨までアンヘリカが盆踊りを見に行っていたことを思い出した。すでに彼女の頭には盆踊りを舞台にのせる演出プランがあったのだ。

入江は白無垢の花嫁衣装を着て登場し、下手に座ると一枚一枚、紐を解きながら脱いでいく。日本の女性が着物を脱ぐとは、このように見事なパフォーマンスなのだと再認識させられた。高島田になると第一幕の姿にもどる。さらに第三幕では鬘まで取って全裸となった。スペイン人のダンサーたちはタコ（それも、大きな生のタコ）と戯れていく。一方、菊澤と立本は水槽に入った大きなウナギをニュルニュルと掴む。まさに男根だ。ダンサーたちは浮世絵にあるようにタコを裸体に絡ませ、ぐちゃぐちゃにいじりまわし、最後は舞台に投げつけた。中央の丸い円の中で菅江が腕立て伏せの姿勢から飛び上がり、一回転してまだ腕立て伏せ。これを無限に繰り返した。百回ではきかなかったであろう。時間が停止し、異空間が出現する異様な舞台を経験した。立ち上がって正面を向いたとき、隣の観客は大きく息を吐いた。人間の意味のない反復行為。これが生まれてから死ぬまでの「生きる」という行為なのもしれない。

最後に真っ裸の八十歳は超えたであろう老人と老婆が登場した。舞台奥に花を敷き詰めた壁がある。そこから老婆は花を一本折って老人に差し出した。二人はニッコリ笑って舞台に腰を下ろす。そうなんだ。二人は年老いたアダムとイブなんだ。リンゴではなく花を差し出すイブ。しかし、二人は年老いても裸なのだ。原罪を免れた人類の祖先。セリフはない。しかし、感動的なメッセージが伝わってきた。

こうして第三幕が終わったのが午前二時半だった。初日の乾杯が終わったのは四時近かった。四時間半にわたる公演、お疲れ様でしたと一言で片づけられないほど、興奮と感動を与えてくれた舞台だった。

七月九日、『わたし、この剣でどうしよう』は休演日となっていたが、記者会見ではなく、観客とのティーチインが催された。二百人は集まっただろうか。話題が集中したのは、タコと裸であった。アンヘリカは観客にタコにはエネルギーがあると答えていたが、夏を乗り越えるために、関西では半夏生の日（七月二日ごろ）にタコを食べる習慣があることを知っていたのだろうか。

問題は裸だ。会場から菊澤へ「日本人の役者として裸になることへの拒絶感、羞恥心はなかったか？」という質問があった。これに対して、菊澤は「舞台上で裸になることはいけないという日本のありようには、これでいいのかと常に思っています。法的な規制があり、さらに制作側も自己規制してしまっています。この不自由な日本で、俳優としてこれからどうすればいいのか、ずっと考えています。ただ、今回、この作品で裸になっても、最初は女性の裸を見てびっくりしましたが、三日もたてば慣れました。それにアンヘリカの舞台に立つことは自分も裸になることだと分かっていたので、抵抗はありませんでした」という答えだった。

問題はこの作品を日本に持ってくることができるかどうかだ。今の世の中で、裸体は舞台芸術における表現の自由であると主張することは、それほど難しい問題だとは思わない。もちろん、その前提として、裸になることが表現として必然でなければならない。「見せる」のではなく「必然である」という主張だ。もう一つは、劇場は公道と違って閉鎖空間である。したがって、公共といっても制限された空間で「必然」を禁止する理由はないはずだ。舞台上の裸体が公序良俗を乱すとは思えない。五年ほど前、森美術館で開催された会田誠の『天才でごめんなさい』という展覧会では、ある部屋の前に、「十八歳以下の入場はお断りします。また性的描写に嫌悪感を抱く人は入場しないでください」という張り紙があった。これでいいのではないか。制作側が変に自己規制することはない。今回の舞台、スペイン人の女性ダンサーも日本人も、最後に登場した老人と老婆も、全員が裸であったが、卑猥性は微塵もなかった。卑猥性が生じるかどうかは見る側の問題であって、表現者側が咎められる問題ではないと思う（全文は「音と裸体と日本文化」として二〇一六年『テアトロ』十月号掲載）。

5 『暗い石』

『風に傷つけられて』の作者ファン・カルロス・ルビオが、ガルシア・ロルカの最後の恋人ラプンの最期を扱った『暗い石』は面白かったと推めてくれた。その作者がアルベルト・コネヘロ（一九七八年生まれ）である。いま若手では実力を発揮している一人である。

一九一一年、マドリード生まれのラプン（本名ラファエル・ロドリーゲス・ラプン）はこの戯曲の時代背景になっている一九三七年といえば二十六歳だ。イアン・ギブソンの『ロルカ』（中央公論社）によれば、ハンサムな工学部の学生で、素晴らしい体格をしたサッカー選手であり、熱烈な社会主義者でもあった。一九三三年からガルシア・ロルカが主催する学生劇団「バラカ」の会計係をしていた。その年の五月にはガルシア・ロルカと一緒に旅行に出かけているから、その少し前から二人の関係はできていたのだろう。やがてガルシア・ロルカの個人秘書となっている。スペイン内戦が勃発した一九三六年の八月十八日にガルシア・ロルカがファシストに銃殺されると、ラプンは共和国側の兵士として参戦し、翌三七年八月に北部戦線のサンタンデルの近くで、フランコ軍を援護するイタリア空軍の爆撃により、近くで破裂した爆弾で背中と腰に致命傷を負い、八月十八日、サンタンデルの陸軍病院で亡くなっている。奇しくもガルシア・ロルカが銃殺されたちょうど一年後である。戯曲ではラプンが銃殺されることになっているが、これはアルベルト・コネヘロの創作である。

しかし、作者アルベルトのすごいところは、三年間にわたってラプンの生きている家族を探し出し、インタビューをし、保管されている資料を徹底的に調べたことだ。感動的な話は、この戯曲で言及されるラプンの弟トマスとの交流だ。アルベルトがトマスに「あなたのお兄さんが忘れ去られることより、ガルシア・ロルカの愛人だったということだけで後世に残ることから、何とか救い出したいと思っています。お兄さんのことについてお話を伺いたいのですが」と初めて電話を掛けたら、「うん、わかった。すぐタクシーに乗っておいで」と言われたので飛んでいったという。インタビューは延べ十時間にも及び、すべて録音する許可を得ていたと言う。アルベルトに「で、ガルシア・ロルカからの手紙は見つかったの？」と尋ねると、「一枚もなかった」と答えてくれた。いや、きっとあったのだろう。しかし、トマスの家で見たものは一切口外しないと約束した上で見せてもらったのだと思う。録音されたインタビューもいつか貴重な資料として公表されるかもしれない。トマスはこの戯曲が完成する前、二〇一二年に亡くなっている。娘のソフィアとマルガリータがラプンの遺品を管理している。個人的には、ガルシア・ロルカの戯曲『観客』の完成稿をラプンが保管していたのかどうか知りたかったが、アルベルトの口ぶりからはなかったように推測する。ただ、『暗い石 La piedra oscura』という題名が、一九三五年、ガルシア・ロルカがラプンとの恋愛の苦悩をうたった『暗い愛のソネット Los sonetos del amor oscuro』から来ていることは想像できる。

アルベルトはギリシア語ができる。そこでギリシアのテッサロニキ（サロニカ）の、しかもユダヤ人街に住み、一九四一年のナチ侵攻により、どのような迫害があったのか調査している。ここから誕生した戯曲が二〇一七年三月にエスパニョール劇場で上演された『ウシュアイア』である。ウシュアイアとはアルゼンチンの南端パタゴニア地方にある地上最南端の町（スペイン語での発音ではウスアイア）。この町外れの森に、年老いた亡命ドイツ人が隠れるように住んでいる。この設定では誰もがアイッヒマンを思い浮かべるが、彼の傍にはナチの若者とユダヤ人の娘がいる。この老人は昔、ナチドイツがテッサロニキを占領したとき公務員として赴任し、そこでユダヤ人の娘に恋をした。やがてナチのユダヤ人迫害が始まり、テッサロニキでも、まず国外追放、次いでアウシュビッツ送りとなった。恋人を救出できなかった主人公は敗戦後アルゼンチンに逃亡し、この森で孤独に過ごしていたのだ。しかしいまだにユダヤ人迫害の悪夢にうなされている。舞台上には主人公の傍にナチの若者と甲斐がいしく老人の世話をする娘がいる。いまだに拭いきれない彼の罪の意識が、過去と現在の姿として舞台上を行き来する。この時間並列が面白い。

舞台いっぱいに葉を落とした大きな木が五本立っている。観客が目にする森は、老衰による白内障によってぼんやりと見える逃避と孤独、懺悔と絶望を表す主人公の心象風景なのだろうか。作者のアルベルトのセリフは饒舌ではなく簡潔であり、情緒的でなく詩的であった。この作品も翻訳してみたい作品である。あとでアルベルトに会うと、「演出が気に入らなかった。今度は自分の手で演出したい」と言っていた。

彼はギリシア古典劇にも手を延ばしている。『ウシュアイア』を春に上演すると秋には同じくエスパニョール劇場で『トロイアの女たち』を上演している。場内が暗くなると客席奥から男が登場し、布で作られ死体がごろごろと転がっている舞台に上がり語りだす。手持ちのパンフレットにはタルテュピオスとあるので、ギリシアの触れ役である。ポセイドンもアテネも登場しない。これから演じる舞台に神々は要らないというメッセージなのだろうか。タルテュピオスがトロイア戦争の結末を語るのかと思うと、「地下鉄の車両」というコトバが耳に飛び込んできた。「日々、戦争である。私たちは歯の奥に見えない刃物を隠し持って生きている。あなた方は幸福だ。家族を殺せとも家族を殺して欲しいと頼まなくてもよいところに生まれたのだから」。舞台奥には大きな白いTの字が斜めに置かれている。斜めのTの字はトロイアの壊滅を示している。このTの字に時々映像が映し出される。シリア難民の行列だ。舞台にタルテュピオス以外の男性は登場しない。人としてのあり方を無視され、侮辱され、見捨てられ、それでも生きていかなければならない女性たちの物語となる。

女性たちのコロスが登場する。ヘカベ、カサンドラ、アンドロマケ、プリュクセネ、ヘレネ、ブリセイスの六人だ。エウリピデスの『トロイアの女』に登場しないプリュクセネとブリセイスが混じっている。アルベルトに尋ねると、プリュクセネはエウリピデスの『ヘカベ』から、ブリセイスは『イリアス』からとったと説明してくれた。何という構想力なのだろうか。しかもセリフがリズミカルで明確で心地よい。ギリシア悲劇のくどくどしい朗誦はなく、セリフは短い。短いからセリフが鋭く対立し、そこから劇的なるものが生まれてくる。例えばヘレネの弁明にヘカベが「お前は神々が悪いと言うのか」と問い詰めると、「いいえ、悪いのは男」と短くヘレネは答える。ここに古典劇を現代に上演する劇作術をみる思いがした。ギリシア悲劇を舞台に再現するのではなく、古典から素材を抽出し、現代劇として再創造する。しかも彼女たちの演技は伝統的なレアリズムではなく、セリフに身を任せコトバの波に体を泳がせていく。久し振りに「美しい舞台だ」と思った。これも翻訳したいと思う。

6 『怒りのスカンディナビア』

二〇一六年度のロペ・デ・ベガ賞を受賞したアントニオ・ロハノ（一九八二年生まれ）の『怒りのスカンディナビア』はチャットで知り合った男バルザックマンと女エリカが出会うところから芝居が始まる。そこから二人の関係が進展していくのかと思えば、そうではない。七年間同棲していたエリカの元彼Tが突然ノルウェーに行ってしまったのだ。自分の過去を捨て去りたいと願うエリカは記憶を消す薬があることをバルザックマンから教えてもらう。ここが問題だ。はたして完全に記憶を喪失させる薬があるのかどうかわからない。あるとするところが演劇の特権だ。

記憶を消去する薬を処方してもらうため、エリカは女友達ソニアの恋人である医者ルカスを訪ねる。そこから彼女の記憶が消滅していくにしたがって場所と時間が移動していく。たとえば、ソニアの家で食事に招待された場面では食卓には椅子は四脚あるのだが、一人の座席には靴だけあって空いている。元彼Tの席なのだ。しかも照明で人影が舞台に映し出されている。見事なテクニックだ。

最初の食事のシーンで、エリカは「より良き未来はないのだから、子供を作らないのが最善だ」と主張する。彼女は子供によって元彼との関係を保つのではなく、二人だけで関係を維持したかったのだ。二人だけの関係をどうすればいつまでも持続することができるのか誰にも分らない。子供がいないと不可能なのだろうか。現代社会のテーマとして面白いと思った。

突如として場面はバルザックマンがノルウェーに行き、ノルウェー人の女性アグネスとセックスする場となる。ここで効いてくるのが舞台装置だ。舞台全体がバルコニーになっており、その奥が三枚の全面ガラス戸になっている。つまりバルコニーで演技が進行しているとき、ガラス戸の奥で他の登場人物たちが無言劇を演じていくのだ。多重の舞台は説明的過ぎるかもしれないが、このビクトル・ベラスコの演出には驚いた。

少しビクトル・ベラスコの演出について言及しておこう。二〇一五年に見たフアン・マヨルガの『末席の生徒』の場合、この芝居は正に主人公の少年が作りだすコトバが登場人物を創造し、彼らの行動を作り出していく。少年の妄想がコトバとなり、コトバの虚構が時空を超えた舞台空間を作っていく。この難解な戯曲を演出したのがビクトル・ベラスコであった。劇場が開場すると板付きの教師と少年がピクリともしないで座っている。マネキン人形かと思った。いったん場内が暗くなり、教師にスポットが当たると、芝居が開始される。コトバの虚構が演劇空間を作る舞台にまず役者の肉体だけを置く演出に感服した。舞台上には学校の机が縦五脚横四脚、計二十脚がびっしり並べられている。机の上にある電気スタンドを役者が点灯するとスポットライトが当たる。役者は机の周りを歩き回り、時には机の上で演技する。音楽のリズムは役者の動きを正確に指示する。この虚構こそ演劇ではないかと思った。

　アントニオ・ロハノがファン・フランシスコ・フェレの小説『カーニバル』の中から劇的になる場面を構成した『ディオスK.』を二〇一六年にマタデロ劇場視聴覚室で見たが、簡素な舞台装置のまま、一人の女優が七役を演じることで七つのシークエンス（舞台空間）を作り、観客は役者の吐くセリフによって想像力を働かせ、いまはニューヨークのホテル、いまは法廷の場だと、ビジュアル的な要素からではなく、音（セリフ）から演劇空間を創造していかなければいけない。この作品の演出もビクトル・ベラスコだった。この成功により、アントニオ・ロハノとビクトル・ベラスコが組んで作った二作目が『怒りのスカンディナビア』であった。ビクトル・ベラスコの舞台を見て感じることは、演出とは戯曲の一つの優れた解釈なのだということである。

　面白いことに、アントニオ・ロハノは劇作だけではなく、エックスボックス・ライブ・アーケード、プレイステーション、スチーム用のゲームソフト『デッドライト』の脚本にも携わっている。作品は大成功を収め、二〇一三年英国映画テレビアカデミー主催の最優秀新作ビデオソフト（BAFTA）にノミネートされた。

　二〇一七年、功績をたたえて、スペイン人作家連合からサンイシドロ賞が授与された。

7　『渦巻星雲の劇的起源』

デニセ・デスペイロウ（一九七四年生まれ）はウルグアイ人だが、もう二十五年以上もスペイン演劇界で働いているので、彼女の作品をスペイン演劇として取り扱ってもよいだろう。彼女の作品は今までに三つ観ている。『生身の関係』（二〇一五）、『渦巻星雲の劇的起源』（二〇一六）、それに『ある三番目の土地』（二〇一七）の三本である。どれも面白かったが、バルで彼女とビールを飲みながらどれを日本に紹介しようかと相談すると、「私は全部紹介して欲しい。一つだけ選ぶのは難しい」と言われた。

　彼女の名前を一躍有名にしたのが、土・日の週末だけとはいえ、三年間のロングランを続けた『生身の関係』だ。この作品が上演された「ペンシオン・デ・ラス・プルガス」は、小劇場でも小ホールでもない。日本でいう2LDKのマンションである。まず、観客は三つのグループに分けられ、別々の部屋に通される。それぞれ、A：現代舞踏の教室、B：催眠術師の施療室、C：警察の署長室、に設定されている。この三部屋で同時に芝居が始まる。一場面は四十分ほど。終わると観客はそれぞれが別の部屋に移動する。また同時に芝居が始まる。三つの部屋を回って芝居が終わるのだが、実際の時間経過は四十分だけ。その四十分のあいだにAの部屋で起こった同じ時間にBとCの部屋で起こったことが演じられる。観客はAという部屋で四十分の芝居を見てBの部屋に移動すると、時間を四十分巻き戻し、Aという部屋で起こっていた同じ時間にBという部屋で起こっていたことを観る。時間を巻き戻し、三つの視点から一つの芝居を観るという発想が面白かった。

ここに紹介した『渦巻星雲の劇的起源』は国立マリア・ゲレロ劇場小ホールで観たのだが、宇宙の生成と消滅、つまり何万光年もかかって地球に到達した光を発した星はその時点では消滅しているという宇宙の旅と、人間の生命の誕生と死への旅、つまり人は死んでも周りの人の記憶には残るという「生」と「死」の問題を織りまぜながら、日常生活において「生きる」ということを実に美しく描いた作品だった。

エスパニョール劇場小ホールで上演された最新作の『ある三番目の土地』は三組の男女の、愛とまでは言えないが、お互いの人間関係を確認する作業が、哲学的なセリフをとおして一時間五十分、濃密に繰り広げられていく。愛という実体のない存在を求める不安定な人間存在がテーマであるといってもよい。愛を見つけることのあやふやさと言えばいいのだろうか。見つけることができるのが「第三の場所」なのかもしれない。ところが、その第三の場所として登場人物たちが口にするのは、マドリードのマンサナレス川を超えた南にあるウセラ地区である。現在では中国人の居住地区になっており、どの通りも、法律事務所、税理士事務所、診療所、不動産会社、家具や衣料や食品の店、旅行社、銀行まで、中国語の看板で溢れている。うまい中華料理の店も多い。

だからといって、この作品に中国人が登場するわけではない。実はここウセラ地区にクビック・ファブリックという小劇場があった。古紙回収の倉庫を改築し、二〇一〇年に開場したのだが、賃貸契約を更新することができず、二〇一六年に閉鎖することになった。この小劇場が閉鎖されるというので、アルフレッド・サンソルやデニセ・デスペイロウなど九人の劇作家が『ウセラ物語』を共同執筆し、クビック・ファブリック小劇場を主宰してきたフェルナンド・サンチェス・カベスードが演出してマタデロ劇場で上演した。その中で、彼女が書いた短編『ウセラの恋のときめき、そして失恋』を長編の戯曲としたものが『ある三番目の土地』となった。この作品も美しかったが、ウセラ地区の通りの名前が次から次へと出てくるので、翻訳するのを諦めた次第だ。

*

『21世紀のスペイン演劇』第一巻には次の七人の七作品を収めた。作者と作品名のスペイン語綴りを記し、執筆年、および翻訳の底本をあわせて載せておく。なお翻訳に際してはすべてスペイン著作権協会財団を通じて許諾を得た。

風に傷つけられて　Juan Carlos Rubio, “Las heridas del viento” (1999) ……作者提供の脚本資料

さすらう人々　Blanca Doménech, “Vagamundos” (2009) …… Centro de Documentación Teatral, 2010.

わが心、ここにあらず　José Manuel Mora, “Mi alma en otra parte” (2009) …… 作者提供の脚本資料

地上に広がる大空　Angélica Liddell, “Todo el cielo sobre la tierra” (2013) …… 作者提供の脚本資料

暗い石　Alberto Conejero, “La piedra oscura” (2015) …… Ediciones Antigona, 2017, Sexta edición.

怒りのスカンディナビア　Antonio Rojano, “Furiosa Escandinavia” (2016) …… 作者提供の脚本資料

渦巻星雲の劇的起源　Denise Despeyroux, “Los dramáticos orígenes de las galaxias espirales” (2016) …… Centro Dramático Nacional, 2016.

作品を翻訳していくと疑問や確認したい言葉遣いがどうしても出てくる。こういった翻訳者の質問に対して快く対応してくれた戯曲家のみなさんにまず心からお礼を言いたい。また発行に際して出版助成をしてくださったスペイン著作権協会財団と、こちらの無理難題を快く聞いてくださった水声社の鈴木宏社長と編集者の板垣賢太さんに心から感謝をしたい。生前に表紙の絵を提供してくださった故ルイス・マルサンス氏（一九三〇～二〇一五）にこの第一巻を捧げたい。最後に、『21世紀のスペイン演劇』第一巻に収めた七作品のなかから上演を希望する劇団が出てくるのを願っている。すでに第二巻の準備も進めており、六名の六作品があがっている。ご期待ください。

編者・訳者について——

田尻陽一（たじりよういち）　一九四三年生まれ。関西外国語大学名誉教授。専門はスペイン演劇。劇団クセックACTでスペイン語演劇の翻訳・脚本を担当。主な訳書に、『現代スペイン演劇選集』全三巻（監修・翻訳、カモミール社、二〇一四～一六）、『セルバンテス全集5　戯曲集』（監修・翻訳、水声社、二〇一八）、カルデロン『人生は夢』（『ベスト・プレイズ』第一巻、論創社、二〇一九）、ロペ・デ・ベガ『フエンテオベフーナ』（『ベスト・プレイズ』第二巻、論創社、二〇一九）などがある。

岡本淳子（おかもとじゅんこ）　一九六一年生まれ。大阪大学大学院言語文化研究科准教授。専門はスペイン現代演劇。主な著書に、『現代スペインの劇作家アントニオ・ブエロ・バリェホ——独裁政権下の劇作と抵抗』（大阪大学出版会、二〇一四）。主な訳書に、パロマ・ペドレロ『キス、キス、キス』（『現代スペイン演劇選集』第二巻、カモミール社、二〇一五）、ライラ・リポイ『聖女ペルペトゥア』（『現代スペイン演劇選集』第三巻、カモミール社、二〇一六）、セルバンテス『幸福ならず者』（『セルバンテス全集5　戯曲集』、水声社、二〇一八）などがある。

矢野明紘（やのあきひろ）　一九八一年生まれ。レオン大学博士号取得。専門はスペイン演劇。主な訳書に、ラファエル・ソレル『回帰の作法』（Jumpa books, 二〇一三）、アルフォンソ・サストレ『どこにいるのだ、ウラルメ、どこだ』（『現代スペイン演劇選集』第一巻、カモミール社、二〇一五）、エルビラ・リンド『ロスコンケーキに隠された幸運の小さな人形』（『現代スペイン演劇選集』第二巻、カモミール社、二〇一五）、マヌエル・カルサダ・ペレス『王の言葉』（『現代スペイン演劇選集』第三巻、カモミール社、二〇一六）などがある。

装幀――滝澤和子

21世紀のスペイン演劇 1

二〇一九年一〇月二五日第一版第一刷印刷　二〇一九年一一月一日第一版第一刷発行

著者――ファン・カルロス・ルビオ他
編者――田尻陽一
訳者――田尻陽一・岡本淳子・矢野明紘
発行者――鈴木宏
発行所――株式会社水声社
東京都文京区小石川二―七―五　郵便番号一一二―〇〇〇二
電話〇三―三八一八―六〇四〇　FAX〇三―三八一八―二四三七
［**編集部**］横浜市港北区新吉田東一―七七―一七　郵便番号二二三―〇〇五八
電話〇四五―七一七―五三五六　FAX〇四五―七一七―五三五七
郵便振替〇〇一八〇―四―六五四一〇〇
URL : http://www.suiseisha.net

印刷・製本――モリモト印刷

ISBN978-4-8010-0455-9